MEIKE WERKMEISTER

Am Horizont wartet die Sonne

GOLDMANN

Meike Werkmeister

Am Horizont wartet die Sonne

Roman

GOLDMANN

Sollte diese Publikation Links auf Webseiten Dritter enthalten,
so übernehmen wir für deren Inhalte keine Haftung,
da wir uns diese nicht zu eigen machen, sondern lediglich auf
deren Stand zum Zeitpunkt der Erstveröffentlichung verweisen.

FSC www.fsc.org
MIX
Papier | Fördert gute Waldnutzung
FSC® C083411

Penguin Random House Verlagsgruppe FSC® N001967

1. Auflage
Originalausgabe Mai 2023

Dieses Werk wurde vermittelt durch die Literarische Agentur Michael Gaeb.
Umschlaggestaltung: UNO Werbeagentur, München
Umschlagmotive: FinePic®, München
Anhang und Illustrationen: Mi Ha, Guter Punkt München,
unter Verwendung von Motiven von Getty Images Plus
Autorinnenfoto: Ulrike Schacht
Redaktion: Kristina Lake-Zapp
LS · Herstellung: ik
Satz: Uhl + Massopust, Aalen
Druck und Bindung: CPI books GmbH, Leck
Printed in the EU
ISBN: 978-3-442-49416-3

www.goldmann-verlag.de

Für meine beiden Lieblingssurfer

Noch fünf Minuten. Vor mir im Lagerraum standen ein mittlerweile kalter Kaffee, ein stilles Wasser und ein Teller mit Minischokoriegeln, den die freundliche Buchhändlerin mir hingestellt hatte. Von nebenan hörte ich Gemurmel und vorfreudiges Gläserklirren. Ich zog noch einmal meinen Taschenspiegel hervor und kontrollierte, ob ich Lippenstift an den Zähnen hatte. Schaute an mir herunter, ob etwas von dem Kaffee auf meiner seidenglänzenden Stoffhose oder meinen spitzen Pumps gelandet war. Alles noch sauber, auch die zarte Bluse, auf die meine braunen, mit dem Lockenstab zu Wellen geformten Haare fielen. Mein druckfrisches neues Buch lag vor mir auf dem Tisch, versehen mit Post-its, die neonorange oben herausblitzten und die Stellen markierten, die ich heute vorlesen würde. Ich klappte es auf und las flüsternd den Anfang. Schon nach drei Sätzen legte ich es wieder weg, ich hatte oft genug geübt, es würde schon gutgehen.

»Du siehst wie immer hinreißend aus, Katrin.« Ein etwas untersetzter Herr mit tiefschwarz gefärbtem Haar kam in den Raum. Jürgen, ein stadtbekannter

Kulturredakteur und der Moderator des Abends. Wir kannten uns, weil er in den vergangenen Jahren schon einige meiner Veranstaltungen moderiert hatte. Ich sah darüber hinweg, dass er bei der Buchvorstellung manchmal spoilerte und nicht immer lückenfrei genderte, denn mit seinem permanenten Redefluss gab er mir das Gefühl, dass auch ich nur eine Zuhörerin war. Und damit war er mein perfektes Match.

»Danke dir.« Ich nippte noch einmal an meinem stillen Wasser und sah auf die Uhr. Noch anderthalb Minuten.

Jürgen zog die buschigen Augenbrauen hoch, strich über sein Leinenhemd und stieß mit seinem Wasserglas gegen meins. »Let the games begin!«

Das sagte er jedes Mal vor einer Lesung, und ich mochte ihn dafür, denn so schön solche Abende waren: Sie waren auch ein Spiel, das ich gewinnen musste. Die Regel lautete: Du musst jede und jeden Einzelnen im Raum von dir überzeugen. Über die Jahre hatte ich gelernt, für neunzig Minuten etwas in mir anzuknipsen, was nach maximaler Leichtigkeit aussah, aber so viel Energie verbrauchte wie eine Flutlichtanlage.

Ich folgte Jürgen bis zum Türrahmen. Dort blieb ich stehen. Er schenkte mir einen letzten väterlich zuversichtlichen Blick über die Schulter, lief weiter und betrat das kleine Podest im Verkaufsraum. Das Gläserklirren verklang. Das Gemurmel verstummte. Ich konnte von der Tür aus Jürgens füllige Rückseite sehen. Er stand jetzt am Stehtisch vor dem Mikrofon.

Ein kleiner Zipfel seines Hemdes hatte sich aus dem Hosenbund gestohlen.

»Einen schönen guten Abend!«, sagte er mit seiner sonoren Radiostimme. »Ich darf Sie heute zu einer besonderen Lesung mit einer besonderen Autorin begrüßen …«

Ich versuchte, seine Stimme auszublenden und im Kopf noch einmal die Sätze durchzugehen, die ich mir zurechtgelegt hatte. Vom Türrahmen aus konnte ich einen Blick aufs Publikum erhaschen, das sich zwischen Regalen voller Bücher versammelt hatte. Meine Agentin Franzi saß in der ersten Reihe. Sie strich sich mit zwei Fingern die vorderen Haarsträhnen glatt, die glatter nicht werden konnten. Schräg hinter ihr entdeckte ich meine Meditationslehrerin Ruth. Sofort fühlte ich mich ertappt, weil ich heute wieder nicht die Atemübungen gemacht hatte, die sie mit mir gegen mein Lampenfieber einübte. Ruth hielt die Augen geschlossen und lauschte Jürgens Worten. Der Impuls zu gähnen stieg in mir auf, das passierte mir manchmal aus Nervosität.

»… Geschichten, die einen begleiten …«, schnappte ich von Jürgens Monolog auf, »… beim Lesen etwas über sich selbst lernen …«

Ein paar Plätze neben Ruth sah ich meinen Noch-Mann Tim. Er hatte zur Feier des Tages ein frisch gebügeltes Oberhemd angezogen, was mich rührte. Sein Gesicht strahlte vor Stolz, wie immer, wenn es um mich in meiner Rolle als Autorin ging. Auch das rührte mich. Auf seinem Schoß thronte mit unruhigem Blick unsere Bulldogge Murmel. Der Hundesitter hatte uns mal wieder kurzfristig im Stich gelassen, und auch wenn Haustiere bei Lesungen ungern gesehen waren, machte man für den Hund der Autorin eine Ausnahme. Es war uns schon einmal passiert, dass Murmel in dem Moment, in dem ich die Bühne betrat, so laut gefiept hatte, dass Tim die Veranstaltung verlassen musste. Für heute hatte er einen Kauknochen mit Leberwurst präpariert, und wir hofften, dass folgende goldene Regel griff: Wenn Murmel etwas noch mehr verehrte als mich, dann war es Leberwurst.

Neben Tim saß seine neue Freundin Ina. Kinderärztin, glänzende kupferrote Haare, Stupsnase, Männerhemd zu Doc Martens, trockener Humor. Wäre Ina nicht mit meinem Mann zusammen, hätte ich sie mir als Freundin gewünscht.

»Liebe Leute, jetzt ist es so weit.« Jürgen machte eine Kunstpause und hob dann die Stimme. »Begrüßen Sie mit mir die bezaubernde Katrin Lehmann.«

Das war mein Stichwort. Ich straffte die Schultern, ging mit energischen Schritten auf die Bühne zu und stieg hinauf. Knipste das energiefressende Flutlicht an. Sah in viele lächelnde Gesichter. Hörte den Applaus. Im Publikum entdeckte ich meine ältere Nachbarin Frau Schneider, die ihren Gehstock umklammert hielt. Meinen Lektor Lutz, auf dessen Knien ein Strauß Sonnenblumen lag. Meine Cousine und beste Freundin Julia, die auf ihren Fingern pfiff. Und mit einem Mal war die Aufregung verflogen. Mit einem Mal bewegte ich mich wie auf Schienen, begrüßte Jürgen, begrüßte das Publikum, lächelte so breit, dass mir die Wangen schmerzten, und hielt mein Buch ins Scheinwerferlicht.

Ich setzte mich auf den Stuhl neben Jürgen und lehnte mich zum Mikrofon vor. »Herzlich willkommen! Schön, dass Sie da sind.«

Und in diesem Moment, dem Moment, in dem eigentlich nichts mehr schiefgehen konnte, entdeckte ich ihn. Er saß in der allerletzten Reihe. Er trug eins seiner lässigen Jacketts über einem weißen T-Shirt, hatte die Ellenbogen auf die Knie gestützt und dieses herausfordernde Lächeln auf dem Gesicht, das alles auf einmal sagte:

Hi.

Ja, ich bin auch da.

Überraschung.

Es tut mir leid.

Für den Bruchteil einer Sekunde schubste mich unser Blickkontakt von den Schienen, und mein Tausend-Watt-Lächeln verrutschte. So kurz, dass nicht mal Julia es bemerkte, wie sie mir später berichtete. Schnell beugte ich mich über mein Buch, atmete tief ein, um die erste Szene vorzulesen, und dachte: Es gibt keine Zufälle. Es gibt nur Zeichen.

1

Vier Tage zuvor

Meistens passieren Dinge, die dein Leben verändern, dann, wenn du am wenigsten damit rechnest. An Montagen, an denen du es nicht geschafft hast, deine Haare zu waschen, bevor du deine Cousine vom Flughafen abholst, zum Beispiel.

Ich stand zwischen anderen Wartenden in der Ankunftshalle von Terminal 1 und blickte mich nach Julia um. Hoffentlich treffe ich heute niemanden, dachte ich und sah an mir herunter. Die Camouflage-Leggings, die ich übergezogen hatte, gingen hoffentlich noch als einigermaßen modisch durch. In Kombination mit meinen uncoolen Sandalen und der Mütze, für die es eigentlich zu mild war, wirkte das Ganze jedoch eindeutig verzweifelt. Frau Mitte dreißig versucht sich in Streetstyle und scheitert. Egal, gleich würde Julia durch die Schiebetüren schreiten und von ihrem Fortbildungswochenende berichten, wir würden in ein Carsharing-Auto steigen und zu ihr nach Hause fahren. Duschen und etwas Ordentliches anziehen konnte ich später. Wie hatte ich es nur wieder geschafft, beim Nichtschreiben komplett die Zeit zu vergessen?

Eine Gruppe Businessfrauen in Hosenanzügen kam mit Rollkoffern auf mich zu, gefolgt von einem älteren Herrn mit einem Malteser, der sichtlich empört oben aus einer Hundetasche schaute. Neben mir wartete eine Familie, die ein Plakat vorbereitet hatte. *Willkommen zu Hause, Matti!* stand in Regenbogenfarben darauf. Vermutlich das Wiedersehen nach einem Austauschjahr in Kanada oder den USA. Ich konnte nur hoffen, dass Julia vor Matti rauskam, sonst würde ich unter Garantie heulen müssen, wenn der Teenager seine Eltern und Geschwister erstmals seit Monaten wieder in die Arme schloss.

Murmel fiepte zu meinen Füßen. Der Hund hatte offenbar auch keine Lust mehr zu warten. Er zog an der Leine und schnupperte am Boden. Ich fasste die Leine enger und sah, dass er an etwas nagte.

»Murmel, aus!« Ich bückte mich und zog ihm etwas aus dem Maul, was sich als Papier entpuppte. Leicht angewidert suchte ich nach einer Möglichkeit, es zu entsorgen, als ich erkannte, dass es sich um einen Briefumschlag handelte. Am oberen linken Eck, wo vermutlich der Absender gestanden hatte, zierten Murmels Zahnabdrücke das Papier. Die Tinte war komplett verlaufen, die Briefmarke halb weggefressen. Auch bei der Empfängeradresse war die Schrift verwischt, der Name nicht mehr zu entziffern.

Da stand nur noch:

Rua das Pedras, gefolgt von einer kaum leserlichen Hausnummer, und darunter:

2520-006 Ilha do Marial

Portugal

Portugal, dachte ich interessiert. Ein Brief, der weit reisen sollte. Wieso lag er hier auf dem Boden des Hamburger Flughafens?

Ich sah mich um. Nicht weit von Murmel und mir stand ein Mülleimer. Hatte ihn jemand dort hineinwerfen wollen und sein Ziel verfehlt? Oder war er verloren gegangen? Und was sollte ich nun damit machen? In den nächsten Briefkasten stecken konnte ich ihn nicht, schließlich waren weder Frankierung noch Empfängeradresse vollständig. Ihn einfach wegzuschmeißen brachte ich aber auch nicht übers Herz. Kurzerhand beschloss ich, zu Hause noch mal in Ruhe mit Lesebrille und bei guter Beleuchtung zu schauen, ob ich etwas retten konnte, und schob den Umschlag in meine Tasche.

Murmel zog erneut an der Leine, diesmal heftiger, und sein nervöses Fiepen verwandelte sich in hysterisches Bellen. Ich blickte auf und sah, warum. Julia hatte die Schiebetüren passiert und steuerte energisch auf uns zu. Ihr akkurat geschnittenes, kinnlanges Haar wippte bei jedem Schritt, der offene Windbreaker wehte hinter ihr her. Kurz vor uns machte sie halt und hockte sich zu meinem Hund auf den Boden. Murmel führte ein Freudentänzchen auf, wobei er mit seinen Krallen einen Faden aus Julias Dreiviertel-Cargohose zog, was sie großzügig ignorierte.

Als die zwei sich einigermaßen beruhigt hatten, richtete sich meine Cousine auf und umarmte mich. »Danke, dass du gekommen bist! Ich hätte echt auch ein Taxi nehmen können.«

»Kein Ding, du weißt ja, dass mir jede Ausrede lieb ist, die mich von der Arbeit abhält.«

»Wirklich, immer noch?« Sie klang ruppig, aber ich wusste, dass sie es nicht so meinte. Als ich leise stöhnte, zog sie die Augenbrauen zusammen. »Alles eine Frage der Zeit, Süße.«

»Bestimmt.« Ich bemühte mich um einen zuversichtlichen Gesichtsausdruck. »Wie ist es bei dir gelaufen?«

»War interessant.« Sie schnappte sich ihren Koffer, und wir machten uns auf den Weg.

»Erzähl mal, was hast du gelernt?«

»Och!« Sie winkte mit der freien Hand ab. »Ich erspare dir die medizinischen Details, nur so viel: Ich habe Unmengen Kaffee getrunken.«

Schade, dachte ich. So war das bei Tim auch immer gewesen. Wenn man selbst kein Medizinstudium absolviert hatte, war man für manche Themen offenbar keine geeignete Gesprächspartnerin. Und wurde abgespeist mit Floskeln wie *Das ist schwer zu erklären* oder *Glaub mir, das willst du gar nicht so genau wissen*. Dabei wollte ich genau das.

»Und die anderen?«, versuchte ich es erneut. »Nette Leute dabei?«

Julia warf mir einen strengen Blick zu. »Ich war da zum Arbeiten.«

»Ich weiß, ich will nur etwas teilhaben an deinem Wochenende.«

»Glaub mir, das willst du gar nicht so genau wissen.« Da war es wieder. Ich merkte, wie sie mich von der Seite musterte. »Du siehst … interessant aus. Muss ich mir Sorgen machen?«

Augenzwinkernd schob ich die Mütze zurecht. »Das trägt man jetzt so.«

Sie knuffte mich in die Seite. »Na ja, die Schuhe …«

»Ich weiß. Die Wahrheit ist: Ich war spät dran und hab mir nur schnell was übergeworfen.«

Sie schnupperte in meine Richtung. »So wie du möchte ich ungeduscht auch mal riechen.«

Nachdem ich Julia und ihr Gepäck nach Hause gebracht hatte, ging ich ausgiebig duschen und setzte mich mit nassen Haaren aufs Sofa. Murmel sprang zu mir und rollte sich zu meinen Füßen zusammen. Ich stopfte mehrere Kissen um mich herum, nahm den Laptop vom Couchtisch und zog ihn auf meinen Schoß. Mehrere Mails waren in meiner Abwesenheit angekommen – unter anderem von meiner Mutter, die bedauerte, es nicht zu meiner Buchpremiere zu schaffen, weil sie mit ihrem Mann Ulf auf La Palma war, und von meiner Agentin Franzi, die von meiner Idee, nach der Scheidung wieder unter meinem Mädchennamen zu schreiben, sehr wenig hielt. Ich sei mit Tims Namen erfolgreich geworden, man kenne mich nun mal als Katrin Lehmann.

Wieso nur habe ich damals nicht meinen Namen behalten, dachte ich verärgert. Weil ich jung und naiv war, gab ich mir selbst die Antwort. Zu jung und zu naiv, um voraussehen zu können, dass ich den Namenswechsel im Nachhinein aus Emanzipationsgründen unmöglich finden würde. Ganz abgesehen davon, dass er im Fall einer Scheidung unpraktisch war. Aber wer denkt bei der Hochzeit schon an so etwas?

Ich justierte ein Kissen hinter mir. Auf Dauer konnte ich so nicht arbeiten. Das würde mein Rücken nicht mitmachen. Ich brauchte einen Schreibtisch, am besten ein richtiges Arbeitszimmer. Es gab doch überall diese Co-Working-Spaces oder privaten Bürogemeinschaften, gerade unter freiberuflichen Kreativen. Ich sollte mich mal umschauen, dann käme ich auch mehr unter Leute, das würde mir sicher guttun.

Als ich diese Wohnung gefunden hatte, war sie als Übergangslösung gedacht gewesen. Als Rückzugsort, an dem ich in Ruhe mein Buch fertig schreiben konnte, fernab von den Spannungen zu Hause. Das war nun fast anderthalb Jahre her. Das Buch sollte in wenigen Tagen erscheinen, aber ich war trotzdem nicht nach Hause zurückgekehrt. Stattdessen saß ich noch immer hier: dreißig Quadratmeter, alles in einem Raum – ein Sofa, ein französisches Bett, eine Schrankwand, eine Küchenzeile mit zwei Herdplatten, ein kleiner Esstisch, auf dem sich die Post stapelte.

Tim sagte, er habe es nicht kommen sehen, als ich den ersten kleinen Koffer aus der Wohnung trug. Habe niemals damit gerechnet, dass noch viele Kofferladungen folgen würden, bis in unserem gemeinsamen Nest nichts mehr von mir übrig blieb außer Erinnerungen. Und auch ich hatte anfangs wirklich noch geglaubt, dass es sich nur um eine vorübergehende Krise handelte.

Mein Handy vibrierte in der Tasche, die neben mir auf dem Boden stand. Ich setzte meine neue Brille auf, die ich seit Kurzem brauchte. Ungewöhnlich früh für eine Lesebrille, hatte mir die Augenärztin bescheinigt. Als wäre es eine Auszeichnung. Ich hatte in einem Anflug von Übermut gegen den Rat der Optikerin eins dieser XXL-Modelle gewählt, in der Hoffnung, dass ich damit aussehen würde wie die coolen jungen Bloggerinnen, die sich mit meinen Büchern fotografierten. Stattdessen wirkte ich eher wie eine Figur aus einer Neunziger-Sitcom, der man ein überdimensioniertes Gestell auf die Nase gesetzt hatte, damit auch der oder die letzte Zuschauende kapierte, dass sie schlau, aber schräg war.

Ich holte mein Handy hervor. Als ich sah, wer mir geschrieben hatte, pochte mir das Herz mit einem Mal bis zum Hals. Was für ein merkwürdiger Tag. Manchmal saß ich wochenlang um Worte ringend hier auf dem Sofa, und niemand meldete sich, außer vielleicht Julia, die mir auf dem Weg zu ihrer Schicht im Krankenhaus eine Sprachnachricht schickte. Und heute wollten plötzlich alle was von mir. Mit ihm hatte ich trotzdem nicht gerechnet.

Felix hatte sich seit Monaten nicht bei mir gemeldet. Seit wir uns darauf geeinigt hatten, dass es besser war, wenn wir den Kontakt ganz abbrachen. Seit er mal wieder beschlossen hatte, dass seine Ehe im Gegensatz zu meiner noch zu retten war. Wie stark mein Körper nach so langer Zeit reagierte, wenn sein Name auf dem Display auftauchte, frustrierte mich. Nur ein paar Buchstaben, doch mein Gehirn hatte gespeichert, dass sie in dieser bestimmten Reihenfolge etwas bedeuteten, was alles andere für einen Moment unwichtig erscheinen ließ. Ich hatte gedacht, ich wäre schon weiter. Mit zusammengekniffenen Lippen öffnete ich die Nachricht.

Musste an dich denken, stand da. Mehr nicht.

Ein bitteres Lachen entfuhr mir. Felix war ein Meister darin, mit kleinen Botschaften eine große Wirkung zu erzielen. Zuletzt war es mir immer gelungen, nicht darauf zu antworten. Es hatte eine Zeit gegeben, in der mich seine Spielchen zum Schreiben inspiriert hatten. In der *er* mich zum Schreiben inspiriert hatte. Noch so eine Sache, die ein für alle Mal zu Ende war.

Murmel zuckte zu meinen Füßen im Schlaf. Ich blickte durch die Schiebetür hinaus auf die kleine Loggia, hinter der die Schienen der Hochbahn zu sehen waren. Würde ich heute etwas schaffen? Oder würde ich wieder nur hier sitzen und damit ringen, dass mir nichts mehr einfiel?

Etwas anderes fiel mir ein. Ich bückte mich erneut zu meiner Tasche und zog den Brief heraus, den ich heute früh am Flughafen eingesteckt hatte. Ein seltsamer Fund. Was wohl darin stand? An wen er sich richtete?

Ich betrachtete nachdenklich die zerlaufene Schrift. Vom Absender konnte ich jetzt, mit der Brille auf der Nase und nachdem Murmels Spucke vollends getrocknet war, immerhin das allerletzte Wort entziffern. Es war keine Überraschung: *Hamburg* stand da. Der Name des Empfängers dagegen war auch in getrocknetem Zustand zu verwischt, um ihn lesen zu können. Genauso die Hausnummer. Es sah aus, als sei sie zweistellig, mehr war nicht mehr zu erkennen.

Der Name der Stadt klang schön: Marial. Ich zog den Laptop, der noch immer auf meinem Schoß stand, wieder näher heran und tippte den Städtenamen in die Suchleiste ein. Marial lag etwas nördlich von Lissabon, direkt an der Atlantikküste. Ein kleiner Fischerort mit ein paar Hotels und Ferienwohnungen, offenbar touristisch noch nicht allzu erschlossen. Ich vergrößerte den Ausschnitt. Sah ganz so aus, als läge ein Teil des Städtchens auf einer kleinen Halbinsel, dafür stand wohl in der Adresse das *Ilha*, Insel. Ich begann, Bilder zu suchen. Fand kleine, weiß getünchte Häuser in engen Gassen, dahinter türkisfarbenes Meer. Steilküste, raue Wellen, Surfende vor dem Sonnenuntergang. Die Fotos kitzelten etwas in mir wach, das ich fast vergessen hatte.

Mein Fernweh.

Jahrelang hatten Tim und ich nur Städtetrips gemacht, nie länger als ein paar Tage. Weil er in der Klinik nicht abkömmlich war. Oder weil ich mal wieder ein Manuskript abgeben musste. Wenn wir irgendwo hinfuhren, dann meist mit dem Auto, wegen Murmel. Und auch wenn Julia unseren Hund nahm, blieben wir nie lange, weil es immer etwas zu tun gab, was wichtiger war. Dabei hatte ich das Reisen einst geliebt. Meine erste große Reise mit Tim hatte mich vor vielen Jahren nach Irland geführt und zu meinem ersten veröffentlichten Buch inspiriert, einer philosophischen Erzählung über den Sinn des Lebens. Ich bekam bis heute Briefe, die so schön waren, dass ich es kaum glauben konnte. Von Leser*innen, die mir mailten, meine Geschichte habe sie umdenken lassen. Habe ihnen die Augen geöffnet. Eine Leserin schrieb sogar, meine Worte hätten ihr Leben verbessert. In dunklen Momenten wünschte ich mir manchmal, sie hätten auf mich selbst denselben Effekt gehabt.

Murmel drehte sich im Schlaf auf den Rücken und streckte die Pfoten in die Luft. Ich klickte ein weiteres Foto an. Eine blühende Wiese, dahinter nichts als tiefblaues Meer. Ich musste mal wieder weg. Ich musste verreisen. Ich brauchte eine Auszeit von diesen Hunde-Übergaben mit Tim, bei denen ich mich jedes Mal schuldig fühlte. Von den Schreibtagen auf dem Sofa, die sich immer weniger wie Erfüllung und immer mehr wie harte Arbeit anfühlten. Von den Botengängen für meine alte Nachbarin Frau Schneider, die es nicht mehr zum Supermarkt schaffte und die an Tagen, an denen Murmel nicht bei mir war, manchmal mein einziger Kontakt zur Außenwelt war. Von den Meditationsstunden, zu denen Julia und ich uns schleppten, weil wir uns einredeten, uns damit etwas zu gönnen. Ich sollte mal wieder was tun, was wirklich Spaß machte. Was keinen Sinn hatte, kein Ziel, keinen Abgabetermin. Zum Beispiel auf einer Wiese stehen und aufs Meer schauen.

Ich griff nach dem Briefumschlag und drehte ihn um. Er war nicht mehr richtig verschlossen. An der angekauten Seite hatte sich der Kleber von der Lasche gelöst, Murmel hatte ihn gründlich bearbeitet. Ich könnte ihn einfach öffnen und nachsehen, was darin war. Aber das war nicht richtig, oder? Das machte man nicht. Ich machte so was nicht. Ich sollte ihn wegschmeißen. Verschicken konnte ich ihn ohnehin nicht mehr. Aber irgendetwas hielt mich davon ab.

2

»Atmet noch einmal tief in den Bauch ein«, Ruths Stimme klang schwer und dunkel durch den Raum, »... uuuund wieder aus.«

In einem meiner teuren, schlammfarbenen Yoga-Outfits aus butterweichem Stretchstoff saß ich im Schneidersitz auf einem Meditationskissen. Sonnenlicht fiel durchs Sprossenfenster des Loftraums auf mein Gesicht. Um mich herum hörte ich zwölf Frauen atmen. Die neben mir, die ich vom Sehen kannte, weil sie fast an jeder von Ruths Meditationsstunden teilnahm, stöhnte dabei laut. Das machte sie jedes Mal, und es löste in mir auch heute wieder zwei Empfindungen gleichzeitig aus: leichte Irritation und zugleich Bewunderung, dass sie sich so gehen lassen konnte und es ihr egal war, was die anderen elf Frauen im Raum darüber dachten. Sie war ganz bei sich. Das musste ein toller Zustand sein.

Ich dagegen war ganz bei meinem Erscheinungstermin in drei Tagen, während Ruth uns mit ihrer monotonen Stimme durch die Abschlussmeditation führte.

»Und jetzt fühlt ihr mal dahin, wo es vielleicht etwas hakt«, hörte ich sie wie durch Watte sagen. »Wo der Atem nicht hinwill. Wo ihr das Gefühl habt, der Körper sperrt sich.«

Normalerweise ließ ich mich von meinen eigenen Gedanken tragen. Ich hatte den Versuch, an nichts zu denken, vor langer Zeit aufgegeben. Aber diese Worte lösten etwas in mir aus. Ich wusste, wo mein Atem nicht hinwollte.

»Kämpft nicht dagegen an, nehmt einfach nur wahr, was passiert. Manches muss man nur loslassen, dann löst es sich ganz von allein in Luft auf. Stellt euch vor, wie das, was euch quer sitzt, davonfliegt. Seht ihm dabei zu. Winkt ihm hinterher.«

Einfach loslassen, dachte ich. Einfach davonfliegen lassen.

Ich sah meine Schuldgefühle aus dem Fenster entschwinden, in Richtung Sonne, hoch über die Dächer von Eppendorf hinweg. Dann machten sie kehrt und krabbelten zurück in meinen Bauch, wo sie einen zähen Klumpen bildeten.

Freundliche Wolken trieben über den Sommerhimmel, als ich den letzten freien Tisch auf der Terrasse unseres Stammcafés ergatterte. Heute war Markttag in Eppendorf, und das ganze Viertel war auf den Beinen. Am Tisch neben mir hatte sich eine Gruppe Eltern mit Kinderwagen versammelt, die laut lachend ihre Croissants in die Milchkaffeeschalen tunkten. Zu ihren Füßen standen Einkaufskörbe mit in Papier eingeschlagenem Spargel, Tomaten und Erdbeeren.

Julia stand an der Straßenecke und telefonierte, was mir Gelegenheit gab, den Blick durch die schöne Straße schweifen zu lassen, in der ich wohnte. Mitten hindurch führte die Hochbahn, unter deren Gewölbe sich die Marktstände aneinanderreihten. Das Gebäude, in dem meine Wohnung lag, war ein Fünfzigerjahrebau mit Betonplatten vor den Loggien. Er wirkte wie ein Fremdkörper zwischen den weißen Jahrhundertwendebauten, deren pompöse Außenfassaden mit Ornamenten geschmückt waren. Ich liebte unser Viertel. Auch wenn es mir manchmal auf die Nerven ging, dass hier alle unglaublich gut angezogen waren und man nie jemanden sah, bei dem der Haaransatz herauswuchs oder die Tasche nicht zu den Schuhen passte. Wenn ich so sprach, sagte Julia oft, ich sei doch kein Stück besser, und natürlich hatte sie recht. Bis vor Kurzem hätte ich mich niemals im Morgengrauen in Pyjamahose mit Murmel auf die Straße getraut. Niemals hätte ich mit ungewaschenen Haaren jemanden vom Flughafen abgeholt. Alles Anzeichen dafür, dass ich gerade eine wirklich ungewöhnliche Phase durchmachte.

Ich zog mir die farblich zum Yoga-Outfit passende Cashmere-Wickeljacke über. Dann holte ich mein Handy aus der Tasche. Eine Nachricht war angekommen. Da stand wieder dieser Name. Der, der mir Herzklopfen bereitete.

Kati, bist du okay?

Niemand außer ihm hatte mich je so genannt. Noch

ehe ich mich auf das Gefühl einlassen konnte, das diese Worte in mir auslösten, kam Julia an den Tisch.

»Boah, ich brauch ein Croissant. Du auch?«

Ich steckte mein Handy wieder ein. »Ja bitte, mit Kaffee.«

Als Julia mit einem vollen Tablett zurückkam und sich mir gegenübersetzte, fragte ich: »Woran hast du heute beim Meditieren gedacht?«

Sie lehnte sich seufzend zurück. »An mein Drei-Uhr-Meeting, bei dem es um den Patienten auf Zimmer 335 geht.« Sie schob sich eine schlichte Sonnenbrille in die Haare. »Und dass ich noch gucken wollte, ob irgendwo gerade Birkenstocks runtergesetzt sind, ich brauche neue für die Arbeit.«

Ich hob vorsichtig meine volle Kaffeetasse vom Tablett und schnupperte daran. »Ich hab über meine Buchpremiere nachgedacht. Und darüber, dass ich gern mal mit dir in den Urlaub fahren würde.«

Julia ließ ihr Croissant auf dem Weg zum Mund wieder sinken. »Du willst endlich mitkommen? Ich glaub es nicht!«

Ich musste lachen. »Mit in deinen Club? Nein, ich dachte eher, wir könnten irgendwo anders hin. Ohne Animation.«

Julia verzog die schmalen Lippen und biss beherzt in ihr knuspriges Frühstück. Ich musste an die vielen Fotos denken, die sie mir von ihren Fuerteventura-Urlauben geschickt hatte. Einmal im Jahr warf meine grundsolide Cousine knallfarbene Spaghettiträgertops in ihren Alukoffer und verwandelte sich in eine Frau, die vormittags an der Poolbar Macarena tanzte. Diese Reisen waren ihr heilig, aber sie hatte mich bisher nie überreden können, sie zu begleiten.

»Ach schade, ich hätte dir den Club so gern mal gezeigt«, sagte sie jetzt.

Ich trank einen großen Schluck von meinem Milchkaffee. »Lass uns woanders hinfliegen. Eine Woche oder sogar zwei, nur du und ich.«

Sie sah mich skeptisch an. »Und wohin willst du?«

Ich zupfte ein paar Krümel von meinem Gebäckstück und steckte sie mir in den Mund. »Irgendwohin, wo nicht viel ist.«

»Wie – wo nicht viel ist?« Die typische steile Falte bildete sich zwischen Julias Augenbrauen.

Todernst tunkte ich mein Croissant in den Kaffee. »Jugendherberge Sauerland oder so.«

Sie grinste mich über ihre große Keramikschale hinweg breit an. »Klingt verlockend. Da frag ich direkt mal, ob ich Urlaub bekomme.«

Ich war gedanklich noch immer bei unseren Urlaubsplänen, als Murmel und ich am nächsten Morgen an der Außenalster spazieren gingen. Murmel bemerkte zuerst, dass Tim uns entgegenkam. Der Hund begann, an der Leine zu ziehen und zu fiepen, was schließlich auch Tim hörte, der gedankenverloren über das glitzernde Wasser geschaut hatte.

»Hey, mein kleiner Schatz.« Bei uns angekommen,

beugte er sich zu unserem Hund, der sich völlig außer sich im Kreis drehte und versuchte, ihm durchs Gesicht zu schlecken. Niemals zuerst den Hund begrüßen. Am besten den Hund überhaupt nicht begrüßen. Alles Ratschläge unserer Hundetrainerin, an die Tim und ich uns nicht hielten.

Erst als Murmel sich einigermaßen beruhigt hatte, wandte Tim sich mir zu. »Hey.« Er nahm sein Käppi ab und rieb sich über den raspelkurz rasierten Kopf.

»Hey.«

Wir umarmten uns. Es fühlte sich so vertraut an, dass es wehtat. Was waren wir, wenn es kein *wir* mehr gab? Ich hatte mich das oft gefragt, seit wir endgültig entschieden hatten, uns zu trennen. Bei Tim war viel passiert seitdem.

Ich ließ Murmel von der Leine, und wir liefen am Ufer entlang. Der Morgen war windstill, sodass keine Segler zu sehen waren. Um diese Uhrzeit waren auf dem Wasser nur ein paar tapfere Stand-up-Paddler unterwegs und am Ufer jede Menge Joggende, die wie ferngesteuert um Hamburgs Binnengewässer eilten. Manchmal rannte ich in ihrem Trupp mit, und jedes Mal dachte ich, wie absurd es war: all diese Stadtmenschen, die ums Wasser kreisten, als gelte es, ein unsichtbares Ziel zu erreichen, das nur sie kannten.

»Bist du schon aufgeregt?« Tim sah mich von der Seite an.

Ich erwiderte seinen Blick. Er trug seinen typischen Dreitagebart und war ein bisschen schmaler im Gesicht geworden. Ich kannte das, es war immer so in Stressphasen. Oder wenn er frisch verliebt war.

»Ach.« Ich blickte wieder aufs Wasser, auf dessen Oberfläche sich das Sonnenlicht brach. »Schon.«

»Die Leute werden auch dieses Buch lieben.«

Tim blieb stehen und schaute sich nach Murmel um. Er hatte angefangen, vor einem Kastanienbaum ein Loch zu buddeln. Tim pfiff laut, woraufhin Murmel die erdige Schnauze hob und mit fliegenden Ohren angehechtet kam.

»Schreibst du eigentlich schon am nächsten Buch?«

Ich scharrte mit meiner Sandale im Schotter. »Theoretisch ja.«

Er lachte leise. »Das sagst du jedes Mal.«

Ich schnaubte. So war das, wenn man immer funktionierte. Die Leute glaubten einem nicht mehr, wenn es mal nicht rundlief.

Tim lobte Murmel, der mit hängender Zunge bei uns angekommen war. »Ina hat ihm was Neues beigebracht. Auf sie hört er richtig gut.«

»Glaub ich dir.« Ich sollte jetzt nachfragen, was, aber etwas in mir sträubte sich dagegen. Ich wollte es lieber nicht so genau wissen, also grinste ich nur und überreichte Tim eine Tüte mit Hundeleckerchen für die gesunde Darmflora sowie Murmels liebstem Spieltier. »Ich hab dir noch einen Budni-Gutschein dazugelegt, den ich doppelt hatte, und einen Katalog vom Schauspielhaus. Die spielen tolle Sachen diese Saison, vielleicht ist das was für euch.«

»Du bist die Beste, danke!« Tim knetete seine Hände. »Hör mal, Katrin …«

»Ja?«

»Ich fände es toll, wenn wir mal wieder was gemeinsam unternehmen. Es ist jetzt über ein Jahr vergangen …« Er schob sein Käppi zurecht. »Ich würde mich wirklich freuen, wenn du bald zum Abendessen kommst. Ina möchte dich endlich richtig kennenlernen.«

Murmel setzte sich auf meinen Fuß. »Okay, das heißt, es ist richtig ernst, oder?«

Er atmete gedehnt aus. »Ja. Ich glaube schon. Es ist für uns alle nicht leicht, und vielleicht ist es auch naiv, aber ich wünsche mir so sehr, dass wir miteinander auskommen.«

Murmel stupste mich in die Wade und hinterließ einen Erdfleck auf meinem cremefarbenen Rock.

»Das wünsche ich mir auch.« Wir sind jetzt alle irgendwie eine Familie, ob ich es will oder nicht, dachte ich. Wir haben immer noch Murmel zusammen. Tim ist immer noch Julias Chef. Und der Mensch, mit dem ich das größte Stück Vergangenheit teile. »Wann passt es euch?«

Ein erleichtertes Lächeln zog sich über sein Gesicht. »Vielleicht spontan morgen? Oder hast du vor der Buchpremiere noch zu viel zu tun?«

Ich wischte die Erde von meinem Rock, auf dem ein gräulicher Schatten zurückblieb. »Nein, eigentlich bin ich ganz froh, wenn ihr mich etwas ablenkt.«

3

»Schön, dich zu sehen! Komm rein!« Tim stand mit geröteten Wangen in der Tür zu Inas Wohngemeinschaft. Murmel drängte sich an ihm vorbei und führte sein Freudentänzchen auf.

Ich begrüßte beide. Dann blickte ich auf den Haufen Sneakers vor der Tür und fragte mich, ob ich meine Lackhalbschuhe danebenstellen sollte.

Tim las meine Gedanken. »Lass sie ruhig an, das wird hier nicht so eng gesehen.«

Ich trat hinter ihm in den Flur. Der leicht muffige Geruch weckte Erinnerungen an meine Studienzeit. Ina war kaum jünger als ich, das wusste ich. Offenbar war sie aber deutlich jünger geblieben. Sofort bereute ich es, mich extra schick gemacht zu haben. In dieser Umgebung wirkte mein Outfit – ein kimonoartiges rotes Kleid – irgendwie bemüht.

Der Flur führte an mehreren geschlossenen Zimmertüren vorbei, bis er in einen hellen, großen Raum mündete. Er war eingerichtet wie viele moderne Coffeeshops: Betonboden, zusammengewürfelte Flohmarktmöbel, überall Möglichkeiten, sich hinzufläzen. An der offenen Küchenzeile stand Ina in einem ihrer

Männerhemden, mit nackten Beinen und Füßen, und nahm gerade Teller aus einem Regal. Die kupferroten Haare hatte sie zu einem hohen Pferdeschwanz zusammengebunden.

Sie drehte sich mit einem vorsichtigen Lächeln zu mir um. »Wow!«, entfuhr es ihr bei meinem Anblick. »Hallo, Katrin.«

»Hi, Ina.«

Ich bemerkte, wie Tim uns beobachtete. Ina stellte die Teller auf den großen Esstisch. Kurzerhand ging ich auf sie zu und umarmte sie. Sie wurde stocksteif, wie ein Tier, das man streicheln will und das sich angegriffen fühlt.

»Ich freue mich über die Einladung«, sagte ich und überreichte ihr eine Flasche Wein und eine Frischhaltedose aus Glas. »Ich habe Beeren-Crumble zum Nachtisch mitgebracht, ich hoffe, das ist okay?«

Als ich einen Schritt zurücktrat, bemerkte ich die Erleichterung auf ihrem Gesicht. »Oh, wie nett. Danke!« Wenn sie lächelte, sah ihre Nase noch ein bisschen stupsiger aus.

Tim stand neben mir und strahlte mich dankbar an.

Es gab Pasta mit Spinat, gezogen im Hochbeet des Schrebergartens, der zur WG gehörte. Gekocht hatte Tim, was mich kurz sprachlos machte. Ich konnte mich nicht daran erinnern, dass er jemals für mich gekocht hatte. Als er zum wiederholten Mal betonte, dass er das ganz allein zubereitet habe, lehnte Ina sich verschwörerisch zu mir herüber. »Ehrlich gesagt versuche ich gar nicht, für ihn zu kochen, weil wir beide wissen, dass du in dieser Hinsicht die Preise verdorben hast.«

Kurz sah ich in ihrem Gesicht den Schrecken darüber, dass sie das tatsächlich laut gesagt hatte.

Wenn ihr wüsstet, dachte ich. Wenn ihr wüsstet, dass ich nicht mehr koche, seit es niemanden mehr gibt, der sich darüber freut.

»Na ja.« Ich schob mir süffisant grinsend etwas Spinat auf die Gabel, dem für meinen Geschmack ein wenig mehr Muskatnuss gutgetan hätte. »Ich glaube, auf gewisse Weise bekommt es ihm ganz gut, dass er nicht mehr regelmäßig bei mir isst.«

Ina machte große Augen. Als ich anfing zu lachen, schlug sie sich prustend die Hand vor den Mund.

Tim schüttelte den Kopf. »Keine halbe Stunde, und ihr verbündet euch gegen mich. Läuft, würde ich sagen.«

Der Wein, den ich mitgebracht hatte, war bald leer, und Ina holte einen neuen aus dem Kühlschrank. Sie erzählte von ihrer Facharztausbildung auf der Kinderstation, vom Schrebergarten der WG und vom Erfolg der Modelinie ihrer Freundin, die zwei Stockwerke weiter unten mit ihrer Familie wohnte. Dabei wanderten immer mehr rote Flecken über ihren Hals. Ganz offensichtlich redete sie gegen ihre Nervosität an. Ich konnte nicht anders, als sie dafür zu mögen.

»Dein neues Buch ist super«, sagte sie irgendwann

und wischte sich mit der Serviette den Mund ab. »Ich hab es innerhalb von einem Wochenende verschlungen.«

Ich hielt einen Moment inne. Dann sah ich zu Tim, der angestrengt auf seinen Teller blickte. Mein Buch erschien erst morgen. Bisher kannten es nur meine Agentin, mein Lektor und – Tim.

Ina sah zwischen Tim und mir hin und her und wirkte mit einem Mal erschrocken. »Oh!« Sie rieb sich über den feuerroten Hals. »Entschuldige, er hat so davon geschwärmt und …«

Tim war blass geworden. »Katrin, hätte ich …«

Ich winkte ab. »Schon okay. Freut mich, dass es dir gefällt.«

Wir aßen schweigend weiter, und ich fragte mich, ob der Moment jetzt günstig wäre, Tim um einen Gefallen zu bitten.

»Hör mal, was ganz anderes.« Ich zog den Gürtel meines Kleides nach. »Ich würde gern mit Julia Urlaub machen. Meinst du, es gibt eine Chance, dass sie in den nächsten Wochen freibekommt?«

Ina bestand darauf, die Küche aufzuräumen, während Tim mir die Dachterrasse zeigte. Sie war fast so groß wie das Wohnzimmer und bot einen tollen Ausblick über die Jarrestadt.

Ich lehnte mich ans Geländer und schaute über die Dächer der Rotklinkerbauten, hinter denen die Sonne unterging.

Tim trat neben mich. »Ich fand es so gut, ich musste das mit ihr teilen. Bist du mir böse?«

Kurz war ich sprachlos. Er hatte mit mir nie groß über meine Bücher geredet. Wenn ich ihm eines meiner Manuskripte zu lesen gab – als erstem Testleser –, sagte er jedes Mal nur wenige Sätze dazu. Dass er es liebe. Dass er sehr stolz auf mich sei.

»Ich bin dir nicht böse«, sagte ich schließlich. »Ich schätze, das ist ein gutes Zeichen. Für mein Buch. Und für euch.«

Tim kam noch ein Stück näher, ich konnte jetzt seine kräftige Schulter an meiner fühlen. »Danke, dass du so cool bleibst. Wenn es mal etwas gibt, von dem du nicht willst, dass ich …«

»Es ist wirklich okay, Tim.«

Ein Kloß bildete sich in meinem Hals, und ich versuchte, ihn herunterzuschlucken. »Sie gehört jetzt eben zu dir«, sagte ich mit belegter Stimme. »Ich werde mich daran gewöhnen.«

Er griff nach meiner Hand. Die Sorge in seinem Blick konnte ich kaum ertragen.

Ich zog meine Hand zurück. »Lass mal, ich will jetzt nicht heulen, okay?«

»Okay.« Er lehnte sich neben mir ans Geländer. »Das verstehe ich.«

Vielleicht wäre es leichter, wenn er nicht immer noch so wundervoll wäre, dachte ich.

In meiner Hosentasche vibrierte das Handy. Mehrmals hintereinander. Ich blickte zu Tim, und etwas

Merkwürdiges geschah. Ich konnte in seinen Augen lesen, dass ihn dieser Moment an etwas erinnerte. An andere Momente, in denen mein Handy mehrmals hintereinander vibriert hatte. In denen wir beide wussten, wer mir schrieb.

»Felix schreibt wieder.« Keine Ahnung, warum ich das sagte. Vielleicht wollte ich endlich ehrlich zu ihm sein. So ehrlich, wie er mir gegenüber gewesen war, als sich in unserer Trennungsphase etwas mit Ina anbahnte, der neuen Kollegin, in die er sich Hals über Kopf verliebt hatte.

Tims Miene verfinsterte sich. Ein Teil von mir fragte sich, ob ich nur hatte herausfinden wollen, ob es ihm noch wehtat. Das tat es – ich konnte es sehen –, und sofort schämte ich mich dafür.

»Aber keine Sorge«, fügte ich schnell hinzu. »Das Thema ist für mich durch.«

Tims Gesicht entspannte sich wieder etwas. »Hauptsache, es geht dir gut. Du siehst auf jeden Fall so aus. Tolles neues Kleid übrigens!«

Ein heiseres Lachen entfuhr mir.

Tim sah mich beunruhigt an. »Bist du gestresst wegen der Termine fürs neue Buch?«

»Ja. Und davon, dass ich das nächste nicht geschrieben bekomme.«

Tim schwieg einen Moment. »Hat das auch mit … dem hier zu tun?«

Ich sah hinunter auf die kleine Kopfsteinpflasterstraße, wo gerade eine ältere Dame zwei Dackel spazieren führte. »Ich weiß es ehrlich gesagt nicht. Vermutlich war es alles etwas viel in letzter Zeit.«

Eine Zeit lang schwiegen wir gemeinsam. Ich konnte von drinnen hören, wie Ina mit einer ihrer Mitbewohnerinnen sprach. Dann wurde die Musik lauter gedreht.

Tim räusperte sich. »Wir müssen irgendwann mal über die Wohnung reden.«

Mit einem Mal ahnte ich, warum Ina uns allein gelassen hatte. Warum Tim mir die Dachterrasse zeigen wollte. Unser Moment der Nähe fühlte sich plötzlich schal an.

»Das sind ja auch deine Sachen, du solltest vorbeikommen und schauen, ob du noch etwas davon haben willst.«

Ich musterte ihn. »Sie will zu dir ziehen, oder?«

Er antwortete nicht sofort. »Ich will das«, sagte er schließlich leise. Von drinnen hörte ich Gelächter. »Sie ist sich noch unsicher, ob wir nicht etwas Neues suchen sollten. Mir wäre am Ende beides recht.«

Ich hatte gewusst, dass es ernst mit den beiden war. Dass Ina für Tim kein Trostpflaster war, um über unsere Trennung hinwegzukommen. Ich wollte ihn auch gar nicht zurück, ich wusste, dass es für uns beide besser so war. Weshalb nur fiel es mir dann so schwer, mich für ihn zu freuen?

»Bevor das Ganze konkreter wird«, fuhr Tim fort, »wollte ich es aber mit dir klären. Vielleicht möchtest du die Wohnung ja auch haben.«

Ich schnaubte. »Ich denke, sie passt eher zum Gehalt zweier Ärzte als zu dem einer Schriftstellerin mit Schreibblockade.«

Tim sah verletzt aus. Ich hatte ruppiger geklungen, als ich beabsichtigt hatte.

Ich griff nach seiner Hand, die auf dem Geländer lag. »Entschuldige, ich meine es nicht so.«

»Schon gut.« Er legte seine andere Hand auf meine und drückte sie. »Denk einfach mal drüber nach, okay?«

»Wer will Nachtisch?«

Wir drehten uns beide um.

In der Terrassentür stand Ina. Kurz huschte ihr Blick über unsere Hände, aber sie ließ sich nichts anmerken.

»Eigentlich bin ich ziemlich satt.« Ich zog meine Hand aus Tims. »Aber Nachtisch passt immer noch.«

Tim wollte mir unbedingt ein Taxi rufen, doch ich hatte darauf bestanden zu laufen. Es war ein komisches Gefühl, ihn mit Ina in der Tür stehen zu sehen, Murmel mit fragendem Fiepen zu ihren Füßen. Tim hatte rote Wangen vom Wein. Unter Inas Augen krümelte etwas Kajal, ihr Pferdeschwanz war zerzaust. Beide winkten. Mich beschlich das Gefühl, in Inas Gesicht zu lesen, dass sie wusste, wie ich mich fühlte.

Unten auf der Straße sog ich tief die frische Abendluft ein. Ich hatte es überstanden. Ein weiterer wichtiger Schritt zu mehr Normalität. Zu einem Leben, in dem ich verstanden hatte, dass eins meiner großen Ziele nicht mehr zu erreichen war: es besser zu machen als meine Eltern. Vielleicht war es das, was gerade am meisten wehtat. Nicht Ina und Tim zusammen. Nicht die Tatsache, dass Tim so schnell wieder jemanden gefunden hatte, der vermutlich noch besser zu ihm passte als ich. Sondern mein eigenes Scheitern.

Ich lief durch die Straßen und lauschte den Gesprächen, die von den Balkonen herunterschallten. Der Musik, die Jugendliche in den Parks hörten. Und zu meiner Traurigkeit gesellte sich ein gefährliches anderes Gefühl. Das von Leichtsinn.

Dieser Sommerabend musste noch nicht vorbei sein. Ich könnte noch ein bisschen weiter Wein trinken. Vielleicht könnte auch ich in den Armen von jemandem einschlafen. Ich versuchte, gegen den Impuls anzukämpfen, doch ich wusste bereits, dass ich keine Chance hatte. An einer Brücke zwischen Winterhude und Eppendorf blieb ich stehen. Unter mir schimmerte dunkel das Wasser eines Alsterfleets. Ich holte mein Telefon hervor und las die Nachrichten, die Felix mir vorhin geschickt hatte.

Ich vermisse dich.

Ist alles gut bei dir?

Kati?

Ich musste daran denken, wie ich Felix zum ersten Mal gesehen hatte. Auf der Leipziger Buchmesse vor drei Jahren. Am Stand meines Verlages hatte sich eine Traube um einen Mann mit zurückgegelten, grau melierten Haaren und Hipster-Hornbrille gebildet. Aufgekratzte Leserinnen streckten ihm ihre Bücher entgegen, damit er sie signierte. Er sah jede von ihnen dabei aufmerksam an. Lächelte. Fragte sie etwas. Sein Interesse wirkte echt. Ich beobachtete, was mit den Frauen passierte, wenn er ihnen seine Aufmerksamkeit schenkte. Sie fingen an zu kichern, sie wurden rot. Erwachsene Frauen.

Neben mir hatte mein Lektor Lutz gestanden. Ich weiß noch, dass er eine seiner bunten Fliegen trug und meinem Blick folgte. »Irgendein Soziologe, der einen Ratgeber über glückliche Beziehungen geschrieben hat.« Lutz strich sein kariertes Jackett glatt. »Scheint gut anzukommen.«

Ich hatte mit den Augen gerollt. »Tja, die Damenwelt liegt ihm offenbar bereits zu Füßen.« Wir kicherten in uns hinein. Hätte ich vielleicht besser nicht tun sollen.

Jetzt wählte ich seine Nummer, bevor das letzte Fitzelchen Vernunft in mir mich stoppen konnte.

Er ging sofort dran. »Da bist du ja.«

Ein Satz. Ein Satz von ihm, und mir lief ein Schauer den Rücken herunter.

Scheiße.

»Wir wollten das nicht mehr machen«, sagte ich und hörte mir selbst an, dass ich es nicht so meinte.

Felix schwieg. Im Hintergrund lief Musik.

»Wo bist du?«, fragte ich.

Ich hörte Stimmen, das Klappern von Geschirr. »Wir haben Gäste.«

Ich hasste mich augenblicklich dafür, ihn angerufen zu haben.

Noch ehe ich das Gespräch beenden konnte, sagte er: »Bitte verzeih, kann ich dich später …«

Mitten im Satz legte ich mit zittrigen Fingern auf. Am liebsten hätte ich das Telefon ins dunkle Wasser unter mir geschleudert. Wie dämlich war ich? Da hatte ich monatelang Distanz aufgebaut, um mir und ihm und allen anderen zu beweisen, dass es endgültig vorbei war, dass seine Masche bei mir nicht mehr zog, dass ich nicht länger die bedürftige Frau war, die auf ihn wartete. Und dann reichten wenige Nachrichten, ein paar emotional schwierige Tage und drei Gläser Wein – und ich machte all das innerhalb von einer Minute zunichte.

Ich hätte meinen Frust gern in die Nacht hinausgeschrien, aber ich ließ es bleiben – aus Angst, dass irgendjemand denken könnte, ich bräuchte ernsthaft Hilfe. Stattdessen lief ich in meinem hübschen roten Kleid über die Brücke und weiter durch die beleuchteten Straßen in Richtung Eppendorf. Was hatte ich in meinem verklärten Kopf gedacht? Dass ich ihm meinen Standort schickte und er sich ein Taxi rief? Dass wir in einer Bar noch ein paar Drinks bestellten und uns dabei mit Blicken auszogen? Dass wir danach in meiner Wohnung landeten und genau das taten? Ich konnte dankbar sein, dass er und seine Frau gerade Gäste hatten. Denn ansonsten wäre es genau so gekommen. Ich wollte mir gar nicht ausmalen, was das für Folgen gehabt hätte.

Zu Hause stand ich einen Moment in meiner dunklen Wohnung. Wie war ich nur in diese Lage geraten? Wieso hatten Tim und ich unsere Liebe vertrocknen lassen wie einen vergessenen Blumenstrauß? Wieso wohnte ich mit Mitte dreißig in einem Einzimmerappartement, in dem ich kein einziges Bild aufgehängt hatte? Wieso schaffte ich es nicht, mich richtig auf mein neues Buch zu freuen, geschweige denn das nächste zu schreiben? Nichts davon passte zu meinem Anspruch an mich selbst.

Vor einigen Jahren, als mein erstes Buch zum Erfolg wurde, hatte mich mal eine Journalistin gefragt, wo ich mich in fünf Jahren sähe. Ich hatte geantwortet: »Im Grunde hoffe ich, dass alles genau so bleibt, wie es gerade ist.«

Nun war mir nichts geblieben als der Hund. Und auch der nur in Teilzeit.

Ich stellte die Lackschuhe ins Regal und ließ mich aufs Sofa fallen. Das Licht einer vorbeirauschenden Hochbahn fiel ins Zimmer. Einige Minuten saß ich ganz still da. Irgendwie fühlte sich das Alleinsein hübsch zurechtgemacht noch einsamer an als ungeduscht in Camouflage-Leggings. Als wäre es eine Verschwendung, dass niemand mich hier sitzen sah, mit meinen Beach Waves und dem Rouge auf den Wangen, das farblich zum Kleid passte.

Dabei wusste ich selbst nicht genau, was eigentlich mein Problem war. Im Grunde war alles so gut wie seit Langem nicht mehr. Tim war offensichtlich glücklich mit Ina. Ich hatte mich endgültig von meiner unseligen Affäre losgesagt, wenn man den Ausrutscher heute nicht mitrechnete. Wir hatten gerade zu dritt einen netten Abend verbracht. Das Leben ging weiter. Und trotzdem. Es fühlte sich an, als würde ich auf einem dieser Laufbänder am Flughafen stehen und auf der Stelle treten, weil es in die falsche Richtung lief.

Schluss mit dem Selbstmitleid, beschloss ich. Es lag in meiner Hand, etwas zu ändern. Wie sollte es anders werden, wenn ich tagein, tagaus auf diesem Sofa saß und darauf wartete, dass etwas passierte? Natürlich war ich da bei Felix' Nachrichten kurz schwach geworden. Wenn ich wollte, dass es mit meinem Leben voranging, musste ich es selbst in die Hand nehmen.

Morgen erschien mein neues Buch, das würde für einigen Trubel sorgen. Und danach würde ich – *musste* ich – in den Urlaub fahren. Am besten irgendwohin, wo ich mal richtig raus war.

Aus irgendeinem Grund dachte ich wieder an den Brief, den ich am Flughafen gefunden hatte. An die Bilder aus Portugal. Der Umschlag lag noch immer auf dem Couchtisch. Ich machte das Licht an und griff danach. In dem Moment, in dem ich ihn hochhob, sprang die Lasche auf. Der Kleber hatte sich komplett gelöst. Ich könnte den Inhalt nun einfach so herausnehmen und anschauen.

Das konnte ich nicht machen.

Oder?

Denn was, wenn dies kein Zufall war? Wenn jemand auf diesen Brief wartete? Wenn er eine wichtige Botschaft enthielt? Wenn ich ihn gefunden hatte, damit er seine Empfängerin oder seinen Empfänger doch noch erreichte?

Ich griff nach meiner Brille, die ebenfalls auf dem Tisch lag, und setzte sie auf. Zog den Brief sorgsam aus dem Umschlag. Faltete das schlichte weiße Papier auseinander.

Vorder- und Rückseite waren mit einer großzügigen, ordentlichen Handschrift beschrieben. Zweifel stiegen in mir auf. Diese Zeilen waren nicht für mich bestimmt. Ganz kurz erwog ich, den Brief doch wieder wegzulegen. Aber meine Neugierde war größer, und so begann ich zu lesen.

Lieber Filipe,

es tut mir leid, dass ich nicht gekommen bin, um dich zu verabschieden. Ich weiß, ich hatte es versprochen. Ich vermute, meine kurze Nachricht muss dir herzlos erschienen sein. Aber ich habe den Gedanken einfach nicht ertragen, dass du gehst. Jetzt, wo gerade alles so schön war.

Als wir uns kennenlernten, hast du mir direkt gesagt, wann du wieder abreisen würdest. Was ich nicht geahnt habe, war, dass ich so starke Gefühle für dich entwickeln würde. Ich habe dich immer im Glauben gelassen, aus uns könne nichts Ernstes werden. Ich habe immer behauptet, eine Fernbeziehung käme für mich nicht infrage. Aber seit du weg bist, bin ich sicher, einen Fehler gemacht zu haben. Ich glaube jetzt, dass wir alles können, wenn wir nur wollen. Wenn die Gefühle zwischen uns stimmen, kann uns nichts davon abhalten, zusammen zu sein. Dann finden wir einen Weg. Glaubst du auch noch daran? Kannst du mir und uns diese Chance geben?

Ich weiß noch, wie du mir erzählt hast, was deine Oma, deine geliebte vovó, immer sagt. Dass man es weiß, wenn man seinen Menschen trifft. Dass man es einfach irgendwie weiß. Nun, Filipe, seit du weg bist, weiß ich es.

In Liebe
deine Zoé

Erst als ich das Papier auf mein rotes Kleid sinken ließ, merkte ich, wie gerührt ich war. So fühlte man, wenn man richtig verliebt war. So hatte ich damals für Tim empfunden.

Ich las den Brief noch einmal. Wie tragisch, dass Filipe ihn nicht erhalten würde. Dass ich daran vielleicht eine Mitschuld trug, weil ich Murmel den Umschlag nicht schnell genug entrissen hatte. Ich konnte nur hoffen, dass Zoé ihn das, was sie ihm sagen wollte, noch auf anderem Wege hatte wissen lassen.

4

Am Tag meiner Buchpremiere erwachte ich mit dem typisch flauen Gefühl, das großen Ereignissen vorausgeht. Ich hängte meine neue fließende Hose, die ich mir extra für diesen Anlass gekauft hatte, vorne an den Schrank, genau wie die dazugehörige Bluse. Probierte verschiedene Schuhe an und entschied mich doch wieder für die spitzen Pumps, die ich meine Lesungsschuhe nannte, weil sie mir schon oft Glück gebracht hatten. Als wäre ich eine Fußballerin, die um einen Pokal kämpfte. Dabei kämpfte ich nur gegen mich selbst. Gegen den Teil von mir, der überzeugt war, alle im Raum auf meine Seite ziehen zu müssen. Ich wusste, dass ich abends unzufrieden im Bett lag, wenn ich das Gefühl hatte, auch nur eine Person im Publikum gelangweilt zu haben.

Ich lackierte mir die Nägel und trug eine Gesichtsmaske auf. Beim Einmassieren betrachtete ich die feinen Linien um meinen Mund und meine Augen. Meine Kosmetikerin hatte neulich gesagt, es wäre nie zu früh, um mit Botox anzufangen. Ich hatte nur gelächelt und insgeheim gedacht: Wenn man ein Publikum mit etwas so Leisem wie einem Buch fesseln will, braucht man eine sehr laute Mimik – und dafür jeden verfügbaren Muskel. Ich konnte das: mit meiner Mimik einen Raum für mich gewinnen. Das sagte ich wie ein Mantra vor mich hin, während ich die Maske mit einem feuchten Waschlappen entfernte. Ich war gut darin. Ich musste nur noch lernen, es auch zu genießen.

Gegen Mittag hatte ich noch einmal alle Stellen laut gelesen, ausgiebig geduscht und die kleinen Geschenke für den Moderator, Lutz und die Buchhändlerin – je eine Flasche Wein und ein Tütchen selbst geröstete Kichererbsen – sowie eine Flasche Sekt in meine Tasche gepackt. Außerdem hatte ich Frau Schneider, die ebenfalls zur Lesung kommen wollte, ihre Thrombosestrümpfe hochgerollt, weil sie fürchtete, der mobile Pflegedienst würde es nicht mehr rechtzeitig schaffen. Ich musste mich nur noch anziehen, frisieren und schminken.

Leider waren noch viel zu viele Stunden übrig. Ich bestellte mir eine Summer-Bowl bei einem Lieferservice und setzte mich damit vor meinen Rechner. Ausnahmsweise mal kein belegtes Brot, dachte ich. An Schreiben war nicht zu denken. Stattdessen lenkte ich mich damit ab, nach Urlaubsangeboten zu suchen. Ich fand eine Sandstein-Finca im Hinterland von Mallorca, von deren Terrasse aus man über Hügel voller Orangenbäume blickte. Einen Bauernhof mit hübschen Ferienwohnungen auf Sizilien, dessen Gastgeberin die Pasta selbst herstellte. Ein paar nette Boutique-Hotels in anderen Mittelmeerregionen. Doch alles, was mir gefiel, bot weder Büfett noch Entertainment. Ich war unsicher, ob sich auch Julia dort wohlfühlen würde.

»Stell dir vor, Tim hat tatsächlich gesagt, ich würde freibekommen, auch spontan«, berichtete meine Cousine mir nachmittags über den Telefonlautsprecher, als ich gerade meine Haare mit dem Lockenstab bearbeitete. »Woran hast du denn gedacht?«

Ich zog eine glänzende Strähne aus dem Lockenstab, die sich daraufhin wie gewünscht kringelte. »Wie wäre es, wenn wir beide mal nach Angeboten suchen und uns gegenseitig Vorschläge schicken? Ich habe schon ein paar tolle Sachen gefunden. Von mir aus kann es so bald wie möglich losgehen.«

»Von mir aus auch, gern schon nächste Woche.« Sie klang mit einem Mal richtig aufgeregt.

»Meinst du, wir finden so schnell etwas?« Eine weitere Strähne fiel perfekt gekringelt auf meine Schulter.

»Na klar, ich setze mich vor deiner Lesung schon mal hin und recherchiere. Ich freue mich auf heute Abend. Du wirst das wie immer großartig machen, Süße.«

Keine Ahnung, wie viele Hände ich an diesem Abend schüttelte. Wie viele Bücher ich signierte, wie viele Gratulationen ich entgegennahm, wie viele Komplimente ich bekam. Jedenfalls leuchtete meine innere Flutlichtanlage mit dem Strahlen der Buchhändlerin um die Wette. Der Abend war ein voller Erfolg.

Ina und Tim waren die Letzten in der langen Schlange der Gratulierenden. Murmel begrüßte mich stürmisch, und ich hockte mich zu ihm und streichelte ihn. Er hatte ausgesprochen brav seinen Leberwurstknochen bearbeitet und sich dann zu Inas Füßen zusammengerollt. Jetzt kam wieder Leben in die kleine Bulldogge.

Tim überreichte mir eine Tüte mit meiner Schweizer Lieblingsschokolade. »Du warst toll!«

»Danke!« Ich stand auf und umarmte zunächst ihn, dann seine Freundin. Über ihre Schulter hinweg schaute ich mich unauffällig im Raum um. Nur noch wenige Gäste suchten ihre Sachen zusammen. Kein Felix mehr zu sehen.

Diesmal wurde Ina nicht stocksteif. Aber an ihrem Hals blühten wieder lauter rote Flecken. »Es war wirklich interessant. Danke, dass ich dabei sein durfte.«

Ich hörte einen Sektkorken knallen.

»Wem darf ich einschenken?« Jürgen, der Moderator des Abends, blickte fragend in die Runde. In einer Hand hielt er die Flasche Sekt, in der anderen ein Tablett voller Gläser. Mittlerweile hatte sich die gesamte Rückseite seines Leinenhemdes aus dem Hosenbund gestohlen.

Tim und Ina sahen mich erwartungsvoll an.

»Wollt ihr noch mit anstoßen?«, fragte ich.

»Sehr gern.« Ina knibbelte an einem der Knöpfe ihres Männerhemdes.

Mein Lektor Lutz, meine Agentin Franzi, die Buchhändlerin und Julia gesellten sich zu uns und schnappten sich die von Jürgen randvoll gefüllten Gläser. Ich kippte noch schnell ein paar übrig gebliebene geröstete Kichererbsen in zwei Schalen und stellte sie auf den Stehtisch zwischen uns.

»Jetzt komm mal her und entspann dich, du hast heute schon genug geleistet.« Julia prostete mir zu. »Auf dich und dein neues Buch!«

Alle stimmten mit ein.

Während ich lächelnd das Glas an die Lippen setzte, fragte ich mich, wie Felix es in der Zwischenzeit geschafft hatte, sich unbemerkt davonzuschleichen.

Zwei Gläser später packte ich Blumen und Geschenke ein, überreichte Lutz, Jürgen und der Buchhändlerin ihre Mitbringsel und gab Ina auf ihren Wunsch hin ein signiertes Exemplar für ihre Mutter mit. Dann verabschiedete ich mich von allen und machte mich auf den Heimweg. Julia hatte angeboten, noch mit zu mir zu kommen, aber aus Rücksicht auf ihren Frühdienst am nächsten Tag hatte ich dankend abgelehnt. Ich war ohnehin erschöpft von der ganzen Aufregung und freute mich auf mein Bett.

Die Luft war mild an diesem Sommerabend. Auf den Restaurantterrassen des Viertels saßen noch viele Gäste beisammen und unterhielten sich lautstark. Es war eine gute Lesung gewesen. Die Leute hatten zufrieden gewirkt. Ich hatte es geschafft, mich nicht aus der Ruhe bringen zu lassen. Nicht mal von ihm.

Und noch während ich mich fragte, warum um alles in der Welt er überhaupt aufgetaucht war und ob er womöglich noch irgendwo auf mich wartete, hörte ich seine Stimme hinter mir: »Kati?«

Ich blieb stehen und drehte mich um.

Felix kam mit den Händen in den Hosentaschen auf mich zugeschlendert, ein herausforderndes Lächeln im Gesicht. »Na?«

Einen Schritt vor mir blieb er stehen. Das Licht der Straßenlaterne spiegelte sich in seiner Hornbrille.

Einen Moment standen wir da und sahen uns einfach nur an. Dann nahm er mir zwei der Blumensträuße aus dem Arm. »Ich helfe dir tragen.«

Ich war drauf und dran, sie ihm wieder abzunehmen. Ihn zu bitten, mich allein zu lassen. Aber meine Neugierde zu erfahren, was er von mir wollte, war größer. Als wäre dies hier nicht mein Leben, sondern ein Film, von dem ich unbedingt wissen musste, wie er weiterging.

Ich musterte ihn. Er sah gut aus. Wie immer. Er duftete nach frisch geduschtem Mann. Wie immer.

»Was machst du hier?«, fragte ich.

Er setzte seinen Dackelblick auf. »Entschuldige mal, heute war deine Buchpremiere.«

Dass er das noch wusste. Nach Monaten ohne Kontakt. »Felix, was soll das? Wir hatten uns darauf geeinigt …«

»Komm schon, lass uns heute nicht darüber reden.« Er legte mir eine Hand auf die Schulter und schob mich bestimmt weiter. »Heute ist dein Tag.«

Ohne zwei Gläser Sekt hätte ich ihn vielleicht an

dieser Stelle gestoppt. Ohne das Adrenalin von der Lesung hätte ich die Regie nicht einfach aus der Hand gegeben. Das zumindest redete ich mir später ein. Aber an diesem Abend, in dieser Stimmung ließ ich Felix gewähren, und wir liefen nebeneinander die Straße entlang. Als wäre es das Normalste der Welt. Ich glaube, das war es, was mich von Anfang an zu ihm hingezogen hatte. Dass die Dinge mit ihm so einfach waren. Weil er sie mir aus der Hand nahm.

Ich musste daran denken, wie er mich damals auf der Buchmesse angesprochen hatte. Ich stand hinter einer Bühne und bereitete mich auf ein Interview vor. Dabei musste ich mehrmals gähnen, wie mir das aus Nervosität manchmal passiert.

Plötzlich sagte jemand neben mir: »Ein paar Krümel, dann bist du hellwach.«

Überrascht drehte ich mich um.

Er hielt mir ein Päckchen Ahoi-Brause hin. »Hat meine Nichte mir vor der Messe geschenkt, als Notration.«

Ich musste ihn ziemlich skeptisch angesehen haben, denn er fügte grinsend hinzu: »Ich schätze, es gibt hier irgendwo auch ein anderes Pulver mit stärkerer Wirkung, aber da bist du leider an den falschen Mann geraten.«

Völlig unvermittelt hatte mich das zum Lachen gebracht. Er lachte mit, und von dieser ersten Minute an war es, als wären wir Verbündete. Als wüssten wir beide etwas, was alle anderen nicht wussten. Ich war selten so locker in einem Interview gewesen wie nach dieser netten kleinen Unterhaltung. Er hatte mir die Nervosität genommen.

Und nun half er mir beim Blumentragen. Nach allem, wohin diese Verbundenheit uns geführt hatte. Obwohl ich es besser wusste.

Die Pumps schmerzten mittlerweile an meinen Zehen. Ich spürte seinen Blick auf mir.

»Du hast es wieder einmal geschafft. Der ganze Raum hat sich in dich verliebt.« Er lachte leise auf. »Also die, die es nicht ohnehin schon waren.«

Wir waren an meiner Haustür angekommen. Felix blickte hinauf zu meiner Loggia im dritten Stock, dann wieder zu mir. Die Hochbahn ratterte vorbei, sodass ich erst nicht verstand, was er sagte.

»Ich weiß, dass du dich wunderst«, wiederholte er seine Worte. »Aber ich wollte dich gern unterstützen. Ich wusste ja, wie wichtig dieser Abend für dich ist.«

Das Gefährlichste an dir ist, dass du immer weißt, was man hören will, dachte ich. Ich schenkte ihm ein schmales Lächeln. »Den Rest schaffe ich allein.«

Aber statt mir die Blumen zu überreichen, sagte er: »Komm, ich helfe dir noch bis oben. Keine Sorge, dann lasse ich dich in Ruhe.«

Wieder eine Möglichkeit, die verstrich. Wieder ein Moment, in dem ich ihn entscheiden ließ. Und so stieg er mit mir die drei Stockwerke hinauf. Wartete hinter mir, bis ich die Tür aufgeschlossen hatte. Folgte mir in die dunkle Wohnung.

Ich schaltete das Licht an und scannte den Raum. Ich war nicht vorbereitet auf Besuch, aber alles sah einigermaßen ordentlich aus. Felix steuerte bereits zielsicher die Küche an, öffnete einen Oberschrank und nahm mehrere Vasen heraus. Als würde er hier noch immer ein und aus gehen.

Er reichte mir eine Vase nach der anderen, und ich füllte sie mit Wasser.

Nachdem alle Blumen versorgt waren, inspizierte er meinen Kühlschrank. Triumphierend zog er eine halb volle Flasche Wein hervor. »Komm, wir stoßen noch an. Dann gehe ich wirklich. Versprochen.« Er holte bereits Gläser aus meinem Wandregal. »Ein Gläschen, Kati, auf dein Buch.«

Ich ärgerte mich insgeheim darüber, ihn nicht schon unten auf der Straße abgewimmelt zu haben. Die Wirkung des Sektes ließ langsam nach, aber mein Herz klopfte noch immer zu schnell. Ich verschränkte die Arme vor der Brust, als könnte ich es so besser schützen. »Nein, das ist keine gute Idee. Bitte geh jetzt!«

Felix fuhr sich über den frisch ausrasierten Nacken. »Ach, Kati, du hast keine Ahnung, was du mit mir machst.« Er kam einen Schritt näher. Ich konnte ihn jetzt riechen, diese Mischung aus Haargel, teurem Aftershave und unerschütterlichem Selbstbewusstsein. »Kati, du bist einfach …«

Im Grunde ist es schon zu spät, dachte ich. So nah hätte ich ihn nie an mich heranlassen dürfen. »Erinnerst du dich daran, dass wir gesagt hatten, wir lassen das? Keine Nachrichten mehr, keine Treffen?«

»Aber du fehlst mir.« Ganz langsam beugte er sich zu mir. Legte seine Stirn an meine. Ich fühlte seinen Atem auf meiner Haut.

Und dann, in dem Moment, in dem seine warmen Lippen meine berührten, fiel es mir wieder ein. Was ich tun wollte, wenn ich je wieder in diese Situation geriet: Ich wollte mir das Gesicht seiner Frau vorstellen. Ich kannte nur ein Foto von Sandra, das Felix in seinem Portemonnaie trug. Es zeigte eine blonde Frau mit strahlendem Lächeln in einem Prinzessinnen-Hochzeitskleid.

Augenblicklich schob ich ihn von mir weg. »Geh nach Hause, Felix.«

Er hob beide Hände. »Hab ich was Falsches gemacht?«

Ich musste beinahe lachen. Ja, dachte ich. Ja, verdammt, du hast monatelang deine Frau betrogen. Du hast ihr versprochen, das von nun an nie wieder zu tun. Und du hast dieses Versprechen gerade gebrochen.

Laut sagte ich: »Tschüss, Felix.«

Ich konnte sehen, dass ihm das gar nicht gefiel, aber offenbar war ich deutlich genug gewesen, denn er ging in Richtung Tür.

Draußen im Hausflur drehte er sich noch einmal um und sagte: »Ich war wirklich stolz auf dich heute.«

Mit letzter Kraft schob ich die Tür zu und lehnte

mich von innen mit dem Rücken dagegen. Was für ein riesengroßer Mist!

Einen Moment stand ich da und wartete, bis seine Schritte im Treppenhaus verklungen waren. Bis mein Herzschlag sich beruhigt hatte und ich mir selbst glaubte, dass ich die Tür nicht wieder aufreißen und ihn zurückrufen würde. Dann ging ich zum Sofa, setzte mich auf die Kante und legte den Kopf in meine Hände.

Ich konnte wirklich zufrieden mit mir sein, oder? Ich hatte es am Ende doch noch geschafft, Felix wegzuschicken, obwohl jede Faser meines Körpers etwas anderes wollte. Und genau das war das Problem. Dass ich ihn noch wollte, machte mich wütend. Dass ich jetzt schon wieder über ihn nachdachte und nicht über meine erfolgreiche Buchpremiere. Dass er es geschafft hatte, diesen Abend, der doch meiner war, zu seinem zu machen.

Eine Zeit lang saß ich so da. Dann zog ich meinen Laptop auf den Schoß und klappte ihn auf. Kaltes Licht flimmerte auf. Julia hatte mir noch eine Mail geschickt, bevor sie in die Buchhandlung gekommen war. Lauter Links zu Reiseangeboten. Ein Hotel auf Formentera, ein anderes auf Ibiza, ein weiteres auf Madeira. Sie verfügten alle über Poolanlagen und Wellnessbereiche und hatten schicke, in Beigetönen eingerichtete Zimmer. Ich wollte Julia schon antworten, dass sie einfach eins aussuchen solle, ich wäre auf jeden Fall dabei, als mein Blick auf den Brief auf meinem Couchtisch fiel.

Es gibt keine Zufälle. Es gibt nur Zeichen.

Es wäre verrückt. Nur wegen eines Briefes irgendwo hinzufahren. Ich öffnete ein Browserfenster. Tippte wieder den Namen der Stadt ein. *Marial.* Suchte nach weiteren Fotos. Kleine, weiß getünchte Häuser. Dünen, die bis zu einer Steilküste reichten. Tosende Wellen, die auf massive Steinklippen prallten. Fast konnte ich sie rauschen hören. Die Kraft, mit der sie gegen die Steine schlugen und Furchen hineinfraßen. Jahrein, jahraus. Im Kopf hörte ich die Schreie der Möwen, den Wind, der um die Häuser jaulte. Dort wohnte Filipe. Filipe, der vielleicht nicht wusste, dass er für Zoé der Eine war. Der es vielleicht nie erfahren würde, weil ihr Brief am Hamburger Flughafen verloren gegangen und im Maul meines Hundes gelandet war.

Ich nahm den Umschlag hoch und zog den Brief noch einmal heraus. Las ihn erneut. Diesmal berührten mich Zoés Worte noch auf andere Weise. Ich sah wieder die strahlende Sandra in ihrem Hochzeitskleid vor mir. Wie musste sie gelitten haben, als sie herausfand, dass ihr Liebster im vorletzten Winter nicht wirklich so oft beim Schwimmen gewesen war, wie er behauptet hatte. Sondern bei mir. Sie hatte ihm verziehen, weil sie ihn liebte, vermutete ich. Sie hatte ihm noch einmal ihr Vertrauen geschenkt. Und er missbrauchte es erneut. Was mich traurig und wütend zugleich machte.

Ich musste an meine eigene Hochzeit denken. Mein Kleid war schlichter gewesen als Sandras, hanseatisches Understatement, typisch Eppendorf. Nicht zu sexy, etwas Spitze, natürliches Make-up und wehende Haare im Wind. Ich war so glücklich gewesen, so voller Hoffnungen, genau wie Zoé. Nicht mal im Traum wäre ich darauf gekommen, dass ich es selbst sein würde, die dieses Glück eines Tages zerstörte.

Als ich den Brief zurück in den Umschlag steckte, entdeckte ich noch etwas anderes darin. Ein Foto, das herzförmig ausgeschnitten worden war. Darauf waren ein junger Mann und eine junge Frau zu sehen. Ich schätzte sie beide auf Mitte bis Ende zwanzig. Sie hatte einen Pixie-Schnitt und viele Sommersprossen auf der Nase. Er hatte etwas längere dunkle Haare und sah mit seinem schmalen, schönen Gesicht und den großen dunklen Augen aus wie ein Hollywoodstar. Sie lachte so sehr, dass ihre Augen nur noch Schlitze waren. Er lächelte sie von der Seite an, mit so viel Zuneigung, dass sich in meinem Hals ein Kloß bildete.

Und mit einem Mal dachte ich: Die Reise dieses Briefes muss hier und heute nicht zu Ende sein. Vielleicht ist es meine Aufgabe, ihn zu Filipe zu bringen. Damit er doch noch erfährt, was Zoé ihm sagen wollte.

Es war wirklich völlig verrückt. Aber: Es sah schön aus, da, wo er wohnte. Ich wollte dahin. Und vielleicht würde ich damit am Ende sogar noch etwas Gutes tun.

5

Der Bus fuhr eine holprige Küstenstraße entlang. Endlose Reihen von hellen Ferienhäusern rauschten an uns vorbei. Julia war neben mir eingeschlafen. Ihr Kopf rutschte nach und nach auf meine Schulter. Der Griff um ihre große Leinentasche hatte sich gelockert. Ich nahm sie ihr behutsam vom Schoß und klemmte sie zwischen meine Knie. Dass sie mich bei diesem Abenteuer begleitete, rechnete ich meiner Cousine hoch an. Als ich sie angerufen hatte, vor drei Tagen, am Morgen nach meiner Buchpremiere, um ihr von meinen Plänen zu berichten, hatte sie nur gesagt: »Klar, buch mal.« Und zwei Wochen Urlaub eingereicht. Ein Glück, dass Tim gerade das Bedürfnis verspürte, mir eine Freude zu machen. Er hatte den Urlaub sofort bewilligt.

Und jetzt saßen wir hier in einem staubigen Linienbus, der geräuschvoll durch Schlaglöcher ratterte. Außer uns war noch eine Gruppe Jugendlicher mit Reiserucksäcken im Bus, die alle auf ihren Handys herumtippten. Ansonsten nur ein paar ältere Leute mit Körben voller Obst und Gemüse, das sie vermutlich auf einem Markt eingekauft hatten. Draußen begannen sich Sanddünen auszubreiten. Dazwischen blitzte hier und da das Blau des Meeres hindurch.

Zwei Wochen raus. Zwei Wochen nur Julia und ich und das Meer und der Wind. Wie schnell es manchmal gehen konnte, wenn man die Dinge anpackte.

Der Bus ruckelte heftig, als er durch ein besonders tiefes Schlagloch fuhr, und Julia stöhnte leise im Schlaf. Ich war froh, dass sie eingedöst war, nachdem ihr von den vielen Snacks, die ich für uns eingepackt hatte, übel geworden war. Ich musste an die Sommerferien denken, die ich als Kind bei ihrer Familie verbracht hatte. Ich, das Einzelkind aus Hamburg, durfte zu meiner Tante in den Taunus. In meiner frühesten Erinnerung an diese Zeit war Julia, fünf Jahre älter als ich, bereits auf dem Gymnasium, die große Schwester dreier wilder Jungs, die uns Pfannkuchen backte und auf John-Sinclair-Hefte stand. Obwohl die Geschichten so gruselig waren, war ich dabei immer eingeschlafen, weil meine Cousine uns mit der für sie typischen stoischen Ruhe vorlas. Sie trug damals kurze Haare und kurze Hosen und war Torschützenkönigin im örtlichen Handballverein. Wenn ich ankam, zog meine Tante mir immer als Erstes das Kleid und die Strumpfhose aus und steckte mich in die Klamotten von einem der Jungs, damit ich mit den anderen durch die Felder stromern konnte. Julia behauptete trotzdem, ich sei »so ein Mädchen«, mit meinen Glitzerstickeralben und den Musicalsongs, die ich vor dem Spiegel nachsang.

Jahre später, als Julia für ihr Praktisches Jahr nach Hamburg zog, hatte ich gerade angefangen zu studieren. Ich weiß noch, wie meine Mutter mich bat, meine Cousine doch einmal zu mir einzuladen. Ich gab mir Mühe, machte mich zurecht, putzte die Wohnung, kochte etwas aus einer Zeitschrift nach. Genau wie meine Mutter es mir vorgelebt hatte, wenn sie in unserem Einfamilienhaus im gediegenen Hamburger Vorort Gäste empfing.

Als Julia schließlich ihre Regenjacke über die Garderobe in meiner Studentenbude geworfen hatte, blieb ihr Blick an den Stoffservietten hängen, die zusammengerollt neben den Tellern auf dem gedeckten Tisch lagen. Er wanderte über die brennenden Kerzen, die aufgeschüttelten Kissen auf dem Ikea-Sofa und die frisch geputzten Stiefeletten an meinen Füßen.

Unvermittelt hatte sie angefangen zu lachen. »Im Ernst, Süße, für mich brauchst du den ganzen Zirkus nicht zu veranstalten. Ich kenne dich, seit du Windeln getragen hast.«

Von da an stand Julia regelmäßig nach der Arbeit vor meiner Tür, oft mit Chipstüten und Pizzakartons. Ich hörte schnell auf, für ihre Besuche aufzuräumen. Und wir fanden heraus, dass wir trotz vieler Gegensätze auch Gemeinsamkeiten hatten. Dass wir beide seit dem Abi nachts Beißschienen trugen, weil wir uns immer zu viel Druck machten. Dass wir beide eine Schwäche für Kostümdramen in Überlänge hatten, möglichst im britischen Original. Und dass wir beide bei Weitem nicht so waren, wie wir auf den ersten Blick schienen.

Und jetzt saßen wir nebeneinander in einem Bus auf dem Weg in ein weiteres gemeinsames Abenteuer.

Die Bebauung am Straßenrand wurde wieder dichter. Schließlich passierten wir ein verbeultes Ortsschild, auf dem der Name stand, nach dem ich in den letzten Tagen so oft gesucht hatte: *Marial.*

Sachte rüttelte ich an Julias Schulter. »Wir sind da.«

Etwas verwirrt hob sie den Kopf und rieb sich die Augen.

Der Bus fuhr an weiteren Ferienhäusern vorbei, dann an einem kleinen Supermarkt, einigen Surfshops und Cafés. An einem Kreisverkehr, an dem zwei Strandcafés nebeneinanderlagen, hielt er an.

Der Busfahrer winkte uns raus, holte die Koffer aus dem Bauch des Busses und überreichte sie uns. »*Tchau, senhoras*«, sagte er und lächelte freundlich.

»Hast du dein Gepäck?«, fragte ich Julia.

»Hab alles, Chefin.«

Der Busfahrer winkte und stieg wieder ein.

Julia sah mich etwas irritiert an. »Wo ist denn das Hotel? Bringt der uns nicht bis vor die Tür?«

Ich musste lachen. Sie hatte offenbar nicht verinnerlicht, dass es sich hier nicht um einen Flughafentransfer handelte, wie sie ihn gewohnt war. Und dass der Bus dort, wo wir hinmussten, gar nicht hinkam. Stattdessen ruckelte er weiter die Straße entlang.

»Es ist nicht weit«, antwortete ich und lief los.

Wir zogen unsere Rollkoffer an den Strandcafés vorbei. Dahinter erstreckte sich ein breiter goldgelber Sandstrand, auf den von beiden Seiten die Wellen des Atlantiks peitschten. Mitten durch den Strand führte eine schmale Straße auf eine Halbinsel zu. Links und rechts der Straße nichts als Sand und Wasser.

»Wow!« Julia kramte in ihrem Beutel nach ihrer Sonnenbrille. »Das ist dann wohl buchstäblich die Straße ins Nirgendwo. Was hast du uns da gebucht?«

Ich zuckte mit den Schultern. »Du meintest, authentisch klänge gut.«

Julia setzte die Sonnenbrille auf und ging weiter. »Authentisch klingt gut, solange dazu ein Infinitypool und ein Frühstücksbüfett mit Live-Cooking-Station gehören.«

Wir betraten die schmale Straße. Hier und da war sie vom Sand zugeweht, was es schwierig machte, die Koffer darüberzuziehen. Schritt für Schritt bewegten wir uns auf die Halbinsel zu, von der ich im Internet schon so viele Bilder gesehen hatte. Irgendwo dort vorne lag die Straße, in der Filipe wohnte.

Knapp dreihundert Meter weiter endete die Straße durch den Sand, und wir zogen die Koffer auf grobe Pflastersteine. Staunend betrachtete ich die Szenerie. Kleine weiß getünchte Häuser mit farbigen Fensterläden schmiegten sich eng aneinander. Hier und da zierten blau-weiß gemusterte Kacheln die Fassaden. Kleine Steinmauern umrandeten die Veranden, auf denen Klappstühle oder Holzbänke standen.

»Und hier wohnt dieser Kerl, ja?« Julia wischte sich Schweiß von der Stirn. »Wäre doch gelacht, wenn wir ihn nicht finden würden.«

Die Kopfsteinpflasterstraße führte direkt an den Klippen entlang. Auf ihrer rechten Seite, zum Meer hin, zwängten sich kleine Häuser zwischen grobe Felsen, umwuchert von Ranken und Kakteen, die über die Klippen bis zu ihren Fassaden hinaufwuchsen. Unterhalb der Steilküste tosten die Wellen. Auf der linken Straßenseite schlängelten sich hier und da schmale Wege und Treppen zwischen den Häusern hindurch. Dahinter erkannte ich weitere kleine Häuser mit roten, blauen oder gelben Holzfensterläden.

Die Straße führte uns leicht bergauf, direkt auf ein imposantes weißes Gebäude zu, das deutlich größer und üppiger verziert war als die kleinen Fischerhäuschen. Es sah ein bisschen aus wie ein alter Palast. Ich erkannte es schon aus der Ferne: Das war das Hotel, das ich im Internet für uns gebucht hatte. Seine Fenster waren mannshoch, genau wie die dazugehörigen Holzläden, die tannengrün gestrichen waren. Die Mauern der erhöhten Veranda zierten große Blumenkästen, in denen pinkfarbene Pelargonien leuchteten.

Als wir endlich vor dem Hotel standen und die mit blau-weißen Fliesen verzierte Fassade hinaufschauten, stieß Julia neben mir schnaufend hervor: »Den Begrüßungscocktail haben wir uns verdient.«

Wir folgten dem Pfeil mit dem ausgeblichenen Schriftzug *Receção*. Eine kleine Treppe führte uns auf die große Veranda, auf der Sonnenschirme Schatten spendeten. Eine Tür stand offen, und ich trat, gefolgt von meiner Cousine, ein.

Drinnen roch es nach Holz und Rauch. Um einen Kamin herum standen alte Samtsofas, daneben Stehlampen mit gehäkelten Schirmen. Bilder mit Seefahrtsmotiven hingen an den rustikalen Steinwänden.

»*Boa tarde!*« Ich hatte die kleine Dame hinter dem antiken Pult nicht bemerkt. Sie saß nach vorn gebeugt auf einem Hocker und blätterte in einem großen Notizbuch.

»*Boa tarde!* We've booked a room«, versuchte ich es auf Englisch.

Sie sah mich interessiert über ihre randlose Brille hinweg an und erwiderte etwas, langsam und mit hoher Stimme. Da es offensichtlich Portugiesisch war, was sie sprach, sahen Julia und ich uns ratlos an. Die Dame fuhr sich durch die struppigen Locken. Dann schob sie mir einen handgeschriebenen Zettel zu. Ich entdeckte darauf Julias und meinen Namen, beide in erstaunlich kreativer Schreibweise. Sie deutete mit fragendem Gesichtsausdruck auf die Namen.

»Yes.« Ich wies auf meine Cousine. »Julia.« Und dann auf mich. »Katrin.«

Die Dame zeigte auf ihren klein gemusterten Hauskittel. »Inês. *Bem-vindas!*«

Sie stand auf, nahm zwei Schlüssel mit schwerem Metallanhänger vom Schlüsselbrett und winkte uns, ihr zu folgen. In einer Ecke des Raumes führte eine

Wendeltreppe nach oben. Julia und ich folgten der erstaunlich flinken Inês und wuchteten unsere Koffer Stufe für Stufe hinauf. Inês redete dabei weiter ununterbrochen mit ihrer hohen Stimme auf uns ein. Sie klang so ernst, dass ich instinktiv nickte, bis Julia mir zuraunte: »Verstehst du sie etwa?«

Ich schüttelte schmunzelnd den Kopf. »Ich vermute, sie hat gesagt, dass hier nach zehn strenge Bettruhe herrscht und Männerbesuch verboten ist.«

Am Ende der Treppe gelangten wir in einen schmalen Flur mit blau lackierten Holztüren. Unsere Gastgeberin zeigte auf eine davon und reichte uns jeweils einen Schlüssel. Dann sprach sie noch etwa zehn ineinanderfließende melodische Sätze. Und weg war sie.

Julia sah mich ratlos an. »Meinst du, wir haben den WLAN-Code verpasst?«

Noch ehe ich ihr eröffnen konnte, dass es vermutlich keinen gab, dokterte sie an unserer Tür herum, bis diese endlich mit einem Klacken aufsprang.

Das Erste, was ich sah, waren die Betten. Zwei schmale Holzgestelle, nah beieinander, die den kleinen Raum fast gänzlich ausfüllten. Auf den weißen Laken lag je eine braune Wolldecke. Daneben ein alter Bauernschrank, eine kleine Kommode. Eine Tür, hinter der ich ein gekacheltes Badezimmer erkennen konnte. Es war nicht mal genug Platz hier, um meinen großen Koffer auf dem Boden aufzuklappen.

Meine Cousine war stehen geblieben und starrte fassungslos in unser Hotelzimmer.

Helles Licht fiel durch zwei große Fenster. Ich schob den Koffer in den Raum und trat an eines davon. Der Blick reichte über die gesamte Halbinsel bis zum Strand davor. Ich konnte den gepflasterten Weg erkennen, über den wir gekommen waren, die Steilklippen und in der Ferne schemenhaft die Ferienanlagen. Direkt unter uns öffnete sich die Steilküste zu einer kleinen Bucht. Fischerboote lagen auf dem goldgelben Sand. Türkisfarbenes Wasser brandete gegen die Felsen.

Julia war hinter mich getreten. »Ich gebe zu, der Blick versöhnt mich mit der mickrigen Kissenauswahl.«

Wie gefesselt sahen wir hinaus. Im Wasser vor dem Strand konnte ich schwarze Punkte erkennen – Surferinnen und Surfer, die auf Wellen warteten. Die Sonne ließ das Meer funkeln und die weißen Häuser der Halbinsel leuchten. Schon wenn ich nur an diesem Fenster sitzen bleibe, beschloss ich, hat sich die Reise gelohnt.

Die Sonne stand bereits tief am Himmel, als Julia und ich uns auf den Weg machten, um ein Restaurant zu suchen.

Als sie vorhin aus dem Badezimmer gekommen war, hatte ich sie kaum wiedererkannt. Meine Cousine, die in Hamburg nur Kleidung trug, die das Prädikat »praktisch und wetterfest« verdiente, hatte sich ein langes Flatterkleid mit Animal-Print übergeworfen. In ihren etwas ausgelatschten Birkenstocks lief sie neben mir über das Kopfsteinpflaster.

»Du siehst toll aus.« Ich knotete eine Strickjacke um

meine Hüfte. »Hast du auch etwas zum Überziehen für den Rückweg?«

»Nein, Mama«, antwortete sie. »So kalt wird es schon nicht werden.«

Wenn mich nicht alles täuschte, hatte sie irgendein glitzerndes Puder auf Wangen und Augenlider aufgetragen. Sogar ihr kinnlanges Haar hing heute nicht wie sonst glatt herunter, sondern wirkte irgendwie fluffiger.

»Entschuldige, ist noch mein alter Urlaubsmodus«, sagte ich und drehte ertappt an den Knöpfen meines langen Hemdblusenkleides. »Tim hat sich immer drauf verlassen, dass ich an alles denke.«

»Für mich bedeutet Urlaubsmodus, ganz im Hier und Jetzt zu sein und mir nicht zu viele Gedanken zu machen. Können wir uns darauf für die nächsten zwei Wochen einigen?« Julia legte einen Arm um meine Schultern und drückte mich. »Unsere einzige Aufgabe besteht darin, deinen geheimnisvollen Brief zu überreichen. Ansonsten haben wir zwei jetzt frei.«

Ich lächelte sie dankbar an, und wir schlenderten weiter.

Golden fiel das Licht auf die Terrassen der Häuser, die direkt an die Steilküste gebaut waren. Wir kamen an einer kleinen Taverne vorbei, die gemütlich aussah, aber leider geschlossen hatte. Ich hatte ohnehin andere Pläne geschmiedet.

»Eins der Restaurants direkt am Strand hat sehr gute Bewertungen«, sagte ich und führte Julia in die entsprechende Richtung.

Sie lachte leise. »Das Ganz-im-Hier-und-Jetzt-Sein müssen wir wohl noch üben. Dabei könnte es durchaus von Vorteil sein, dass wir im Hotel kein Internet haben.«

Am Fuß der Halbinsel streiften wir unsere Sandalen ab und gingen barfuß weiter. Der Sand war noch warm unter unseren Füßen. Surferinnen stiegen im Gegenlicht aus dem Wasser, wie Scherenschnittfiguren zeichneten sie sich mit ihren Brettern unter dem Arm vor dem Abendhimmel ab. Hunde rannten bellend an der Brandung entlang.

»Landschaftlich ist es ja schön.« Julia lief ins flache Wasser. Jetzt erst bemerkte ich, dass sie ihre Fußnägel neonpink lackiert hatte. »Ich bin bereit, dieses Abenteuer mitzumachen. Aber wenn ich morgen früh aufwache und irgendwo ominöse Stiche habe, die nur entfernt nach Bettwanzen aussehen, ziehen wir in ein Resort, okay?«

Das Restaurant am Strand war zu Recht so gut bewertet worden. Wir aßen Reis mit Meeresfrüchten, der köstlich schmeckte, dazu gab es *vinho verde*. Mit jedem Schlückchen Wein schien Julias Schock über das kleine Hotelzimmer und die fehlende Minibar zu verblassen, und sie wirkte zunehmend gelöster.

Als die Sonne im Meer verschwunden war, wurde es kühl. Ich zog meine Strickjacke an. Meine Cousine rieb sich über die nackten Oberarme. »Lass uns noch ein bisschen spazieren gehen, ja?«

Wir bezahlten und machten uns auf den Weg. Ich

hakte mich bei Julia unter, und wir schlenderten den Strand entlang. Die letzten Sonnenstrahlen färbten alles rosarot. Je weiter wir uns von der Halbinsel entfernten, desto weniger Leute waren unterwegs.

»Wie ist das eigentlich für dich, dass Murmel jetzt bei ihr ist?«, fragte Julia irgendwann. Dabei betonte sie das Wort *ihr* auf eine seltsame Weise.

»Ina ist wirklich okay.«

»Pffft«, machte Julia nur.

»Im Ernst, sie trägt keine Schuld an unserer Trennung. Du weißt doch, dass die im Grunde längst besiegelt war, als die zwei sich ineinander verliebt haben.«

»Ich kann mir trotzdem nicht helfen. Wenn ich sie zusammen in der Kantine sehe …« Sie drehte das Gesicht von mir weg und blickte zum Meer.

»Was ist dann?«

Sie knurrte leise. »Na ja, für mich gehört Tim immer noch zu dir.«

Ich blieb stehen und sah ebenfalls aufs Wasser. »Aber das tut er schon lange nicht mehr.«

»Ich frage mich nur, ob ihr … Wäre Ina nicht aufgetaucht, ob ihr es dann nicht doch noch mal hinbekommen hättet.«

Ich schüttelte den Kopf. »Nein, da war nichts mehr zu retten. Glaub mir, ich bin froh, dass Tim wieder glücklich ist.«

Julia sah mich streng an. »Für mich ist viel wichtiger, dass du es bist.«

Ich drückte ihren Arm. »Mach dir keine Sorgen, ich bin gerade nur ein bisschen neben der Spur. Jahrelang war alles vorhersehbar und durchgeplant. Ich muss mich erst mal wieder orientieren.«

Eine Weile sahen wir beide aufs Meer, über dem nur noch ein blassrosa Schimmer zu sehen war.

Als wir weitergingen, entdeckte Julia einen Pfad, der durch die Felsen die Steilküste hinaufführte. »Wollen wir da mal hoch?«

Wir folgten dem Pfad durch dichte Lavendelbüsche und Hornklee, der über die Steine kletterte. Der Sand zu unseren Füßen wich roter Erde, die unsere Fußsohlen einfärbte. Am oberen Ende kamen wir zwischen kleinen Häusern heraus, auf deren Terrassen Badesachen auf Wäscheständern trockneten. Von irgendwoher wehte Musik zu uns herüber, zusammen mit Stimmen und dem Geruch von Zigarettenrauch. Ein Stück die Straße hinunter gelangten wir in einen Innenhof, in dem einiges los war. Auf einem Rasenstück in der Mitte saßen junge Leute mit ausgeblichenen Surfermähnen und Fußkettchen an den nackten Knöcheln auf Decken beieinander und tranken Flaschenbier. Jemand rollte sich auf seinen Jeansshorts eine Zigarette. Der Hof gehörte offenbar zu einem Shop, aus dem die Musik kam. Im Schaufenster konnte ich Surfbretter in Holzständern erkennen, bunte T-Shirt-Stapel und Baseball-Käppis.

Julia wischte sich bereits den Sand von den Füßen und schlüpfte in ihre Birkenstocks. »Lass uns mal reingehen«, schlug sie vor. »Wer weiß, vielleicht ist dein Filipe da.«

Drinnen stand ein junger Mann mit kariertem Hemd und Schnurrbart hinter einem DJ-Pult und fischte mit gelangweilter Miene Vinylplatten aus einer Kiste. Junge Frauen in bunten Hoodies hielten Drinks in den braun gebrannten Händen.

Ich steuerte auf die Bar zu. »Sieht so aus, als ob wir doch noch zu unserem Begrüßungscocktail kommen.«

Ich kaufte uns beiden ein Mixgetränk, das selbst gemachte Limonade und irgendetwas Hochprozentiges enthielt, und wir sahen uns gemeinsam um. Ob Filipe wirklich auf dieser Party ist, fragte ich mich. Schließlich war der Ort klein, und er musste ungefähr im Alter der Partygäste sein.

Julia hielt mir ein paar Glitzer-Flipflops vor die Nase. »Die kauf ich mir jetzt.« Und schon war sie unterwegs in Richtung Kasse.

Ich sah mir ein paar hübsch illustrierte Notizbücher an und nippte an meinem Drink. Mittlerweile war mir zu warm geworden, und ich band mir die Strickjacke wieder um die Hüfte. Ein paar schlaksige Typen mit Bärten begannen zu tanzen. Keiner davon ähnelte dem Mann auf dem Foto.

Ich blickte mich nach Julia um. Sie stand an der Kasse und war in ein Gespräch mit zwei Männern verwickelt. Einer war braunhaarig, ein paar Zentimeter kleiner als sie, hatte stark tätowierte Arme und etwas Schelmisches im Gesicht. Der andere war größer und deutlich schlanker, mit nasser blonder Mähne, die ihm auf die Schultern fiel. Unter den Augen der beiden klebten Reste von Sunblocker. Sie waren ganz offensichtlich gerade erst vom Surfen gekommen. Im Gegensatz zu vielen anderen im Raum waren sie ebenfalls deutlich über dreißig. Der kleine Dunkelhaarige grinste meine Cousine breit an, und ich hätte ihm gern zugeflüstert, dass er seine Energie besser nicht verschwenden sollte. Die Fotos, die Julia mir nach ihren Cluburlauben von ihren Ferienflirts präsentierte, zeigten ordentlich rasierte Männer mit grauen Schläfen, denen man auch im Kurzarm-Hawaiihemd ansah, dass sie zu Hause täglich Anzug trugen.

Gerade als ich anfing, mich darüber zu wundern, dass Julia sich keck die Haare zurückstrich und übertrieben laut lachte, legte der DJ *As It Was* von Harry Styles auf. Ich mochte diesen Song, er stand sogar auf der Playlist, die ich anstellte, wenn ich Aufheiterung brauchte. Und offenbar war ich nicht die Einzige, die sich darüber freute, dass ausgerechnet diese Beats nun aus den Boxen dröhnten. Überall um mich herum begannen die Feiernden zu tanzen und lauthals mitzusingen. Was soll's, dachte ich und ließ mich mitreißen. Mich kennt hier ja keiner.

Ich leerte mein Glas, stellte es ab und legte los. Ich hatte lange nicht getanzt. Es fühlte sich an, als müsste ich erst mal ein bisschen Rost aus meinen Gliedmaßen schütteln. Aber irgendwann wurde ich lockerer. Ich tanzte drauflos, drehte mich zwischen den anderen

Gästen und sang laut mit. Es war mir egal, dass ich spießig aussah in meinem gebügelten Kleid. Egal, dass ich bestimmt ein paar Jahre älter war als die meisten hier. Egal, dass ich im Gegensatz zu den anderen keine Schildkrötentattoos am Handgelenk und keine Tanlines vom Neoprenanzug hatte. Egal, dass ich niemanden kannte außer meiner Cousine, die mir wundersamerweise abhandengekommen war. Einfach mal wieder tanzen. Ganz im Hier und Jetzt sein, wie Julia es genannt hatte.

Als ich kurz innehielt und Luft holte, entdeckte ich ihn. Einen Mann mit halblangen braunen Haaren. Er stand mit dem Rücken zu mir und unterhielt sich mit einer Frau im Hippiekleid, die dabei etwas lustlos vor sich hin tanzte. So unauffällig wie möglich drängte ich mich zwischen den anderen Partygästen hindurch, um einen Blick auf sein Gesicht zu erhaschen. Doch kaum hatte ich es auf die andere Seite des Raumes geschafft, ging er in Richtung Tür. Ich eilte hinter ihm her durch die tanzende Meute, raus in den Innenhof. Dort sah ich mich um, konnte ihn aber nicht mehr finden. Die Frau im Hippiekleid entdeckte ich ein paar Schritte entfernt, sie setzte sich gerade zu ihren Freundinnen auf eine Decke. Aber der Mann, der ausgesehen hatte wie Filipe, war verschwunden. Ich lief ein Stück weiter, hinaus auf die Straße, und schaute mich erneut suchend um. Nichts. Ich war zu langsam gewesen.

Etwas enttäuscht kehrte ich in den Innenhof zurück und ließ mich auf eine der Bierbänke vor dem Surfshop sinken. Dort wartete ich, bis mein Atem sich beruhigte. Egal, vielleicht tauchte er gleich wieder auf. Außerdem würde ich morgen ohnehin nach dem Straßennamen auf dem Umschlag suchen und ihn bestimmt auch so finden.

Julia kam nach draußen, einen Stoffbeutel über der Schulter. Darin waren offenbar ihre alten Birkenstocks, denn die neuen Flipflops hatte sie direkt angezogen. Sie passten super zu ihren pinkfarbenen Nägeln. »Hey, da bist du ja. Hast du schön getanzt?« Sie setzte sich neben mich.

»Ja.« Ich fuhr mir mit den Fingern durch die zerzauste Frisur. »Und du?«

»Hab ein paar coole Typen kennengelernt.« Julia grinste. »Und dir was mitgebracht.« Sie zog etwas aus dem Beutel, was sich als eins der hübschen Notizbücher entpuppte. »So was brauchst du doch immer für deine Ideen, oder?«

»Oh, danke, wie lieb von dir! Gab es die Ideen gleich mit zu kaufen?«

Sie knuffte mich in die Seite. »Irgendeine Spur von Mister X?«

»Tatsächlich hab ich jemanden gesehen, der dem Typ auf dem Foto ähnlich sah, aber ich hab seine Spur schnell verloren.«

»Mist, und deine Partnerin war abgelenkt.«

»Kein Ding.« Ich blickte zum Himmel hinauf. Über uns war ein Halbmond aufgegangen. Müdigkeit legte sich über mich. Von der Reise, der Aufregung, dem Tanzen. »Willst du da wieder rein?«, fragte ich Julia. »Kannst du gern. Ich glaub nur, ich pack es für heute.«

Julia lehnte sich sachte an mich. »Nee, schon okay, für den ersten Abend war das hier deutlich mehr, als ich mir erhofft hatte.«

6

Am nächsten Tag erwachte ich vom grellen Sonnenlicht, das durch die dünnen Vorhänge fiel. Ich rekelte mich. Ich hatte geschlafen wie ein Baby, die Betten waren deutlich bequemer, als sie aussahen. Ich schaute neben mich auf das schmale Bett. Bis auf die braune Wolldecke und das Laken war es leer. Bestimmt war Julia bereits zum Frühstück gegangen.

Ich sah auf die Uhr. Es war schon zehn. Ich konnte mich nicht daran erinnern, wann ich zuletzt so lange geschlafen hatte. Ich blieb noch einen Moment liegen und griff nach meinem Handy. Tim hatte mir mehrere Fotos von Murmel geschickt. Auf den meisten davon schlief unser Hund, und beim Anblick seines nach oben gereckten Bauches überkam mich Sehnsucht. So schade, dass ich ihn nicht hatte mitnehmen können, aber im Frachtraum eines Flugzeuges zu reisen wäre zu viel Stress für ihn gewesen. Eine weitere Nachricht kam von meinem Lektor, der mich wissen ließ, dass Lesungseinladungen eingegangen waren. Und meine Agentin fragte, wann sie endlich die ersten Kapitel von dem Buch bekäme, das ich gerade schrieb.

Felix hatte sich seit unserer denkwürdigen Begegnung vor ein paar Tagen nicht mehr gemeldet. Auch das passte zu ihm. Dieses Nach-vorn-Preschen, bis er sicher sein konnte, dass ich noch nicht ganz über ihn hinweg war. Um sich dann wieder rarzumachen und mich verwirrt zurückzulassen. Mit diesem ätzenden Gefühl, dass ich noch immer an ihm hing.

Seufzend legte ich das Handy beiseite. Ich würde mir die Urlaubslaune nicht verderben lassen. Nicht von Felix und nicht von meiner Arbeit.

Auf der Veranda vor dem Hotel führte Inês mich mit ihrem melodischen Singsang an einen Tisch. Das zweite Gedeck darauf war bereits benutzt. Inês gestikulierte ausladend, nannte mehrmals den Namen Julia und zeigte in Richtung Strand. Ich bestellte das Einzige, was ich auf Portugiesisch bestellen konnte: *galão*, Milchkaffee. Inês brachte mir nicht nur ein großes Glas davon, sondern auch ofenwarme Croissants, Marmelade, Eier und in grobe Stücke geschnittene Melone. Ich genoss mein Frühstück und den herrlichen Blick auf die kleine Bucht unter der Veranda. Es war Ebbe, und das Wasser hatte sich zurückgezogen. Ein paar Männer standen neben den Fischerbooten und entwirrten ihre Netze. Die Luft roch nach Salzwasser und Sommer. An den Tischen neben mir frühstückten eine Familie mit zwei Kindern und ein älteres Pärchen. Die beiden sprachen Englisch miteinander – ich hätte sie auch anhand ihrer grauen Kniestrümpfe und den um den Hals hängenden Ferngläsern als Briten erkannt –, während ich die Sprache der Familie als Schwedisch identifizierte.

Nachdem ich meinen *galão* geleert, anderthalb Croissants mit Marmelade und jede Menge Melone gegessen hatte, wischte ich mir die Hände an der bestickten Serviette ab, die neben meinem Teller lag. Dann holte ich den Umschlag aus meiner Handtasche. Den Umschlag, der mich hierhergeführt hatte. Ich war ihm jetzt schon dankbar dafür. Erleichtert dachte ich, dass auch Julia gestern Abend mit meiner Wahl versöhnt gewirkt hatte, trotz der für ihre Verhältnisse spartanischen Umstände.

Erneut zog ich das Foto heraus. War der Mann gestern auf der Party wirklich Filipe gewesen? Er hatte auf jeden Fall eine ähnliche Frisur und eine ähnlich schmale Statur gehabt. Ich las noch einmal die Adresse auf dem Umschlag, obwohl ich sie längst auswendig konnte.

Schließlich stand ich auf, bedankte mich bei Inês und machte mich auf den Weg. Ich hatte auf dem Handy gesehen, dass die *Rua das Pedras* die Straße war, die wir gestern vom Strand zum Hotel hochgelaufen waren. Doch erst jetzt, ausgeschlafen und bei Tageslicht, wurde mir bewusst, dass sie zugleich die längste Straße der Halbinsel war. Rechts von mir standen eng aneinandergebaute Fischerhäuser mit farbigen Fensterläden. Links hier und da zwischen die Felsen gequetschte Häuser, direkt über dem Meer. Etwas ratlos schlenderte ich daran vorbei. Einige sahen aus wie Ferienhäuser, vor anderen saßen ältere Damen auf Hockern und häkelten. Ich gab mir einen Ruck und sprach eine von ihnen an.

»Kennen Sie einen Filipe, der hier wohnt?«, versuchte ich es auf Englisch.

Die Dame sah irritiert von ihrer Häkelnadel auf.

Ich zog das Foto aus dem Umschlag und reichte es ihr. »Filipe?«

Die Dame griff mit ihren furchigen Fingern danach und betrachtete es lange, schüttelte dann aber entschuldigend den Kopf. Ähnlich lief es mit einer jüngeren Frau und einem Mädchen, die mir auf meinem Weg begegneten. Niemandem kam der Mann auf dem Bild bekannt vor. Allerdings war ich mir nicht sicher, ob ich nicht versehentlich ein paar Touristinnen gefragt hatte.

Schließlich gelangte ich zu einem Café, das am Fuße der Halbinsel direkt am Strand lag. Rot-weiß gestreifte Sonnenschirme waren über kleinen runden Tischen aufgespannt. Über allem lag ein Geräuschteppich aus Musik und Stimmen. Es roch nach Kaffee und Pommes.

»Katrin!«, hörte ich jemanden rufen.

Und schon entdeckte ich meine Cousine, die an einem Tisch in der vordersten Reihe saß und mir zuwinkte. Sie trug ein Spaghettiträgerhängerchen, ihre Sonnenbrille und die neuen Flipflops. Neben ihr stand der Dunkelhaarige von gestern Abend.

Ich ging auf die beiden zu, drückte Julia und ließ mich etwas überrumpelt auch von dem Mann umarmen. Bei Tageslicht sah ich, dass er an die fünfzig sein musste. Tiefe Lachfältchen zeugten davon, dass er unter Garantie schon einige Partys gefeiert hatte.

»Katrin – Luís. Luís – Katrin«, stellte Julia uns einander vor. »Ihm gehört dieses Café. Und er kann wegen der vielen Urlauber*innen etwas Deutsch.«

Luís strahlte sie an und lud ein paar leere Teller auf seine muskulösen Unterarme, die über und über mit Tattoos bedeckt waren.

»Was magst du haben, Katrina?«, fragte er mit charmantem Akzent und Kettenraucherstimme.

Ich bestellte einen frisch gepressten Orangensaft und setzte mich zu Julia. »Hast du gut geschlafen?«

Sie schob sich die Brille ins Haar, das noch immer so fluffig aussah wie gestern Abend. Am Hinterkopf stand ein wilder Wirbel ab. Das wäre ihr in Hamburg nie passiert. »Viel besser als befürchtet. Und das Frühstück war auch nicht übel, obwohl ich die Detox-Ecke am Büfett vermisst habe. Und das Morgenyoga.« Sie knuffte mich in die Seite. »Aber Luís hat mich auf eine andere Idee gebracht.« Sie wies in Richtung Strand. Einige Surferinnen und Surfer saßen in den Wellen, die heute deutlich kleiner waren als gestern.

Luís kam mit meinem Saft zurück, der grellorange leuchtete. Er stellte ihn vor uns auf den Tisch, zusammen mit einem Teller, auf dem zwei Blätterteigschnecken lagen. »Daniel sagt, um drei Uhr.«

Julia rieb sich freudig die Hände. »Perfekt.«

»Treffen ist hier.« Luís zeigte mit dem Finger auf den Boden vor sich.

Jemand rief nach ihm, und er entschuldigte sich mit einer charmanten kleinen Verbeugung.

Ich sah Julia ratlos an. »Was hab ich verpasst?«

Sie nahm den letzten Schluck aus ihrem Kaffeeglas. »Du wolltest doch mal rauskommen, richtig?«

Ich nickte vorsichtig.

»Den Kopf richtig freikriegen?«

»Schon.«

»Also, ich habe den ultimativen Tipp dafür bekommen.«

Ich hätte es besser wissen müssen. Wenn es schon keine Poolpartys und Karaoke-Marathons gab, musste Julia sich andere Herausforderungen suchen. Und das gleich an unserem ersten richtigen Urlaubstag.

Wenig später stand ich mit meiner Cousine in einem Surfshop, den Luís uns empfohlen hatte.

»Wir sind zu alt für vollgepinkelte Leihmodelle«, hatte Julia verkündet und beschlossen, dass wir uns Neoprenanzüge kauften. »Dafür gehen wir das ganze Jahr arbeiten«, hatte sie gesagt, und ich hatte mich nicht getraut, ihr zu widersprechen. Denn dafür verdiente ich mein Geld garantiert nicht.

»Wie findest du den?« Julia kam aus der Kabine, von Kopf bis Fuß in Neonorange.

»Ich wusste nicht, dass sie die Dinger auch in solchen Farben produzieren«, sagte ich staunend.

Neben mir lehnte die junge Verkäuferin an einem Regal, eine Deutsche. »Doch, das ist das Neueste.« Sie kaute aggressiv Kaugummi. »Sie finden die Leute dann besser, wenn sie ertrinken.«

Ich wartete auf das Lachen, das nun folgen musste, aber sie sortierte bereits wieder Shirts in ein Fach ein.

»Was sagst du?« Julia drehte sich vor dem Spiegel. Sie sah richtig sportlich aus in dem Teil.

»Ich kenn mich nicht so aus, ist der nicht zu eng?«

»Nee, der sitzt«, hörte ich die Verkäuferin hinter mir. »Je enger, desto mehr Auftrieb beim Ertrinken.«

Ich drehte mich ungläubig zu ihr um, aber sie schob ungerührt andere Anzüge auf Bügeln von links nach rechts.

»Ich nehme an, du suchst eher was Klassisches?«

Ich grummelte leise. »Aber so was von.«

Sie wählte für mich ein schwarzes Modell aus, das an Knien und Ellenbogen graue Patches hatte. »Der hier ist besonders geeignet für Anfängerinnen«, erklärte sie. »Die haben sonst immer so viele blaue Flecken.«

Ich hätte sie gern gefragt, wie sie auf die Idee kam, dass ich Anfängerin war, ließ es aber bleiben.

Kurze Zeit später stand ich neben Julia vor dem Spiegel. Wir sahen aus wie zwei Teletubbies. Ein orangefarbenes Teletubby mit von der Sonne geröteter Nase und neonpinkfarbenen Fußnägeln. Und ein schwarz-graues Teletubby, dessen lange Haare strähnig am Kopf klebten, weil es in dem Gummiteil so schwitzte.

»Die hängen wir schon mal beiseite, ja?«

»Wie meinst du das?« Ich drehte ihr den Rücken zu, damit sie meinen Reißverschluss öffnen konnte.

Die Verkäuferin hatte uns vorhin mit süffisantem

Lächeln informiert, dass jüngere Leute heute den Reißverschluss vorne trügen, aber dafür müsse man durch den engen Halsausschnitt in den Anzug steigen, und solche Modelle würden sich für uns beide eher nicht eignen.

Julia zerrte an den Armen ihres Anzugs. »Na, ich würde schon gern noch eine andere Passform testen.«

»Süße, das ist hier kein Brautkleid-Fitting. Und ich ziehe keinen weiteren Anzug an, da kannst du dir sicher sein. Ich bin froh, dass ich das Teil über die Hüften bekommen habe.«

Julia ließ sich davon nicht beirren und probierte noch ein Modell mit Blüten und eines in Gelb an. Sie drehte sich vor dem Spiegel und betrachtete sich aus allen Winkeln, als wären die Anzüge Kleider und sie hätte darin etwas Besonderes vor. Am Ende kaufte sie den Orangefarbenen und ich den Schwarzen.

»Hals- und Beinbruch!«, rief uns die Verkäuferin hinterher, und ich sparte mir erneut jede Erwiderung.

7

Pünktlich um drei standen Julia und ich in unseren neuen Anzügen vor Luís' Café. Er machte Julia allerlei Komplimente, die sie offensichtlich geschmeichelt abwinkte. Seit wir hier waren, wirkte sie gelöster und hatte häufiger gelacht als in Hamburg in einem ganzen Monat. Sagte man nicht, dass man Menschen erst richtig kannte, wenn man einmal mit ihnen verreist war? Was Julia anging, überraschte mich das enorm, denn ich war sicher gewesen, sie richtig gut zu kennen. Außerdem waren wir durchaus schon miteinander verreist. In den ersten Jahren nach der Trennung meiner Eltern hatten meine Mutter und ich den Urlaub mit Julias Familie verbracht. Wir waren einmal zusammen wandern und mehrfach an der Nordsee gewesen. Als Julia und ich uns als Erwachsene wiederfanden, hatte es sich allerdings nie ergeben, weil ich meinen Urlaub mit Tim verbrachte und sie mich nie zu einem ihrer Cluburlaube überreden konnte. Jetzt zeigte sich, dass ich wirklich etwas verpasst hatte.

Nach einer Weile steuerte ein Mann auf uns zu, der mir vage bekannt vorkam. Er hatte seinen Neoprenanzug bis zur Hüfte heruntergerollt, sodass man seinen V-förmigen Surferoberkörper sehen konnte.

Julia begrüßte ihn mit Küsschen links, Küsschen rechts – wieder etwas, was ihr zu Hause im Traum nicht eingefallen wäre. Dort war sie berüchtigt für einen Handschlag, der es in sich hatte.

Der Mann streckte mir die Hand entgegen und stellte sich vor: »Daniel.«

»Katrin.«

Jetzt erkannte ich ihn. Das war der andere Typ von gestern Abend, der sich mit Julia und Luís an der Bar unterhalten hatte. Er trug die langen Haare heute zu einem Männerdutt zusammengebunden und hatte jede Menge Zinkpaste unter seinen erstaunlich blauen Augen verteilt.

»Daniel ist Deutscher«, erklärte Julia. »Er ist vor ein paar Jahren hier hängen … hingezogen.«

Daniel lächelte schmal. »Hängen geblieben passt schon.« Er stemmte die braun gebrannten Hände in die schmalen Hüften. »Und ihr wollt surfen lernen?«

Ich hätte gerne gesagt: »Ich bin mir da nicht so sicher«, aber ich ließ es bleiben.

»Wollen wir«, antwortete stattdessen Julia vergnügt.

»Gut, wir beginnen erst mal mit einem Aufwärmprogramm am Strand.«

Wir liefen hinter Daniel her in Richtung Brandung. Mittlerweile war die Flut gekommen, und die Wellen türmten sich deutlich höher auf als heute Morgen. Tosend klatschten sie einige Meter vor uns auf den Sand. Ich hätte mit Julia in ihren Club fahren sollen, schoss es mir durch den Kopf. Dann hätten wir Sundowner-Stretching machen können und Morgengruß vor dem Frühstück. Sogar den Gedanken an Macarena-Tanzen am Pool fand ich reizvoller als die Vorstellung, mit einem riesigen Brett in diese Wellen zu steigen.

Aber zunächst sorgte Daniel dafür, dass wir uns aufwärmten. Was im Grunde hieß: Er machte uns fertig. Immer wieder mussten wir aus dem Liegen auf die Füße springen – eine Bewegung, die in meinen Augen anatomisch ab einem gewissen Alter schlicht nicht mehr möglich war. Also circa ab zehn. Außerdem war es viel zu heiß für so eine Anstrengung, erst recht in einem Ganzkörpergummianzug. Mir ging schon nach wenigen Wiederholungen die Puste aus, und ich versuchte, unauffällig zu pausieren, woraufhin Daniel jedes Mal rief: »Und hopp, noch einmal, Katrin!«

Warum können wir nicht einfach schwimmen gehen, dachte ich. Einen Bootsausflug machen. Am Strand liegen und lesen. Irgendetwas, bei dem man nicht allzu sehr schwitzte und sich nicht in Lebensgefahr brachte. Aber meine Cousine und ich hatten ganz offensichtlich andere Vorstellungen von Entspannung.

Julias Gesicht hatte in etwa die Farbe ihres Anzugs angenommen, aber sie dachte im Gegensatz zu mir nicht ans Aufgeben. Immer wieder sprang sie ächzend auf die Füße. Ich erinnerte mich daran, wie sie einmal trotz Mittelohrentzündung einen Kinder-Stadtlauf gewonnen hatte. Ich liebte es, wenn sie diese Geschichte bildreich erzählte, vor allem die Episode, wie sie sich während der Siegerehrung in den nächstbesten Busch übergeben hatte.

Auch heute hängte meine Cousine sich richtig rein. Bis Daniel irgendwann sagte: »So, jetzt probieren wir es im Wasser.«

»O Gott!«, entfuhr es mir.

Er war gerade dabei, seinen Neoprenanzug über den definierten Oberkörper zu ziehen, und hielt kurz inne. »Hast du Angst? Oder sollen deine Haare nicht nass werden?«

»Haha.« Ich war noch immer außer Atem von der letzten Aufwärmrunde. »Ja, ich hab ehrlich gesagt Schiss. Ich bekomme es doch schon an Land nicht hin.«

Er sah mich lange und nachdenklich an. »Weißt du, wer dein größter Feind beim Surfen ist?«

Ich zuckte mit den Schultern.

Daniel sah mich noch immer eindringlich an. »Dein Kopf. Dein größter Feind ist dein Kopf.«

»Schon klar.« Ich winkte ab. »Ich weiß schon, ich weiß schon, mein Mindset. Aber das hier … Ich glaube, ich bin zu alt dafür, ich kriege das in den hohen Wellen nicht hin.« Ich wandte mich zum Wasser und fasste meinen Zopf neu zusammen. »Hat der nicht auch manchmal recht, mein Kopf?«

»Du bist wie alt? Neunundzwanzig?«

»Danke. Fast richtig.«

»Ich habe hier schon Leuten das Surfen beigebracht, die doppelt so alt waren wie du.« Daniel streifte die Ärmel über die Schultern. Nachdem er den Reißverschluss zugezogen hatte – natürlich vorne, für seinen Body eignete sich dieses Modell offensichtlich –, drückte er uns jeweils eines der großen Übungsbretter in die Hand. »Beim Surfen lernt ihr am allermeisten über euch selbst. Fallen ist hier kein Scheitern, sondern Lernen.«

Ich verkniff mir ein nervöses Lachen und schleppte das Brett in Richtung Brandung. Mein unterer Rücken fühlte sich bereits an wie kurz vor einem Hexenschuss. Das Meer umspülte meine Waden. Es war an den nackten Füßen kühler, als ich erwartet hatte. Daher also die Anzüge. Wir schoben die Bretter bis ins hüfthohe Wasser, dann wies Daniel uns an, uns bäuchlings daraufzulegen. Ohne eine Sekunde zu zögern, folgte Julia seinen Anweisungen. Sie sah cool aus in ihrem orangefarbenen Anzug auf dem Board.

Daniel stieß sie in eine heranrollende Welle. Ihr Gesichtsausdruck ließ keinen Zweifel daran, dass sie fest davon überzeugt war, der Situation gewachsen zu sein. Doch sie rutschte vornüber, fiel ins Wasser und kam mit weit aufgerissenen Augen wieder nach oben. Lachend schob sie das Brett zu uns zurück.

»Denk dran.« Daniel stand neben mir und hielt mein Board. »Wenn du nicht daran glaubst, dass es klappt, klappt es auch nicht. Es ist alles nur eine Frage der Einstellung.«

»Ich bin mir da nicht so sicher.« Im Liegen sahen die Wellen noch riesiger aus. Ich klammerte mich an den Rändern meines Surfbretts fest.

Daniel sah mich mit geduldiger Miene an. Er erinnerte mich dabei ein bisschen an unsere Hundetrainerin, die Murmel dazu bewegen wollte, in eine Hundebox zu krabbeln. »Glaubst du wirklich, ich würde dich einer Gefahr aussetzen? Dafür bin ich nicht gut genug versichert. Vertrau mir!«

Ich verzog das Gesicht. »Ich vertraue dir. Das Problem ist eher, dass ich mir selbst nicht vertraue. Also nicht, wenn es ums Surfen geht.«

»Bitte versuch es.« Daniel hüpfte mit jeder Welle neben mir auf und ab. »Wenigstens eine Welle.« Er wies auf das Brett. »Eine Welle in Richtung Strand, da kannst du auf uns warten.«

»Also gut.« Ich seufzte tief, richtete den Blick nach vorn und bemühte mich um Körperspannung. Mir war schon klar, was er beabsichtigte. Er war sicher, dass ich danach wie ein Kind »Noch mal, noch mal!« schreien würde. Wenn er sich da mal nicht täuschte.

Daniel kam ein Stück näher. »Nie nach unten sehen, okay? Schau einfach nach vorn und lass dich tragen. Genieß es. Und … hopp!« Er gab mir einen Schubs, und die Welle nahm mich mit.

Ich war so erschrocken von der Wucht, dass ich hektisch nach unten schaute – und mich prompt überschlug. Ich tauchte unter, die Welle rauschte über mich hinweg. Alles halb so wild, er hatte recht. Klatschnass kam ich wieder hoch. Daniel stand ein paar Meter weiter und starrte mich entsetzt an. Eine halbe Sekunde später wusste ich, warum. Das Brett knallte mir mit voller Wucht von hinten gegen den Kopf.

Er eilte mit Hechtsprüngen zu mir herüber. »Ich hab dir doch gezeigt, wie du deinen Kopf schützen musst … Bist du okay, tut etwas weh?«

Ich biss die Zähne zusammen. »Alles bestens.«

Daniel fasste in meine Haare und kontrollierte meinen Hinterkopf, aber ich hatte wohl noch mal Glück gehabt und keine Platzwunde. Er trug mir das Surfbrett an Land, wo Julia und er noch eine Zeit lang besorgt auf mich einredeten.

»Leute«, sagte ich irgendwann. »Ich bin okay, ich hab nur einen kleinen Schrecken bekommen. Geht bitte ins Wasser, ich erhole mich hier so lange.«

Schließlich hörten sie auf mich, und ich ließ mich in den Sand sinken. Mir brummte der Schädel. Ich hätte mich nicht darauf einlassen sollen. Mein Bauchgefühl war von Anfang an kein gutes gewesen, und es hatte mich selten getäuscht. Bei manchen Dingen wusste man einfach instinktiv, dass man nicht für sie gemacht war. Buttercremetorten zum Beispiel, bei deren bloßem Anblick einem schon übel wurde. Trendige überweite Hosen, aus Übermut gekauft, obwohl bereits an der Kasse klar war, dass man sie nie anziehen würde. Der Bungee-Sprung, zu dem Julia mich mit Mitte zwanzig überredet hatte. Ich musste danach monatelang zur Physiotherapie. Genauso war das mit mir und dem Surfen: Wir waren einfach nicht füreinander gemacht.

Dafür war Julia wie im Rausch. Jedes Mal wenn sie ungeschickt vom Brett fiel, lachte sie sich mit Daniel zusammen kaputt. So unbeschwert hatte ich sie seit Jahren nicht mehr erlebt.

»Wetten, sie steht heute noch?«, sagte eine Kettenraucherstimme neben mir. Ich hatte Luís gar nicht kommen hören.

Ich nickte. »Aber so was von!«

»Er ist der beste Surfcoach der ganzen Küste.« Luís hielt mir etwas hin. Seine dunklen Augen funkelten dabei freundlich. Ein Eis am Stiel. »Kleiner Trost nach deinem Crash.« Er öffnete die andere Hand, darin lagen drei Eiswürfel. »Und die sind für deine Beule.«

Natürlich, er hatte von der Terrasse des Cafés aus alles mit ansehen können.

»Oh, danke, das ist sehr nett!«

Luís zwinkerte mir zu. »*Bom apetite!* Bis später.« Er wies mit dem Kopf auf sein Café.

Ich sah ihm hinterher, wie er durch den Sand davonstapfte, den Blick auf Julia und Daniel im Wasser gerichtet. Dann presste ich mir die Eiswürfel an den schmerzenden Hinterkopf. Als sie vollends geschmolzen waren, öffnete ich das Eispapier und biss in die Schokoglasur.

Ich blieb sitzen, bis ich aufgegessen hatte. Eine Brise fegte über meinen nassen Anzug, und ich begann, leicht zu zittern. Ich entschied, mich schon mal auf den Heimweg in Richtung Hotel zu machen. Als ich Daniel und Julia winkte, sahen sie mich besorgt an. Ich reckte den Daumen nach oben und rieb mir über die Oberarme. *Alles okay, mir ist nur kalt.*

Anschließend warf ich das Eispapier in einen Mülleimer und ging barfuß los. Durch den Sand, vorbei an Luís' Café, der gerade in ein Gespräch mit ein paar älteren Damen verwickelt war, dann die Straße entlang, in der irgendwo Filipe wohnte. Die runden Kopfsteine am Boden fühlten sich glatt und warm unter meinen Fußsohlen an. Wassertropfen rannen den Neoprenanzug herab. Durch eine Lücke zwischen zwei Häusern, die oberhalb der Klippen lagen, konnte ich zurück zum Strand blicken. Ich sah Julia und Daniel im Wasser stehen. Gerade schob Daniel meine Cousine erneut in eine Welle. Sie hob den Kopf, dann streckte sie sich nach oben, bis sie auf den Füßen stand. Sie wackelte, aber sie stand. Stand auf einer Welle und surfte. Kurz vor dem Strand sprang sie ab und riss die Arme in die Luft. Auch Daniel jubelte. Ich konnte ihre aufgeregten Schreie bis hier oben hören. Mit einem Lächeln auf den Lippen lief ich weiter. Vermutlich war auch Julia kein Naturtalent. Aber im Gegensatz zu mir wollte sie es können. Unbedingt.

Kurz vor der kleinen Bucht, an der unser Hotel lag, fiel mir ein Baugerüst auf. Es war rund um das letzte Haus in den Klippen aufgebaut. Ein Kleinlaster stand davor, auf dessen Ladefläche sich weitere Gerüstteile stapelten. Die Fassade des Hauses wirkte rissig, hier und da bröckelte der Putz. Die Fensterläden waren wohl einst hellblau gewesen, wie ich anhand einiger blasser Farbreste am Holz erahnen konnte. Kein Wunder, dass saniert werden musste: Das Haus stand ungeschützt auf dem Felsen und war jahrein, jahraus den Gezeiten ausgeliefert. Den Stürmen, die über das Meer jagten, der Gischt, die von den Felsen hinaufspritzte, dem Salzwasser, das sich in jede Spalte fraß. Nun sollte es wieder hübsch hergerichtet werden, von jemandem, der bestimmt viel Geld verdienen würde, wenn künftige Feriengäste von der Terrasse aus auf den Atlantik schauen konnten – vor ihnen nichts als der Horizont und das Meer.

Ich duschte lange, so gut es unter dem plätschernden Wasserstrahl in unserem Bad möglich war. Dann zog ich mich an und wollte mich auf die Veranda setzen und ein wenig lesen. Doch als ich hinaus ins Sonnenlicht trat, das bereits das Gold des Spätnachmittags angenommen hatte, entdeckte ich ein schmales Gebäude zwischen den Felsen neben dem Hotel. Es war flach in den Stein gebaut und hatte einen kleinen Turm mit Steinkreuz darauf. Eine Kapelle.

Neugierig ging ich darauf zu. Die Tür der Kapelle war aus dunklem Holz, der Griff speckig. Zu meiner Überraschung war sie nicht verriegelt. Drinnen roch es nach feuchter Erde. Ein kleiner Altar stand am Ende des kargen Raums, davor sah ich ein paar schlichte Bänke. An einer Wand befand sich ein Ständer mit

Kerzen. Zwei brannten. Ich war lange nicht in einer Kirche gewesen.

Nicht mehr, seit Mama Weihnachten meist mit Ulf auf La Palma verbrachte. Und Papa nicht mehr da war. Meine Mutter war im Taunus aufgewachsen, wo ihre Schwester, Julias Mutter, bis heute wohnte. Mein Vater kam aus einem Dorf bei Stuttgart. Er war für einen Job in einem großen Technikkonzern nach Hamburg gezogen und hatte sie, gerade fertig mit ihrer Banklehre, kennengelernt, als sie dort Freunde besuchte. Für beide gehörte es dazu, sonntags in die Kirche zu gehen. Meine Mutter zog mir vorher eine kratzige Strumpfhose und Lackschuhe an und flocht meine langen Haare zu Zöpfen. Ich weiß noch genau, wie stolz meine Eltern immer waren, wenn andere Gemeindemitglieder sagten, was für eine hübsche Tochter sie doch hätten. Bis meine Mutter aus dieser Idylle ausbrach, als ich vierzehn war, und sich einige Zeit nicht mehr in die Kirche traute.

Ich habe ihnen selten Kummer gemacht, auch nach diesem Bruch nicht. Habe nie Drogen genommen, nie vorbestrafte Jungs mit nach Hause gebracht, mir nie die Haare abrasiert oder beschlossen, mit einer interkulturellen Theatergruppe auszuwandern. Die einzige Rebellion meines Lebens war es, Bücher zu schreiben. Mein Vater hatte nicht verstehen können, dass jemand mit einem Einser-Abi und summa cum laude im ersten Jura-Staatsexamen lieber Bücher schreiben wollte, und auch in den Augen meiner Mutter war Schreiben höchstens ein nettes Hobby. Aber ein Beruf? Wohl kaum. Zur großen Erleichterung beider hatte ich wenigstens einen Arzt geheiratet. Papa war vor zwei Jahren an einem Herzinfarkt gestorben, so hatte er zumindest nicht miterleben müssen, wie ich mein großes Glück zerstörte. Meine Trennung von Tim hätte ihm das Herz gebrochen.

Ich nahm eine Kerze aus einem Karton am Boden und warf eine Spende in die Dose daneben. Dann zündete ich die Kerze an und stellte sie neben die beiden anderen.

»Ich hoffe, es geht dir gut, da, wo du bist, Papa«, flüsterte ich.

Einen Moment blickte ich in die kleine Flamme, dann ging ich raus an die frische Luft. Der Wind wehte hier noch stärker und blies mir die Haare aus dem Gesicht. Ich lief bis zum Rand der Klippen und sah aufs Meer. Es peitschte tief unter mir gegen die Felsen. Links von mir bemerkte ich einen Weg. Offensichtlich war die Halbinsel hier nicht zu Ende, wie ich bisher angenommen hatte. Der Pfad führte über weitere Klippen auf eine Landzunge, auf der keine Häuser standen. Vielleicht könnte ich mir das später zusammen mit Julia genauer ansehen, überlegte ich.

Ich ging an der Kapelle vorbei zurück zum Hotel, wo der Wind abebbte. Das Wasser in der kleinen Bucht glitzerte türkisfarben im Sonnenlicht. Von hier aus konnte ich auf die Terrasse des Hauses schauen, das gerade renoviert wurde. Sie war noch größer, als ich gedacht hatte. Ein gemauerter Tisch mit gefliester Platte stand darauf, dahinter entdeckte ich einen Steinofen. Auf dem Dach des Hauses standen zwei Männer und werkelten an den Ziegeln herum. Sie trugen beide staubige Hosen und sahen ziemlich abgekämpft aus. Einer von ihnen wirkte kräftig und schon etwas älter, der andere noch recht jung und schmal. Er trug die braunen Haare halblang. Ich hielt kurz die Luft an. Konnte das? Konnte das Filipe sein, da oben auf dem Dach? Direkt in meiner Nachbarschaft?

Von Weitem sah er aus wie der Mann auf dem Foto. Wie der, der mir gestern auf der Party entwischt war. Aber vermutlich gab es in dieser Gegend viele junge Männer mit längeren dunklen Haaren und schmalen Gesichtern. Es wäre ein großer Zufall. Aber es könnte sein.

Ich beobachtete, wie die Arbeiter vom Dach kletterten, und machte mich auf den Weg zu ihnen. Als ich an der Baustelle ankam, standen die Männer bereits vor dem Haus. Ich hörte sie miteinander auf Portugiesisch sprechen. Der Brief ist auf Deutsch geschrieben, dachte ich. Filipe würde mich verstehen, wenn ich ihn ansprach. Jetzt war ich nur noch wenige Meter von ihnen entfernt. Der ältere der beiden Männer setzte sich hinter das Lenkrad des Lieferwagens, der jüngere lief um das Auto herum zur Beifahrertür. Ich beschleunigte meine Schritte. In diesem Moment öffnete der junge Mann die Autotür und drehte sich dabei zu mir um.

Abrupt blieb ich stehen. Er lächelte mich über mehrere Meter Entfernung hinweg an. Ein Lächeln wie ein Filmstar. Und da war ich sicher: Es war Filipe. Der hübsche junge Mann von dem Foto. Ich wollte die Hand heben, etwas sagen, aber da war der Moment auch schon vorbei. Filipe stieg ein und schloss die Autotür. Der andere Mann startete den Motor, und sie fuhren davon.

Ich sah dem Auto nach. Erleichterung durchströmte mich. Ich hatte Filipe gefunden. Wie ich es gehofft hatte. Ich war keine vierundzwanzig Stunden hier, und ich hatte ihn gefunden. Morgen früh würde er bestimmt wiederkommen. Und ich würde ihm den Brief übergeben.

8

»Auf meine erste Welle!« Julia hob ihr Glas in die Luft. Verschwörerisch raunte sie mir zu: »Und auf deinen ersten gelösten Fall als Meisterdetektivin.«

Ich zwinkerte ihr zu, dann stießen wir alle miteinander an. Außer unserem Surflehrer Daniel kannte ich niemanden an den zusammengeschobenen Tischen. Julia hatte gesagt, die anderen seien jetzt auch bei uns im Surfkurs, und wir hatten uns einfach dazugesetzt.

»Surfer girl!« Luís stellte ein paar Schalen mit Oliven, Käse, Sardinenpaste sowie einen Brotkorb in die Mitte des Tisches. »Good job, Daniel!«

Daniel winkte ab, während er sich eine Olive in den Mund warf. »Alles nur eine Frage des …«

Mindsets, dachte ich und stöhnte innerlich auf.

»… Mindsets.« Unsere Blicke trafen sich.

Ich schaute schnell zu Julia, deren frisch geföhntes Haar geschmeidig um ihr Gesicht fiel. Sie hatte nach der Dusche wieder etwas von diesem Glitzer auf Wangen und Augenlider aufgetragen und sah so erholt und glücklich aus, dass mir ganz warm ums Herz wurde.

»Ich hoffe, du traust dich nach deinem kleinen Unfall noch mal aufs Brett«, sagte sie an mich gewandt und strich Sardinenpaste auf ein Stück Brot. »Es macht glücklich, wirklich.«

Die anderen in der Runde machten zustimmende Geräusche. Daniel sah mich immer noch an.

»Mal schauen.« Ich nippte an meinem Drink. »Morgen ist ein neuer Tag.«

Julia lehnte sich zu mir. »Deinen Mister X hast du doch jetzt gefunden, du musst ihm nur noch den Brief übergeben.«

Ich nickte unsicher. Bei ihr klang das so einfach.

Wir aßen die Teller leer, die Luís uns brachte – Fischküchlein und Muscheln, gebackene Kartoffeln, frittierte Fische und Paprikaschoten mit Meersalzkruste.

Die anderen verabschiedeten sich nach und nach, weil sie, wie ich aufschnappte, morgen früh um sieben eine Surfstunde bei Daniel hatten. Es war erstaunlich schnell dunkel geworden. Nur ein letzter Rest bläuliches Licht fiel noch auf die Küstenlinie. Eine Formation von Vögeln schwebte über den Wellen, einige davon stürzten sich ins Wasser, nur um kurze Zeit später wieder aufzutauchen.

»Kormorane.« Ich hatte gar nicht gemerkt, dass Daniel sich auf den freien Platz neben mir gesetzt hatte. Er blickte wie ich auf die Vögel. »Sie nisten in den Felsspalten an der Landzunge am Ende der Halbinsel.«

»Die habe ich heute zufällig entdeckt«, sagte ich. »Sehr malerisch.«

»Für mich ist sie ein Wunder. Nur kahler Stein und Wasser, und doch wächst dort so viel.«

Ein einzelner Kormoran tauchte ins Wasser. Als er wieder hochkam, konnte ich deutlich einen zappelnden Fisch in seinem Schnabel erkennen.

»Manche Einheimische glauben, dass es eine Bedeutung hat, wenn man einem Kormoran begegnet«, sagte Daniel leise.

Ich drehte mich zu ihm. Er sah aus wie gestern Abend im Surfshop. Die Mähne noch feucht, irgendein Shirt übergeworfen, Reste von Sunblocker im Gesicht.

»Sie sind scheu, aber manchmal hat man Glück und sieht einen aus der Nähe. Angeblich vor allem in harten Zeiten, so lautet eine alte Fischerlegende. Der Kormoran gilt als Symbol, dass diese harten Zeiten ein Geschenk sein können, das uns zu den tiefsten Wünschen unserer Seele führt.« Daniel zuckte mit den Schultern. »Und dass man manchmal tief tauchen muss, um sie zu finden.« Er trank einen Schluck Wasser. »Keine Ahnung, ob es stimmt, ich warte immer noch auf so eine Begegnung, obwohl ich schon lange hier bin. Und durchaus schon harte Zeiten hatte.« Er lachte leise in sein Glas.

Ich wandte mich wieder den Vögeln zu, die nur noch schwarze Punkte am Abendhimmel waren. »Ich mag solche Legenden.«

Das blaue Licht erlosch nach und nach, und ich wurde allmählich müde. So viel frische Luft und Bewegung war ich nicht mehr gewohnt.

Luís stand auf und sagte etwas auf Portugiesisch zu

Daniel, woraufhin dieser ihm hineinfolgte. Die Terrasse des Cafés hatte sich geleert. Vermutlich wollten die meisten morgen wieder zeitig in den Wellen sein.

Julia rückte mit ihrem Stuhl dicht an mich heran. »Ich liebe es hier!« Ihre Augen glänzten.

»Das freut mich so.« Ich hielt mir eine Hand vor den Mund, weil ich gähnen musste. »Gestern hatte ich echt Sorge, dass du mich verfluchst.«

Julia musterte mich. »Du willst doch nicht etwa ins Bett?«

»Du nicht?« Ich musste schon wieder gähnen.

»Ich war nie wacher.« Julias Wangen glühten im Licht der Kerzen, die Luís mittlerweile auf die Tische gestellt hatte. »Wir hatten vor, uns zu erholen, von zu Hause, von der Arbeit, vom Alltag. Aber weißt du, was ich glaube?« Sie kam noch ein Stückchen näher. »Ich glaube, wir brauchen gar keinen Schlaf. Unser Geist muss endlich mal etwas erleben. Wir brauchen Abenteuer.«

Ich musste lachen. »Wenn ich ausgeschlafen bin, okay?«

»Na gut.«

Ich küsste sie auf die glühende Wange und schob ihr einen Geldschein zu. »Sag Bescheid, wenn das nicht reicht. Hab es noch schön und komm nicht zu spät, du musst früh raus.«

Sie sah mich herausfordernd an. »Nicht nur ich. Du hast gesagt, morgen ist ein neuer Tag.«

Schon im Gehen antwortete ich: »Ich wollte das

vor den anderen nicht ausdiskutieren. Ich mache ganz viele Fotos und Videos von dir. Sag den Jungs Tschüss von mir.«

Gerade als ich um die Ecke zur Rückseite des Cafés bog, hörte ich jemanden rufen: »Hey, Katrin, warte mal!« Daniel trat aus dem Hintereingang, ein Hoodie in den Händen, und lief auf nackten Fußsohlen über das Kopfsteinpflaster.

Ich blieb stehen.

»Ich wollte fragen, ob dein Kopf noch wehtut.« Er schlüpfte in das Hoodie und zog sich die Kapuze über die feuchten Haare.

Ich kam mir plötzlich furchtbar spießig vor in meinem gestreiften, akkurat gebügelten Baumwollkleid. Die Frau, die früh ins Bett musste. »Alles wieder okay.«

»Ein Glück!« Er musterte mich. »Du kommst doch morgen zum Kurs, oder?«

Ich schüttelte entschuldigend den Kopf. »Sei mir nicht böse, aber ich glaube, das Surfen ist nicht so mein Sport.«

Er knetete seine braun gebrannten Hände. »Ich würde mir wünschen, dass du es noch einmal probierst.«

»Nimm es nicht persönlich. Ich bin einfach nicht so gut in Sachen, in denen ich nicht gut bin. Verstehst du, was ich meine?«

Er fuhr sich über die blonden Bartstoppeln. »Besser, als du dir vorstellen kannst.«

Ich hob die Augenbrauen.

»Surfen könnte dir helfen.«

»Wobei?« Jetzt musste ich lachen.

»Ich will dir nicht zu nahe treten, aber …« Er blickte auf seine Füße, über die sich ziemlich viele Striemen und helle Narben zogen. Was für ein Kontrast zu meinen frisch pedikürten, blassen Großstadtfüßen. »Ich unterrichte den Sommer über so viele verschiedene Leute, da bekommt man eine Antenne für so was.«

»Für was?«

Er schaute wieder auf seine Füße. »Mann, ich rede mich um Kopf und Kragen.«

»Stimmt, aber du hast mich neugierig gemacht. Also schieß los.«

Er hob vorsichtig den Kopf, als er sagte: »Du sagst es ja selbst: Du bist nicht gut in Dingen, in denen du nicht gut bist. Aber wenn man immer alles richtig machen will, wenn man nur zufrieden ist, wenn alles perfekt ist, dann nimmt man sich die Möglichkeit, je richtig glücklich zu sein. Weil niemals alles perfekt sein kann.«

Ich lachte auf. »Wow, du bist ja ein echter Philosoph!«

Er zog seine Kapuze tiefer ins Gesicht. »Ich meine es nur gut.« Sein Blick hatte etwas Bittendes angenommen. »Surfen hilft einem loszulassen. Etwas zu genießen, was nicht perfekt ist. In dem man nicht gut ist. Das Scheitern zuzulassen und daraus zu lernen.«

Ich lächelte ihn freundlich an. »Tut mir leid, aber alles daran klingt anstrengend für mich. Zu Hause kümmere ich mich ständig um das Thema Selbstoptimierung – glaub mir, ich weiß, dass ich da noch einiges an Arbeit vor mir habe. Hier würde ich gerne mal … einfach nur sein.«

Er seufzte tief. »Okay.«

Eine Zeit lang sah er mich noch an, als suche er nach Argumenten, um mich doch noch zu überzeugen, bis ich sagte: »Aber danke für deine Mühe. Und gute Nacht!«

»Gute Nacht!«

Ich drehte mich um und ging die Straße hinauf. Meine Sandalen klackerten bei jedem Schritt. Über den Mauern vor den Häusern hingen tropfende Neoprenanzüge. Mir war nicht klar gewesen, dass Marial derart von der Surferszene regiert wurde. Und dass es einem womöglich übel genommen werden konnte, wenn man nicht mitmachte.

Bin ich jemand, der alles richtig machen will, fragte ich mich, während ich durch die laue Abendluft schlenderte. Kann ich nur glücklich sein, wenn alles perfekt ist? Leider hatte Daniel mich in diesem Punkt durchschaut. Es war das Kernthema meiner Meditationseinzelstunden. Zu akzeptieren, dass nicht alles perfekt sein konnte. Mir zuzugestehen, nicht alles richtig zu machen.

Bevor ich mich von Tim getrennt hatte und in ein Einzimmerappartement gezogen war, hätte an jedem einzelnen Tag ein Team von *Schöner Wohnen* bei uns zu Hause auftauchen und aus dem Stand ein Shooting machen können. Auch mit mir drauf, denn ich hatte immer frisch gewaschene Haare, trug saubere Klamotten und mindestens ein dezentes Tages-Make-up. Ich schickte meinem Lektor Manuskripte, die ich so oft gelesen hatte, dass ich sie auswendig kannte, und über die er sagte, sie würden ihm so gut wie keine Arbeit machen. Ich konnte mir das stolze Lächeln nicht verkneifen, wenn ich daran dachte.

Ob das gesund war?

Hm.

Ob ich deswegen aus meiner Ehe ausgebrochen war, was am Ende alles so unperfekt machte, wie ich es mir niemals hätte träumen lassen?

Aber hallo!

Ob eine Surfstunde mit diesem Dorfguru etwas an meinem Perfektionismus ändern würde?

Leider eher unwahrscheinlich.

Ich kam an dem Haus vorbei, auf dessen Dach Filipe gestanden hatte. Es war eines von wenigen Häusern, die vollends im Dunkeln lagen. Diese alten Mauern hatten sicher einiges erlebt. Was sie wohl für Geschichten zu erzählen hatten? Ich lehnte mich sachte gegen das Tor und zuckte zusammen, als es aufsprang. Zögernd schaute ich mich um. Die Straße war menschenleer. Leise Musik schallte aus einem der Fenster auf der anderen Seite. Einem Impuls folgend, schob ich das Tor unauffällig weiter auf, dann huschte ich über einen schmalen Pfad am Haus vorbei auf die Terrasse, inständig hoffend, dass mich niemand entdeckte und für eine Einbrecherin hielt. Hinten angekommen, spähte ich durch eine Lücke zwischen den hölzernen Fensterläden, aber drinnen war es zu düster, als dass ich etwas hätte erkennen können. Mein Blick fiel auf den Boden der Terrasse, der mit den gleichen klein gemusterten Fliesen gekachelt war wie der Steintisch in der Mitte. Darum herum verlief eine Mauer. Ich lehnte mich darüber und blickte in die Tiefe. Unter mir schwammen helle Schaumkronen auf dem dunklen Meer. Was für ein Ausblick. Man konnte von hier aus bis zum Strand schauen. Die Lichter von Luís' Café spiegelten sich auf dem nassen Sand.

Bin ich schon immer so perfektionistisch gewesen, fragte ich mich. Vermutlich ja. Eins meiner Lieblingsspiele als Kind war es gewesen, mein Zimmer zu putzen. Es war mir so vorgelebt worden. Ich hatte meine Mutter selten ohne einen Lappen oder ein Kehrblech in der Hand gesehen. Nie hätte sie ungeschminkt Gäste empfangen. Nie öffentlich Schwäche gezeigt. Wenn ich als Kind einmal vergaß, mich ordentlich zu bedanken oder eine Nachbarin zu grüßen, sprach sie manchmal stundenlang nur das Nötigste mit mir. Wenn ich meinen Vater nach der Trennung an den Wochenenden sah, fragte er mich als Erstes, was ich in der Schule Neues gelernt hätte. Nichts machte mich glücklicher als der Stolz in seinen Augen, wenn ich ihm von einer Eins in einer Klausur berichten konnte. Ich bin mir sicher, dass weder ihm noch Mama bewusst war, welchen Leistungsdruck sie auf ihr einziges Kind ausübten. Die eine Tochter, aus der gefälligst etwas werden sollte. Sie wollten das Allerbeste für mich, wie die meisten Eltern. Trotzdem ist aus diesem Samen die Überzeugung gewachsen, dass ich nur wertvoll bin, wenn ich etwas leiste.

Ich habe meinen Vater genau dreimal in meinem Leben weinen sehen. Zum ersten Mal, als ich ihm mein Abiturzeugnis zeigte. Zum zweiten Mal, als ich mein Erstes Staatsexamen mit Auszeichnung bestand. Und ein letztes Mal, als ich Tim heiratete.

Tim versöhnte mich mit meinen Eltern, als ich gerade tief in einer Sinnkrise steckte. Ich hatte immer schon geschrieben. Doch während des Jurastudiums, wo ich mich fehl am Platz fühlte, war es zu einer Flucht geworden. Ich bemühte mich offiziell gerade um ein Referendariat, obwohl ich insgeheim wusste, dass Anwältin oder Richterin nicht der richtige Job für mich war. Insgeheim wollte ich Bücher schreiben. Zu diesem Zeitpunkt stellte Julia mir auf einer Party ihren neuen Kollegen vor, der von einer anderen Station auf die Innere gewechselt war. Er war ein paar Jahre älter als ich, gefiel mir aber sofort, weil er so unbedarft gestand, dass er gerade schlecht abschalten könne, weil er sich Sorgen mache, ob er einen Patienten mit Herzproblemen richtig behandelt habe. Es imponierte mir, dass er so offen darüber sprach. Schließlich berichtete ich ihm von den Herzproblemen meines Vaters, der kurz zuvor einen Bypass bekommen hatte. Er war so interessiert und bemüht, dass es mich rührte. Als er wissen wollte, was ich beruflich machte, traute ich mich zu erzählen, dass ich gerade an einem Buch schrieb. Am Ende gab er mir seine Karte, falls ich noch medizinische Fragen hätte. Und falls ich eine Meinung zu meinem Text haben wolle. Aus einem Impuls heraus schickte ich ihm noch am gleichen Abend mein Manuskript. Er antwortete: *Ich habe nie etwas Vergleichbares gelesen. Damit wirst du das Leben vieler Menschen bereichern.*

Im Grunde habe ich mich in diesem Moment in ihn verliebt. In dem Moment, in dem er etwas tat, was ich mich selbst noch nie getraut hatte: an mich und an mein Schreiben zu glauben. Später steckte er damit sogar meine Eltern an, die ihn anbeteten. Jahrelang war das unsere Basis gewesen. Tim unterstützte mich in meinem Traum. Und ich managte sein Leben.

Ich fuhr mit dem Finger über die Mauer, die sich kalt und moosig anfühlte. Mit einem Mal hatte ich den Wunsch, Tims Stimme zu hören. Wir waren schon lange kein Paar mehr, nicht erst seit unserer Trennung. Aber wir waren uns immer noch auf andere Weise nah. Trotzdem wollte ich ihn nicht einfach so anrufen, bestimmt war er bei Ina. Ich nahm mein Handy heraus und schickte ihm ein Foto von heute: den Blick aus unserem Hotelzimmer auf die kleine Bucht.

Ich hoffe, es geht euch gut, schrieb ich dazu. *Knuddel Murmel von mir.*

Dann schlich ich mich unbemerkt von dem fremden Grundstück und machte mich auf den Weg ins Hotel und ins Bett.

9

Draußen war es noch dunkel. Wie viel Uhr mochte es sein? Ich drehte mich zur Seite und blickte zum Bett neben mir. Zu meiner Überraschung war es leer. Keine Julia. Musste ich mir Sorgen machen? Vermutlich nicht, schließlich hatte sie gestern selbst angekündigt, dass sie Abenteuer suchte. Die Frage war nur, bei welchem der beiden Männer. Lag sie gerade an Daniels gestählter Brust und kraulte die wenigen blonden Haare, die darauf wuchsen? Oder bettete sie sich auf Luís' weichen Bauch, während er ihr mit rauer Stimme die Bedeutung seiner Tattoos erklärte?

Ich musste schmunzeln. Es war jedenfalls schön, Julia so locker und frei zu sehen. In Hamburg ordnete sie alles ihrem Job unter und versicherte mir immer, sie wolle gar keinen Partner. Sie lebe alles, was sie brauche, auf Fuerteventura aus. Unter Garantie waren Luís und Daniel aufregendere Ferienflirts als die Martins, Stefans und Jörgs, von denen sie nach ihren Cluburlauben erzählte. Ich drehte mich auf den Rücken und lauschte. Das Meeresrauschen war ohrenbetäubend.

Plötzlich kam mir eine Idee. Ich war nun schon mal wach, das sollte für mehr gut sein als für unnötiges

Grübeln. Ich schlüpfte aus meinem Nachthemd, zog ein Sommerkleid und Sandalen an, warf eine Strickjacke über und trat hinaus in den Flur. Die Wendeltreppe knarrte unter meinen Schritten.

Draußen war es noch frisch. Ich zog die Strickjacke enger um mich, ging um das Hotel herum zur Kapelle und steuerte dann auf den schmalen Klippenpfad zu, der mir gestern aufgefallen war. Links und rechts davon ging es steil hinab in die Tiefe. Schließlich gelangte ich auf die Landzunge. Auf dem steinigen Untergrund wuchsen Gräser und Blumen, deren Blüten noch geschlossen waren. Zartrosafarbenes Licht blinzelte am Horizont. Ich lief bis an den Rand der letzten Klippe. Dahinter lag ein weiterer riesiger Felsen, der nicht mit der Halbinsel verbunden war. Seine kunstvoll übereinandergelagerten Gesteinsschichten sahen aus wie eine frisch geöffnete Packung Viennetta-Eis. Zwischen der Spitze der Halbinsel und dem Steinblock rauschte das Meer. Ich setzte mich auf einen Felsvorsprung und sah fasziniert zu, wie es unermüdlich Höhlen in die Steine fraß. Wie es Mulden und Pools herauswusch. Jeden Tag, ungeachtet dessen, was für kleine und große Dramen sich im Leben der Menschen abspielten, die hier lebten. Als ich den Blick wieder hob, sah ich rosa Wolken über den Horizont schweben.

Und ich sah ihn. Den Mann auf dem Surfbrett. Er paddelte durch den Kanal zwischen der Landzunge und dem großen Felsklotz davor. Erschrocken sprang ich auf. Der Wellengang war wild, und er wurde ordentlich von links nach rechts geworfen. Nur knapp entkam er dabei den spitzen Steinen auf beiden Seiten. Ich blickte mich um. Tief unter mir entdeckte ich eine Art Plattform, etwas oberhalb der Wellen. Dort könnte er aus dem Wasser klettern. Ich musste ihm helfen. Fieberhaft suchte ich mit den Augen die Kante ab und erblickte einen schmalen Trampelpfad, der dorthin führte. Meine Sandalen waren für diese Kletterei eher ungeeignet, aber das war gerade egal. Eine weitere große Welle schüttelte den Mann im Neoprenanzug durch, der tapfer dagegen anpaddelte.

Wie ist er nur hierhergekommen, fragte ich mich auf dem Weg nach unten. War er vom Strand abgetrieben worden? Und was machte er um diese Uhrzeit schon im Wasser? Mit einer Hand hielt ich mich an der Steilwand fest. Auf der anderen Seite ging es so abenteuerlich in die Tiefe, dass ich beschloss, den Blick nur nach vorn zu richten. Auf halber Strecke begann ich zu schreien und zu winken, doch das Wellenrauschen verschluckte alles. Bloß noch ein paar Meter, dann war ich unten. Weiter draußen bemerkte ich eins der hölzernen Fischerboote, die sonst in der Bucht vor dem Hotel im Sand lagen. Ich winkte und schrie wieder, obwohl ich genau wusste, dass es im Grunde zwecklos war.

Entgegen aller Wahrscheinlichkeit schien der Fischer mein wildes Gestikulieren zu bemerken. Das Boot setzte sich in Bewegung und steuerte quälend langsam auf mich zu. Als ich auf der Steinplattform ankam, hatte es mich fast erreicht. Im Boot saß ein älterer Mann mit Baseball-Käppi und sah mich ratlos an. Ich zeigte in Richtung des Kanals zwischen Felsen und Landzunge. »Help, please!«

Der Fischer blickte in den Kanal, reckte den Daumen nach oben und fuhr ein Stück in die entsprechende Richtung. Der Surfer war noch etwa zehn Meter von ihm entfernt. Er paddelte näher und hob eine Hand. Im selben Moment begann der Fischer zu lachen. Er rief erst dem Mann etwas zu, dann mir, beides auf Portugiesisch. Dann steuerte er sein Boot seelenruhig wieder auf die offene See hinaus.

Eine besonders große Welle überschwemmte die Plattform, auf der ich stand, sodass der Saum meines Kleides und meine Schuhe nass wurden. Beinahe wäre ich ausgerutscht, aber im letzten Moment konnte ich mich an einen Felsvorsprung klammern. Ein Schrei entfuhr mir. Dann hörte ich, dass auch der Surfer etwas brüllte.

»What are you doing? Are you crazy?«

Ich sah ihn mit dem Surfbrett auf die Plattform steigen. Er hatte einen hochroten Kopf von der Anstrengung, was seine blauen Augen leuchten ließ.

Ich stockte. Es war Daniel.

»Katrin?« Er zog sich über den nassen Stein zu mir heran. »Bist du lebensmüde?«

Mir entfuhr ein hysterisches Lachen. »Das fragst du mich? Du bist doch derjenige, der gerade beinahe von den Felsen aufgespießt worden wäre!«

Eine weitere hohe Welle flutete den Stein und schoss fontänenartig in die Höhe, sodass ich jetzt komplett nass war.

»Los!« Daniel schob mich von der Plattform in Richtung Pfad. »Das Wasser steigt, das ist nicht ganz ohne hier.«

Ich kletterte vor ihm die steile Klippe hinauf. Meine Füße fanden in den nassen Sandalen kaum Halt. Bei jedem Schritt hatte ich Angst auszurutschen. Je höher wir kamen, desto zittriger wurden meine Beine. Als wir endlich die Wiese oben erreichten, beugte ich mich schwer atmend vornüber. Kurz dachte ich, ich müsste mich vor Anstrengung übergeben.

Daniel legte sein Brett auf den Boden und stemmte die Hände in die Hüften. »Was hattest du da unten vor?«

»Ich wollte dir helfen. Ich dachte, du bist in Not.«

Daniel schnaufte. »Ich paddele immer hier.«

»Du tust was?«

»Ich paddele. Jeden Tag.« Er strich sich das Wasser aus den langen Haaren, das an seinem Anzug herunterlief. »Einmal um die Halbinsel. Ich steige an der Rückseite ins Wasser und komme am Surfstrand wieder raus. Ausdauertraining.«

Ich richtete mich wieder auf. »Unglaublich.«

»Mache ich seit Jahren. Im Sommer, im Winter, bei Sturm. Glaub mir, ich weiß genau, was ich tue.« Sein Blick wanderte an mir auf und ab. »Im Gegensatz zu dir.«

In diesem Augenblick fiel mir ein, dass seine Anwesenheit nicht nur bedeutete, dass er eigenwillige Vorstellungen von Fitnesstraining hatte, sondern auch, dass meine Cousine nicht bei ihm war. »Weißt du, wo Julia ist?«

Er sah mich ratlos an. »Ich hoffe, die schläft noch.«

Ich wischte mir Salzwasser von der Oberlippe. »Sie ist heute Nacht nicht ins Hotel gekommen.«

Er grinste. »Na, sagen wir mal so: Als ich nach Hause gegangen bin, sah es so aus, als würde sie sich ziemlich gut mit meinem Kumpel Luís verstehen.« Er rollte seine Schultern zurück. »Er wohnt über dem Café. Ich würde dir vorschlagen, dass du dir was Trockenes anziehst und dich noch mal eine Runde hinlegst. Du wirst sehen, Julia taucht spätestens zur Surfstunde wieder auf.«

Ich sah in Richtung Strand und kniff die Augen zusammen, so hell war es mittlerweile. Der Wind fühlte sich auf meiner nassen Haut empfindlich kalt an. »Du hast Nerven.«

»Sagt die Frau, die mit Sandalen in der Steilwand herumklettert.«

Einen Moment schwiegen wir. Dann fügte Daniel hinzu: »Aber danke! Danke, dass du mich retten wolltest.«

»Tja.« Ich rieb mir über die Arme und spürte, dass ich zitterte. »Offenbar lässt du dir genauso ungern helfen wie ich.«

Etwas blitzte in seinem Gesicht auf. »Im Gegensatz zu dir ist mir vermutlich nicht zu helfen.«

Ich schmunzelte. »Den Eindruck habe ich gerade auch gewonnen.«

Er musste jetzt ebenfalls grinsen. »Surfer sind seltsame Menschen.« Sein Lächeln wurde noch breiter. »Deswegen dachte ich ja, der Sport könnte etwas für dich sein.«

Ich erwiderte sein Grinsen, wobei ich spürte, dass nun sogar meine Wangen zitterten.

»Geh schnell unter die warme Dusche«, sagte Daniel und klemmte sich das Brett unter den Arm. »Nicht dass du krank wirst und unsere nächsten Surfstunden verpasst.«

Und schon war er wieder auf dem Weg nach unten. Innerhalb von Sekunden war er an der mittlerweile vollends überspülten Steinplattform angekommen, sprang bäuchlings mit dem Brett ins Wasser und paddelte weiter an der Küste entlang.

Als ich in unser Zimmer zurückkam, sah ich, dass Tim mir geantwortet hatte.

Super Foto! Bist du schon wach?

Ich duschte kurz und heiß, zog mir schnell etwas Trockenes an und wählte seine Nummer.

»Hey, Urlauberin, wie geht es dir, warum bist du schon auf?«, meldete er sich.

»Ach, ich konnte irgendwie nicht schlafen, hab einen Morgenspaziergang gemacht.«

»Ist es wirklich so schön bei euch wie auf dem Foto?«

»Mindestens.«

»Das freut mich.«

»Wie geht es Murmel?«

»Er liegt noch mit Ina im Bett. Ich habe gleich Dienst, sie hat frei.«

»Hm.«

Er wartete einen Moment, bevor er sagte: »Hör mal, Katrin, ich hoffe, du kannst dich ein bisschen erholen. Ich mache mir irgendwie Sorgen um dich.«

Ich schwieg ein paar Sekunden. Dann trat ich mit dem Telefon am Ohr ans Fenster und sah hinaus. Von hier aus konnte ich die ersten schwarzen Punkte im Wasser erkennen. Surfende Menschen. Alle verrückt.

»Das ist lieb von dir, aber das brauchst du nicht.« Ich nahm mir ein Handtuch von der Kommode und rubbelte mit der freien Hand durch meine feuchten Haare. »Ich war irgendwie an einem schwierigen Punkt, aber ich glaube, ich finde mich langsam wieder zurecht.«

»Dann ist ja gut, das erleichtert mich. Du kannst mir jederzeit …«

»Ich wollte dir noch etwas gestehen …«, unterbrach ich ihn. »Deine Ina.«

»Ja?«

»Ich mag sie.«

»Es freut mich, dass du das sagst. Ich mag sie auch.« Ich konnte hören, dass er beim Sprechen lächelte.

Als ich auflegte, musste ich daran denken, wie das früher gewesen war mit Tim und mir und unseren

Urlauben. Ich hatte sie gebucht. Ich hatte die Koffer gepackt. Unterwegs hatte ich ihm eröffnet, was wir alles unternehmen würden in den kommenden Tagen. Oft war er so erschöpft von der Arbeit gewesen, dass er dabei wegdämmerte. Wären wir jetzt zusammen hier, würde Tim vermutlich den halben Tag schlafen. Sich erholen von seinem Alltag als leitender Oberarzt. Und ich würde um ihn herumschleichen, ganz die liebevolle Partnerin, die Rücksicht auf seine Bedürfnisse nahm. Was meine eigenen Bedürfnisse waren, wusste ich vermutlich gar nicht. Was war der passende Urlaub für mich? Konnte ich überhaupt richtig entspannen?

Noch während ich am Fenster stand und grübelte, fiel mein Blick auf das Haus, das renoviert wurde. Gerade parkte der kleine Lieferwagen davor. Die zwei Männer stiegen aus. Sie begannen offenbar früh mit der Arbeit, bevor es gegen Mittag zu heiß wurde. Ein paar Minuten später trugen sie Werkzeug und Steine ums Haus auf die Terrasse. Obwohl sie weit weg waren, konnte ich sehen, wie ein Windstoß dem Jüngeren der beiden das Haar aus dem schönen Gesicht wehte. Es gibt keine Zufälle, dachte ich. Das Schicksal hatte mir Filipe auf dem Silbertablett serviert.

10

Eingecremt mit Sonnenmilch, eine große Strandbasttasche über dem Arm, lief ich in Richtung des Hauses am Ende der kleinen Bucht. Obwohl es noch früh war, brannte die Sonne bereits vom Himmel, und ich freute mich darauf, gleich baden zu gehen. Heute wollte ich mir einen Strandtag gönnen, für alles andere war es zu heiß. Aber zuerst würde ich meine Aufgabe erfüllen. Dabei war mir fast ein bisschen feierlich zumute. Wer weiß, vielleicht hatte Zoé längst weitere Briefe geschrieben, vielleicht hatten Filipe und sie sich mittlerweile wiedergesehen und versöhnt. Aber sicher war sicher.

Vor der Baustelle blieb ich stehen. Ich hörte einen der Männer etwas vom Dach rufen, der andere antwortete. Er schien sich im Haus zu befinden. Das Tor stand offen, und ich ging zögernd hindurch bis zur Haustür, an der ein Türklopfer aus Metall befestigt war. Kurz zögerte ich, dann griff ich danach und klopfte. Von drinnen hörte ich ein Scheppern. Dann ein Fluchen. Schließlich wurde die Tür geöffnet. Der ältere der beiden Männer stand vor mir, eine Hand ins Kreuz gestützt. Mit der anderen Hand gestikulierte er wild, während er auf Portugiesisch vor sich hin fluchte. Erschrocken sah ich ihn an. Von hinten kam der jüngere Mann angelaufen, stützte den anderen und brachte ihn zurück ins Haus. Ratlos blieb ich vor der Tür stehen. Ich hörte die zwei reden, wieder schepperte etwas. Schließlich kam der Jüngere zurück und lächelte mich entschuldigend an. Seine Augen waren aus der Nähe betrachtet noch dunkler und größer als auf dem Foto, seine Zähne noch weißer, die Haare glänzender. Aber es gab keinen Zweifel: Das war Filipe.

»*Olá*«, wandte er sich mir zu.

»Sprichst du Deutsch?«, fragte ich.

Überrascht sah er mich an. »Ja, kennen wir uns?« Er sprach mit einem feinen Akzent, den ich fast nicht bemerkt hätte.

»Nein, nein, entschuldige, ist mit deinem Kollegen alles okay?«

»Mit meinem Vater?« Filipe schaute hinter sich. Im Profil sah ich, dass seine Nase einen kleinen Knick hatte, vermutlich das Überbleibsel einer Kindheitsverletzung. »Er ist über ein Gerüstteil gestolpert. Keine Sorge, nichts Wildes.« Er drehte sich wieder zu mir. »Kann ich helfen?«

Ich griff in meine Tasche. »Nein, nein, ich … Puh, das ist eine lange Geschichte.« Und sie klingt komisch, dachte ich. Richtig, richtig komisch.

Von drinnen rief Filipes Vater.

Filipe hob einen Zeigefinger. »Gib mir eine Minute.«

Er verschwand im Flur. Ich hörte seinen Vater laut

klagen, dann Filipes Stimme, die beruhigend auf ihn einredete.

Leider gab mir diese kurze Unterbrechung die Gelegenheit nachzudenken. Was wollte ich noch mal genau sagen? *Ich habe einen Brief gefunden, und der ist für dich?* Sollte ich noch hinzufügen: *Ich mache übrigens deinetwegen hier Urlaub? Weil ich den Brief, der eigentlich nur dich etwas angeht, geöffnet und gelesen habe?* Plötzlich dachte ich: Ich kann das nicht bringen. Er wird mich für eine Stalkerin halten, eine Verrückte.

Gerade als ich den ersten Schritt zurück gemacht hatte, um unauffällig abzuhauen, tauchte Filipe wieder an der Tür auf. »Sorry, er hat sich was ausgerenkt, braucht wahrscheinlich einfach eine kleine Pause. Was kann ich für dich tun?«

Die nächsten Worte kamen aus meinem Mund, bevor ich wirklich nachgedacht hatte. »Ich suche ein Café, ein Strandcafé, ich soll da meine Freundin treffen.« O nein, ich machte es immer schlimmer!

Filipe wischte sich eine lange Ponysträhne hinters Ohr. Er musste ein paar Jahre älter sein als auf dem Foto, schätzte ich. Vielleicht Ende zwanzig. Oder es war nur die harte Arbeit in der Sonne, die ein paar Falten um seine schönen Augen hatte entstehen lassen. »Es gibt eins die Straße runter. Könnte es das sein?«

»Ja, bestimmt, wunderbar. Ich habe mich verlaufen, entschuldige!« Als ob man sich auf dieser Halbinsel verlaufen könnte. Ich lachte verlegen, dann klatschte ich in die Hände. »So, dann … Dann gehe ich mal dorthin. Gute Besserung für deinen Vater!«

Filipe lächelte freundlich. »*Obrigado.*«

»*Tchau.*« Ich winkte etwas unbeholfen.

»*Tchau*«, antwortete er.

Ich glaubte zu spüren, wie er mir nachsah, als ich die Straße hinunterlief. Dabei wurde ich nachträglich rot. Wie unangenehm! Warum hatte ich den Brief nicht einfach vor die Tür gelegt und war abgehauen? Das wäre wirklich die bessere Idee gewesen.

Ich fand Julia bei Luís im Strandcafé, an einem der Tische vorne am Wasser. Sie saß da, im Kleid von gestern Abend, und sah verträumt aufs Meer.

Ich ließ mich neben sie sinken. »Ich wäre gern so großmütig, mich nur für dich zu freuen, aber die Spießerin in mir wünscht sich, du hättest kurz Bescheid gesagt.«

Sie drehte sich abrupt zu mir. Ihre Augen sahen gleichzeitig müde und glücklich aus. »Entschuldige, du hast recht.« Sie lachte. »Aber irgendwie haben sich die Ereignisse überschlagen.«

Ich lehnte mich vor. »Welche genau?«

Sie kam mir noch ein bisschen näher und schaute sich um, ob jemand zuhörte. »Wir haben die ganze Nacht geknutscht.«

Ich nickte anerkennend. »Ich war mir nicht sicher, ob du Daniel oder Luís gut findest.«

Sie richtete sich etwas empört auf. »Unseren Surflehrer Daniel?« Sie schüttelte schmunzelnd den Kopf. »Nee, der ist … an dem ist ja gar nichts dran. Aber Luís …« Sie musste breit grinsen. »Ich finde ihn echt gut.«

Wir kicherten beide.

Ich trank einen Schluck aus dem Glas mit Orangensaft, das vor ihr stand. »Ich hätte nicht gedacht, dass er dein Typ ist. Die Svens und Heikos aus den Cluburlauben sehen irgendwie … solider aus.«

Sie rieb sich die Augen, unter denen noch etwas von dem Glitzerzeugs von gestern Abend klebte. »Da gibt es eben nur solche. Dabei finde ich gerade das Unkonventionelle an Luís so anziehend.«

Ich lehnte mich in meinem Stuhl zurück. »Ich freue mich jedenfalls, dass das mit den Abenteuern bisher gut anläuft.«

»Hätte ich nicht gleich Surfstunde, würde ich glatt noch eine Runde schlafen.« Sie gähnte laut und steckte mich damit an. »Wie war deine Nacht?«

Ich atmete tief ein. Und dann erzählte ich ihr von der Kapelle, von Daniel zwischen den Felsen, von Filipe und der verpatzten Briefübergabe.

Sie hörte mir gebannt zu und sah mich staunend an. Am Ende sagte sie: »Ich war nicht mal zwölf Stunden weg.«

Nach ihrer Surfstunde, während der ich mehrmals geschwommen war und jede Menge Fotos und Videos gemacht hatte, duschte Julia ausgiebig, wobei sie einen

Song von Beyoncé trällerte. Ich blickte aus dem Fenster zu Filipe hinunter, der wieder am Dach herumwerkelte. Sein Vater saß auf einer Bank am gekachelten Tisch auf der Terrasse und rief Anweisungen zu ihm hinauf. Offensichtlich hatte er immer noch Schmerzen.

Das ist meine Chance, dachte ich plötzlich. Ich musste das jetzt hinter mich bringen, ehe wieder irgendetwas dazwischenkam. Entschlossen holte ich den Brief aus meiner Tasche und ging die Wendeltreppe hinunter, vorbei an Inês hinter ihrem großen Pult, über die Hotelveranda, die Straße hinunter, bis ans Ende der kleinen Bucht. Bis vor Filipes Haus. Ohne weiter darüber nachzudenken, trat ich durch das geöffnete Tor und legte den Brief auf die Türschwelle. Anschließend lief ich, so schnell ich konnte, zurück zum Hotel und hoch ins Zimmer.

Julia duschte noch immer. Ich stellte mich wieder ans Fenster. Beobachtete, wie just in diesem Moment Filipes Vater am Haus vorbei in Richtung Tür humpelte. Wie er dabei den Brief auf der Schwelle bemerkte. Wie er sich schwerfällig bückte, ihn hochhob und auf die Ladefläche des Lasters legte. Wie er reinging und wieder zurückkam, gefolgt von Filipe.

Gespannt hielt ich die Luft an.

Filipe zeigte aufs Dach und erklärte seinem Vater etwas. Der zog den Autoschlüssel aus seiner Gesäßtasche und reichte ihn seinem Sohn. *Der Brief liegt noch auf der Ladefläche*, wollte ich ihm zurufen. *Du musst Filipe sagen, dass da ein Brief liegt!*

Filipe ging noch mehrfach rein und raus. Zwischendurch telefonierte der Vater und stützte sich dabei mit einer Hand am Wagen ab. Er wird doch den Brief nicht vergessen, dachte ich. Dann sah ich, dass er mit Filipes Hilfe ins Auto stieg. Auch Filipe stieg ein, diesmal auf der Fahrerseite.

O nein, dachte ich. Der Brief. Aber da waren sie schon losgefahren. Ich sah noch, wie der Umschlag von der Ladefläche segelte. Zunächst landete er auf dem Pflaster vor dem Haus. Ich muss ihn holen, beschloss ich. Ich muss den Brief holen, jetzt sofort. Aber er wurde bereits von einer Böe erfasst und über die Klippe geweht. Ich sah ihn segeln, weit über die Felsen hinweg, bis er irgendwo in den Wellen landete, für immer verloren.

11

Abends gingen wir in die Taverne, die wir bereits am ersten Tag gesehen hatten. Heute standen bunte Holztische und Stühle davor. Beim Eintreten schlugen uns der Geruch von Gebratenem und vergnügtes Stimmengewirr entgegen. Eine junge Frau mit einem blasslila gefärbten Haarknoten auf dem Kopf wirbelte durch die offene Küche. An den Tischen und Stühlen, die ebenso bunt waren wie die draußen, saßen schon jede Menge Gäste. Die Wände waren mit Brettern von alten Weinkisten beklebt.

Julia suchte uns einen Platz in einer gemütlichen Ecke aus. Sie trug wieder eins ihrer Spaghettiträgerkleider und glühte förmlich vor Urlaubsstimmung.

»Heute schlafe ich aber bei dir im Hotel.« Sie grinste mich über die handgeschriebene Speisekarte hinweg an. »Mein Kinn ist schon ganz wund, kennst du das?«

Ich trank einen Schluck von dem Limettenwasser, das man uns bereits hingestellt hatte. »Ich erinnere mich dunkel.«

Noch immer breit grinsend griff sie in die kleine Schale mit Nüssen auf dem Tisch. »Obwohl ich mich gerade fühle, als bräuchte ich nie wieder Schlaf …«

Ich musste lachen. »Gibst du mir etwas von deiner Energie ab? Ich bin immer noch müde.«

Julia kaute nachdenklich. »Was machst du jetzt wegen des Briefes?«

»Wenn ich das wüsste!«

Sie faltete die Stoffserviette auseinander. »Vielleicht sollte es so sein. Vielleicht soll dieser Brief nicht ankommen. Erst geht er verloren, dann fliegt er davon. Das muss doch ein Zeichen sein.«

Wir bestellten beide Fisch mit wildem Brokkoli und dazu Craftbeer mit hübschen handgeschriebenen Etiketten, das sie hier selbst brauten. Eine Frau mit vielen kleinen Flechtzöpfen brachte uns das Essen. Sie trug wie alle hier ein gestreiftes T-Shirt, auf dem der Name des Restaurants stand – *Taberna da Rita*. Sie hatte es vorne zusammengeknotet, sodass man ihren durchtrainierten Bauch sah. Vermutlich auch eine Surferin.

Es schmeckte zum Niederknien, und Julia und ich vergaßen vor lauter Genuss zu sprechen, bis die Kellnerin abgeräumt hatte und zwei Schnapsgläser mit grünlicher Flüssigkeit zwischen uns stellte.

Julia betrachtete das Getränk neugierig. »*Obrigada.*«

Die Frau nestelte an den großen Creolen in ihren zarten Ohren. »*Beirão*, schnapps from Portugal.« Sie zeigte zur Bar. »From him.«

Ich folgte ihrem ausgestreckten Finger mit dem Blick. Da stand Luís und grinste zu uns herüber. Die Kellnerin verdrehte ganz leicht die Augen und verschwand in Richtung Küche.

Als sie weg war, kam Luís an unseren Tisch, ein Schnapsglas in der Hand. Er begrüßte Julia mit einem lauten Schmatzer auf die Lippen, dann sagte er: »Auf einen schönen Abend! Kommt ihr noch rüber?«

Die Kellnerin drängte sich hinter ihm vorbei, zwei Teller mit großen Thunfischsteaks in der Hand, und raunte ihm auf Portugiesisch etwas zu.

Luís lachte und hob entschuldigend die Hände. Dann stieß er mit uns an und verschwand so schnell, wie er gekommen war. *»Até logo, senhoras!«*

Julia blickte ihm mit verklärtem Blick hinterher.

Als er aus der Tür war, flüsterte ich ihr zu: »Meinst du, die Kellnerin ist seine Ex? So wie die ihn angefunkelt hat?«

Julia zuckte mit den nackten Schultern. »Wir sind hier auf einer kleinen Halbinsel. Ich glaube, hier ist so ziemlich jeder von jedem der oder die Ex.«

Als Julia am nächsten Tag zu ihrer Surfstunde aufgebrochen war, stand ich am Fenster und beobachtete, wie der Lieferwagen vor dem Haus an den Klippen parkte. Diesmal stieg nur Filipe aus. Eine Weile sah ich zu, wie er Materialien auf die Terrasse brachte und sich dabei immer wieder ein bisschen ratlos umsah.

Was sollte ich jetzt tun? Sollte ich es wirklich als Zeichen betrachten, dass der Brief davongeflogen war? Bedeutete das, dass er Filipe aus gutem Grund niemals erreichen würde? Oder war es schieres Pech gewesen, von mir verursacht, weil ich zu feige gewesen war, ihm den Brief persönlich zu überreichen? Ich konnte den Gedanken nicht abschütteln, dass dieses Stück Papier eine wichtige Rolle im Schicksal zweier Menschen spielte. Was, wenn es der letzte Versuch war, den Zoé unternommen hatte? Was, wenn Filipe verzweifelt auf ein Signal von ihr wartete? Was, wenn sie sich fragte, warum er nicht auf den Brief antwortete, und mit Liebeskummer zu Hause in Hamburg saß?

Womöglich hatte ich auch zu viel Fantasie. Vermutlich sollte ich mir diese Gedanken besser für mein nächstes Buch aufheben und mich nicht weiter in die Angelegenheiten anderer Leute einmischen.

Ich beschloss, damit nun endgültig aufzuhören und mir ein hübsches Plätzchen am Strand zu suchen, von wo aus ich Julia zuschauen konnte. Als ich an Filipes Haus vorbeikam, stand er gerade am Lieferwagen und telefonierte. Ich wollte unauffällig an ihm vorbeigehen, doch er drehte sich zu mir um und hob grüßend die Hand.

Ich war bereits ein paar Meter weiter, als ich seine Schritte hinter mir hörte. »*Bom dia!* Hast du das Strandcafé gestern noch gefunden?«

Er sieht ein bisschen erschöpft aus, dachte ich. Kein Wunder bei der harten Arbeit.

»Ja, habe ich. Vielen Dank noch mal. Wie geht es deinem Vater?«

Er fuhr sich durch die glänzenden Haare. »Nicht gut leider, er hat starke Rückenschmerzen. Ich muss hier erst mal allein klarkommen.«

»Das tut mir leid.«

Er zuckte mit den Schultern. »Wird schon gehen.«

Ohne groß nachzudenken, sagte ich: »Kann ich irgendwie helfen?«

»Ach.« Er winkte ab. »Nein, das ist sehr lieb, aber … nein.« Er stockte. »Wobei …«

»Im Ernst«, entgegnete ich. »Ich packe gern mit an.«

Er wies auf ein etwas längeres Metallstück auf dem Wagen. »Das ist ziemlich unhandlich, aber … Nein, das geht nicht.«

Doch da hatte ich meine Basttasche bereits neben der Mauer abgestellt. »Auf geht's!«

Filipe sah mich etwas unsicher an, sprang dann aber behände auf die Ladefläche, schob das Metallteil herunter und reichte es mir an. Gemeinsam trugen wir es ums Haus herum auf die Terrasse. Es war zum Glück nicht besonders schwer, aber so lang, dass er es allein wohl tatsächlich nicht geschafft hätte.

»Das ist echt nett von dir, vielen Dank!« Er wischte sich die Finger an seiner Arbeitshose ab und hielt mir die rechte Hand hin. »Ich heiße Filipe.«

Ich weiß, dachte ich und ergriff sie. »Katrin.«

»Woher kommst du?«

»Aus Hamburg.«

Sein Gesicht hellte sich auf. »Oh, was für ein Zufall! Da habe ich bis vor Kurzem auch gewohnt.«

Ich weiß, dachte ich erneut.

»Meine Mutter ist Deutsche, und ich habe dort

Architektur studiert. Hätte mir gut vorstellen können, danach zu bleiben.«

»Warum bist du zurückgekommen?«

Er blickte auf das alte Haus. »Meine Eltern sind nicht mehr die Jüngsten. Meine Schwester hat Familie und wenig Zeit. Und dann ist vor ein paar Monaten auch noch meine Großmutter gestorben. Sie hat hier gelebt.«

»Das tut mir leid.«

»Ja, sie war ziemlich besonders. Ich habe als Kind so viel Zeit in diesem Haus verbracht.«

»Und nun renoviert ihr es?«

»Meine Eltern haben einen Bauernhof im Hinterland, nicht weit von hier entfernt. Sie wollen das hier hübsch machen für Feriengäste, das Geld können sie gut gebrauchen. Und ich helfe ihnen dabei.«

»Das ist toll. Das Haus wird bestimmt ganz wunderbar aussehen, wenn es fertig ist.«

»Ja, bestimmt.«

Ich grübelte fieberhaft. Sollte ich ihm etwas von dem Brief erzählen? Oder hatte Julia recht, und es war Schicksal, dass er davongeflogen war? Und hatte ich nicht ohnehin schon zu viel gelogen, um jetzt mit der Wahrheit rauszurücken?

Filipe sah in Richtung Hausdach. »So, ich würde dann …«

»Klar, ich mache mich mal auf …«

»Vielen Dank für deine Hilfe!« Er blinzelte mich mit seinen unverschämt langen Wimpern an.

»Gern geschehen.« Ich war schon auf dem Weg zurück zum Tor.

»Darf ich dich noch was fragen?« Filipe war mir gefolgt.

»Ja, natürlich.«

»Ich war früher immer mit meiner Großmutter in der Taverne am Fuß der Halbinsel, sie gehört einer alten Freundin von mir.«

»*Taberna da Rita*? Ich war gestern dort, super Laden.« Ich nahm meine Basttasche und schulterte sie.

»Ja, es ist toll dort. Schade.«

»Schade?«

»Ach.« Er blickte auf seine ebenmäßigen Hände. Sie sahen für mich aus wie Hände, die Häuser zeichneten, nicht unbedingt wie solche, die welche bauten. »Ich wollte vorschlagen, ob du mit mir dorthin gehen willst, als kleines Dankeschön für deinen spontanen Einsatz.«

»Nein«, sagte ich und bemerkte, wie er etwas erschrocken zurückzuckte. »Ich meinte: Nein, bitte nicht als Dankeschön, das war ja wohl selbstverständlich.« Ich zögerte und fügte hinzu: »Aber ansonsten gern.«

Filipe lächelte erleichtert. »Heute Abend um zwanzig Uhr dreißig dort?«

»Du gehst mit ihm essen?« Julia stand klitschnass in ihrem orangefarbenen Neoprenanzug vor mir, eine steile Falte auf der Stirn.

Ich breitete mein Leinentuch auf dem sonnengewärmten Sand aus. »Das ist doch die perfekte Gelegenheit, um mit ihm über Zoé zu sprechen. Vielleicht finde ich so heraus, ob sie ihn anderweitig kontaktiert hat.«

Julia streckte die Arme in die Luft, um sich zu dehnen. »Sei mir nicht böse, aber das klingt seltsam für mich. Als würdest du dich immer weiter in etwas verstricken. Erzähl ihm doch einfach von dem Brief.«

Ich ließ mich auf mein Tuch sinken und zog mein Strandkleid über den Kopf. Darunter trug ich den neuen nachtblauen Bikini, den ich mir vor ein paar Tagen voller Vorfreude in einer Boutique in Eppendorf gekauft hatte. »Du hast recht. Heute Abend, nach ein, zwei Gläsern *vinho verde*, bekomme ich das hin.« Ich holte meine Sonnencreme aus der Tasche und schmierte mich damit ein. »Ich hoffe, es ist okay, wenn ich dich für einen Abend allein lasse? Was machst du denn, wenn ich mit Filipe unterwegs bin?«

»Früh schlafen? Lesen? Knutschen?« Julia grinste. »Mach dir keine Sorgen um mich. Luís hat was von einer Party in einem Surfcamp erzählt.«

Sie hatte ihren Anzug mittlerweile bis zur Hüfte heruntergerollt. Darunter trug sie ein sportliches Bikinioberteil. Ihre Haut war leicht gerötet vom kalten Wasser.

»Es war wieder super heute«, sagte sie. »Ich habe dreimal gestanden.«

»Die letzte Welle habe ich gesehen. Ich bin echt stolz auf dich.«

Julia stöhnte leise. »Ich kann mich allerdings kaum noch bewegen.« Sie streckte die Arme über den Kopf und dehnte sich noch ein bisschen. »Daniel lässt dir ausrichten, du sollst lieber wieder mit zum Surfen kommen, als in Steilhängen herumzuklettern.«

Ich sah auf. »Der ist lustig, ich wollte ihm helfen.«

»Weiß ich ja.« Julia schob schnaufend den Anzug über die Hüften. »Du willst immer allen helfen.«

Ein paar Meter von uns entfernt buddelte ein kleiner sandfarbener Mischling mit großen Ohren. Ob das einer der Straßenhunde hier ist, fragte ich mich. Oder gehörte er zu jemandem? Mir fiel auf, dass er einen runden Bauch und große Zitzen hatte. Er war also eine Sie und erwartete ganz offensichtlich Welpen.

Julia hatte es mittlerweile aus ihrem Anzug geschafft und setzte sich neben mich. »Ach, es ist so herrlich hier, Süße!« Sie griff mit ihrer kalten, nassen Hand nach meiner. »Hab ich dir je gesagt, dass du die Schwester bist, die ich nie hatte?«

Ich lächelte sie liebevoll an. »Immer mal wieder. Seit über dreißig Jahren immer mal wieder.«

Wir blickten zusammen aufs Wasser. Nach einer Weile bemerkten wir Luís, der von seinem Café aus über den Strand sprintete, ein Brett unter den muskulösen Arm geklemmt. Wir sahen ihm zu, wie er zu Daniel hinauspaddelte, der auf seinem Board saß und ihn abklatschte. Sie surften die Wellen, als wäre es das Einfachste der Welt.

Pünktlich um halb neun öffnete ich die Tür zur Taverne. In der offenen Küche stand wieder die junge

Frau mit den lila gefärbten Haaren und hantierte mit dampfenden Töpfen. Die Kellnerin begrüßte mich mit einem Lächeln und wies mit hüpfenden Zöpfen in den holzvertäfelten Gastraum. »Filipe there.«

Stimmt, Filipe hatte erwähnt, dass die Besitzerin eine alte Bekannte von ihm war. Dann war die hübsche Kellnerin vermutlich Rita.

Ich lief in die Richtung, in die sie gezeigt hatte, und sah Filipe an einem Tisch am geöffneten Fenster sitzen. Er trug ein blütenweißes Hemd, die Ärmel hochgekrempelt, die oberen Köpfe geöffnet, und sah frisch geduscht aus. So roch er auch, als ich ihn umarmte.

»Du kennst die Chefin?«, fragte ich, als ich mich setzte.

»Ja, Rita ist auch von hier, und ich habe ja sehr viel Zeit bei meiner Großmutter verbracht.«

Eine Gruppe Touristinnen kam herein. Sie schauten zu unserem Tisch und tuschelten. Filipe warf ihnen ein strahlendes Lächeln zu, woraufhin sie verlegen kicherten. So ist das also, wenn man mit einem atemberaubend schönen Mann unterwegs ist, dachte ich.

Wir bestellten etwas zu essen – ich eine Kartoffelpfanne und Filipe ein Steak. Er fragte mich nach ein paar Cafés in Hamburg, in die er oft gegangen war, und wie es aktuell um den Hamburger Fußball stand. Dann erzählte er mir vom Hof seiner Eltern, die mittlerweile viel von den Urlauberinnen und Aussteigern lebten, die kamen, um selbst etwas zu ernten oder bei der Ziegenkäseproduktion zuzuschauen. Von seiner

Schwester, die mit ihrer Familie in der Nähe wohnte. Von der Renovierung und dass er sich nun allein darum kümmern müsse, weil sein Vater mit seinem verrenkten Rücken erst mal ausfiel.

Ich hörte ihm zu und versuchte, derweil möglichst viel Wein zu trinken. Zum Glück erkundigte er sich kaum nach mir, und ich ließ mich gern von seinen Erzählungen berieseln, während ich innerlich meinen Einsatz vorbereitete. Wann war der richtige Augenblick für meine Offenbarung gekommen?

Als Rita die Teller mit lässigen Handgriffen abgeräumt hatte, schien draußen vor den Fenstern wieder dieses goldene Abendlicht auf die Wellenreitenden. Ich glaubte, von hier aus Luís zu sehen. Er wirkte kleiner und gedrungener als Daniel und hatte einen gemütlichen Bauch, aber auf dem Brett war er genauso beweglich. Ich fragte mich, ob er mit Julia auf die Party gehen würde, sobald er aus dem Wasser kam. Filipe schaute wie ich gedankenverloren hinaus.

»Surfst du auch?«, holte ich ihn zurück ins Hier und Jetzt.

Er wandte den Blick nicht von den Surfenden ab, als er antwortete. »Ein bisschen, man kann der Szene hier ja kaum entkommen. Aber es hat mich nie so gepackt wie Rita und die anderen.« Er griff nach seinem Weinglas. »Bist du deswegen hergekommen, wie fast alle hier? Um surfen zu lernen?«

Ein paar Sekunden verstrichen, dann holte ich tief Luft. »Ich muss dir etwas sagen«, begann ich.

Filipe setzte das Glas wieder ab, mit dem er mir offenbar gerade hatte zuprosten wollen.

»Also.« Ich nahm mein eigenes Weinglas und trank es in einem Zug leer. »Ich bin deinetwegen nach Marial gekommen.« Laut ausgesprochen klangen die Worte noch merkwürdiger als in meinem Kopf.

Zum ersten Mal an diesem Abend sah Filipe mich wirklich an. Seine dunklen Augen wirkten plötzlich noch größer als sonst.

Ich wischte mir über den Mund. »Ich wollte ohnehin verreisen, aber ausgerechnet hierher gekommen bin ich, weil ich am Hamburger Flughafen einen Brief gefunden habe, der an dich adressiert war. Ich konnte ihn nicht einfach in den Briefkasten stecken, weil dein Name und die Hausnummer fehlten. Weil mein Hund … Ach, das führt zu weit.«

Filipe zögerte ein paar Sekunden, als müsste er erst mal verarbeiten, was ich gerade gesagt hatte. Dann lehnte er sich ein Stückchen weiter zu mir über den Tisch. »Woher wusstest du dann, dass er an mich gerichtet war?«

Ich blickte mich etwas hilfesuchend nach Rita um, einer von diesen grünen Schnäpsen wäre jetzt nicht schlecht. »Der Umschlag war offen, und ich habe den Brief gelesen. Ich bin nicht stolz darauf. Es tut mir aufrichtig leid.«

Ich versuchte, seinen Gesichtsausdruck zu deuten, aber es gelang mir nicht.

»Jedenfalls war ein Foto von dir darin, und er begann mit *Lieber Filipe,* daher bin ich mir ziemlich sicher, dass er für dich bestimmt war. Ich habe mich auf die Suche gemacht und dich an der Baustelle erkannt. Dann hat mich allerdings der Mut verlassen – ich weiß, albern.«

Er sah mich noch immer mit der gleichen ausdruckslosen Miene an. »Und jetzt traust du dich?«

Hitze stieg mir ins Gesicht. »Nun ja, mir bleibt nicht wirklich eine Wahl. Ich habe den Brief vor deine Tür gelegt. Dein Vater hat ihn gefunden, auf der Ladefläche des Lasters deponiert und offenbar vergessen. Kurz darauf hat ein Windstoß ihn aufs Meer geweht.«

Sekundenlang sah Filipe mich an. Dann begann er schallend zu lachen. Etwas unsicher stimmte ich mit ein, auch wenn mir eigentlich nicht danach war.

Als er sich einigermaßen gefangen hatte, sagte er: »Das ist die beste Geschichte, die ich seit Langem gehört habe.«

Jetzt erst kapierte ich, dass er mir nicht glaubte. »Aber sie stimmt«, sagte ich schnell, wobei ich merkte, dass ich bereits ein wenig lallte. Ich gab vermutlich wirklich nicht die glaubwürdigste Zeugin ab.

Sein schlanker Körper schüttelte sich vor Lachen.

»Im Ernst«, versuchte ich es erneut. »Nichts davon habe ich mir ausgedacht.«

Er grinste. »Ich möchte dir glauben, es klingt nur so absurd.«

»Ich weiß, aber ich kann dir beweisen, dass es stimmt.« Ich lehnte mich ebenfalls ein Stück vor. »Ich weiß ein paar Sachen, die ich eigentlich nicht wissen kann. Du warst bis vor Kurzem in Hamburg.«

Er zog eine tiefschwarze Augenbraue hoch. »Das habe ich dir erzählt.«

Ich sprach noch ein wenig leiser. »Ja, aber nicht, dass du dort eine Frau kennengelernt hast.«

Filipe hörte auf zu lachen.

»Zoé«, sagte ich leise. »Du warst mit Zoé zusammen. Ihr habt euch kurz vor deiner Rückkehr getrennt. Zoé hat dir den Brief geschrieben.«

Filipes Mimik fror ein. Und sie taute auch nicht mehr auf. Nicht, als er ohne ein weiteres Wort aufstand, zum Tresen marschierte und die Rechnung beglich. Und auch nicht, als er zurückkam und sich knapp für den Abend bedankte.

»Vielen Dank für die Einladung.« Ich wollte aufstehen, aber Filipe winkte ab.

»Man sieht sich«, sagte er, noch immer mit eingefrorener Miene.

»Warte«, bat ich ihn, und er drehte sich noch einmal zu mir um. »Willst du denn gar nicht wissen, was in dem Brief stand?«

»Nein.« Er presste die schmalen Lippen zusammen. »Nein, will ich nicht.«

Und mit diesen Worten drehte er sich um und huschte aus der *Taberna da Rita,* wie ein Geist, den ich mir eingebildet hatte. Ich sah ihm nach und fragte mich, was eigentlich schiefgelaufen war. An diesem Abend. Bei meiner Offenbarung. Und zwischen Filipe und Zoé.

12

Eine Zeit lang saß ich da und wunderte mich über das, was gerade geschehen war. Schließlich bestellte ich mir bei der Köchin einen Schokonachtisch und löffelte ihn mit Blick auf den Strand im Abendlicht. Rita selbst war nicht mehr in der Taberna, ich hatte sie vorhin mit ihrem Surfbrett unter dem Arm rausssprinten sehen. Die Wellen waren heute ziemlich hoch und die Tische nicht so voll wie gestern. Da konnte man seine Kollegin schon mal allein lassen, um seiner Leidenschaft nachzugehen.

Und was würde ich jetzt anfangen mit diesem angebrochenen Abend? Ob Julia schon auf ihrer Surfcamp-Party war? Ob ich sie noch abfangen und mit ihr hingehen sollte?

Ich bezahlte meinen Nachtisch an der Theke und trat hinaus aufs Kopfsteinpflaster. Eine Straßenlaterne leuchtete auf. Im selben Moment hörte ich mein Telefon in der Handtasche vibrieren. Ich ahnte bereits, wer mir da schrieb, bevor ich es herausnahm.

Kati, wo bist du? Ich stehe vor deiner Tür, stand da.

Ein kehliges Lachen entfuhr mir. Er stand wieder vor meiner Tür. Vermutlich hatte er eine späte Veranstaltung an der Uni gehabt und anderthalb Bier zu viel, um sich noch gut zu benehmen. Um sich daran zu erinnern, dass er zu mir gesagt hatte: »Ich liebe Sandra, es war alles ein großer Fehler.« Was für ein Glück, dass ich nicht zu Hause war. Dass ich nicht stark sein musste, nicht aushalten musste, dass er lange klingelte, bis er endlich aufgab. Ich war hier. Hier am Meer, das wenige Meter vor mir rauschte.

Doch ich hörte noch ein anderes Geräusch. Erst war ich mir nicht sicher, aber dann wurde es immer lauter. Es war das Fiepen von Tieren, es klang nach einem oder mehreren Hunden. Murmel fiepte so ähnlich, wenn ich vor seinen Augen Chips aß oder er dringend vor die Tür musste. Doch dieses Fiepen war höher, zarter. Ich blickte mich um, sah aber nirgends einen Hund. Wieder horchte ich in die Nacht und folgte dem Geräusch zu einer Seitentür der Taberna. Sie war nur angelehnt, und ich gab ihr einen Schubs, woraufhin sie langsam knarzend aufschwang. Dahinter lag ein kleiner Innenhof. Es handelte sich offenbar um eine Art Lager, in dem Getränkekisten, Mülltonnen und gestapelte Stühle standen.

Ich schaute mich um. Weit und breit war niemand zu sehen, also betrat ich den Innenhof und lauschte erneut. Kurz war es ruhig, dann begann wieder dieses Fiepen. Ich bückte mich und schaute zwischen die Getränkekisten. Hinter die Mülleimer und unter die gestapelten Stühle. Daneben entdeckte ich eine Truhe, in der vermutlich Polster für Außenmöbel aufbewahrt wurden. Zwischen der Truhe und der Wand befand sich ein Hohlraum, etwa zwei Handbreit. Ich bückte mich und blickte hinein.

Zuerst sah ich nur etwas Altpapier. Doch als ich mit der Taschenlampe meines Handys in den Spalt leuchtete, entdeckte ich noch etwas anderes: Da war eine schwarze Nase. Etwas pelzige Haut, ein paar rosafarbene Pfoten. Noch eine Nase, noch mehr Pfoten.

Im Schlitz hinter der Truhe lagen Hundewelpen. Sie konnten nicht älter als ein paar Stunden sein, denn ihre Augen waren noch verschlossen. Sie sahen ein bisschen aus wie Maulwürfe, blind und hilflos. Ich hatte das schon häufiger in Tierdokumentationen oder Instagram-Videos gesehen. Und auf den allerersten Fotos, die Murmels Züchterin uns geschickt hatte.

Ich fragte mich noch, was ich jetzt tun sollte und wo wohl die Mutter der Kleinen war, als die Tür hinter mir knarzte. Erschrocken fuhr ich hoch.

Hinter mir stand Rita, das Surfbrett unter dem Arm. Wasser tropfte aus ihren geflochtenen Zöpfen auf den Steinboden. »Hello?« Sie lehnte das Board an die Getränkekisten und kam näher.

»Sorry, I … I heard something.« Ich winkte sie zu mir heran und leuchtete wieder in die Lücke hinter der Truhe. »Look!«

Rita ging in die Hocke. Ihre Augen weiteten sich, dann murmelte sie auf Portugiesisch etwas vor sich hin. Es klang fast wie ein Fluch.

Ich sah sie ratlos an. »Where is their mother?«

Sie wrang ihre Haare aus, fluchte erneut und sagte im Davoneilen: »Wait here!«

Ich hockte mich neben die Truhe und machte beruhigende Geräusche. Hoffentlich taucht ihre Mutter bald auf, dachte ich. Das Fiepen wurde immer lauter, bestimmt hatten die Welpen Hunger.

Kurze Zeit später kam Rita zurück. Sie trug jetzt einen langen Poncho aus Frottee und hatte einen großen Schuhkarton unter dem Arm. Darin lagen mehrere Küchenhandtücher.

»Help me!«, sagte sie und begann, seelenruhig einen Welpen nach dem anderen aus dem Spalt zu heben und in die Kiste zu legen.

Es waren acht Stück. Ihre kleinen Pfoten waren kühl. Rita deckte die neugeborenen Hunde vorsichtig mit den Tüchern zu. Dann trugen wir den Karton gemeinsam auf die Straße. Als wir ein paar Minuten gelaufen waren, bog Rita in einen schmalen Weg ein, der mehrere Stufen hinaufführte. Vor einem rot gestrichenen Gartentor in einer hohen Mauer aus groben Steinen blieb sie stehen. Sie überließ mir den Karton und klopfte heftig gegen das Tor.

Es dauerte nicht lange, bis es geöffnet wurde. Vor uns stand Daniel, nur in Boxershorts und ziemlich verschlafen. Er sagte etwas auf Portugiesisch und rieb sich die Augen. Dann fiel sein Blick auf mich und den Karton in meinen Armen. Grußlos kam er auf mich zu und hob eines der Handtücher an. Mit einem Mal sah er munter aus. Rita und er begannen, sich in schnellen Sätzen zu unterhalten.

Schließlich sagte Daniel zu mir: »Ich habe schon seit Tagen versucht, ihre Mutter einzufangen und zu einer Tierschutzorganisation zu bringen.«

»Ist sie kniehoch und sandfarben, mit Fledermausohren und langer Schnauze?«

Er sah mich überrascht an. »Ja, das ist sie. Wir nennen sie Fofo, sie lebt seit ein paar Monaten in der Gegend. Rita füttert sie immer mit Resten aus der Taverne.«

»Ich hab sie heute zufällig am Strand gesehen und dachte mir schon, dass sie bald Welpen bekommt.«

»Komm!«, forderte er mich auf, dann sagte er etwas auf Portugiesisch zu Rita.

Wir folgten ihm durch einen kleinen Garten, in dem Surfbretter in jeder Form und Farbe in einem Holzständer lehnten. Daneben baumelte eine Hängematte.

Daniel führte uns in ein kleines Steinhaus mit nur einem einzigen Raum und begann, in einem Holzofen Feuer zu machen. »Seht zu, dass ihr sie warm haltet, sie sind bereits leicht ausgekühlt. Ich suche Fofo.« Er holte etwas aus dem Kühlschrank, packte es in eine Tüte und eilte hinaus.

Rita nahm mir den Karton ab und platzierte ihn mit etwas Abstand zum Holzofen, dann stand sie auf und hob eine Hand.

»Are you leaving?«, fragte ich.

»Taberna.« Sie klopfte mir auf die Schulter. *»Até logo.«*

Und damit ließ sie mich allein.

Um den Holzofen herum lagen jede Menge Kissen und Decken sowie eine breite Matratze. Ich setzte mich darauf und zog langsam die Kiste mit den Welpen zu mir heran. Die Kleinen waren offenbar eingeschlafen. Ich streichelte jedem Einzelnen sanft über den Rücken. Sie fühlten sich wärmer an als vorhin und atmeten zum Glück alle noch. Gut, dass Rita so schnell gewusst hatte, was zu tun war. Ich musste an Murmel denken, und mein Herz wurde schwer. Meine Bulldogge stammte aus einer Zucht, in der die Züchterin der Mutterhündin ein gemütliches Nest für die Geburt bereitete und schnell die Tierärztin rief, wenn etwas nicht nach Plan lief. Fofo dagegen hatte ihre Welpen in einem zugigen, staubigen Hinterhof auf etwas Altpapier zur Welt gebracht, weil sie offenbar nicht wusste, wo sonst.

Ich hob den Blick und sah mich in dem schmalen Raum mit den groben Steinwänden um. Hier wohnte also Daniel. Warum hatte Rita die Welpen ausgerechnet zu ihm gebracht? Der Raum war nur spärlich möbliert. Es gab eine kleine Küchenzeile mit einem alten Gasherd, ein paar Regale und eine Tür, die vermutlich zum Badezimmer führte. In einer Ecke neben dem Holzofen stand ein Sofa, daneben ein Stapel Bücher. Ein Bett konnte ich nicht entdecken. Sah ganz so aus, als würde Daniel auf der Matratze am Boden schlafen.

Ich zog ein paar Kissen und eine Decke zu mir heran und machte es mir bequem. Der Ofen knisterte anheimelnd vor sich hin, und ein Gefühl von Wohligkeit machte sich in mir breit. Hier waren wir nun – ich und acht Hundewelpen in einem Haus mit dicken Steinmauern, vor dem draußen der Ozean rauschte. Wenn wir nur die Mutter bald fänden!

Ich war beinahe eingedämmert, als sich im Karton neben mir etwas regte. Ein paar der Welpen waren munter geworden und richteten ihre Ohren auf. Kurz darauf hörte auch ich die Geräusche draußen im Garten. Daniel kam herein. Als ich sah, wen er da unter dem Arm trug, schossen mir vor Erleichterung Tränen in die Augen. Es war Fofo. Er hatte die Hundemutter gefunden.

»Sie ist noch sehr jung«, sagte er und setzte die Hündin vor dem Kühlschrank auf den Boden. »Ich vermute, sie hatte großen Hunger und hat die Kleinen deswegen allein gelassen. Ich hab sie bei den Mülleimern hinter dem Strandcafé gefunden.«

Er nahm eine Dose aus dem Kühlschrank und kippte den kompletten Inhalt in einen Napf, den er vor die Hundemutter stellte. Bis zu diesem Zeitpunkt hatte ich gedacht, niemand könnte schneller fressen als Murmel, aber Fofo leerte den Napf innerhalb von Sekunden, so ausgehungert war sie offensichtlich.

Daniel füllte etwas Wasser in eine zweite Schale und sah zufrieden dabei zu, wie die zarte Hündin sich auch darüber hermachte. Als sie aufhörte zu schlecken, nahm er sie wieder hoch und trug sie zur Hundekiste. Die Welpen rochen ihre Mutter und deren Milch offenbar, denn sie begannen sofort, laut zu fiepen. Daniel redete beruhigend auf Fofo ein und setzte sie auf eine Decke, die neben ihm am Boden lag. Anschließend nahm er den ersten Welpen aus der Kiste und hielt ihn Fofo hin. Sie sah fast ein bisschen schuldbewusst aus, als sie an ihm schnupperte. Dann begann sie, ihn abzulecken, und Daniel legte ihn an ihren Bauch. Der Kleine robbte näher an seine Mutter heran, und sie stupste ihn mit der Schnauze an, bis er eine Zitze gefunden hatte und gierig daran saugte. Wieder stiegen mir Erleichterungstränen in die Augen.

Das Schauspiel wiederholte sich mit allen acht Welpen. Als auch der letzte trank, ließ Daniel sich auf ein großes Sitzkissen sinken.

Sein Blick wanderte von den Welpen zu mir. »Bist du okay?«, fragte er, als er meine Tränen bemerkte.

»Ja, ich bin nur so erleichtert.«

Er lächelte. »Geht mir auch so. Wäre Fofo nicht so scharf auf die Wurst gewesen, mit der ich sie angelockt habe, hätte ich die Kleinen mit der Hand großziehen müssen. Das verträgt sich nicht gut mit meinen Arbeitszeiten.«

Er stand auf, ging zum Kühlschrank und kam mit zwei Flaschen Wasser zurück. Eine reichte er mir, dann setzte er sich wieder neben Fofo, die jetzt ganz still auf der Seite lag, während ihre Kinder eifrig saugten.

Ich nahm einen Schluck Wasser. »Wieso hat Rita die Welpen zu dir gebracht?«

Daniel grinste schief. »Als ich ganz neu hier war, gab es mal einen medizinischen Notfall am Strand, ein Junge hatte sich die Hand gebrochen. Da hab ich geholfen. Ich hab nach der Schule ein Freiwilliges Soziales Jahr gemacht und bin dabei zum Rettungssanitäter ausgebildet worden. Das hat sich hier schnell rumgesprochen.« Er seufzte tief. »Und seitdem rufen sie mich bei jedem Splitter im Fuß. Sogar bei Hunden.« Er lachte leise in seine Wasserflasche. »Mein Opa war Tierarzt. Auch das hat sich natürlich schnell rumgesprochen. Ich hab immer Hundefutter im Kühlschrank, falls mal wieder jemand einen verletzten Straßenhund findet. Welpen hatte ich auch schon mal hier.«

Ich betrachtete die auf der Seite liegende Fofo. »Deshalb hast du so schnell ihr Vertrauen gewonnen.«

»Viecher erkennen einander, hat mein Opa immer gesagt.«

Ich lachte.

»Im Ernst, ich glaube, Hunde erfassen die Energie, die von einem Menschen ausgeht. Sie erkennen dich, ob du es willst oder nicht.«

Eine Zeit lang schwiegen wir und sahen den Welpen dabei zu, wie sie genüsslich schmatzten.

»Was machen wir jetzt mit dieser Hundefamilie?«, fragte ich irgendwann.

»Ich behalte sie erst mal hier.« Daniel drehte die

Wasserflasche in den Händen. »Und wenn sie alle so weit stabil sind, bringe ich sie zu ein paar Freundinnen, die Straßenhunde versorgen und nach Deutschland vermitteln.« Er strich über die blonden Bartstoppeln an seinem Kinn. »Ich hoffe, die lassen mich heute Nacht schlafen.«

Ich verstand das als dezenten Hinweis und erhob mich. »Dann lasse ich euch mal in Ruhe. Gib Bescheid, wenn du diesmal Hilfe haben willst.«

Daniel sah von der Hundekiste zu mir. »Sag mal … Was machst du morgen früh um halb sieben?«

13

Möwen kreisten laut schreiend über den Klippen, als ich mich am nächsten Morgen auf den Weg zu Daniel machte. Der Himmel war überzogen von einer feinen Wolkenschicht. Es lag so viel Feuchtigkeit in der Luft, dass ich sie auf meinem Gesicht spüren konnte. In den Wellen schaukelten bereits die ersten Surferinnen.

Julia hatte schon geschlafen, als ich gestern Abend nach Hause kam. Ob die Party nicht gut gewesen war? Ich würde sie später danach fragen, denn sie hatte auch noch geschlummert, als ich mich gerade eben aus dem Hotelzimmer schlich. Ich hatte ihr einen Zettel geschrieben, dass ich zum Frühstück wieder da sein würde. Mein Handy hatte ich bewusst im Hotelzimmer liegen gelassen. Ich wollte mich ganz auf meine Schützlinge konzentrieren.

Ich fand den schmalen Weg und das rot gestrichene Tor in der Steinmauer und klopfte an. Daniel machte mir auf, den Neoprenanzug bis zu den Hüften gerollt.

»Hallo!«, begrüßte ich ihn und trat ein.

»Morgen, gut, dass du da bist!«

»Wie war die Nacht?«

Er lief vor mir her über die Wiese. »Unruhig, aber okay. Fofo hat ihre Sache gut gemacht, ich habe sie gerade noch mal gefüttert und in den Garten gelassen.« Er zeigte hinter sich auf die Rasenfläche, wo die Hündin etwas abseits neben einer Aloe-vera-Pflanze stand und mich skeptisch ansah. »Sie ist immer noch scheu. Pass auf, dass das Tor immer gut verschlossen ist, damit sie nicht ausbüxen kann.«

Wir gingen wieder an den vielen bunten Surfbrettern in ihrem Holzständer vorbei. Dahinter entdeckte ich eins auf einer Art Werkbank. Es sah aus wie ein Rohling.

Daniel schnappte sich zwei seiner Bretter aus dem Holzständer und lief in Richtung Tor. »Mach es dir drinnen gemütlich!«, rief er über die Schulter. »Kannst dich gerne am Kühlschrank bedienen, Kaffee ist auch noch da. Bis später!«

Ich ging rein und sah nach den Welpen, die sich wie dicke Maden auf ihrem Nest aus Decken wälzten. Das Bettzeug auf der Matratze neben ihnen war zerwühlt. Offenbar hatte Daniel tatsächlich hier geschlafen. Ich setzte mich und wartete. Wenn ich mich ganz ruhig verhielt, würde Fofo sich hoffentlich bald hereintrauen. Weil ich noch müde war, ließ ich mich kurzerhand auf Daniels ungemachtes Schlaflager sinken. Es roch genauso gemütlich wie alles hier. Das Letzte, was ich wahrnahm, bevor ich wegdöste, war das rhythmische Schnarchen der kleinen Hunde.

Etwas Feuchtes berührte mich am Arm. An meinem Bauch war es warm. Ich öffnete blinzelnd die Augen. Fofo lag eingerollt in meiner Armkuhle, die Schnauze auf meinen Unterarm gebettet. Ein paar Meter von mir entfernt stand Daniel am Gasherd und summte vor sich hin. Es roch süßlich.

»Hey«, sagte ich leise.

Fofo hob schläfrig den Kopf, stand auf und krabbelte zu ihren Welpen auf die Decke, die sich sofort auf ihre Zitzen stürzten.

»Na?« Daniel rührte in einem Topf. »Ausgeschlafen?«

Ich sah ihn schuldbewusst an. »Sorry, ich muss eingedöst sein.«

Er lachte. »So kann man es auch nennen. Du hast was verpasst, die Wellen waren super.«

»Was gibt es Schöneres als schlafende Hunde?« Ich richtete mich auf.

Daniel nahm zwei Schalen aus einem Regal. »Hattest du mal einen?«

Ich fuhr mir mit den Fingern durch die platt gelegenen Haare. »Hab ich noch. Eine verwöhnte Bulldogge, ist zu Hause bei meinem Mann.«

Dass ich ihn immer noch so nannte! Ich sollte mir das wirklich abgewöhnen, schließlich war er das nur noch auf dem Papier, und auch das nicht mehr lange.

»Ah.« Daniel rührte noch einmal im Topf und füllte dann etwas von dem Inhalt mit einer Suppenkelle in eine Schale. »Du auch?«

»Ist lieb, aber ich frühstücke gleich mit Julia im Hotel.«

»Das bezweifle ich, es ist schon elf.«

»Oh!«

»Ich hab dich schlafen lassen.«

»Na super, ich war dir ja eine echte Hilfe.« Ich stand auf und ging zu ihm.

»Warst du. Manchmal reicht es schon, einfach da zu sein.« Er drückte mir eine gefüllte Schale in die Hand und lief mit seiner nach draußen.

Ich folgte ihm. Zwischen Hängematte und Surfbrettern stand ein Tisch mit Stühlen. Wir setzten uns. Die Sonne strahlte so hell vom Himmel, dass ich blinzeln musste. In meiner Schale dampfte eine Art Brei mit Papaya- und Orangenstücken obendrauf.

»Das ist *arroz doce*, portugiesischer Reispudding, ich esse ihn mit Obst, perfekt nach dem Surfen.« Daniel stürzte sich auf seine Portion, als hätte er seit Tagen nichts zu sich genommen. Fast so wie Fofo gestern Abend, dachte ich. Kein Wunder, die vielen Stunden im Wasser machten bestimmt hungrig.

Ich probierte den Reispudding, der meiner Meinung nach noch viel zu heiß war. Er schmeckte köstlich. Während ich auf meinen Löffel pustete, fiel mein Blick auf den Surfbrettrohling auf dem Werktisch. »Baust du eigene Bretter?«

»Ich repariere alte und shape auch neue, ja. Man braucht mehrere Jobs, um über die Runden zu kommen. Ich helfe auch auf Baustellen oder baue Leuten ihre Camper aus. Von Surfstunden allein kann man selbst hier nicht leben.« Mir fiel auf, dass er einen dieser Frotteeponchos trug, wie Rita gestern Abend. Seine nassen Haare waren zu einem Knoten zusammengebunden.

»Was hast du mal gelernt, in Deutschland, meine ich. Außer Rettungssanitäter?«

»Fragestunde, was?« Er lehnte sich grinsend zurück. »Ich antworte, wenn du noch mal zu einer Surfstunde kommst.«

»Warum ist dir das so wichtig? Kränkt es dein Ego, dass ich beim ersten Versuch nicht aufgestanden bin?«

»Quatsch.« Er zog das Gummi aus den Haaren, die tropfend auf das Frottee auf seinen Schultern fielen. »Was arbeitest du denn?«

Ich rührte in meinem noch immer dampfenden Frühstück. »Ich schreibe Bücher.«

»Und warum sagst du das, als wäre es etwas Verwerfliches?«

»Tue ich gar nicht.« Irgendwie fühlte ich mich ertappt.

Er musterte mich interessiert. »Was für Bücher?«

Ich zögerte. »Über den Sinn des Lebens.«

»Und, hilft es dir?«

Ich zuckte mit den Schultern. »Es hilft vor allem anderen, das höre ich zumindest immer wieder.«

Er aß ein paar Löffel, bevor er sagte: »Ich hab eine Tischlerlehre gemacht und anschließend angefangen,

Bauingenieurwesen zu studieren. Aber im Grunde bin ich vor allem gereist.«

»Und dann?«

»Eine meiner Reisen hat mich hierhergeführt, und ich bin nie mehr nach Hause zurückgekehrt.«

»Nie mehr?«

»Doch, schon, ein paar Tage über Weihnachten. Länger halte ich die immer gleichen Fragen meiner Eltern nicht aus.«

»Die wünschen sich, dass du zurückkommst, oder?«

Er kratzte seine Schale aus. »Die wünschen sich vor allem etwas, was sie ihren Freunden beim Skatabend erzählen können. Sie wissen nie so genau, was sie antworten sollen, wenn jemand fragt, was ihr Sohn eigentlich macht.«

»Das kenne ich.«

»Du, als Schriftstellerin?«

»Ja, echt, für meine Eltern war meine Arbeit schon immer eher ein nettes Hobby. Nichts, was Sicherheit und Rentenkassenpunkte bringt.«

Er schüttelte ungläubig den Kopf. »Ich wäre voll stolz auf dich.«

»Danke, lieb von dir.« Ich aß etwas süßen Reis. »Wie lange bist du schon hier?«

Er schob seine Schale von sich und sah mich mit seinen blauen Augen ernst an. »Sechs Jahre und elf Monate.«

Verblüfft hielt ich inne. »Woher weißt du das so genau?«

»Das ist eine lange Geschichte.«

»Ich habe Zeit.«

»Erzähle ich dir, wenn wir noch mal zusammen surfen gehen.« Damit stand er auf und holte sich grinsend Nachschlag.

Inês stand auf der Hotelveranda und wischte über die Tische. Als sie mich bemerkte, fuchtelte sie wild mit den Händen und plapperte drauflos – zu blöd, dass ich kein Wort verstand. Schließlich schob sie mich vor sich her in den Rezeptionsraum. Auf einem der alten Samtsofas saß Julia und unterhielt sich mit einem Mann, der mir den Rücken zuwandte.

Als sie mich bemerkte, stand sie auf. »Ich habe mir Sorgen gemacht! Wo warst du denn so lange?«

Ich nahm meine Sonnenbrille ab. »Ich habe dir doch eine Nachricht hinterlassen.«

»Genau, da stand, dass du zum Frühstück zurück bist.« Sie sah ein bisschen sauer aus. »Jetzt ist Mittag.«

»Entschuldige, ich kann es dir erklären.« Mein Blick fiel auf den Mann ihr gegenüber, der sich nun ebenfalls zu mir umdrehte. Zu meiner Überraschung handelte es sich um Filipe.

»Oh, hallo!«

»Hallo.« Er vermied es, mir in die Augen zu schauen.

»Wir haben uns gerade nett unterhalten«, teilte Julia mir mit. »Na, Hauptsache, du bist wieder da.«

Filipe räusperte sich. »Könnte ich vielleicht noch mal mit dir reden, Katrin?«

Er sah zu Julia, die ein paar Sekunden brauchte, dann aber sagte: »Ich pack schon mal meine Strandtasche.«

Ich ging mit Filipe nach draußen. Er trug seine Arbeitshose und ein etwas staubiges T-Shirt. Sogar darin sah er gut aus, unglaublich. Wir blickten beide auf das eingerüstete Haus.

Er räusperte sich erneut. »Ich wollte mich entschuldigen, ich habe gestern echt blöd reagiert.«

»Ach, schon okay.«

»Nee, war es nicht. Du hast dich sicher gewundert.« Er strich sich die Haare aus der Stirn.

»Ja, ehrlich gesagt schon.«

»Tut mir jedenfalls leid.« Wieder dieses Wimpernklimpern.

»Entschuldigung angenommen. Mir tut es leid, dass ich dich so überrumpelt habe.«

»Schon okay, ich will einfach nur nicht darüber reden.«

»Verstehe.«

Auf einer der Gerüststreben ließ sich eine Möwe nieder. »Wie geht es deinem Vater?«, fragte ich, um das Thema zu wechseln.

»Nicht so gut, leider. Ist gar nicht gut für die Arbeiten, aber ich schaff es auch erst mal alleine.«

Ein warmer Wind wehte mir ins Gesicht. Die Wolken von heute früh hatten sich verzogen. »Sag Bescheid, wenn ich dir irgendwie helfen kann.«

Er winkte lächelnd ab. »Ganz sicher nicht, du bist im Urlaub.«

Am Strand erzählte ich Julia von den neusten Entwicklungen. Sie wirkte heute etwas gedämpft, und ich fragte mich, ob sie sich tatsächlich so große Sorgen gemacht hatte. Es stellte sich jedoch heraus, dass Luís sich gestern Abend auf der Party nicht so um sie bemüht hatte, wie sie es sich gewünscht hätte. Deswegen war sie also so früh ins Bett gegangen.

»Ich weiß ja nicht, Süße, aber findest du nicht, dass das irgendwie zu erwarten war?«, traute ich mich zu fragen, als wir beide auf unseren Handtüchern im Sand saßen.

Die steile Falte erschien auf ihrer Stirn. »Was meinst du damit?«

»Na, er hat ein Strandcafé in einem Urlaubsort. Die Touristinnen gehen hier ein und aus. Er sieht nicht gerade aus wie ein Engel.«

»Ich glaube, du hast ein falsches Bild von ihm.« Julia setzte ihre Sonnenbrille auf. »Nur weil jemand jeden Tag eine halbe Tube Gel verbraucht und großflächig tätowiert ist, ist er noch kein Aufreißer.«

»Das hab ich doch gar nicht gesagt. Ich meinte nur: Er und Daniel, ich glaube, die lassen hier nichts anbrennen. Das gehört für die dazu.«

»Und ich glaube, du tust den Jungs unrecht.« Sie verteilte Sonnencreme auf ihren Unterarmen. »Aber wer weiß, vielleicht liegst du auch richtig, und ich bin naiv.«

Ich ließ etwas Sand durch meine Finger rieseln. »Tut mir leid. Ich hoffe, ich habe unrecht.«

»Das hoffe ich auch, wäre sonst ziemlich bitter. Es hat so schön angefangen.« Julia schmierte sich nun auch das Dekolleté und den Bauch ein. »Dein Filipe, der sieht aus wie ein Engel. Aber mein Bauchgefühl sagt mir, dass er der Schlimmste von allen ist.«

Ich musste lachen. »Er ist nicht *mein* Filipe! Und ich glaube, dass Zoé ihn echt verletzt hat.«

Julia ließ sich auf den Rücken sinken. »Wie auch immer: Du hast die Sache jetzt abgehakt, oder?«

»Ach.« Ich legte mich neben sie. »Vielleicht kommt er ja doch noch zur Vernunft.«

Sie drehte sich auf die Seite, schob die Brille auf die Stirn und sah mich mit zusammengekniffenen Augen an. »Warum hängst du dich da eigentlich so rein?«

Ich blickte nachdenklich zum wolkenlosen Himmel. »Keine Ahnung, der Brief hat mich irgendwie berührt.«

Nicht weit von uns hupte jemand. Wir setzten uns gleichzeitig auf. Beim Strandcafé stand Luís. Er trug einen Motorradhelm, neben ihm parkte ein altes Mofa. Er hielt einen zweiten Helm in der Hand und fuchtelte damit in unsere Richtung. Während ich mich noch fragte, was es damit auf sich hatte, war meine Cousine bereits in ihr Strandkleid und ihre neuen Flipflops geschlüpft und auf dem Weg zu ihm.

Luís begrüßte sie mit einem stürmischen Kuss und setzte ihr den Helm auf. Dann stiegen sie beide auf das Mofa und düsten davon. Sie waren schon fast außer Sichtweite, als Julia einfiel, dass ich noch auf meinem Handtuch saß. Sie winkte mir fröhlich zu. Hoffentlich geht das gut, dachte ich und winkte zurück.

Nach zwei Stunden war Julia noch immer nicht zurück. Ich war mehrmals im Wasser gewesen und hatte ein paar Seiten in dem Buch gelesen, das ich dabeihatte. Schließlich beschloss ich, auf der schattigen Terrasse von Ritas Taverne eine Pause zu machen und etwas Kühles zu trinken.

Rita brachte mir eine hausgemachte Limonade raus. Sie trug ein Häkeltop und wieder ihre großen Creolen. »Dogs are okay?«, fragte sie.

»Yes, very okay.«

»Daniel okay?«

»Tired, but yes.«

Sie sah mich mit einem merkwürdigen Blick an, dann sagte sie leise: »Luís not okay.«

»What do you mean?«

Sie spielte an ihren Ohrringen. »Not okay.« Mit verschwörerischer Miene verschwand sie im Lokal.

Das klang gar nicht gut. Was meinte sie? Ich zog mein Handy hervor und warf einen Blick aufs Display, für den Fall, dass Julia sich gemeldet hatte. Tatsächlich waren zwei Nachrichten eingegangen: ein Foto von Murmel, das Tim mir geschickt hatte, gefolgt von einer Nachricht.

Ich will Ina mit einem Urlaub überraschen. Kann Murmel im August zwei Wochen bei dir sein?

Ich ließ das Telefon sinken. Tim hatte einen Urlaub gebucht. Es fühlte sich komisch an, dass er mich nicht mal um Rat fragte. Mich hat er nie mit einem Urlaub überrascht, dachte ich und wollte mich schon erkundigen, wohin die Reise ging, was genau er geplant hatte, wie er das hinbekommen hatte.

Stattdessen tippte ich nur: *Geht klar.*

14

Von Filipes Baustelle hörte ich Fluchen. Ich hatte es aufgegeben, auf Julia zu warten, und mich auf einen kleinen Spaziergang über die Halbinsel begeben. Gerade als ich mich fragte, ob ich mal nach ihm schauen sollte, kam er aus der Eingangstür geschossen.

»Hey, was ist los?«, rief ich ihm entgegen.

Er schimpfte noch immer auf Portugiesisch vor sich hin. Seine Hände waren über und über mit weißem Staub bedeckt. »Frag nicht«, sagte er schließlich. »Dieser Umbau kostet mich den letzten Nerv. Komm, schau dir das mal an!«

Er kehrte mir voran ins Haus zurück, und ich folgte ihm. Wir gelangten in einen großen Raum, von dem aus mehrere Türen in andere Räume führten. Der Boden war mit einer Plastikfolie ausgelegt, die Möbel hatte man offensichtlich in eines der anderen Zimmer geschoben.

Filipe verzog das Gesicht. »Ich verputze gerade alle Innenwände neu, und an diese Wand sollen wieder die alten Fliesen. Es war Feuchtigkeit drunter, deswegen mussten die leider weg.« Er deutete neben einen alten Holzofen. »Mein Vater hatte sie runtergenommen, aber das Anbringen ist eine Scheißarbeit, sag ich dir.«

Jetzt erst fiel mir der Karton mit den kleinen blauweißen Kacheln auf, der neben dem Ofen stand. Typische portugiesische Kacheln, wie man sie hier oft als Bordüren an Häuserwänden sah. Daneben lagen der Kleber und ein Kissen. Die unterste Reihe Fliesen war bereits wieder an der Wand.

Filipe knetete seine staubweißen Künstlerfinger. »Dafür habe ich eine Stunde gebraucht, und mir tut jetzt schon der Nacken weh.«

Ich bückte mich und nahm eine Fliese aus dem Karton. »Darf ich es mal probieren?«, schlug ich spontan vor. »Ich liebe solche monotonen Tätigkeiten, sie bringen mich super runter.«

Filipe machte noch größere Augen, als er sowieso schon hatte. »Ernsthaft?«

Ich kniete bereits auf dem Kissen und hielt die Kachel an die Wand. »Mach du ruhig mit etwas anderem weiter, ich habe gerade richtig Lust, ein paar davon anzukleben.«

Schulterzuckend verließ er den Raum, und ich legte los. Fliese für Fliese nahm ich aus dem Karton, beschmierte sie mit Kleber und drückte sie an die Wand. Die immer gleichen Bewegungen versetzten mich in eine Art Trance. Anfangs fragte ich mich noch, wer diese alte Mauer wohl einst für wen gebaut hatte. Wer sich in diesem Haus geliebt und getrennt, gestritten und versöhnt hatte. Doch nach und nach konzentrierte ich mich nur noch auf meine Handgriffe. Jahrelang hatte ich auf Yogablöcken gesessen oder auf butterweichen Matten gelegen, Tausende von Euros in Kurse und Meditationscoachings investiert – aber ich musste erst eine Wand fliesen, um es erstmals zu schaffen, an nichts zu denken.

Fast zwei Stunden waren vergangen, als Filipe zurückkehrte. »Wow, das sieht echt super aus!« Ein breiter Streifen der Wand war nun mit den alten Fliesen bedeckt. »Du bist ein Naturtalent.«

»Solchen Fummelkram liebe ich.« Ich knibbelte an meinen vom Kleber verkrusteten Fingern. »Was für eine schöne Idee, das Haus wieder so zu restaurieren, wie es bei deiner Oma ausgesehen hat.«

»Finde ich auch.« Filipe schraubte eine Wasserflasche auf und reichte sie mir. »Dies war schon immer mein liebster Ort auf der ganzen Welt. Die schönsten Kindheitserinnerungen verbinde ich mit diesem Haus.«

Ich stand auf, schüttelte meine Beine aus und trank einen Schluck. »Bist du gut vorangekommen?«

»Es geht. Ich bräuchte fürs Dach einen zweiten Mann, der mit anpackt und sich damit auskennt. Ich hab so was noch nie gemacht.«

Spontan fiel mir jemand ein. »Vielleicht könnten wir Daniel fragen? Kennst du ihn, den Surflehrer? Er ist gelernter Tischler und arbeitet regelmäßig auf Baustellen.«

Urplötzlich verdüsterte sich Filipes Gesicht. »Das wird nicht nötig sein.«

»Aber er kennt sich aus, glaube ich. Ich könnte ihn ja mal fragen, was er die Stunde nimmt?«

Filipes Kiefermuskulatur spannte sich an. »Du kommst nicht von hier, du verstehst das nicht. Aber mit Daniel arbeite ich ganz bestimmt nicht zusammen.«

Am frühen Abend kam Julia zurück, einen Abdruck vom Helm an der Stirn, einen leichten Sonnenbrand auf der Nase. Sie hatte mit Luís einen Ausflug die Küste hinauf gemacht, wo er sie an einem einsamen Strand mit einem Picknick verwöhnt hatte. Aufgekratzt und fröhlich zog sie ihren Neoprenanzug über. Ihre Surfstunde begann in einer halben Stunde, und ich machte mich auf den Weg zu Daniel, denn ich hatte versprochen, derweil bei den Welpen zu bleiben.

Daniel war ebenfalls bereits im Neoprenanzug, als er mir das Gartentor öffnete. Diesmal stürmte Fofo freudig auf mich zu und drehte sich wedelnd im Kreis.

»Ich hab dir was gekocht«, sagte Daniel. »Steht auf dem Herd, falls du Hunger hast. Ich sollte in zweieinhalb Stunden zurück sein.«

Dann machte er sich auf den Weg. Ich ging, von Fofo gefolgt, ins Haus und schaute nach den Welpen. Nur einen Tag nachdem ich sie gefunden hatte, wirkten sie schon deutlich agiler und munterer.

Drinnen duftete es nach Fisch und angebratenen Zwiebeln. Ich ging zum Herd und schaute in den Topf. Darin lagen Nudeln, Fisch und Gemüsestücke. Ich füllte eine große Schale und setzte mich damit auf die Terrasse. Während ich aß, sah ich den Kormoranen zu, die in einer Formation in Richtung Landzunge flogen. Der Eintopf schmeckte fantastisch, und ich holte mir noch eine weitere Portion. Fofo hatte sich zu ihren Kleinen gelegt, schleckte ihnen die Bäuche und stupste sie immer wieder liebevoll mit der Schnauze an, um sie zum Trinken zu animieren. Es war rührend zu sehen, wie schnell sie ihre Rolle als Hundemama angenommen hatte.

Pappsatt legte ich mich schließlich mit meiner Brille auf der Nase in die Hängematte, um zu lesen. Fofo kam zu mir und sah mich mit erwartungsvollem Blick an. Ich wollte mich gerade zu ihr runterbeugen und sie hochheben, als sie auch schon einen geschmeidigen Hüpfer auf meinen Schoß machte und sich dort zusammenrollte. Ich spürte, wie mir das Herz warm wurde. Warum auch immer: Diese Straßenhündin hatte entschieden, dass der sicherste Ort zum Schlafen derzeit ich war. Ich blickte über die Wiese, auf der hier und da Hundespielzeug lag. Auch Daniel besaß einen dieser gemauerten Öfen, die hier auf vielen Terrassen standen und vermutlich zum Grillen benutzt wurden. Von meiner Hängematte aus konnte ich das Meer und den Strand nicht sehen, aber ich hörte die Wellen rauschen und roch das Salzwasser. Die Brandung klang wild, Daniel würde vermutlich zufrieden sein. Hoffentlich brachte er auch meine Cousine unversehrt zurück an Land.

Er fand uns etwas später genau so vor: ich lesend in der Hängematte, Fofo eingerollt auf meinem Schoß.

Daniel stellte die Bretter zurück in den Holzständer neben uns. »Ist immer wieder interessant, wen sich Hunde aussuchen.«

Ich lächelte in mich hinein. »Sie fühlt sich bei mir offenbar wohl.«

Er lief über die Wiese und spritzte sich mit einem Gartenschlauch ab. Dabei rollte er den Neoprenanzug Stück für Stück über seinen muskulösen Oberkörper nach unten.

Ich verstaute meine Brille, schnappte mir Fofo und brachte sie rein zu ihren Welpen, damit Daniel sich ungestört umziehen konnte.

Wenig später kam er in Jogginghose und Kapuzenpulli hinterher, die Haare mit einem Handtuch rubbelnd. Er stellte den Gasherd an und rührte mit einem Holzlöffel in dem Eintopf.

»Das Rezept musst du mir bitte geben«, sagte ich und spülte meine Schale aus. »War köstlich!«

»Ist was Traditionelles von hier, hat Ritas Freundin Marta mir beigebracht. Ich zeige dir gern, wie es geht, es gibt nichts Schriftliches.«

»Super.« Ich stellte die Schale zurück ins Regal. »Marta ist die Köchin, oder?«

»Ja, und Ritas Lebenspartnerin.«

»Ah. War Rita davor mit Luís zusammen?«

Daniel stellte den Herd etwas höher. »Nee, das wüsste ich. Wieso?«

Ich lehnte mich gegen die Arbeitsplatte. »Sie hat mich irgendwie vor ihm gewarnt.«

Er lachte. »Gewarnt?«

»Ja, ganz ominös, leider gibt es zwischen uns diese Sprachbarriere.«

Daniel holte einen Löffel aus einer Schublade und probierte. »Keine Ahnung, sie ist manchmal etwas speziell, die Gute. Voll esoterisch, wie manche aus der Surfer-Community.« Natürlich würde er nichts Schlechtes über seinen Freund sagen, dachte ich. »Aber sie hat schon recht, für Julias Surf-Fortschritte ist Luís nicht gut. Sie war nicht fit heute.«

Daniel füllte sich eine Schale mit Eintopf und löffelte sie im Stehen. Fofo hatte sich auf die Decken zu ihren Kindern gelegt, die nun ebenfalls eine Mahlzeit zu sich nahmen.

Ich sah mich im Raum um, der mit seiner schlichten Einrichtung eine beruhigende Wirkung auf mich hatte. »Du hast es schön hier.«

Daniel kratzte seine Schale aus und stellte sie in die Spüle. »Das Beste hast du noch gar nicht gesehen.« Er wischte seine Hände an einem Küchenhandtuch ab und winkte mir, ihm zu folgen.

Wir gingen nach draußen, an seinen Surfbrettern vorbei, die den Blick auf eine Treppe versperrten. Sie führte auf eine Dachterrasse. Ein paar Blumentöpfe mit Kräutern und ein Zitronenbaum standen neben einer Matratze, die auf dem Boden lag.

Daniel folgte meinem Blick. »In lauen Nächten schlafe ich gern unter freiem Himmel.«

Ich trat an die kleine Mauer, die die Terrasse einrahmte. Von hier aus konnte man über die Dächer bis zu der langen Straße, der Rua das Pedras, blicken und darüber hinaus, bis aufs Meer. Man sah die Klippen über dem langen Sandstrand vor der Halbinsel. Die Schatten der Hotels, die an der Steilküste standen. Die letzten Surferinnen, die vor Einbruch der Dunkelheit ihre Bretter aus dem Wasser über den Sand trugen. Über uns war der Mond aufgegangen. Konnte es auf der Welt etwas Schöneres geben?

Daniel lehnte sich neben mir an die Mauer und schaute hinaus aufs Meer. Der Ausdruck in seinen Augen war beides zugleich: voll und leer. Er sah aus wie jemand, der ganz in seiner eigenen Welt versunken war und dabei eins mit sich selbst. Vermutlich genügte das, wenn man durch und durch ein Surfer war: aufs Wasser zu schauen. Den Wellen bei ihrem Weg zuzusehen. Beim Zubettgehen zu wissen, dass sie noch immer da sein würden, wenn man aufwachte.

»Ich verstehe, dass du hier hängen geblieben bist«, sagte ich.

Daniel zuckte kurz zusammen, ich hatte ihn offenbar aus seinen Gedanken geholt. »Ich befürchte, das tust du nicht. Die Geschichte ist am Ende keine schöne.«

»Das tut mir leid.« Ich sah ihn von der Seite an, die nassen Haare, die über seine Schultern fielen, die glänzenden Augen, die im Dämmerlicht dunkler wirkten.

»Hätte ich das Surfen nicht …« Er machte eine wegwerfende Handbewegung.

»Ist es dir deswegen so wichtig, dass ich es noch mal probiere? Weil es dich so glücklich macht?«

»Das wäre eine Untertreibung.« Ich konnte hören, wie er schluckte. »Das Surfen hat mein Leben gerettet.«

Ich sah ihn besorgt an. »Was ist denn passiert?«

Er erwiderte meinen Blick nicht. »Wir waren doch gerade bei dir. Bei dir und dem Surfen. Ich würde mich freuen, wenn es dich auch rettet.«

»Und was, wenn ich gar nicht gerettet werden muss?«

Jetzt drehte er sich zu mir. »Dann hätte ich mich getäuscht.«

Ich fuhr mit den Fingern über die raue Mauer. »Wovor muss ich denn deiner Meinung nach gerettet werden?«

»Ist nur so ein Gefühl.« Er sah mich mit durchdringendem Blick an. »Ich glaube, irgendwo unter deiner perfekten Schale lauert eine verdammt wütende Frau.«

Das Lachen blieb mir im Hals stecken. »Eine wütende Frau?«

»Ich hab schon Leute gegen ihr Brett treten sehen, wenn es ihnen auf den Kopf knallt. Manche heulen oder schreien mich an, wenn es nicht so läuft, wie sie es sich vorstellen. Aber du sitzt einfach im Sand und kühlst freundlich lächelnd deine Beule.« Er pfiff leise durch die Zähne. »Ich wüsste gerne, wie du bist, wenn du zeigst, was du wirklich empfindest.« Er drehte sich wieder zum Meer. »Ich bin genauso. Ich behalte ganz viel von dem, was ich fühle, für mich. Nur da draußen, auf meinem Brett, da lasse ich es raus.«

Julia lag mit dem Rücken zu mir im Bett. Leise schlich ich ins Zimmer und schlüpfte aus meinen Schuhen. Ging ins Bad, putzte mir die Zähne, streifte mein Nachthemd über und kroch unter die Decke neben ihr.

Sie wälzte sich in meine Richtung. »Ich bin noch wach.«

»War deine Surfstunde gut?« Ich schüttelte mein Kissen zurecht.

»Geht so.«

»Ist alles okay mit dir?«

»Ja, schon.« Sie drehte sich auf den Rücken. »Es ist nur …« Etwas Licht fiel durch die dünnen Vorhänge, und ich sah, dass sie zur Zimmerdecke blickte. »Fragst du dich nie, ob du irgendwie das falsche Leben führst?«

»Wie meinst du das?«

»Na, fragst du dich nie, warum du den ganzen Tag mit einem Laptop auf dem Schoß auf deinem Sofa sitzt, statt hier am Strand spazieren zu gehen?«

»So verdiene ich eben mein Geld. Und meistens mag ich es.«

Eine Zeit lang war sie still. Dann räusperte sie sich. »Ich frage mich manchmal, warum ich tagein, tagaus Überstunden in der Klinik mache. Warum ich nur schlafe und arbeite. Warum ich nicht hier in einem Café jobbe, nach Feierabend surfen gehe oder mit dem Mofa die Landstraße entlangdüse. Wohin auch immer der Fahrtwind mich trägt.«

Ich drehte mich zu ihr. »Ich dachte immer, du magst dein Leben.«

Sie sah mich an, aber ich konnte ihr Gesicht in der Dunkelheit nur schemenhaft erkennen. »Das dachte ich bis vor Kurzem auch.«

»Bis du Luís getroffen hast?«

Sie überlegte einen Moment. »Nein, nein, das ging schon früher los. Ich muss dir was sagen.« Sie legte eine kurze Pause ein. »Neulich, als du mich vom Flughafen abgeholt hast … da war ich gar nicht auf einer Fortbildung.«

Ich stutzte. »Wo warst du denn?«

»Auf so einem Selbstfindungsseminar. Eine Kollegin hatte davon geschwärmt. Das hat irgendetwas in mir zum Klingeln gebracht.«

Ich setzte mich im Bett auf und lehnte mich mit dem Rücken gegen die Wand. »Warum hast du mir das nicht erzählt?«

Julia setzte sich ebenfalls auf. »Ich kam mir so albern vor. Willst du wissen, wie das Seminar hieß?«

»Ja, bitte!«

Sie kicherte leise. »*Finde dein bestes Ich.*«

»Und, hast du es gefunden?«

Sie schnaubte laut.

»Du hättest mit mir darüber reden können.«

»Du hättest dir nur Sorgen gemacht.«

»Stimmt wohl.« Ich drehte mich zu ihr. »Ehrlich gesagt mache ich mir auch jetzt Sorgen.«

Sie sah mich an. »Ich mir auch. Um dich.«

»Warum?«

»Na ja, du schleichst durch die Gegend wie ein Geist, suchst dir eine Aufgabe nach der anderen, statt dich mal so richtig zu entspannen. Du fliest Wände, rettest Hunde, spielst Heiratsvermittlerin. Hast du Angst vor dem, was passiert, wenn du keine Aufgabe mehr hast?«

Ich legte mich wieder hin. Über die Zimmerdecke wanderten die Lichter eines vorbeifahrenden Autos. »Vielleicht.« Ich zog mir die Decke bis zum Kinn. »Vielleicht schaffe ich es noch nicht, einfach so mit mir allein zu sein.«

»Schon komisch«, hörte ich Julia neben mir sagen. »Ich war so viele Jahre allein, dass ich mich fürchte, wieder mit jemandem zu zweit zu sein. Ich schaffe das nur im Urlaub, nur wenn klar ist, dass die Sache endlich ist. Und du … Du hast das Gefühl, allein nicht vollständig zu sein.«

Ich tastete im Dunkeln nach ihrer Hand. »Mit dir bin ich es fast.«

15

Am nächsten Tag, einem Sonntag, klebte ich ein weiteres Stück der Fliesenwand. Julia war erneut mit unter dem Helm hervorwehenden Haarspitzen auf Luís' Mofa davongefahren. Daniel gab heute keine Surfkurse, weshalb ich nicht bei den Welpen bleiben musste. Fliese für Fliese platzierte ich nebeneinander und freute mich darüber, dabei an nichts zu denken. Bis mir der Rücken schmerzte und ich auf die Terrasse hinausging, um eine kleine Pause einzulegen.

Obwohl es erst Vormittag war, lag bereits Hitze in der Luft. Drinnen zwischen den alten Mauern war es deutlich angenehmer. Ich sah zur Kapelle auf der anderen Seite der Bucht hinüber. Eine Gruppe von Menschen kam heraus, vermutlich endete gerade die Sonntagsmesse. Die meisten sahen von Weitem aus wie ältere Leute, die Kinder an den Händen hielten. Zwischen ihnen fiel mir ein groß gewachsener Mann mit Zopf auf: Daniel. Offenbar war auch er beim Gottesdienst gewesen und hatte sich getraut, die Hunde für eine Stunde allein zu lassen. Ich beobachtete, wie er sich mit einigen der älteren Leute unterhielt, ein paar Hände schüttelte. Dann schlenderte er die Straße hinunter, auf die Baustelle zu. Instinktiv wollte ich mich wegdrehen, weil ich mir seltsam dabei vorkam, ihn von hier aus zu beobachten, doch in diesem Moment hob er den Kopf.

»Alles okay bei dir?« Filipe war neben mich getreten. Er blickte in die gleiche Richtung wie ich.

Daniel sah zu uns. Ich hob die Hand, um ihm zu winken, aber er senkte nur den Blick, als hätte er mich nicht gesehen, und bog in eine der schmalen Gassen ein, wo er aus unserem Blickfeld verschwand.

»Ich wollte dich noch was fragen.« Filipe tat, als wäre nichts passiert, und ich entschied, nicht weiter nachzuhaken. »Auf dem Hof meiner Eltern ist sonntags immer ein Fest, es wird gegrillt. Ich fahre am frühen Nachmittag hin, um zu helfen. Hast du vielleicht Lust mitzukommen?«

Und so saß auch ich einige Stunden später hinter einem Mann auf dem Mofa und hielt mich ziemlich verkrampft an ihm fest. Es war komisch, jemandem so nahe zu kommen, den ich kaum kannte. Durch seine Jacke konnte ich fühlen, wie schlank Filipe war im Vergleich zu meinem Tim, der immer mit ein paar Kilos zu viel gekämpft hatte. In seinen Augen – für mich war er genau richtig, so wie er war.

Filipe fuhr mit mir durch den Ort, vorbei an den Surfshops, einem kleinen Supermarkt und einem vegetarischen Bistro, vor dem in einem Gestell tropfende Surfbretter standen. Hinter Marial breiteten sich Felder und Wiesen aus. Auf sanften Hügeln thronten imposante Villen mit Pools und übergroßen Garagen. Nicht weit davon entfernt sah ich einfache Höfe, vor denen sich Ziegen im Schatten der Olivenbäume drängten. Wir passierten einen duftenden Pinienwald und ein paar kleine Ortschaften, in denen die Alten auf Stühlen vor ihren Häusern saßen und sich unterhielten.

Die Landschaft wurde hügeliger und etwas grüner, und schließlich bog Filipe in einen ungepflasterten Weg zwischen ein paar Pinien ein. *Quinta da Cristina,* stand mit farbiger Schrift auf einem Holzschild. Steinchen sprangen unter den Reifen beiseite, und ich klammerte mich noch ein bisschen fester an Filipe. Auf einem Hügel tauchte ein Gebäude auf, aus groben Steinen gemauert, mit wildem Wein bewachsen. Filipe parkte davor, und wir stiegen ab. Ich nahm den Helm vom Kopf und fuhr mir durch die verschwitzten Haare. Ich trug die einzige Hose, die ich dabeihatte. Leider war sie lang und daher viel zu warm, aber ich hatte mich nicht im Kleid auf das Mofa getraut. Filipe verstaute die Helme, und wir gingen um das Gebäude herum. Vor einem Hofladen war ein Verkaufsstand mit Honig, Marmelade, Obst und Gemüse aufgebaut. Dahinter erstreckte sich ein großer Garten, daneben eine Wiese mit Ziegen.

»Meine Mutter ist bekannt für ihren Ziegenkäse.« Filipe deutete auf die Weide. »Der Gemüsegarten ist ein neueres Projekt. Leute aus der Umgebung können hier selbst anbauen, mithelfen und ernten, für eine Art Abo. Das kommt bei den Ökoauswanderern sehr gut an.«

In einem Beet mit Kohlköpfen stand eine Frau im Blümchenkleid, ein Baby in einem Tuch vor die Brust gebunden. Ein Mann mit Vollbart erntete gerade zusammen mit einem Kleinkind Mohrrüben. Ein älteres Pärchen mit Trekkinghüten wässerte die Erdbeeren.

Neben dem Hofladen war ein Grill aufgebaut, an dem ich Filipes Vater wiedererkannte. Filipe steuerte auf ihn zu, und ich folgte ihm. Er sagte etwas auf Portugiesisch, in dem mein Name vorkam.

Filipes Vater tippte sich freundlich auf die Brust. »Bruno.«

»Katrin«, stellte ich mich lächelnd vor.

Bruno zeigte auf den Grill.

»Die Sardinen sind gleich fertig«, sagte Filipe.

»Höre ich da deutsche Stimmen?« Eine Frau kam aus dem Hofladen. Sie trug ein buntes Wickelkleid, hatte kurze Haare und stark nachgezeichnete Augenbrauen.

»Hey, Mama! Das ist Katrin aus Hamburg, von der ich dir erzählt habe.« Filipe wandte sich mir zu. »Katrin, das ist meine Mutter Anita.«

»Herzlich willkommen bei uns! Ihr kommt genau richtig zum Essen.« Anita hatte eine leicht brüchige Stimme, und ich glaubte, einen süddeutschen Akzent herauszuhören.

»Ich helfe meiner Mutter kurz, schau du dich gerne um«, sagte Filipe und folgte ihr ins Haus.

Ich nickte Bruno freundlich zu, der mein Nicken erwiderte. Sein ganzes Gesicht legte sich in kleine braune Knitterfalten, wenn er lächelte.

Ich ging zum Ziegengatter, hinter dem ein paar Zicklein wilde Sprünge vollführten. Im Schatten einiger Pinien stand eine kleine Bank. Ich setzte mich und atmete tief den würzigen Geruch der Bäume ein.

Eine junge Frau füllte im Gehege Wasser und Futter auf und kehrte Mist zusammen. Sie war zartgliedrig und hatte dunkles, glänzendes Haar. Als sie den Kopf hob und mich anlächelte, war ich sicher: Das musste Filipes Schwester sein. Sie hatte ebenso große braune Augen und ein genauso hollywoodreifes Lächeln wie er. Sie sprach mich auf Portugiesisch an, und ich zuckte mit den Schultern.

»Entschuldige, ich verstehe dich leider nicht«, sagte ich.

Sie lächelte noch breiter. »Aber ich dich zum Glück. Ich sagte gerade, dass wir aktuell keinen Käse herstellen, weil die Zicklein noch bei ihren Müttern trinken. Es macht Spaß ihnen zuzusehen, oder?« Sie hatte eine ähnlich heisere Stimme wie ihre Mutter.

»Ja, wirklich.«

»Ich bin Raquel. Du musst Katrin sein. Filipe sagt, du fliest die Wand in Omas Haus. Sehr nett von dir!«

»Sehr gern, auf mich wirkt das irgendwie meditativ.«

Raquel lachte, was ebenso charmant brüchig klang. Sie hatte genau die gleichen perfekten Zähne wie ihr

Bruder, den gleichen makellosen Teint, den gleichen Knick in der Nase. Also doch kein Kindheitsunfall, sondern eine Laune der Natur.

Ein blonder Junge kam über die Wiese angelaufen und rannte Raquel beinahe um. Sie schimpfte leise auf Portugiesisch mit ihm, ohne dass es wirklich böse klang, dann schnappte sie ihn und kitzelte ihn durch.

»Wohnt ihr auch hier auf dem Hof?«, fragte ich sie.

Der Kleine ließ von ihr ab und rannte wieder weg.

»Nein, aber mein Sohn Lino«, sie zeigte auf den blonden Jungen, »meine Tochter Ana und ich sind oft hier, die Kinder lieben es.«

Jemand rief etwas vom Haus. Raquel antwortete auf Portugiesisch und winkte mir. »Komm, Essen ist fertig.«

Wir saßen an einer langen Tafel unter einem großen Johannisbrotbaum hinter dem Haus. Bruno stellte mit leicht gebückter Haltung Platten voller gegrillter Sardinen zwischen uns, Anita brachte Körbe mit frischem Brot, Salatschüsseln und geröstetes Gemüse. Die Familien, die vorhin im Garten gearbeitet hatten, saßen nun ebenfalls am Tisch. Um mich herum hörte ich mehrere Sprachen, darunter Polnisch und Französisch. Was für eine schöne, friedliche, internationale Gemeinschaft! Wie schade, dass Julia nicht hier war, das hätte auch ihr gefallen.

Das Essen schmeckte fantastisch, und ich aß so viel, dass mir irgendwann der Bauch wehtat. Zum Abschluss servierte Bruno ein Tablett mit kleinen Gläsern voll Likör aus selbst gebrannten Schnäpsen, und wir alle stießen fröhlich miteinander an.

»Sonntags denke ich immer, ich werde danach tagelang nichts mehr essen«, sagte Filipe, der neben mir saß und mit etwas Brot seinen Teller auswischte. Er hatte tatsächlich erstaunlich viel verdrückt für einen Mann mit seiner Statur. Gesprochen hatten eher die anderen, aber er wirkte trotzdem gelöster und fröhlicher auf mich als in den letzten Tagen auf der Baustelle.

Ich tupfte mir mit der Stoffserviette den Mund ab. »Wohnst du eigentlich im Moment hier?«

»Ja, in meinem alten Kinderzimmer.« Er zuckte mit den Schultern. »Wenn das Haus fertig ist, brauche ich einen Plan.« Er griff ebenfalls nach seiner Serviette. »Und das nicht nur, weil ich sonst bald nicht mehr in meine Hosen passe.« Er lachte. »Ich bringe dich übrigens gleich noch zurück nach Marial, versteht sich.«

»Ich kann Katrin doch mitnehmen«, bot Raquel an, die uns offenbar zugehört hatte. »Es ist ja kein großer Umweg für mich.«

»Wann kommt Carlos eigentlich mal wieder mit?«, fragte Anita einen Tick zu laut. Ein deutlicher Vorwurf schwang in ihren Worten mit.

Raquel lächelte, als hätte sie es nicht bemerkt. »Du weißt, dass er gerade viel arbeitet. Aber sicher ist auch er bald wieder dabei.«

Anita begann grummelnd, die Teller zusammenzuräumen. Dabei gab sie auch ihrem Mann Anweisungen, die dieser mit stoischer Freundlichkeit ausführte. Es war offensichtlich, wer auf diesem Hof das Sagen hatte.

Filipe stand auf und half ihnen. Er sagte etwas zu seiner Schwester, was nicht besonders freundlich klang, und sie zischte etwas zurück. Dann schenkten mir beide wieder ihr Hollywoodlächeln.

»Willst du uns beleidigen?«, fragte Anita empört, als ich mich erkundigte, wie ich mich für das Essen erkenntlich zeigen könnte. »Du bist Filipes Gast.«

Damit war das Thema für sie erledigt. Ich nahm mir vor, für ein mögliches nächstes Mal auf jeden Fall ein großzügiges Gastgeschenk zu besorgen.

Bevor wir aufbrachen, suchte ich das Bad auf. Dabei kam ich durch einen schmalen Flur mit Bilderrahmen an den Wänden. In manchen steckten gemalte Landschaftsmotive, in anderen Fotos. Ich entdeckte neuere Bilder von Lino und Ana, aber auch alte von Filipe und Raquel, als sie Kinder waren. Mehrfach waren sie mit einer alten Dame zu sehen, deren Haut noch viel zerknitterter wirkte als die von Bruno. Das musste die Großmutter sein, die vor einigen Monaten verstorben war. Sie hatte einen entschlossenen Blick und das schmale, schöne Gesicht, das sie ihren beiden Enkelkindern offenbar vererbt hatte. Es gab eine Fotografie von ihr vor einem Holzofen. Dahinter sah ich die geflieste Wand. Meine Fliesenwand. Auf einem weiteren

Bild saß sie allein an dem Steintisch auf ihrer Terrasse, in einem eng geschnürten Kleid. Sie war auf diesem Foto noch deutlich jünger und schaute aufs Wasser, mit einem Ausdruck, der leer war und voll zugleich. Wie ich es gestern Abend an Daniel beobachtet hatte.

Auf dem Rückweg von der Toilette wollte ich einen letzten Blick auf dieses Foto werfen, als mir ein anderes etwas weiter unten auffiel. Es zeigte zwei junge Leute, die fröhlich strahlten. Ihre Augen waren vor lauter Lachen zu Schlitzen verengt, er sah sie voller Zuneigung an.

Kurz hörte ich auf zu atmen, denn ich kannte dieses Foto. Es war das gleiche Bild, das in dem Briefumschlag gesteckt hatte. Dem Briefumschlag, der mich hierhergeführt hatte. Der mit mir durch halb Europa geflogen und dann übers Meer davongeweht worden war. Es zeigte Filipe mit Zoé. Und es hing hier im Flur seiner Eltern in der Ahnengalerie.

16

Raquel schwieg die ersten Kilometer. Zwischendurch blickte sie in den Rückspiegel, weil ihre Tochter und ihr Sohn sich hinten zankten. Doch sie fuhr gelassen weiter, ohne darauf zu reagieren. Bis es hinter uns ruhig wurde. Ich drehte mich um. Beide Kinder waren eingeschlafen. Sie sahen sich nicht besonders ähnlich. Ana war so zart wie ihre Mutter, hatte deren makellosen dunklen Teint und ihre Haare geerbt. Lino war heller und kräftiger als seine kleine Schwester. Auch wenn er schlief, sah er aus, als wäre er jederzeit für Schabernack zu haben.

Raquel lächelte wissend, als ich mich wieder nach vorne wandte. »Das ist immer so nach diesen Nachmittagen. Sie sind völlig überdreht. Die ganze frische Luft und zu viel Süßkram von Oma.«

Ich sah aus dem Fenster auf die vorbeiziehenden Felder. Die tief stehende Sonne ließ das Getreide golden schimmern. Ich war selbst verblüfft, wie spät es mittlerweile war und wie viel Zeit wir auf dem Hof verbracht hatten. In mir war alles ganz leicht, wie früher als Kind, wenn ich den ganzen Tag draußen unterwegs gewesen war. Abgesehen von ein paar angeklebten Fliesen hatte ich heute nichts geschafft, nichts gearbeitet, nichts erledigt. Und trotzdem fühlte ich mich erfüllt.

»Du hast eine tolle Familie«, sagte ich zu Raquel. »Es ist herrlich entspannt bei euch.«

Raquel lachte ihr heiseres Lachen. »Ich weiß, was du meinst. Ich liebe die Quinta. Aber glaub mir, in meiner Familie gibt es alle Probleme, die es in anderen Familien auch gibt. Wenn nicht mehr.«

Sie bog in eine größere Straße ein und gab Gas. »Es ist schön, Filipe lachen zu sehen.«

Ich drehte mich zu ihr. »Hat er nicht viel gelacht in letzter Zeit?«

Sie schnalzte mit der Zunge. »O nein. Nicht seit dem Tod unserer Großmutter und seit er aus Hamburg zurück ist.«

»Er wäre gern dortgeblieben, oder?«

Sie zögerte einen Moment. »So ist das hier eben. Familie geht immer vor.«

Ich wollte mich raushalten, mich nicht mehr einmischen, aber meine Neugierde war stärker. »Hast du seine Hamburger Freundin Zoé je kennengelernt?«

Raquel sah kurz von der Straße zu mir, als hätte ich etwas ziemlich Komisches gesagt. »Na, du bist lustig! Sie gehörte quasi zur Familie.«

»Sie war mal hier?«

Plötzlich veränderte sich Raquels Gesichtsausdruck. »Ach, das ist alles eine leidige Geschichte.«

Der Pinienwald rauschte an uns vorbei.

»Entschuldige, ich hätte nicht fragen sollen«, sagte ich. »Ich habe Filipe selbst drauf angesprochen, aber er redet nicht darüber.«

»Kein Wunder.« Sie wirkte noch immer ernst. »Die ganze Sache hat ihn ganz schön gebeutelt.«

Ein paar Minuten später passierten wir das Ortsschild von Marial, das vegetarische Bistro, den Supermarkt, die Surfshops. Ein paar Surferinnen, die das letzte Licht genutzt hatten, trugen ihre Bretter mit geschmeidigen Bewegungen durch die Straßen.

»Kann ich dich hier rauslassen?« Raquel hielt an dem Kreisverkehr, an dem uns am ersten Tag auch der Bus abgesetzt hatte. Sie wirkte mit einem Mal gehetzt.

»Ja klar, die Straßen drüben sind echt eng.«

Sie schaute sich nach ihren schlafenden Kindern um und beugte sich dann zu mir, um mich zu umarmen. Ihre Haare rochen nach Vanille.

»Vielen Dank, dass du mich mitgenommen hast«, sagte ich.

»Kein Ding, wir wohnen nicht weit von hier. Hat mich gefreut, dich kennenzulernen.«

»Und mich erst.« Ich öffnete, so leise ich konnte, die Tür. »Bis bald vielleicht und … bitte entschuldige, dass ich nach Zoé gefragt habe, das geht mich wirklich nichts an.«

Raquel lachte ihr heiseres Lachen. »Alles gut, bis bald.«

Dann stieg ich aus, winkte ihr noch einmal zu, und sie brauste davon.

Als ich die Straße durch den Strand entlanglief, sah ich die Halbinsel mit anderen Augen als bei unserer Ankunft. Mir fielen nun die vielen Dachterrassen oben auf den Häusern auf. Ich bemerkte die Kakteen, die sich zwischen den Steinen ihren Weg an die Oberfläche suchten. Die Risse in den Hausfassaden, die jeden Tag aufs Neue der Gischt und dem Wind ausgesetzt waren.

Ich kam an Ritas erleuchteter Taverne vorbei, in der noch ein paar letzte Gäste Karten spielten. Dann bei Luís, der mit einigen anderen vor seinem Café saß. Sie lachten laut und prosteten sich mit Schnapsgläsern zu. Luís lachte von allen am lautesten. Er legte einer der Frauen seinen Arm um die Schulter, und sie schob ihn spielerisch von sich weg. Ich will ihn mögen, dachte ich. Aber mein Gefühl sagte mir leider, dass er Julia wehtun würde.

Ich lief die Rua das Pedras hinauf, die still im Dunkeln dalag. Nur in wenigen Fenstern brannte noch Licht. Aus einem Impuls heraus bog ich in eine Gasse ein und stieg ein paar Stufen hinauf, bis ich vor dem roten Gartentor stand. Ich stellte mich auf die Zehenspitzen und versuchte, einen Blick über die Mauer zu werfen, aber ich war zu klein. Einfach zu klopfen traute ich mich nicht. Vermutlich würde Daniel morgen früh wieder eine Surfstunde geben und schlief schon. Jetzt erst fiel mir auf, dass wir noch nicht besprochen hatten, ob ich nach den Hunden schauen sollte. Er würde sie doch nicht schon weggebracht haben? Ich hätte mich gern noch von ihnen verabschiedet.

»Kann ich dir helfen?«, hörte ich plötzlich eine Stimme von oben.

Ich hob den Kopf und sah Daniel, der auf seiner Dachterrasse stand und sich über die Mauer lehnte.

»Du bist noch wach.« Ich lächelte zu ihm hinauf. »Ich wollte nach dir und den Hunden sehen.«

»In dieser Reihenfolge?« Er grinste.

Ich grinste zurück.

»Das Tor ist auf, einfach die Klinke runterdrücken«, sagte er. »Kommst du hoch?«

Ich öffnete das Tor und lief über den feuchten Rasen bis zur Treppe hinter den Surfbrettern. Dabei fiel mir auf, dass das Surfbrett auf der Werkbank jetzt glänzte, als wäre es frisch lackiert worden.

»Welche Farbe bekommt das neue Brett?«, fragte ich, als ich oben neben Daniel an die Mauer trat.

»Welche würdest du ihm geben?«

Ich dachte einen Moment nach. »Die Farbe des Sonnenuntergangs hier. Dieses zarte Rosa.«

Er schmunzelte. »Kommt mit in die Auswahl.«

Ich lehnte mich an die kühlen Steine. »Wie war dein Tag?«

Er rieb sich über die Wangen, auf denen wie immer noch Reste von Sunblocker klebten. »Ach, ich habe nach der Kirche Rita in der Küche geholfen, dann habe ich Fofo gewaschen und entwurmt, bei Martas Auto das Öl nachgefüllt und es am Ende nicht mehr geschafft, den verstopften Abfluss meiner alten Nachbarin zu reinigen. Ein typischer Sonntag also.«

Ich sah ihn nachdenklich an. »Du kannst sie nicht alle retten, Daniel.«

Er musste unvermittelt lachen. Als hätte ich etwas wirklich Komisches gesagt. Dann drehte er sich wieder zum Meer.

Eine Zeit lang standen wir einfach nur da. Ich hörte ihn neben mir atmen. Ich brauchte nicht zu ihm hinüberzuschauen, um zu wissen, dass sein Gesicht wieder diesen Ausdruck angenommen hatte.

»Warum machst du das?«, fragte ich irgendwann. »Warum kümmerst du dich um alle?«

Er antwortete nicht sofort. »Ich würde jetzt gerne sagen, dass ich wahnsinnig selbstlos bin, aber …« Er strich seine Haare zurück, die ausnahmsweise trocken waren. Sie fielen ihm über die Schultern, in so perfekten Wellen, wie ich sie selbst mit dem Lockenstab nicht hinbekam. »Aber ich fürchte, es tut mir einfach nicht gut, wenn ich mich zu sehr mit mir selbst beschäftige.«

Ich dachte einen Moment über seine Worte nach. Sie erinnerten mich an das Gespräch, das ich gestern mit Julia am Strand geführt hatte. »Hast du Angst vor dem, was passiert, wenn du keine Aufgabe mehr hast?«, wiederholte ich, was sie gesagt hatte.

Ertappt sah Daniel mich an. »Ja, ich fürchte, das meinte ich.«

»Warum ist das so?«, fragte ich.

Er ließ sich einen Moment Zeit mit seiner Antwort. Schließlich sagte er: »Es gibt ein paar Dinge in meinem Leben, auf die ich nicht stolz bin. Die mich heimsuchen, wenn ich zu viel nachdenke.«

»Ha!«, entfuhr es mir.

Er sah mich fragend an.

»Das kenne ich leider zu gut.«

Wieder dieser tiefe Blick. »Du siehst so harmlos aus.«

»Ich dachte, ich sehe aus wie eine wütende Frau.«

Seine Mundwinkel zuckten. »Stimmt. Wütend, aber auch, als könntest du keiner Fliege was zuleide tun.«

»Ich hab meinen Mann betrogen und meine Ehe damit kaputtgemacht.« Ich war mir nicht sicher, ob ich es schon mal so deutlich ausgesprochen hatte. »Und du?«

Er verzog keine Miene. »Ich war der Seitensprung, der fast eine Ehe zerstört hätte.«

»Bei diesen Geschichten gibt es nur Verlierer.«

»Wohl wahr.« Sein Blick ruhte nach wie vor auf mir.

Irgendwann konnte ich ihm nicht mehr standhalten. »Du hast mir noch nicht Bescheid gesagt wegen morgen«, versuchte ich, das Thema zu wechseln.

Daniel wandte sich wieder in Richtung Meer. »Ich wollte nicht stören.«

Darum ging es also. »Hättest du nicht. Ich helfe Filipe ein wenig bei der Renovierung, tut mir irgendwie gut. Es geht mir da wie dir: lieber etwas zu tun haben, als zu viel nachgrübeln.«

Etwas zuckte in Daniels Gesicht.

»Was ist das mit dir und Filipe?«, hakte ich nach.

Er sah mich immer noch nicht an. »Wieso, was soll da sein?«

»Du reagierst komisch auf ihn, er komisch auf dich.«

»Alte Geschichte. Ich bin einfach froh, wenn wir uns nicht begegnen.«

»Ich vermute, du willst nicht darüber reden?« Ich kratzte etwas Moos von der Mauer.

»Eher nicht.«

»Dachte ich mir. Zurück zu den Hunden. Was ist mit morgen?«

Jetzt drehte Daniel sich zu mir, seine Augen schimmerten dunkler als sonst. »Musst du morgen nicht wieder auf der Baustelle helfen?«

»Ich muss gar nichts, und die Hunde gehen vor.«

In einer seiner Augenbrauen klebte noch ein winziger Rest Sunblocker. Gerade als ich die Hand heben und ihn darauf hinweisen wollte, stupste eine feuchte Nase gegen meinen kleinen Finger. Fofo war uns auf die Terrasse gefolgt.

Ich hockte mich zu ihr und begrüßte sie.

Daniel lachte leise. »Ich sage es ja, Hunde nehmen dich so, wie du bist.«

Nachts lag ich wieder allein in unserem Hotelzimmer und betrachtete den Mond, der durchs Fenster schien. Ich hatte so oft wach gelegen in den vergangenen Monaten. Weil ich mich quälte wegen meiner

Schreibblockade oder meiner Schuldgefühle. Doch heute war es anders. Mein Geist kam nicht zur Ruhe, weil ich Ideen hatte. Ideen für mein Buch. Als hätten die Ereignisse der letzten Tage etwas in mir nach oben gespült, was verschüttet gewesen war. Ich dachte darüber nach, eine Geschichte hier spielen zu lassen, hier in Marial. Eine Frau könnte hierher in den Urlaub fahren, auf der Suche nach ihrer abhandengekommenen Lebensfreude. Das Setting war perfekt dafür, und ich fühlte mich kribbelig und inspiriert. Mit diesem Gefühl im Bauch schlief ich irgendwann doch noch ein.

Am nächsten Tag nahm ich das Notizbuch, das Julia mir geschenkt hatte, mit zu Daniel. Kaum war er gegangen, setzte ich mich zu den Welpen. Sie hatten mittlerweile die Augen geöffnet und wirkten ziemlich munter. Ein paar von ihnen waren sandfarben wie Fofo, andere schwarz gefleckt, eine Hündin hatte eine weiße Brust und weiße Pfoten. Ich sah den Kleinen dabei zu, wie sie über die Decke robbten und sich gegenseitig in die Tatzen bissen. Dann tranken sie bei ihrer Mutter und fielen anschließend von einer Sekunde auf die andere zur Seite in tiefen Schlaf. Fofo stand rücksichtsvoll auf, sah mich fragend an und krabbelte auf meinen Schoß, um sich darauf einzurollen. Wieder machte sich dieses warme Gefühl in mir breit. Daniel hatte recht. Die Hündin sah keine Frau in mir, deren Ehe gescheitert war, keine Schriftstellerin, die nicht schrieb, keine Person, die fremde Briefe las. Sie wusste nur, dass ich gut roch, dass sie mir vertrauen konnte und dass sie sich in meiner Nähe geborgen fühlte. So einfach war die Welt aus ihrer Sicht.

Während Fofo schlief, zückte ich das Notizbuch und hielt fest, was mir eingefallen war. Es fühlte sich ein bisschen an, als wären meine Finger eingerostet von den Monaten auf dem Sofa, in denen ich den Laptop angestarrt hatte, ohne zu schreiben. In denen ich am Ende auf irgendwelchen YouTube-Kanälen gelandet war und zusah, wie amerikanische Gesangscoaches die neusten Live-Auftritte von Adele oder Katy Perry bewerteten. Bis ich mich vollkommen leer und müde fühlte vom Nichtstun und Nichtsschaffen und Nichtsnutzen.

Die ersten Worte hier auf Daniels Fußboden, umgeben von Kissen und Hundewelpen, flossen langsam aus meinen Fingern aufs Papier. Buchstabe für Buchstabe entstand etwas auf dem weißen Blatt vor mir. Je mehr ich schrieb, desto müheloser bewegte sich meine Hand. Ich hatte vergessen, dass es sich leicht anfühlen konnte. Und nach Spaß. Ich schrieb und schrieb und schrieb.

Bis Daniel in der Tür stand. Er hatte den Neoprenanzug schon ausgezogen und ein Handtuch um die Hüften gebunden. Mit einem zweiten, kleineren Handtuch rubbelte er sich durch die Haare.

Ich sah von meinem Notizbuch auf. »Ich habe geschrieben.«

Er hielt inne. »Ist das nicht dein Job?«

Völlig unvermittelt entfuhr mir ein Jubelschrei.

Daniel sah mich erschrocken an, machte einen Schritt auf mich zu und blieb dann stehen, Fragezeichen im Gesicht.

Ich ballte meine Hände zu Fäusten. »Ich konnte so lange nicht schreiben.«

Daniel machte einen weiteren Schritt auf mich zu.

»Ich bin so erleichtert«, sagte ich und strahlte ihn an.

Er strahlte zurück. Dann hockte er sich zu mir auf den Boden und hielt mir die flache Hand zum Einschlagen hin. »Ich bin stolz auf dich!«

17

Später ging ich an den Strand. Ich hatte beschlossen, heute keine Fliesen anzukleben und mich stattdessen etwas zu entspannen und das gute Wetter zu genießen. Wäre doch gelacht, wenn ich es nicht lernen könnte, das Nichtstun. Ich ließ mich in sicherer Entfernung zur Brandung in den Sand fallen. In den Pools, die sich um die Felsen am Rand gebildet hatten, badeten Kinder.

Die Wellen waren zu klein zum Surfen, hatte Daniel vorhin gesagt. Die Nachmittags-Surfstunden fielen daher aus. Ich entdeckte ihn stattdessen auf der Straße, die zur Halbinsel führte. Er hielt einen Besen in der Hand und kehrte den Sand vom Asphalt. Offenbar konnte er es wirklich nicht ertragen, nichts zu tun zu haben. Ich dagegen würde mir heute zumindest Mühe geben. Entschlossen legte ich mich auf mein Handtuch und holte mein Buch raus, doch irgendwie gelang es mir nicht, mich darauf zu konzentrieren. Meine Gedanken wanderten immer wieder zurück zu dem, was ich selbst geschrieben hatte.

Ich nahm das Notizbuch zur Hand und las es mir noch einmal durch.

Nachdenklich blickt sie aufs weite Meer hinaus. Was, wenn es uns am Ende gar nicht glücklich macht, immer das Richtige zu tun, fragt sie sich. Wenn wir uns ganz umsonst abstrampeln? Wenn die Momente, an die wir uns eines Tages erinnern werden, die uns auch im hohen Alter noch lächeln lassen, gerade die unperfekten sind? Die Momente, in denen wir scheitern und trotzdem lachen. In denen unser Herz gebrochen wird und wir lernen, über die Scherben zu balancieren. In denen uns bewusst wird, dass jemand uns mag, obwohl wir uns von unserer schlechtesten Seite gezeigt haben. Oder sogar gerade deswegen.

Vielleicht, denkt sie und gräbt ihre Zehen in den warmen Sand, sammeln wir alle die falschen Muscheln. Vielleicht müssen wir gar nicht nach denen suchen, die makellos sind und besonders hell glänzen. Vielleicht sollten wir die mitnehmen, die porös oder zerbrochen sind, durch deren Löcher das Sonnenlicht fällt. Vielleicht ist es genau das, was wir in unserem Leben sammeln sollten: unperfekte Momente, aus denen wir zufällig das Beste gemacht haben.

Das könnte etwas sein, dachte ich erleichtert. Es fühlte sich an wie der Anfang von etwas Neuem. Ich musste schmunzeln, als ich in meinen Zeilen die Worte von Daniel wiedererkannte.

Ich setzte mich auf und sah mich um. Oben an der

Straße fegte er noch immer Sand. Unten am Meer planschten die Kinder in den harmlosen Wellen. Einige Erwachsene hatten sich weit hinausgetraut ins ruhige türkisfarbene Meer.

Da entdeckte ich Raquel. Sie stand neben einem der Pools an den Felsen und unterhielt sich mit einer anderen Mutter, die ein Baby mit Sonnenhut im Arm hielt. Sie trug einen schwarzen, am Rücken tief ausgeschnittenen Badeanzug und einen großen Basthut, worin sie aussah wie ein Filmstar. Neben ihr spielte die kleine Ana im Wasser. Ich fragte mich noch, ob ich zu ihr gehen und sie begrüßen sollte, als Raquel mich bemerkte und winkend näher kam. »Katrin, hallo!«

Ich stand auf und umarmte sie. »So ein herrliches Wetter, oder? Der Strand ist ein Traum. Aber wem sag ich das, ist vermutlich dein zweites Zuhause.«

Raquel malte mit ihren weinrot lackierten Zehen Kringel in den Sand. »Ja, früher war ich hier ständig. Heute gehen wir meistens an einen anderen Strand, aber Carlos hatte heute spontan einen freien Nachmittag und wollte hierher.«

»Wie schön, die Kinder lieben es bestimmt.«

Sie lächelte etwas gequält. »Ja.« Unruhig sah sie sich nach Ana um, die noch immer in dem kleinen Pool saß und mit einem Eimer Wasser schöpfte. »Ich muss dann mal. Wir sehen uns bestimmt bald wieder.«

»Das würde mich freuen. Mach's gut.«

Sie gab mir links und rechts ein Küsschen und ging

zurück zu ihrer Tochter. Dabei sah sie sich immer wieder nach allen Seiten um.

Lino rannte gerade aus dem Meer und sprang mit Anlauf neben seine kleine Schwester in den Pool. Ein Mann kam hinter ihm her, graue Haare, große Armbanduhr, behaarte Brust. Er rief Lino etwas zu, und der zog schuldbewusst den Kopf ein. Das musste Carlos sein. Ich fragte mich, warum die Familie diesen Strand nur selten besuchte, wo er doch so wunderschön war und Raquel jede Menge Kindheitserinnerungen mit Marial verbinden musste. Vielleicht erinnerte sie der Ort aber auch zu sehr an ihre geliebte Großmutter. Raquel steuerte auf ihren Mann zu und rief ihm schon von Weitem etwas zu, was nicht sehr freundlich klang.

Ich saß noch immer im Sand, als Raquel ihre Sachen mit genervter Miene in eine große Strandtasche packte, Ana an die Hand nahm und mit ihrer Familie in Richtung Parkplatz lief. Carlos und sie sprachen dabei kein Wort miteinander. Sie winkte mir flüchtig zu. Mir fiel auf, wie viel offener sie am Sonntag gewirkt hatte. Vielleicht hatte sie einen schlechten Tag.

Als der Strand sich etwas geleert hatte, schlüpfte ich aus meinem Kleid und eilte im Bikini in Richtung Wasser. Es herrschte noch immer kaum Wellengang, und ich schwamm weit hinaus. Das Wasser war glasklar. Ich konnte bis zum Grund sehen, wo nichts war als heller Sand, hier und da ein paar Felsen oder ein

Schwarm winziger Fische. Ich tauchte unter. Plötzlich war es ganz still. Das Kreischen der Möwen, das Lachen der Kinder am Strand – alles war wie ausgeschaltet.

Als ich wieder hochkam, fühlte ich mich herrlich erfrischt. Ich schwamm weiter, bis ich unser Hotel am Ende der Halbinsel entdeckte. Auch Filipes Haus sah ich von hier, hoch über der kleinen Bucht. Hätten meine Sachen nicht am Strand gelegen, ich wäre einfach bis zu den Fischerbooten geschwommen und dort an Land gegangen.

Filipe tauchte auf der Terrasse seines Hauses auf, das Handy am Ohr, und verschwand wenig später wieder im Innern. Ich sollte ihm Bescheid geben, dachte ich. Nicht dass er sich Sorgen machte, weil ich heute nicht gekommen war.

Gemächlich drehte ich mich um und schwamm zurück. Dabei musste ich mich kaum bewegen. Das Wasser und die sanften Wellen trugen mich behutsam in Richtung Ufer. Ich ließ mich treiben, bis ich mit den Füßen den weichen Sand am Grund berühren konnte.

Als ich mich aufrichtete und zum Strand schaute, fiel mein Blick auf Julia und Luís. Sie saßen vor seinem Café auf einem Stofftuch und knutschten. Ich hatte meine Cousine noch nie zuvor knutschen gesehen. Vielleicht konnte ich den Blick deshalb kaum abwenden von den beiden, die sich nun eng umschlungen auf die Decke im Sand fallen ließen. Was mich so faszinierte, war die Tatsache, dass sie aussahen, als wären sie bis über beide Ohren verliebt. Dieses Die-Finger-nicht-voneinander-lassen-Können, das Nicht-aufhören-Können, den anderen zu küssen und sich anzuschauen, als wollte man ineinander versinken. So war es anfangs zwischen Tim und mir auch gewesen, doch schon nach wenigen Jahren war das Feuer irgendwo zwischen Alltag und Arbeitsstress erloschen. Ich weiß nicht, ob es daran lag, dass ich so oft das Gefühl hatte, mich um ihn kümmern zu müssen. Daran, dass so wenig von ihm kam und er oft so erschöpft war. Irgendwann hatte ich meine Energie eher ins Managen unseres Alltags gesteckt als in den Versuch, unser Liebesleben wieder anzuheizen. Spätestens in dem Jahr, als Tim wegen eines Burn-outs pausieren musste, war ich endgültig in die Rolle der Versorgerin gerutscht.

Als mir Felix begegnete, war ich ausgehungert nach Aufmerksamkeit. Felix und ich waren wie Teenager, die einander neckten. Jedes Mal wenn wir uns bei Veranstaltungen oder im Verlag begegneten, brannte die Luft zwischen uns. Und dann waren wir irgendwann erneut auf einer Messe in einer anderen Stadt. Wir hatten den ganzen Abend herumgeschäkert, zu viel getrunken, er hatte ständig Körperkontakt gesucht. Völlig übermütig waren wir schließlich mit einer Flasche Champagner in seinem Hotelzimmer gelandet. Ich weiß noch genau, wie meine Knie zitterten. Wie ich plötzlich kapierte: Bis hierher war alles harmloser Spaß, aber wenn du jetzt nicht gehst, wird es ernst. Und wie Felix auf mich zukam, mit einem Gesichtsausdruck, der genau das war: ernst. Es gab ein paar entscheidende Sekunden, in denen ich es noch hätte stoppen können, aber ich war nicht stark genug. Alles in mir sehnte sich danach, begehrt zu werden. Und so ließ ich zu, dass er mich küsste. Und damit war ich verloren.

Heute verstand ich, dass ich nie wirklich in Felix verliebt gewesen war. Zumindest nicht so, wie Julia und Luís wirkten. Es ging mir mehr um das, was er in mir auslöste. Um das, was er in mir sah: jemanden, für den es sich lohnte, Hotelzimmer auf fremde Namen zu buchen, früher zu Terminen anzureisen, seine Frau anzulügen. Die gemeinsamen Momente erlebte ich wie im Rausch. Alles dazwischen war ein Albtraum. Weil nichts davon meinem Selbstverständnis entsprach und mein schlechtes Gewissen mich zermürbte. Ich machte doch immer alles richtig, ich log und betrog nicht, ich war eine von den Guten. Und eigentlich liebte ich Tim. Obwohl ich wusste, dass das zwischen uns vermutlich nicht mehr zu retten war. Nicht nur, weil er mir nicht mehr vertrauen konnte, sondern vor allem, weil ich mir selbst nicht mehr vertraute.

Hatte ich damals gehofft, Felix würde seine Sandra verlassen und wir würden gemeinsam neu starten? Nein. Ich wusste, dass er nur bestimmte Bedürfnisse erfüllte und ich niemals ruhig neben ihm einschlafen könnte. Deswegen war ich fast erleichtert, als Tim mich irgendwann zur Rede stellte, warum ich mich seit Monaten so komisch verhielt. Und ich ihm alles gestand. Wir gingen zur Paartherapie, trennten uns schließlich einvernehmlich, Tim verliebte sich schnell neu.

Und ich? Ich kämpfte immer noch mit den Dämonen dieser Zeit. Weil ich mir wünschte, ich hätte wenigstens etwas mehr richtig gemacht. Hätte früher einen klaren Schlussstrich unter die Sache mit Felix gezogen und ihn nicht doch immer wieder reingelassen, wenn er vor meiner Tür stand. Hätte nicht auch noch Sandra diesen Kummer bereitet.

Seit meiner Trennung von Tim trug ich den Zweifel in mir, ob es das überhaupt gab, dass man beides bekam: das kopflose Knutschen am Strand und das Ruhig-nebeneinander-Einschlafen. Vermutlich musste man sich entscheiden, und ich fürchtete mich davor, irgendwann zu erkennen, dass ich mich falsch entschieden hatte. Dass ich lieber das hätte behalten sollen, was ich hatte.

Welche Version von Tim bekam Ina? Die beiden waren zweifellos verliebt ineinander. Aber würde sich diese Verliebtheit auch bei ihnen irgendwann abnutzen wie bei uns? Würde Ina Tims Leben managen und Tim sich erleichtert fallen lassen und jeden Abend seufzend auf dem Sofa einschlafen? Ich wurde das Gefühl nicht los, dass er bei ihr anders war. Er kochte für sie. Er wollte einen Urlaub für sie buchen. Er hatte mit ihr sogar über mein Buch diskutiert.

Plötzlich wurde ich traurig, während ich mich von den Wellen hin und her schaukeln ließ. Warum hatte er für mich nicht die beste Version seiner selbst sein können? Vielleicht hätten wir dann doch noch eine Chance gehabt.

Ich stieg aus dem Wasser und drehte mich zurück zum Meer. Wie wunderschön es glitzerte. Am Strand sah ich mich noch einmal nach meiner Cousine um. Sie hatte den Kopf auf Luís' Schulter gelegt, beide hielten die Augen geschlossen. Er kraulte sie zärtlich.

Hoffentlich bricht er ihr nicht das Herz, dachte ich erneut, als ich mich abtrocknete und auf den Rückweg machte.

18

Mit tropfenden Haaren stand ich vor Filipes Tür.

Er öffnete und musterte mich freundlich lächelnd. »Hey, Katrin, da bist du ja. Warst du am Strand?« Er trug heute nur ein geripptes Unterhemd, das den Blick auf seine makellos braunen, erstaunlich definierten Schultern freigab.

»Ja, entschuldige bitte! Mir war heute mal nach Schwimmen und Nichtstun.«

Filipe wischte sich mit dem Handrücken über die Stirn. »Dafür bist du ja auch hergekommen.«

»Nein, eigentlich nicht«, widersprach ich. »Oder sagen wir: Ursprünglich hat mich etwas anderes an diesen Ort geführt.«

Zu meiner Erleichterung lachte er mit mir.

»Magst du reinkommen?«, fragte er und trat einen Schritt auf mich zu, um die Tür freizugeben. Er roch nach irgendeinem dezenten Männerduft.

Ich schob den Henkel meiner Strandtasche auf die Schulter. »Heute nicht mehr.«

»Schade.« Seine Wimpern sahen aus der Nähe noch länger und dichter aus. »Ich habe eigentlich noch etwas mit dir vor.«

Die Felsen glühten rot im Licht der tief stehenden Sonne, als wir auf der Landzunge hinter dem Hotel ankamen. Ein warmer Wind wehte uns um die Nase. Von hier aus konnte man sehen, dass sich überall auf der Rückseite der Halbinsel Menschen auf den großen Steinen niedergelassen hatten, um den Sonnenuntergang zu betrachten. Filipe, der ein Flanellhemd über das Rippenshirt gezogen hatte, breitete eine Decke auf der Wiese aus, und wir setzten uns. Die Gräser, die hier wuchsen, fühlten sich struppig und rau an. Kein Wunder – wer hier überleben wollte, durfte kein zartes Pflänzchen sein. Die Blüten leuchteten gelb und lila.

Filipe holte etwas aus einem Beutel. »Meine Mutter hat uns Brote mit *pataniscas* gemacht, eigentlich portugiesische Fischküchlein, aber diese sind mit Gemüse.« Er reichte mir ein in Papier eingewickeltes Paket und eine Flasche portugiesisches Bier, die er offensichtlich gerade erst aus dem Kühlschrank genommen hatte. »Magst du?«

»Gern.«

Wir stießen an, und ich wickelte das Brot aus. Es duftete nach Olivenöl und Ei. Gierig biss ich hinein. Schreiben und Schwimmen hatten mich hungrig gemacht. Es schmeckte würzig und einfach fantastisch.

Filipe beobachtete mich neugierig und lächelte, als ich mit vollem Mund sagte: »Das ist sehr, sehr gut.«

Er grinste zufrieden. »Werde ich Mama ausrichten.«

Eine Familie schlenderte an uns vorbei, offenbar

wollte auch sie den Sonnenuntergang von hier aus verfolgen. Die Tochter war im Teenageralter und sah verstohlen zu uns herüber. Wobei: Sie schaute natürlich nicht zu uns, sondern zu Filipe – wie ich es neulich schon erlebt hatte, als ich mit ihm in der Taberna gewesen war. Als Filipe ihr ein freundliches Lächeln zuwarf, wurde das junge Mädchen tiefrot. Der Kerl war wirklich ein Phänomen.

Wir aßen einträchtig und sahen der Sonne dabei zu, wie sie immer tiefer über das Meer sank. Schon komisch, dachte ich. Dass ich jetzt mit Filipe hier saß – und das alles nur, weil Murmel ein Stück Papier hatte fressen wollen.

Als wir aufgegessen hatten, verstaute Filipe die Brotpapiere.

»Zoé hat diesen Ort geliebt«, sagte er plötzlich unvermittelt.

Erstaunt sah ich zu ihm hinüber. Er schaute gedankenverloren in Richtung Horizont.

»Warst du oft mit ihr hier?«, traute ich mich zu fragen.

»Fast täglich, wochenlang. Wir haben bei meinen Eltern gewohnt, waren aber ständig am Strand und bei *vovó*, da ging es ihr schon nicht mehr so gut.« Orangefarbenes Licht fiel auf Filipes hohe Wangenknochen.

»Sie haben sich noch kennengelernt?«

»Ja, sie sind … waren irgendwie aus einem Material. Beide ganz schön starrköpfig.« Er wischte sich die langen Haare aus der Stirn.

Unfassbar, wie schön er ist, dachte ich. Kein Wunder, dass Zoé sich so in ihn verliebt hat.

Ich wollte fragen, was schiefgelaufen war, aber nach meiner Erfahrung vom letzten Mal traute ich mich nicht mehr.

Doch Filipe sprach auch so weiter: »Meine *vovó* wollte immer alle Fäden in der Hand halten, eine echte Matriarchin. Sie hatte längst entschieden, dass Zoé die Richtige für mich war, dass ich sie mal heiraten würde. Zoé wollte sich lange nicht festlegen, dachte wohl, das mit uns könne nichts Ernstes werden, weil ich irgendwann aus Hamburg weggehen würde. Ich dagegen konnte mir durchaus eine Zukunft mit ihr vorstellen.« Er sah mich an. In seinen Augen spiegelte sich die prallrunde Sonne. »Und dann hat sie mich verlassen. Zum Glück hat *vovó* das nicht mehr erleben müssen.«

Ich strich mit meinen Fingern über eine lila Blüte neben mir. »Das klang in Zoés Brief ganz anders.«

Filipe sah mich trotzig an. »Glaub mir, es ist nicht so, wie es nach außen hin wirkt.«

»Es tut ihr offenbar leid, was zwischen euch geschehen ist. Sie schreibt, dass sie dich noch liebt.«

Er schob das Kinn vor. »Mag sein. Aber als ich das letzte Mal mit ihr gesprochen habe, hat sie mir sehr deutlich zu verstehen gegeben, dass sie mich nie wieder sehen will.«

»Was ist denn vorgefallen?«, traute ich mich zu fragen.

Filipe zögerte einen Moment. »So ganz genau hab ich das bis heute nicht verstanden. Vermutlich ist ihr bewusst geworden, dass ich erst mal in der Nähe meiner Familie bleiben will. Sie konnte sich wohl nicht vorstellen, mit mir in Portugal zu leben.«

»Und wenn du doch noch einmal mit ihr sprichst? Für mich klang es so, als sei ihr jetzt erst klar geworden, wie viel du ihr bedeutest.«

»Du kannst das vielleicht nicht nachvollziehen, aber darauf kann ich nicht vertrauen. Verstehst du das?«

Ich sah zur Sonne, deren unterer Rand gerade im Meer verschwand. »Ja und nein. Ich verstehe, dass du dich schützt. Aber meine Neugierde wäre immer größer als die Angst, verletzt zu werden.«

Eine Zeit lang schwiegen wir, dann sagte Filipe: »Ich will neu anfangen. Ich weiß jetzt, dass es ein Leben nach Zoé gibt. Und das hat längst begonnen.« Er lächelte mich verhalten an.

»Was willst du machen, wenn das Haus fertig ist?«

»Ich weiß es noch nicht.« Filipe trank einen Schluck Bier. »Ich träume davon, irgendwo in einem Architekturbüro zu arbeiten. Vielleicht in London oder einer anderen großen Stadt. Und irgendwann hierher zurückzukommen und den reichen Auswanderern ihre Villen zu entwerfen.« Er schüttelte leicht den Kopf. »Aber keine Ahnung. Wenn meine Eltern mich brauchen, bleibe ich hier.«

Ich kann ihn mir vorstellen in London, dachte ich. Besser als auf dem Hof.

»Warum hilfst du mir eigentlich?«, fragte Filipe plötzlich. »Mit der Baustelle, mit Zoé?«

Von der Sonne war nur noch ein letzter goldener Schimmer übrig. »Ich glaube an das Schicksal.« Ich wischte einen Tropfen von meiner mittlerweile leeren Bierflasche. »Ich hab diesen Brief gefunden, und er hat mich hierhergeführt. Und jetzt hab ich das Gefühl, es sollte genau so sein.«

19

»Hey, du hast ein Drittel geschafft.« Filipe kam in den Raum geschlendert, zwei Flaschen Wasser in der Hand. Er reichte mir eine davon.

Ich richtete mich auf und schüttelte die Beine aus. »Danke! Ja, so langsam erkennt man, wie schön es mal aussehen wird.«

Ich drehte die Flasche auf, trank einen Schluck und betrachtete das blau-weiße Fliesenmuster an der Wand.

Filipe strich mit dem Finger über die feinen Linien auf einer Kachel. »Cristina hätte dich gemocht.«

Ich sah ihn fragend an.

»So hieß sie, meine *vovó*.«

»Ah, deswegen *Quinta da Cristina*.«

Sein Gesicht nahm einen liebevollen Ausdruck an. »Ja, der Hof gehörte eigentlich ihr und meinem Opa. Wobei sie immer schon das Sagen hatte, es war im Grunde ihr Hof. Als er vor fünfzehn Jahren starb, hat sie ihn an meinen Vater übergeben und ist auf die Halbinsel gezogen.« Er sah plötzlich traurig aus. »Morgen wäre sie neunundachtzig geworden.«

»Oh.«

Er drehte sich von den Fliesen zu mir. »Wir feiern ein kleines Fest ihr zu Ehren. Hast du Lust, mich wieder zu begleiten? Schließlich bist du durch diese Wand gewissermaßen mit ihr verbunden, ob du es willst oder nicht.«

Ich nahm eine neue Fliese aus dem Karton und drehte sie in den Händen. »Ich komme sehr gern mit.«

Am frühen Abend traf ich Julia im Hotel. Wir hatten uns in den vergangenen zwei Tagen immer nur flüchtig gesehen, weil sie mit Luís unterwegs gewesen war. Jetzt kam sie mir singend aus dem Bad entgegen. »Heute findet wieder eine Party im Surfshop statt. Da, wo ich am ersten Abend Luís kennengelernt habe, weißt du noch?«

»Sind wir schon eine ganze Woche hier?«, fragte ich verwundert. Ich wusch mir die Hände und ließ mich danach rücklings aufs Bett fallen.

Julia zog sich ein Zebraprintkleid über und zupfte ihre etwas heller gewordenen Haare zurecht. »Ja, unglaublich, was in einer Woche so alles geschehen ist. Kommst du mit?«

»Ich denke nicht.« Ich rollte mich auf dem Bett zusammen. »Ich bin müde. Ich setze mich höchstens noch etwas auf die Veranda und schreibe ein paar Zeilen.«

»Du schreibst wieder?«

Ich nickte. »Ja, stell dir vor, plötzlich habe ich wieder Ideen. Ist das nicht toll?«

Julia strahlte mich an. »Total, noch ein Grund mehr zum Feiern. Komm doch mit!« Julia hängte sich eine winzige neonfarbene Tasche um und betrachtete mich schmollend. »Das wird lustig!«

Ich rührte mich nicht.

»Okay, wie du meinst. Falls du es dir anders überlegst, weißt du ja, wo du mich findest.« Sie küsste mich auf die Wange. »Ich freue mich jedenfalls riesig mit dir, dass deine Schreibkrise vorbei ist.«

Ich setzte mich mit meinem Notizbuch auf die Veranda. Die Temperatur war angenehm kühl um diese Uhrzeit. Eine friedliche Abendstimmung lag über der Halbinsel. Ich schrieb ein paar Zeilen. Dann stieg mir der Geruch von etwas Angebratenem in die Nase. Er musste aus einer der vielen Ferienwohnungen in den Häusern neben dem Hotel kommen. Bestimmt kochte dort eine Familie gemütlich zusammen nach einem wundervollen Strandtag.

Plötzlich fragte ich mich, was ich hier eigentlich machte, ganz allein, an einem perfekten Abend wie diesem. Ich war im Urlaub, ich hatte frei, ich war an einem der schönsten Orte der Welt. Was hatte Julia noch gleich gesagt?

Ich glaube, wir brauchen gar keinen Schlaf. Unser Geist muss endlich mal etwas erleben. Wir brauchen Abenteuer.

Kurzerhand stand ich auf und brachte das Notizbuch nach oben. Ich zog mir ein hübsches Kleid an, kämmte mich, trug etwas Rouge auf. Dann ging ich los, die Rua das Pedras hinunter. Dabei kam mir eine weitere Idee.

Minuten später stand ich vor Daniels Gartentor und klopfte. Er öffnete, nur in Boxershorts, und sah mich fragend an.

Ich grinste. »Schlafen die Hunde? Wir haben nämlich was vor.«

Er verschränkte die Arme vor der Brust, als sei ihm gerade erst eingefallen, dass er halb nackt war. »Um diese Zeit?«

Ich drängte mich an ihm vorbei in den Garten. Fofo eilte herbei und sprang an mir hoch. »Meinst du, sie könnte ein paar Stunden mit ihren Welpen allein sein?«

Daniel zog skeptisch die Augenbrauen hoch. »Theoretisch ja.«

Ich hockte mich zu der Hündin und streichelte sie. »Dann zieh dich an. Wir zwei sind zu jung, um jeden Abend früh ins Bett zu gehen.«

Daniel rieb sich die Augen. »Glaub mir, ich hab hier alle Partys gefeiert, ich verpasse nichts. Hauptsache, ich bin morgen früh wieder im Wasser.«

»Komm schon, nur dieses eine Mal!« Ich legte meine Handflächen flehend vor der Brust zusammen. »Lass mich nicht allein mit den Turteltäubchen.«

Daraufhin seufzte Daniel laut und verschwand kopfschüttelnd im Haus, während ich weiter mit Fofo kuschelte.

Kurz darauf kam er in Shorts und übergroßem Shirt

zurück, die Haare zum Knoten zusammengebunden. »Na dann, los geht's.«

Wir liefen nebeneinander die Straße entlang. Die Luft flirrte noch vor Wärme, und von überall drangen Musik und Stimmen zu uns herüber.

»Du hast es also ordentlich krachen lassen zu Anfang?«, fragte ich, als wir den Strand erreichten.

Daniel hob im Vorbeigehen ein Eispapier auf und entsorgte es im nächsten Mülleimer. »Zu sehr.«

»Warum zu sehr?«

»Diese Partykultur hier, die ist nichts für mich. Die Frauen, die herkommen, wollen möglichst viel aus ihrem Urlaub herausholen und nur Spaß haben. Sie fahren nach ein, zwei Wochen zurück in ihr altes Leben. Und lassen dich hier.« Er schob mit dem Fuß etwas Sand vom Asphalt.

»Du Armer!«

Er funkelte mich finster an. »Schon klar, das Klischee vom Surflehrer, der alles mitnimmt.«

»Stimmt es nicht?«

»Ich sag ja, es war nichts für mich. Ich habe die ungünstige Tendenz, mich in die Menschen zu verlieben, mit denen ich schlafe.«

Ich musste lachen. »Oh, das kenne ich.« Ich hielt die Nase in den Abendhimmel.

Die Cafés waren hell erleuchtet, die Terrassen voller Gäste.

»Irgendwann habe ich festgestellt, dass mir Dinge, die nicht eine gewisse Tiefe haben, nichts bedeuten«, sagte Daniel. »Dann lasse ich es lieber ganz. Deswegen auch eigentlich keine Partys mehr. Letzte Woche hat mich Luís ausnahmsweise überredet.«

Ich stupste mit meiner Schulter gegen seinen Arm. »Wir machen aus dieser Party eine mit Tiefgang.«

Er sah mich zweifelnd an. »Ich trinke nicht mal Alkohol.«

»Den brauchen wir nicht.«

Keine Ahnung, woher ich diese plötzliche Zuversicht nahm. Woher mit einem Mal der Übermut in mir kam. Erst als wir auf der Party ankamen, hatte ich kurz das Gefühl, den Mund etwas voll genommen zu haben. Luís und Julia begrüßten uns zwar freudig, waren aber gerade in ein Gespräch mit seinen Freunden vertieft.

»Ich bin gleich für dich da, Süße«, sagte Julia, deren Wangen rot glühten.

»Kein Problem.« Ich winkte ab und schaute zu Daniel, der neben mir stand und mit ernster Miene die Szenerie betrachtete. Ich folgte seinem Blick. Die vielen jungen Menschen mit ihrer sonnengebräunten Haut und ihrer Coolness wirkten einschüchternd auf mich. Ich gehörte nicht hierher, das war nicht meine Szene.

Durchs Schaufenster entdeckte ich hinter dem DJ-Pult den jungen Mann mit Schnurrbart im Karohemd, der Indie-Musik auflegte. Vermutlich war es am besten, meine Zweifel so schnell wie möglich zu vertreiben, indem ich genau das Gegenteil von dem tat, wonach mir zumute war.

Ich legte meine Hände auf Daniels Surferrücken und schob ihn rein. »Wir tanzen jetzt.«

Er warf mir einen irritierten Blick über die Schulter zu, ließ sich aber schieben. Und tanzte dann auch etwas verhalten mit. Zunächst war es mir irgendwie unangenehm. Dann versuchte ich, alle Unsicherheit abzuschütteln und den Moment zu genießen. Ich würde diese Leute vermutlich nie wiedersehen, genauso wenig wie Daniel. Wir waren zwei verwandte Seelen, die zufällig für ein paar Tage an denselben Strand gespült worden waren.

Nach ein paar Liedern umspielte ein kleines Lächeln Daniels Mund. Er zwinkerte mir zu und nahm mir damit das letzte bisschen Befangenheit. Beim Tanzen wurden wir immer mal wieder gegeneinandergedrückt. Ich berührte seinen Arm oder seine Schulter, spürte seine Hand an meinem Bauch oder meiner Hüfte. Ich ließ es einfach geschehen. Schließlich waren wir doch so etwas wie Freunde, zumindest für eine kurze Zeit.

Irgendwann war ich völlig außer Atem und holte uns eine hausgemachte Limo, die wir mit hastigen Zügen im Innenhof leerten.

»Du kannst echt überzeugend sein. Eigentlich bin ich der Typ Stehtänzer.« Daniel zog das Haargummi aus seinem Dutt. »Wollen wir kurz runter zum Meer?«

»Gute Idee.« Ich stellte meinen leeren Becher neben seinen.

Wir folgten dem steilen Pfad durch die Lavendelbüsche zum Strand, die Nase im sanften Wind, und es fühlte sich an, als wären wir Kinder. Verbündete auf dem Weg zu einem Abenteuer. Es war zwar bereits dunkel, aber der Mond spendete genug Licht.

Unten im Sand schlüpfte Daniel aus seinen Vans und warf mir einen frechen Blick zu. Dann rannte er in Richtung Brandung. Auf dem Weg dorthin schmiss er sein T-Shirt und seine Shorts von sich. Ich zauderte nicht lange, stieg aus meinen Sandalen, zog mein Kleid über den Kopf, bis ich ebenfalls in Unterwäsche dastand, und hechtete ihm hinterher.

Er sprang über die Wellen, die heranrollten, und juchzte laut auf. Ich kreischte, als das kalte Wasser meinen Bauch berührte. Warf mich hinter ihm in die Fluten. Es war mir egal, dass ich meine Haare so schön geföhnt hatte. Egal, dass mir die Wimperntusche die Wangen herunterlaufen würde. Egal, dass ich in durchnässter Unterwäsche vor Daniel stand. Das kalte Wasser, das über meinen Kopf strömte, fühlte sich herrlich an. Zum Glück war es heute so mild, dass ich nicht fror.

Daniel hüpfte neben mir auf und ab wie ein übermütiger Zehnjähriger. »So, jetzt lernst du surfen.«

Ich lachte. »Du gibst nicht auf, oder?«

Er stürzte sich kopfüber in eine Welle, die ihn beinahe bis zum Strand trug. Dann tauchte er durch die Schaumkronen zurück zu mir.

»Jetzt du!« Er atmete schwer. »Du musst dich einfach nur tragen lassen.«

Er lachte mich mit glänzenden Augen an, und ich lachte zurück. Und sprang in die nächste Welle.

Ich wurde nicht so weit getragen wie er. Aber ein gutes Stück schob die Brandung mich mit sich. Das Gefühl erinnerte mich an Achterbahnfahren mit Zuckerwatte im Bauch. Als ich wieder auftauchte, sah ich Daniel weiter draußen stehen. Ich riss die Arme in die Luft und heulte wie ein Wolf. Er machte es mir nach.

Und dann rannte ich wieder zu ihm und stürzte mich in die nächste Welle. Daniel erklärte mir zwischendurch atemlos, wie ich meinen Körper anspannen musste, um weiter zu gleiten. Er griff dabei nach meinen Händen, meinen Oberarmen, meinem Bauch. Als wäre ich keine Frau, die nachts in nasser Unterwäsche vor ihm im Meer stand, sondern eine alte Freundin, mit der er schon als Kind im Sandkasten gespielt hatte. Wir sprangen und sprangen und sprangen. Und heulten wie die Wölfe.

Bis eine Welle mich so weit an den Strand trug, dass meine Knie den Sand berührten. Wie ein Hund krabbelte ich an Land und ließ mich rücklings auf den kalten Sand sinken. Daniel rannte aus den Fluten und ließ sich neben mich fallen. Wir blickten schwer atmend zum Himmel.

Zwischendurch musste ich immer wieder kichern. »Ich sagte ja, wir brauchen keinen Alkohol.«

»Das ist besser als Alkohol, oder?«, fragte Daniel schnaufend neben mir.

»Viel besser.« Ich drehte mich zu ihm.

Er lächelte mich breit an. »Danke, dass du mich überredet hast. So mag ich Partys.«

Ich ließ mich wieder auf den Rücken sinken. »Ich auch.«

Eine Zeit lang lagen wir im Sand und betrachteten die Sterne. Ich hatte schon oft Sterne beobachtet in meinem Leben, und vielleicht war es auch einfach nur die Urlaubsstimmung, das Zuckerwattegefühl in meinem Bauch, aber plötzlich dachte ich: Ich hatte mich dabei niemals weniger einsam gefühlt als jetzt gerade. Mit meiner zerlaufenen Wimperntusche, in meiner nassen Unterwäsche, mit diesem Kerl, den ich erst wenige Tage kannte und der mindestens so viel emotionales Gepäck auf seinen Schultern trug wie ich. Vielleicht waren wir doch nicht zufällig an denselben Strand gespült worden.

Irgendwann rappelte Daniel sich hoch und blickte durch die Lavendelbüsche zur Straße. »Müssen wir dahin zurück?«

»Auf keinen Fall.« Ich setzte mich ebenfalls auf und wischte mir den Sand von den Armen. »Ich glaube, da vermisst uns keiner.«

Und so zogen wir unsere Klamotten über die nassen, sandigen Körper und liefen, die Schuhe in den Händen, den Strand entlang. Es war noch immer herrlich warm. In mir breitete sich ein feierliches Gefühl aus. Weil ich wusste, dass ich gerade einen Moment sammelte für die Schublade, die für ganz besondere

Erinnerungen reserviert war. Für Erlebnisse, an die ich noch Jahre später denken würde – mit einem Lächeln im Gesicht, weil ich genau wusste, wie ich mich in jenem Moment gefühlt hatte. Dort lagerten die unvernünftigen Abenteuer, in die ich mich geworfen hatte, die spontanen Partys, die heimlichen Küsse, die überraschenden Begegnungen, die ich nie mehr vergessen würde. Dies, dachte ich, als die Umrisse der Halbinsel vor uns in der Dunkelheit auftauchten und Gänsehaut meine Arme hinaufkroch – dies ist ein solcher Moment.

20

Am nächsten Tag saß ich hinter Filipe auf seinem Mofa und dachte noch immer an die Wellen, die über meinen Kopf gerauscht waren. An das Gefühl, als sie mich Richtung Strand getragen hatten, die achterbahnfahrende Zuckerwatte in meinem Bauch. Ich war so froh, hierhergereist zu sein. Auch wenn ich, anders als geplant, kaum Zeit mit meiner Cousine verbrachte. Wie ungewöhnlich, dass ich meine Tage stattdessen mit zwei Männern teilte, die unterschiedlicher nicht hätten sein können und die ich beide auf ihre Weise richtig gern mochte.

Dieses Mal hielt ich mich so entspannt an Filipe fest, als würden wir uns schon ewig kennen. Die Erlebnisse der letzten Tage hatten eine ungewohnte Zuversicht in mir reifen lassen. Die Dinge kamen, wie sie kamen, und ich ließ sie einfach auf mich zurollen.

Filipes Mutter Anita wischte gerade über die lange Tafel unter dem Johannisbrotbaum, als wir eintrafen. Sein Vater Bruno winkte uns vom Grill aus zu. Hier war die Welt noch in Ordnung. Wenn ich das jemals vergaß, würde ich zurückkommen.

Anita und Bruno freuten sich über das Gebäck, das

ich ihnen in einer *pastelaria* in Marial gekauft hatte, und begrüßten mich herzlich. Der Hof war schon wieder voller Leute, die fröhlich mit anpackten.

Ich half gerade Filipe, Servietten zu falten, als ein Anruf mich hochschrecken ließ. Keine Ahnung, warum ich mein Handy nicht einfach klingeln ließ, doch ehe ich michs versah, hatte ich bereits abgehoben.

»Können wir uns treffen?«, fragte Felix ohne Begrüßung. »Bitte, Kati, ich muss mit dir sprechen.«

Filipe warf mir einen interessierten Blick zu. Ich ging ein paar Schritte weg von ihm und den anderen in Richtung Ziegenwiese. Eine Familie lud im Gemüsegarten gerade eine riesige Melone auf eine Schubkarre.

»Kati? Kati, wo bist du?« Er hatte gespürt, dass ich ihm entglitt. Über so viele Tausend Kilometer hinweg.

Ein paar Sekunden stand ich einfach nur da und blickte auf die länglichen rotbraunen Johannisbrotfrüchte am Boden. Dann sagte ich mit eiserner Stimme: »Ich bin weg.«

Meine Finger zitterten nicht, als ich auflegte. Auch nicht, als ich seine Nummer sperrte. Sofort durchströmte mich Erleichterung. Wieso hatte ich so lange damit gewartet? Vermutlich hatte ich den Abstand benötigt, ein paar hüpfende Zicklein neben mir und einige liebe portugiesische Bekannte, um zu kapieren, dass ich Felix gar nicht brauchte. Ich hatte ihn nie gebraucht.

Wie von einer großen Last befreit, ging ich zu den

anderen. Half Anita Brot schneiden. Ließ mir von einer älteren Dame, offenbar einer Freundin von Cristina, zeigen, wie man Olivenöl auf Käsedreiecke träufelte. Und deckte mit einem Herrn den Tisch, der mir als Dorfpfarrer vorgestellt wurde. Auch Rita und Marta kamen auf den Hof. Sie hatten die Taverne offenbar geschlossen, um heute dabei sein zu können.

Als alle am gedeckten Tisch saßen, hob Anita ihr Glas. Sie hielt eine kleine Rede auf Portugiesisch, bei der sich Bruno verstohlen Tränen aus den Augenwinkeln wischte.

Filipe übersetzte mir flüsternd: »Sie erzählt gerade, was für eine starke Frau meine Großmutter war und wie sehr sie uns manchmal mit ihrer Starrköpfigkeit in den Wahnsinn getrieben hat. Und dass wir sie an ihrem Geburtstag feiern, weil sie es genau so gewollt hätte.«

Schließlich stießen wir an und begannen zu essen. Ein fröhlicher Geräuschteppich schwebte über der Tafel. Wie schön, dass es so viele Leute gab, die heute zu Ehren von Cristina zusammengekommen waren. Da erst fiel es mir auf: Raquel und ihre Familie waren nicht hier.

Ich beugte mich zu Filipe. »Wo ist deine Schwester?«

Er zerschnitt eine Feige auf seinem Teller. »Sie hatte zuletzt nicht das beste Verhältnis zu *vovó*.«

Ich sah ihn skeptisch an. »Wie kommt's?«

Er wich meinem Blick aus. »Sich mit meiner *vovó* zu

überwerfen war sehr leicht. Man musste einfach nur das Gegenteil von dem tun, was sie für richtig hielt. Aber das sind alte Geschichten.«

Ich nahm mir etwas von den *pimentos*, kleinen gegrillten Paprikaschoten, und dachte: Wenn es so alte Geschichten sind, warum ist Raquel dann nicht hier?

Als wir gegessen hatten und nur noch ein paar Reste übrig waren, stand der Dorfpfarrer neben mir auf und unterhielt sich mit Bruno.

Rita setzte sich auf den frei gewordenen Stuhl. »You okay?« Sie sah mich mit diesem kritischen Blick an, den ich schon von ihr kannte.

»Yes, thank you. How are you?«

Sie musterte mich undurchdringlich. »Good.«

Wir stießen mit den Resten in unseren Weingläsern an. Schade, dass ich kein Portugiesisch und sie nicht gut genug Englisch konnte. Ich hätte mich zu gern mal ausführlich mit ihr unterhalten, denn ich wurde einfach nicht schlau aus ihr.

Als ich etwas später einen Stapel Teller in die Küche brachte, fing Anita mich ab. »Katrin, wann kommst du uns wieder besuchen?«

Ich stellte das Geschirr neben die Spüle. »Ich fürchte, so bald wird das nichts mehr, mein Urlaub endet in sechs Tagen.«

Anita zog die nachgemalten Augenbrauen zusammen. »Ach schade!« Sie zögerte einen Moment und fügte dann leise hinzu: »Bitte sei ein bisschen behutsam mit meinem Sohn, ja? Es geht ihm endlich wieder gut, und ich möchte nicht, dass er sich falsche Hoffnungen macht.«

Ich hatte keine Ahnung, was sie meinte, war aber zu perplex, um nachzuhaken. Außerdem drängten schon andere mit Armen voller Geschirr in die Küche.

Filipe brachte mich mit dem Mofa die holprige Straße hinauf bis zum Hotel. Dort parkte er und nahm den Helm ab. »Was hat meine Mutter da am Ende zu dir gesagt?«

Ich setzte ebenfalls den Helm ab und reichte ihn ihm. »Dass ich behutsam mit dir sein soll.«

Er schloss kurz peinlich berührt die Augen. »Entschuldige, sie macht sich immer Sorgen um mich.«

Ich musste lachen. »Meinetwegen?«

Filipe blinzelte mich hinter seinen langen Ponysträhnen an. »Seit der Sache mit Zoé fürchtet sie, dass jede deutsche Frau mir das Gleiche antun könnte.«

Ich musste noch mehr lachen. Plötzlich sah Filipe verletzt aus. Ich stockte. »Entschuldige, ich bin nur … wirklich nicht besonders gefährlich.«

»Wie man es nimmt.« Filipe scharrte mit den Füßen im Schotter. Dann sah er sich etwas nervös um, als wollte er checken, ob wir allein waren, und machte einen Schritt auf mich zu.

Huch, dachte ich noch, als er sich vorlehnte und sein Gesicht näher kam. Seine Lippen berührten meine. Nur kurz, dann lehnte er sich wieder zurück und lächelte mich unsicher an.

Ich machte den Mund auf, um etwas zu sagen, aber irgendwie kam nichts heraus.

Er lehnte sich erneut vor und küsste mich noch einmal, diesmal auf die Wange. »Gute Nacht, Katrin! Danke für den schönen Tag.«

»Gute Nacht, Filipe!«, brachte ich hervor.

Er grinste mich an, zog den Helm über, stieg auf sein Mofa und fuhr davon.

Einen Moment sah ich ihm nach. Dann ging ich kopfschüttelnd die Stufen zum Hotel hinauf.

Was war denn das, fragte ich mich leicht perplex. Ich war doch hier, um Filipe und Zoé wieder zusammenzubringen. Das, was da gerade passiert war, hatte ganz sicher nicht zu meinem Masterplan gehört. Es erklärte aber, warum Anita so komisch gewesen war.

Aufgewühlt lief ich die Wendeltreppe hinauf und schlüpfte leise ins Zimmer. Julia saß auf der Bettkante und starrte in die Dunkelheit.

»Hallo, Süße«, hörte ich sie sagen.

Ich setzte mich zu ihr. »Was machst du denn hier? Heute nicht bei Luís?«

Mondlicht fiel durchs Fenster auf ihr ernstes Gesicht. »Es klingt, als wäre ich vierzehn«, sagte sie leise. »Aber wir haben uns bisher nur geküsst. Weil ich solche Angst habe, was passiert, wenn … wenn mehr passiert.« Sie presste die Lippen zusammen. »Wir waren vorhin bei ihm, nur wir zwei, ein ganzer Abend für uns. Und dann hab ich mich schnell angezogen und bin abgehauen.«

Ich strich ihr liebevoll über den Oberarm. »Aber warum? War er … Was hat er falsch gemacht?«

Sie schüttelte den Kopf. »Nichts, das ist es ja. Er macht alles richtig. Mir ist nur klar geworden, dass es diesmal anders ist als sonst bei meinen Urlaubsflirts. Ich kann nicht einfach mit ihm ins Bett und Spaß haben, es geht nicht … weil …« Sie wich meinem Blick aus, aber ich wusste, was sie sagen wollte, bevor sie es ausgesprochen hatte: »… diesmal habe ich mich verliebt.«

21

Schweigend saßen Julia und ich uns beim Frühstück gegenüber. Neben uns beugte sich das ältere britische Pärchen tief über einen Reiseführer und schmiedete Pläne für einen Ausflug. Der Himmel war heute von Schleierwolken bedeckt, und der Wind kam vom Meer, was ihn frischer machte als in den vergangenen Tagen. Julia trug trotzdem ihre große Sonnenbrille und tunkte lustlos ihr Croissant in den *galão*.

Ich selbst hatte die halbe Nacht wach gelegen und über ihre Worte nachgedacht. Ich hatte also recht gehabt, sie hatte sich in Luís verliebt. Aber war das wirklich so schlimm? Vielleicht konnte ja doch etwas aus den beiden werden, trotz allem, was dagegensprach. Oder war es nur ein kurzes Feuer, das schnell wieder erlosch? Selbst wenn ich ihr von meinen Bedenken erzählt hätte – Julia hätte wohl kaum auf mich gehört. Genauso wenig wie ich auf sie, als sie damals vorsichtig anmerkte, dass es vielleicht besser wäre, sich von jemandem fernzuhalten, der einen alle Vernunft vergessen ließ. Inzwischen wusste ich, dass man sie irgendwann wieder annahm, die Vernunft. Dass man irgendwann erkannte, wie verblendet man gewesen war. Leider hatte es bei mir anderthalb Jahre gedauert. Trotzdem, ich hatte Felix abgeschüttelt, und ich konnte mit großer Selbstsicherheit behaupten: Diesmal war es für immer. Julia würde schon das Richtige tun in Bezug auf Luís – sich fallen lassen oder sich schützen. Und egal, was sie tat, ich würde an ihrer Seite sein.

Heute Morgen wollte sie offenbar nicht über Luís reden, sondern lieber über Filipe.

»Kein Wunder, dass er dich geküsst hat«, sagte sie in nüchternem Ton.

Ich setzte mich etwas gerader hin. »Wieso sagst du das? Ich wollte ihm helfen, sich mit Zoé zu versöhnen. Deswegen bin ich hier.«

Julia schob die Brille ein Stück runter und fixierte mich streng über den Rand hinweg. »Süße, du verbringst ständig Zeit mit ihm. Du hilfst ihm auf der Baustelle. Du warst mit ihm in der Taverne und romantisch picknicken auf der Landzunge. Wenn das keine Dates waren!« Sie beugte sich ein Stück vor. »Außerdem warst du innerhalb von vier Tagen zweimal bei seiner Familie. Falls mich nicht alles täuscht, hast du gestern mit ihm und den engsten Angehörigen und Freund*innen den Geburtstag seiner verstorbenen Großmutter gefeiert.«

Ich war bei jedem von Julias Sätzen etwas mehr in mich zusammengesackt. »Wenn du es so formulierst …«

Sie schob die Brille wieder hoch und biss leicht aggressiv in ihr Croissant. »Sag ich doch.«

Etwas hilflos blickte ich zu Cristinas Haus hinüber, in dem Filipe vermutlich bereits vor sich hin werkelte. Ich hatte ihm tatsächlich unbeabsichtigt falsche Signale gesendet.

»Warum suchst du immer wieder seine Nähe?« Julia rührte in ihrem Milchkaffee. »Gib es zu, du stehst auf ihn.«

Ich dachte über ihre Worte nach. »Er sieht super aus, keine Frage. Aber weiter habe ich gar nicht gedacht. Wie gesagt, er gehört in meinen Augen zu einer anderen, und so was mache ich nie wieder. Ich wollte wirklich nur helfen.«

Julia grinste süffisant. »Na ja, er hat doch mehrmals betont, dass das mit Zoé vorbei ist. Und ich glaube, ein kleiner Flirt würde dir richtig guttun.«

»Aber ihm nicht«, entgegnete ich schnell und so laut, dass die Engländer kurz von ihrem Reiseführer aufsahen. Leiser fügte ich hinzu: »Er ist gerade erst über Zoé hinweg, da braucht er nicht die nächste Deutsche, die mit seinen Gefühlen spielt.«

»Ich glaube, du schätzt ihn falsch ein.« Julia trank einen Schluck Kaffee und wischte sich dann mit einer Serviette über die Oberlippe. »Der ist durchaus ein Typ zum Spaßhaben, für so was hab ich eine Antenne.«

»Diesmal täuschst du dich.«

Eine Zeit lang aßen und tranken wir schweigend. Bis mir etwas einfiel.

»Darf ich dir heute mal etwas zeigen?«, fragte ich meine Cousine. »Gleich nach dem Frühstück?«

Julia hakte sich bei mir unter, und ich führte sie am Hotel und an der Kapelle vorbei. Hintereinander überquerten wir den schmalen Pfad, der auf die Landzunge führte. Dort angekommen, blieben wir stehen, und Julia schaute staunend auf die blühenden Blumen und Gräser. Dann sah sie über die Kante und ließ den Blick über die imposanten Klippen schweifen, gegen die das Meer brauste. Wir gingen weiter bis zum Ende der Landzunge und kletterten auf den letzten überhängenden Felsen, wie ich es beim ersten Mal getan hatte. Um diese Uhrzeit und bei dem trüben Wetter waren wir ganz allein. Vor uns lag nur die kleine vorgelagerte Felseninsel mit ihren Viennetta-Gesteinsschichten. Und der weite Horizont über dem Ozean.

Ich sah Julia an. »Vielleicht musst du es mal rauslassen.«

Endlich nahm sie die Sonnenbrille ab. Ihre Augen sahen müde aus. »Was meinst du?«

»Schrei einfach mal, hier ist niemand außer uns.«

»Was soll ich denn rauslassen?« Missmutig verstaute sie die Sonnenbrille in ihrer Tasche.

»Na, deinen Frust, deine Zweifel, deine Wut. Alles, was dir gerade quer sitzt.«

Julia dachte einen Moment nach. »Du klingst schon wie Ruth.« Dann sah sie mich herausfordernd an. »Okay, aber nur, wenn du anfängst.«

Ich musste an Daniels Worte denken.

Irgendwo unter deiner perfekten Schale lauert eine verdammt wütende Frau.

Ich zuckte mit den Schultern. »Ich bin nicht wütend.«

Julia lachte auf. »Und ob du das bist.« Auf ihrem Gesicht geschah so viel gleichzeitig, dass ich das Gefühl hatte, ihr beim Denken zuschauen zu können. Dann stand sie auf und wandte sich in Richtung Horizont. »Bullshit!«, brüllte sie so laut, dass ich kurz zusammenzuckte. »Blöde, verfluchte Scheiße!«

Ich dachte schon, das war es, aber sie boxte nun in den Wind, als wäre er ein unsichtbarer Feind.

»Ich hab keinen Bock mehr auf den Kack! Ich will nicht nur arbeiten und funktionieren. Ich will leben, ich will mich wieder glücklich verlieben, ohne Angst zu haben, dass der andere mir am Ende wehtut. Ich möchte für jemanden dieser eine Mensch sein.«

Schwer atmend ließ sie sich auf den felsigen Untergrund sinken. Ich legte meinen Arm um sie. »Für mich bist du das, Süße.«

Sie blinzelte ein paar Tränen weg. »Danke, aber du weißt, was ich meine.«

Ich drückte sie etwas fester. Der Wind war noch stärker geworden und zerzauste unsere Haare. Und plötzlich bahnte sich etwas in mir den Weg an die Oberfläche.

Abrupt ließ ich Julia los und stand auf. Etwas zaghaft rief ich dem Wind entgegen: »Du Mistkerl! Warum hast du deine Scheißspiele mit mir gespielt?«

Ich drehte mich zu Julia um, die aufgehört hatte zu weinen und mich beunruhigt ansah.

»Warum hast du mir Hoffnung gemacht, obwohl du mich gar nicht willst?« Ich stellte mich auf die Zehenspitzen, machte mich so groß und breit, wie ich konnte. »Verpiss dich! Komm nie mehr in meine Nähe, du Arsch!«

Die Wellen unter mir donnerten so heftig gegen die Steinwände, dass ich lauter schreien musste, um meine eigene Stimme zu hören.

»Und du, Tim«, fuhr ich fort. »Warum hast du nicht um mich gekämpft? Hast dir lieber was schönes Neues gesucht, hm? Geht es dir jetzt besser ohne mich?« Ich hörte meine Worte von den Felsen zurückhallen. »Warum kannst du für sie kochen und dich kümmern und stark sein? Verdammt, warum konntest du das bei mir nicht?« Ich wurde allmählich heiser, weil ich so schrie. »Ich mach jetzt mein Ding, ihr könnt mich alle mal!« Ich atmete tief durch. »Ihr könnt mich alle mal!«, wiederholte ich, und das Echo schallte von der Felseninsel zu mir zurück.

Als ich mich außer Atem umdrehte, sah ich in Julias weit aufgerissene Augen.

»Ohokay«, sagte sie. »Nicht wütend also.«

Dann kam sie zu mir und nahm mich in den Arm. Und so standen wir noch eine ganze Weile und hielten uns aneinander fest, auf einem Felsen über dem tobenden Meer, während der Wind an uns zerrte.

22

Wir gingen an der anderen Strandseite schwimmen, möglichst weit weg von Luís und seinem Café, weil Julia Abstand brauchte, um klarer zu sehen, wie sie sagte. Abends aßen wir in einem Restaurant, das auf Stelzen in die Dünen gebaut war. Es lief Lounge-Musik, und alles hing voller bunter Tücher, die im Wind flatterten. Surfer waren heute so gut wie keine im Wasser, da der Wind die Wellen platt drückte und durcheinanderwirbelte. Wir tranken bunte Cocktails, und ich tat mein Bestes, um Julia abzulenken.

Gegen halb neun sah sie auf die Uhr. »Es tut mir leid, aber es geht mir nicht so gut. Bist du böse, wenn ich mich hinlege?«

»Ich komme mit.« Ich suchte schon nach meinem Geldbeutel, doch Julia winkte ab.

»Der Abend ist so schön, bleib du ruhig noch. Es ist zu früh zum Schlafen.«

Sie lief allein in Richtung Hotel. Und ich blieb sitzen und blickte über den Strand. Ich konnte von hier aus bis zu Luís' Café schauen. Konnte sehen, dass Julia nicht daran vorbeiging, sondern den Weg hinten herum über eine andere Gasse nahm. Ich entdeckte auch Daniel, der wieder die Straße zwischen den Stränden fegte. Eigentlich wollte ich mir noch einen Drink bestellen, doch dann bezahlte ich kurz entschlossen, nahm meine Tasche und ging zu ihm. Ich hatte ihn seit der Party vor zwei Tagen nicht mehr gesehen, da die Wellen nicht gut genug für seine Surfstunden gewesen waren. Außerdem konnte er die Hunde nun auch eine Zeit lang allein lassen, sodass er meine Hilfe nicht mehr benötigte.

Er bemerkte mich zunächst nicht, so konzentriert fegte er.

»In wenigen Stunden ist alles wieder zugeweht«, rief ich ihm zu, als ich ihn fast erreicht hatte. »Warum machst du dir die Mühe?«

Er sah nur kurz und grimmig auf und bearbeitete dann weiter den Asphalt.

Der weggefegte Sand wehte über meine Sandalen. »Alles okay bei dir?«

Er fegte ungerührt weiter. »Ja, bei dir?«

»Bei mir auch. Bis auf …« Ich blickte in die Richtung von Luís' Café. »Ich mach mir Sorgen um Julia.«

Daniel stemmte sich auf den Besen und kniff die Augen zusammen. »Hat sie ein schlechtes Gewissen?«

Ich hob die Augenbrauen. »Wieso schlechtes Gewissen?«

»Na, deine Cousine hat Schluss gemacht, einfach so. Ich hab Luís schon vor Stunden ins Bett gebracht, der hat sich komplett abgeschossen.«

Von Schlussmachen war nicht die Rede gewesen,

aber ich ließ mir nichts anmerken. »Es liegt ihm also echt was an ihr.«

Daniel schüttelte den Kopf. »Ist das so schwer vorstellbar für dich?« Er fegte weiter, noch wütender als zuvor.

Was ist nur mit ihm los, dachte ich. Vorgestern hatten wir zusammen in Unterwäsche im Meer herumgetollt, und nun behandelte er mich, als ob er mich möglichst schnell wieder loswerden wollte.

»Ist das deine Art, deine Wut rauszulassen?«

Er antwortete mir nicht.

»Ich habe meine heute aufs Meer hinausgeschrien. Bin immer noch ganz heiser. Du hattest recht. Ich bin wütend.«

»Hm.«

»Wie geht es Fofo und den Welpen?«, fragte ich, um irgendetwas zu sagen.

Er hob nicht den Blick. »Sind bei der Tierschutzorganisation.«

»Wie bitte?«

»Sie waren stabil genug und sind jetzt bei meinen Freundinnen, die mit der Vermittlung anfangen, wenn sie alt genug sind.«

In meinem Hals formte sich ein Kloß. »Du hättest mir Bescheid sagen können.«

Er hörte auf zu fegen und funkelte mich an. »Du hättest mir auch Bescheid sagen können, dass da was mit Filipe läuft. Dann hätte ich dir keine Hundewelpen anvertraut und erst recht nichts über mich.«

Ich sah ihn erschrocken an. »Wovon sprichst du?«

»Ich hab euch gestern Abend vor dem Hotel gesehen. Ich wollte gerade zu dir und dir sagen, dass ich die Hunde wegbringe.«

»Und?«

Es fiel ihm offensichtlich schwer, meinem Blick standzuhalten. »Ich hab euch gesehen. Es sah aus, als würdet ihr euch küssen.«

Ich stemmte die Hände in die Hüften. »Und, was wäre so wahnsinnig schlimm daran? Ist das etwa verboten? Solange du mir nicht sagst, was eigentlich das Problem ist, sehe ich auch keinen Grund, Filipe zu meiden.« Ich war selbst erstaunt von der Schärfe meiner Worte. Vielleicht lag es am Restadrenalin von unserem Wut-Rausschreien.

Daniel schnaubte. »Das willst du doch am Ende gar nicht wissen. Genieß einfach deinen Urlaub und lass mich in Ruhe.«

»Das hättest du wohl gern.« Mein Hals schmerzte. »Stell dir vor, ich will es wissen. Ganz genau sogar. Aber bitte, mach weiter ein Geheimnis draus und lass deinen Frust am Asphalt aus, wenn es dir damit besser geht.«

Er sah mich lange und finster an. Schließlich schulterte er den Besen. »Komm mit.«

Schweigend ging Daniel vor mir her, bis wir an der Rückseite der Halbinsel auf einen Parkplatz gelangten. Er wies mit dem Kopf auf einen alten Jeep und öffnete mir die Beifahrertür. Ich stieg ein und sah mich um. Hinten waren die Sitze ausgebaut worden, stattdessen lag dort eine Matratze, darauf eine zerwühlte Decke neben einem Surfbrett.

Daniel warf den Besen hinter seinen Sitz und fuhr los. Er lenkte den Wagen über die Straße zwischen den Stränden, die an einigen Stellen schon wieder voller Sand war.

Wir fuhren weiter durchs Dorf und bogen dann Richtung Norden ab. Etwa zehn Minuten später gelangten wir in den nächsten Ort, der oberhalb der Steilküste lag. Er bestand hauptsächlich aus modernen Villen mit Pools und riesigen Glasfronten, hinter denen opulente Lampen geräumige Wohnbereiche ausleuchteten.

Daniel parkte am Straßenrand, etwas abseits von einer besonders schicken Villa. Hinter den bodentiefen Fenstern brannte kein Licht.

»Was machen wir hier?«, fragte ich.

Daniel stellte den Motor aus. »Wir warten.«

»Worauf?«

»Heute ist Donnerstag.« Er nestelte an seinem Gurt. »Sie waren bei den anderen Großeltern essen. Sie müssten bald zurück sein.«

»Wer?«

Daniel antwortete mir nicht.

Minute um Minute verstrich, aber nichts geschah. Es war kurz nach halb zehn und dämmerte bereits, als ein Auto näher kam, ein moderner SUV mit blaustichigen Lichtern. Er hielt in der Einfahrt der Villa, vor der die Lampen ansprangen. Ein hölzernes Tor rollte zur Seite, der Wagen fuhr hindurch und wurde auf der anderen Seite geparkt. Wir standen etwa zwanzig Meter entfernt, und doch konnte ich erkennen, dass zunächst der Fahrer ausstieg, ein mittelalter Mann im schmalen Oberhemd. Er öffnete die hintere Autotür und hob ein Mädchen aus dem Sitz. Es schlief in seinen Armen weiter, als er es in Richtung Haus trug. Das Holztor schloss sich bereits wieder, als endlich auch die Beifahrerin ausstieg.

Mein Herz stolperte. Es war Raquel. Wir standen vor Raquels Haus. Das da gerade war ihr Mann Carlos gewesen, der die kleine Ana in ihr Bettchen trug. Raquel ließ Lino aus dem Wagen und hob nur ganz kurz den Kopf, bevor das Holztor den Blick auf sie versperrte. Es war fast dunkel, aber es bestand kein Zweifel: Sie hatte uns bemerkt.

Drinnen gingen nach und nach die Lampen an.

Ich sah Daniel besorgt an. Doch noch ehe ich etwas fragen konnte, startete er den Motor. Folgte der Straße, minutenlang, bis er an einem einsamen Parkplatz hoch über der Steilküste anhielt. Von hier aus konnte man kilometerweit sehen, sogar im Dunkeln. Überall an der Küste leuchteten die Lichter der Häuser.

Daniel schnallte sich ab und lehnte sich in seinem Sitz zurück. »Als ich hierherkam, war Filipe mein erster Kumpel.« Er rieb sich übers Gesicht. »Er war im Grunde ständig in Marial, am Strand, bei jeder Party, hat nichts anbrennen lassen. Damals war ich auch noch so drauf. Bis er mir eines Tages seine Schwester Raquel vorstellte.« Daniel knetete seine Finger. »Es war wie Dynamit zwischen uns. Ich wusste, dass sie mit Carlos verlobt war, die Hochzeit wurde gerade geplant. Dass er ihr diese schicke Villa baute, dass die ganze Familie heilfroh war, dass sie jemanden gefunden hatte, der ihr ein gutes Leben ermöglichen würde. Aber das zwischen uns …« Er blickte aufs Meer. »Glaub mir, ich wusste es besser, ich wusste, dass sie zu einem anderen gehörte, aber ich war so verliebt in sie. Carlos war fast nie dabei, er hat immer nur gearbeitet, und Raquel und ich haben im Grunde gelebt wie ein Liebespaar. Ich hatte noch keine Wohnung, aber sie kam zu mir in das kleine Zimmer, das ich über Luís' Café gemietet hatte, oder wir trafen uns bei ihrer Oma. Wir haben uns fast täglich gesehen. Bis …« Er atmete tief aus. »Bis sie mir eines Tages eröffnete, es sei vorbei. Sie habe sich für Carlos entschieden. Ich wollte es nicht wahrhaben, ich war verrückt nach ihr. Einige Wochen habe ich gekämpft, aber sie ging mir aus dem Weg, kam zu keiner Party mehr, nicht mehr zu ihrer Oma, nicht mehr an den Strand. Und so bin ich eines Tages zum Hoffest ihrer Familie gefahren. Ich wusste, dass Carlos dort selten auftauchte. Ihre Mutter Anita versuchte regelrecht, mich vom Hof zu jagen. Doch weil ich nicht gehen wollte und die anderen Gäste schon komisch schauten, ließ sie mich schließlich ins Haus. Ich werde nie den Ausdruck auf Raquels Gesicht vergessen, als sie mich sah. Und niemals das Gefühl, das in mir aufstieg. Sie hatte einen kleinen Bauch, war eindeutig schwanger. Und innerhalb von Sekunden wusste ich, was los war. Das da in ihrem Bauch war vermutlich mein Kind. Anita schloss die Küchentür hinter uns und drohte mir, ich solle mich von ihrer Tochter fernhalten, sonst würde ich was erleben. Aber ich sprach nur mit Raquel, versicherte ihr, dass ich sie liebte, dass ich unser Baby mit ihr großziehen wollte, dass alles gut werden würde. Raquels Miene war wie aus Stein. Nein, sagte sie. Für sie sei es aus zwischen uns, und ich solle sie in Ruhe lassen, sonst würde ich ihr Leben zerstören.« Daniel schaute auf seine Hände. »Ich war eben nur der mittellose Surflehrer. Ich hätte ihr niemals bieten können, was Carlos ihr bietet.«

Einige Sekunden ließ ich Daniels Worte auf mich wirken. Dann fragte ich leise: »Du glaubst, Lino ist dein Sohn?«

Ein Geräusch kam aus seinem Mund, das klang, als habe er Schmerzen. »Du hast ihn doch gesehen, oder? Ich *weiß* es.«

Ich musste daran denken, wie Lino neben seiner kleinen Schwester Ana im Auto geschlafen hatte. Wie mir aufgefallen war, dass er ihr so gar nicht ähnlich sah.

»Er wird bald sechs Jahre alt. Ich durfte ihn noch nie treffen. Ich habe Raquel so oft angefleht, habe ihr mit rechtlichen Schritten gedroht und ihr Briefe geschrieben. Aber sie lässt mich nicht in seine Nähe. Anfangs, als sie in die Villa zogen, bin ich manchmal abends mit dem Auto hergefahren und hab versucht, einen Blick auf ihn zu erhaschen. Aber dann hat Raquel mich noch einmal besucht. Sie flehte mich an, sie in Ruhe zu lassen. Sollte Carlos je die Wahrheit erfahren, würde er sie verlassen. Er würde Lino verstoßen und damit die Zukunft des Jungen ruinieren. Also habe ich aufgegeben.«

»Aber du bist hiergeblieben.«

»Ich kann doch nicht wegziehen, wenn ich weiß, dass mein Sohn hier ist. Also habe ich angefangen, mir hier ein Leben aufzubauen. Täglich hoffe ich darauf, dass das Schicksal sich wendet. Dass ich ihn doch noch kennenlernen darf.«

Stocksteif saß ich neben Daniel im Auto und versuchte zu verarbeiten, was er mir gerade erzählt hatte. Und dann folgte ich einem Impuls. Ich schnallte mich ab, lehnte mich zu ihm hinüber und umarmte ihn.

Zu meiner Überraschung schlang auch er die Arme um mich. Er fühlte sich warm und fest an. Er grub seine Nase in meinen Hals, und ich legte mein Kinn auf seine Schulter. Hörte ihn nah an meinem Ohr schwer atmen. Minutenlang saßen wir so da, bis er mich losließ.

Ich sank zurück in meinen Sitz. »Es tut mir so leid. Ich hatte ja keine Ahnung.«

»Filipe weiß alles«, sagte Daniel. »Er und Anita passen wie die Füchse auf Raquel auf und stellen sicher, dass ich mich von ihr und Lino fernhalte.« Er hob den Kopf und sah mich mit tieftraurigem Blick an. »Jetzt weißt du, warum wir keine Freunde mehr sind.«

23

Zurück auf der Halbinsel, blieben wir noch eine ganze Zeit im Auto sitzen und starrten stumm in den Nachthimmel. Ab und an kamen ein paar Touristinnen und Touristen an uns vorbei, auf dem Weg zurück in ihre Ferienwohnungen.

»Kannst du deswegen nie nichts tun?«, fragte ich Daniel irgendwann. »Weil du dann zu viel an Lino denken würdest?«

Er sah mich mit leeren Augen an. »Kann sein. Das wäre eine Erklärung, denke ich.« Ziemlich abrupt öffnete er die Tür. »Aber es bringt alles nichts.«

»Und wenn du eine Anwältin fragst oder auf einen Vaterschaftstest bestehst? Ich habe Jura studiert, da ging es ständig um solche Fälle.«

Er schüttelte vehement den Kopf. »Damit würde ich Linos Zukunft gefährden.«

»Aber … Aber Lino hat doch auch ein Recht darauf, die Wahrheit zu erfahren.«

»Ich sag ja, du erinnerst mich an mich selbst. Was hast du neulich zu mir gesagt? *Du kannst sie nicht alle retten.*« Er lächelte traurig. »Nun, das hier ist nicht dein Problem, Katrin. Du kannst sie nicht alle retten.«

Mit diesen Worten stand er auf und stieg aus dem Auto.

Ich folgte ihm. Er eilte durch die schmalen Gassen zu seinem Haus, so schnell, dass ich kaum hinterherkam. Erst vor dem Tor in der Mauer blieb er stehen, schloss auf und hielt inne.

»Es tut mir leid, dass ich dir nicht die Chance gegeben habe, dich von Fofo und den Welpen zu verabschieden. Aber wenn es um Raquels Familie geht … Ich habe rotgesehen. Ich hätte dir das alles nie erzählen sollen. Bitte sprich nicht mit Filipe darüber.«

»Auf keinen Fall, du kannst mir vertrauen.« Ich machte einen Schritt auf ihn zu und wollte ihn erneut umarmen, aber da hatte er das Gartentor schon hinter sich zugezogen. Mit einem merkwürdigen Gefühl im Bauch blieb ich zurück.

Am nächsten Tag beim Frühstück diskutierte ich endlos mit Julia. Darüber, warum sie so plötzlich mit Luís Schluss gemacht hatte – eine Kurzschlussreaktion. Und über das, was Daniel mir gestern offenbart hatte.

»Was können wir tun?«, fragte ich sie immer wieder, und immer wieder kamen wir zum gleichen Ergebnis: Ich konnte und durfte mich nicht einmischen. Ich würde die Dinge im schlimmsten Fall für Daniel noch schwieriger machen.

Was ich mich außerdem fragte: Wie sollte ich nun mit Filipe umgehen? Nicht nur wegen des Kusses. Sondern auch wegen seiner Rolle in dem ganzen Drama.

Konnte ich ihm gegenüber überhaupt noch unvoreingenommen sein?

»Lass uns abhauen«, schlug Julia schließlich vor.

Sie meinte das nicht wörtlich, sondern nur für diesen Tag. Das würde uns etwas Zeit verschaffen. Und so machten wir einen Ausflug in ein Bergdorf, das vom Reiseführer empfohlen wurde. Wir beide wussten, dass es eher eine Flucht war, weil Julia so weit wie möglich von Luís wegwollte. Und hier auf der Halbinsel konnte man niemandem aus dem Weg gehen.

Also nahmen wir den Bus, fuhren über holprige Straßen ins Hinterland und stromerten durch die schmalen Gassen eines mittelalterlichen Städtchens mit gut erhaltener Stadtmauer. Probierten den dort typischen Kirschlikör, kauften hübsche Keramikuntersetzer in einem Kunsthandwerksladen und aßen *pastéis de nata*, kleine Törtchen, die so frisch aus dem Ofen kamen, dass wir uns die Zungen verbrannten. Fast hätte man meinen können, wir wären zwei ganz normale Touristinnen. In Wahrheit hatte keine von uns wirklich Augen für das, was um uns herum geschah.

Als wir zurück in Marial waren, setzten wir uns an der Rückseite der Halbinsel auf einen Felsen und sahen dem Sonnenuntergang zu. Wir hatten uns im Bergdorf Brot und Käse gekauft und eine Flasche Wein mitgenommen. Es war schön, endlich etwas mehr Zeit mit Julia zu verbringen, auch wenn ich mir andere Umstände dafür gewünscht hätte.

Ich goss Wein in die Hartplastikweingläser, die Inês uns mitgegeben hatte. »Du wirst Luís nicht ewig aus dem Weg gehen können.«

Julia schnitt sich ein Stück Käse ab.

»Warum willst du nicht wenigstens mit ihm sprechen? Daniel sagt, es geht ihm echt mies.« Ich reichte ihr eins der Gläser.

Sie betrachtete es nachdenklich. »Je mehr Zeit ich jetzt noch mit ihm verbringe, desto mehr werde ich mich verlieben. Ich werde mit ihm schlafen, seien wir ehrlich. Und dann wird der Abschied nur noch schlimmer.«

»Vielleicht ist es bloß dieses Urlaubsfeeling. Du wolltest doch Abenteuer erleben, also koste die Zeit aus! Zu Hause kommst du bestimmt schnell wieder auf andere Gedanken.« Zumindest hoffte ich das. »Oder ihr schafft es, das, was zwischen euch ist, über die Entfernung aufrechtzuerhalten.«

»Ich bin mir da nicht so sicher.«

Das letzte goldene Sonnenlicht schien meiner Cousine ins Gesicht. Wie wunderhübsch sie aussieht, dachte ich. Die Haare, die Haut, die Augen – trotz ihres Kummers leuchtete alles an ihr.

Ich strich ihr eine von der Sonne gebleichte Haarsträhne hinters Ohr. »Kein Wunder, dass er verrückt nach dir ist.«

Sie legte ihren Kopf auf meine Schulter. »Ach du.«

Sobald die Sonne im Meer verschwunden war, rieb Julia sich die Oberarme. »Lass uns mal los.«

Wir räumten alles zusammen und standen auf. Ich drehte mich ein letztes Mal zum Meer, das unter uns toste. Und in diesem Moment sah ich ihn: Daniel. Er lag auf seinem Board und paddelte um die Insel. Die Wellen waren noch wüster heute als beim letzten Mal, und er wurde ziemlich hin und her geworfen. Hoffentlich passt er gut auf sich auf, dachte ich.

Ich bemerkte, dass Julia mich von der Seite betrachtete. »Geh ruhig.«

»Hm?«

»Na, fang ihn ab, wenn er rauskommt. Sprich noch mal mit ihm. Ich weiß doch, dass es dir keine Ruhe lässt.«

Und so ging ich nicht mit ihr zurück ins Hotel, sondern zu der kleinen Bucht davor. Daniel hatte mir erzählt, dass er hier aus dem Wasser kam und zu seinem Haus zurückkehrte, wenn er nicht vor der Halbinsel weitersurfte. Da es bereits dunkel war, ging ich davon aus, dass das heute der Fall sein würde.

Ich stieg die Treppen runter und trat zwischen die Fischerboote in den Sand. Über der einen Seite der Bucht thronte erhaben das Hotel. Ich konnte sehen, wie in unserem Zimmer das Licht anging. Auf der anderen Seite, hoch über den Felsen, lag unbeleuchtet das Haus von Filipes Oma. Ob Filipe sich gewundert hatte, dass ich heute nicht aufgetaucht war? Mein Blick schweifte über die Boote mit den aufgerollten Netzen. Etwas Licht von den Straßenlaternen fiel darauf. Und ganz plötzlich streifte mein Blick etwas Weißes. Ein Stück Papier. Es klebte an der blau gestrichenen Innenseite eines der Boote. Ich ging näher heran und streckte meine Hand danach aus.

Er war es wirklich. Nass und verwaschen klebte er an der Innenseite des Fischerbootes: Zoés Brief. Das Papier war so feucht, dass es fast zerfiel, als ich es vorsichtig von den Holzbohlen löste. Fassungslos hielt ich es in den Händen. Der Brief hatte seinen Weg zurück zu mir gefunden.

Sorgsam wickelte ich den Umschlag in ein Taschentuch und packte ihn ein. Es würde wahrscheinlich nichts mehr zu lesen sein von dem, was Zoé geschrieben hatte. Trotzdem durchströmte mich Erleichterung.

Ich schaute wieder aufs Meer zu Daniel. Weiter draußen konnte ich sein Surfbrett schaukeln sehen. Ich rief nach ihm, merkte aber schnell, dass es vergebens war, er war viel zu weit weg. Offenbar paddelte er doch noch weiter bis zum Strand.

Ich stieg die Treppen wieder nach oben und folgte der Rua das Pedras. Dann würde ich ihn eben dort abfangen. Julia hatte recht, ich musste noch einmal mit ihm sprechen.

Ich lief hinunter bis in den Sand, aber Daniel war offenbar noch nicht hier angekommen. Schemenhaft konnte ich im Wasser jemanden surfen sehen. Das musste er sein. Es war stockfinster, aber Daniel surfte noch. Es rettete vermutlich mal wieder sein Leben.

Ich machte kehrt und lief zu Ritas Taverne, um

dort auf ihn zu warten. Setzte mich auf die Terrasse und bestellte bei Marta eine Limo. Sah hinaus in die Dunkelheit, konnte aber nichts erkennen. Nur hören konnte ich die Wellen.

»Mach dir keine Sorgen.« Marta stellte ein Glas vor mich. »Das macht er ständig.« Sie trug ihr gestreiftes T-Shirt mit dem Schriftzug der Taverne, die lila Haare wie immer zum Dutt hochgebunden.

Ich sah sie erstaunt an. »Du bist Deutsche?«

Sie lehnte sich mit dem Rücken gegen die Wand und sah ebenfalls in Richtung Brandung. »Schweizerin, wieso?«

»Ich bin irgendwie davon ausgegangen, dass du auch von hier bist.«

Sie lachte. »Nein, ich bin eine von denen, die hier hängen geblieben sind.« Sie kicherte. »Der Liebe wegen.« Sie zog ein Päckchen Zigaretten aus ihrer Jeanstasche und hielt es mir hin. »Du auch?«

Ich schüttelte den Kopf. »Woher kannst du so gut portugiesisch kochen?«

Sie zündete sich eine Zigarette an und zog genüsslich daran. »Die Ausbildung hab ich in einem Hotel in der Schweiz gemacht. Die traditionellen Rezepte aus der Gegend hat mir Cristina beigebracht.«

»Filipes Oma?«

»Ja, sie war auch für mich wie eine Oma. Eigentlich für uns alle hier.« Sie wies mit dem Kopf in Richtung Wasser. »Ich habe gestern erst mit Daniel darüber gesprochen, wie sehr sie uns fehlt. Wir haben immer sonntags mit ihr Karten gespielt und über Gott und die Welt diskutiert. Manchmal ist sie mittendrin rausgestürmt, weil sie anderer Meinung war. Die alte Dame hatte echt Feuer, aber wir haben uns jedes Mal wieder vertragen.«

»Sonntags? Da ist doch immer das Hoffest.«

Marta aschte in eine kleine Keramikschale auf dem Tisch. »Ja, und?«

Verdutzt sah ich sie an.

Marta blies Rauchkringel in die Luft. »Ich sag nur so viel: Auf dem Hoffest ist Cristina die letzten Jahre ihres Lebens nicht mehr gewesen.«

Gemeinsam sahen wir aufs Meer hinaus, wo Daniel noch immer surfte, während die Informationen nach und nach zu mir vordrangen.

Schließlich drückte Marta ihre Zigarette aus. »Wir machen gleich zu, ich hole mal das Portemonnaie.« Sie legte eine Hand auf meine Schulter und verschwand im Lokal.

Wenige Minuten später kam Rita zu mir heraus. Sie reichte mir die Rechnung, und ich bezahlte. In diesem Moment bemerkte ich, dass noch jemand in der Dunkelheit sein Surfbrett in Richtung Wasser trug. Es war Luís.

Rita sah ihm mit ernstem Blick hinterher. »Not okay.« Dann schüttelte sie den Kopf und ging wieder hinein.

Ich wollte sie fragen, was sie mir damit sagen wollte, wollte Marta übersetzen lassen, was sie damit meinte, aber da hatte Rita die Tür schon von innen verriegelt.

Julia schlief bereits. Ich stellte mich ans Fenster, dessen Vorhänge sie offen gelassen hatte. Licht von der Laterne vor dem Hotel fiel ins Zimmer. Vorsichtig holte ich das Taschentuch hervor und wickelte es auf. Das durchnässte Papier kam zum Vorschein. So behutsam ich konnte, legte ich es auf die Fensterbank. Wie vermutet, sah man nur noch ein paar Schlieren. Ich hatte wenig Hoffnung, dass sich das im getrockneten Zustand ändern würde. Auch das Foto holte ich aus dem Umschlag und legte es auf die Fensterbank. Es war leicht verwaschen, und die Farben hatten sich verändert. Aber zu erkennen waren immer noch Filipe und eine Frau, die er anstrahlte. Die vermutlich irgendwo daheim in Deutschland saß und sich fragte, ob er noch an sie dachte.

Als ich die Augen aufmachte, sah ich Julia an der Fensterbank stehen. Sie betrachtete nachdenklich das Papier und das Foto.

Ich setzte mich auf, und sie drehte sich zu mir. »Du hast das nicht wirklich wiedergefunden?«

»Doch.« Ich gähnte leise. »Unglaublich, oder?«

Julia sah mich kopfschüttelnd an. »Was machst du denn jetzt?«

»Ich hatte gehofft, dass du mir das sagst.«

Nach dem Frühstück fuhr Julia mit dem Linienbus in den nächsten Ort, wo sie eine Massage gebucht hatte, angeblich weil sie so Nackenschmerzen hatte. Ich vermutete, sie wollte einfach nur möglichst weit weg von Marial.

Ich kletterte ein bisschen in den Felsen am Strand herum. Unglaublich, was ich alles an Krebsen, Muscheln und Fischen in den Pfützen entdeckte, die sich nach der Flut in kleinen Höhlen und Felsspalten gebildet hatten. Schließlich setzte ich mich auf einen besonders hohen Felsen und schaute mich um. Von hier aus konnte ich eine Gruppe Urlauberinnen sehen, die ihre Koffer über die Straße zur Halbinsel zogen. Kaum zu glauben, was alles geschehen war, seit ich vor elf Tagen das erste Mal diesen Weg entlanggelaufen war. Bildete ich mir das alles nur ein – die ganzen Zeichen, die mir gesendet wurden? Entsprangen sie am Ende nur meiner Fantasie? Ich hatte das Gefühl, mir selbst nicht mehr trauen zu können. Als wäre ich in eines meiner Bücher geraten und würde nicht mehr herauskommen, bis ich eine Aufgabe erfüllt hätte. Aber welche Aufgabe genau war das?

Eine große Wolke schob sich vor die Sonne. Mit einem Mal lag der Strand von Marial im Halbschatten da, als wäre es bereits spät am Abend, dabei war es erst früher Mittag. Die Eisflaggen über den Cafés flatterten heftig. Zwei junge Kellner falteten bereits die Sonnenschirme zusammen und verstauten sie in Kisten. Auch Luís stapelte seine Stühle.

Ich kletterte von meinem Felsen und lief über den Strand zu ihm. Dabei musste ich meine Augen vor dem herumwirbelnden Sand abschirmen.

Als Luís mich bemerkte, eilte er auf mich zu. »Wo ist Julia?«

»In einem Spa in Caniche«, antwortete ich.

»*Merda!* Es kommt ein Sturm.« Mit ehrlich besorgter Miene griff er zum Telefon und wählte ihre Nummer, aber sie ging nicht dran.

»Ich schreibe ihr«, sagte ich. »Mach dir keine Sorgen, so wild wird es schon nicht.«

Er wirkte nicht überzeugt. »Es sieht sehr wild aus in der App.« Er griff nach einem Stuhl und stellte ihn auf einen anderen.

»Kann ich dir helfen?« Böen zerrten an meinen Haaren.

Er hielt kurz inne, kramte dann in der Tasche seiner Boardshorts, zog ein Schlüsselbund hervor und fädelte einen einzelnen Schlüssel ab. »Kannst du bitte nach Daniels Wohnung schauen? Er ist arbeiten, räumst du alles rein?«

Der Wind wehte riesige Wolkenberge über die Halbinsel, als ich in die kleine Gasse einbog und den Schlüssel in die rote Tür in der Steinmauer steckte.

Drinnen stand ich einen Moment auf dem Rasen und sah mich um. Ob es Daniel recht war, dass ich hier war? Egal. Hauptsache, ich brachte seine Sachen in Sicherheit. Am wichtigsten waren Daniel vermutlich die Surfbretter. Ich schloss die Haustür auf, trug eins nach dem anderen hinein und legte sie auf den Boden. Zum Schluss griff ich nach dem Board, das er gerade shapte. Mittlerweile hatte es auch eine Farbe bekommen. Hellrosa. Das Hellrosa der Sonnenuntergänge von Marial. Ich merkte, wie ein Lächeln über mein Gesicht huschte.

Ich tastete mit dem Finger über den Rand. Der Lack war bereits getrocknet. Darauf bedacht, nirgendwo gegen eine Mauer zu stoßen, verstaute ich auch dieses Surfbrett. Dabei wanderte eine Gänsehaut meine Arme hinauf. Die Temperatur fühlte sich etwa zehn Grad kälter an als noch vor ein paar Stunden.

Danach schloss ich alle Fenster. Neben der Matratze vor dem Holzofen lag noch das Deckennest, in dem Fofo und ihre Welpen geschlafen hatten. Wie es ihnen wohl ging?

Ich dachte daran, wie die Hündin auf der Dachterrasse meine Hand angestupst hatte. Dort oben musste ich auch noch nachsehen. Ich streifte im Vorbeigehen mit der Hand einen Kapuzenpulli, der über dem Sofa hing. Spontan warf ich ihn mir über. Er roch nach Meer und nach Daniel.

Draußen stieg ich die Treppe zur Dachterrasse hinauf. Der Wind wehte immer heftiger. Oben angekommen, trug ich die Blumentöpfe hinunter und stellte sie dicht an die Hauswand. Dann sah ich mich noch einmal um, verließ den Garten und schloss von außen ab.

Nach einem skeptischen Blick auf die schnell dahintreibenden Wolken über mir zog ich die Kapuze auf und eilte durch die Gassen zu Luís, den ich vor der Tür seiner Wohnung über dem Café fand. Er sammelte gerade ein Dutzend Flipflops vom Boden und warf sie in den Hausflur.

»Hat Julia dir geantwortet?«, fragte er besorgt.

»Noch nicht, aber mach dir keine Sorgen, sie ist bestimmt gerade bei der Massage.«

Er nahm mir Daniels Schlüssel ab. »Willst du reinkommen?«

»Nein danke, ich beeile mich besser«, antwortete ich, winkte ihm und machte mich auf in Richtung Hotel.

Im Zimmer angekommen, merkte ich, dass mein Handy keinen Empfang hatte. Meine Nachricht an Julia war noch nicht rausgegangen.

Leicht beunruhigt stellte ich mich ans Fenster und sah zu Filipes Haus hinüber. Ich war sicher, dass er bereits aufgebrochen war, aber zu meiner Überraschung entdeckte ich ihn auf der Terrasse. Hatte er die Sturmwarnung nicht mitbekommen? Eigentlich genügte ein Blick in den Himmel, um zu wissen, was anstand.

Vor mir auf der Fensterbank lag der getrocknete Briefbogen. Er war weiß mit wenigen blauen Streifen hier und da. Die Schrift war tatsächlich komplett verwaschen. Ich packte ihn und das Foto kurzerhand in meine Tasche und lief los.

24

Der Regen setzte ein, als ich nur noch wenige Meter von Filipes Haus entfernt war. Von einem Moment auf den nächsten prasselte er auf mich nieder. Es war stockfinster geworden. Ich rannte zur Tür und hämmerte mit dem Metallklopfer dagegen. Sekunden später riss Filipe sie auf und winkte mich rein.

Er zog die Tür hinter sich zu und eilte dann zur Terrassentür, um auch diese zuzuschieben. Ich folgte ihm und schloss ein Fenster.

Mit weit aufgerissenen Augen drehte er sich zu mir um. »Was ist denn jetzt los?«

Ich wischte mir mit dem Ärmel von Daniels Hoodie das Wasser aus dem Gesicht. »Ein Sturm. Ich habe mich gewundert, dass du nicht längst aufgebrochen bist. Hab dich draußen gesehen und wollte dich warnen.«

»Ich habe schon gemerkt, dass es düster und windig wird, aber ich war gerade so konzentriert dabei, die Terrassenfugen zu erneuern. Hoffentlich macht das Unwetter nicht alles wieder kaputt.« Besorgt schaute Filipe nach draußen. Es regnete so stark, dass man nicht ahnen konnte, welch wundervoller Ausblick sich einem hinter diesen Scheiben bot. Im Augenblick sah man nichts als Regen.

Filipe zog sich eine Jacke über. »Ich fürchte, du musst einen Moment dableiben.« Er schaute sich im Raum um.

Außer ein paar Eimern, Pinseln und Kartons stand hier nicht viel. Nur einige Sofakissen lagen zusammengeschoben an einer Wand. Ich wusste, dass Filipe sich hier manchmal ausruhte, wenn es mittags zu heiß wurde.

Er wies darauf. »Falls du dich setzen magst.«

Wir ließen uns beide nieder und lehnten uns mit dem Rücken gegen den kühlen Putz. Gemeinsam beobachteten wir das Spektakel draußen.

Bis ich bemerkte, dass Filipe mich musterte. »Was ich nicht verstehe …« Er strich mit seinen schlanken Fingern über den kleinen Knick in seiner Nase. »Du kommst den ganzen weiten Weg aus Hamburg hierher, um mir einen Brief zu bringen. Du fliest die Wand in unserem Haus, statt wie alle anderen am Strand zu liegen oder zu surfen. Du rennst im Starkregen hier rüber, um mich vor dem Unwetter zu warnen. Also …« Er sah mich erwartungsvoll an. »Was ist das zwischen uns?«

Ich zog die Kapuze vom Kopf. »Die Kurzfassung lautet: Ich dachte, dieser Brief kann mir nicht zufällig vor die Füße gefallen sein. Ich dachte, ich habe eine Aufgabe zu erfüllen.«

Er legte die Stirn in symmetrische Falten. »Wirklich, mehr steckt nicht dahinter?«

»Nun ja.« Ich sah auf meine Füße, die vom aufgewirbelten Staub auf dem Weg grau gesprenkelt waren. »Vielleicht wollte ich mir auch etwas beweisen. Nach dem Motto: Ich habe meine Beziehung nicht retten können, aber vielleicht kann ich wenigstens deine retten.«

Filipe schwieg eine Weile. Dann lachte er rau. »Es klingt vermutlich eitel, aber ich dachte, dir hat das Foto gefallen. Ich dachte, du hast geglaubt, es wäre Schicksal oder so.« Er sah mich mit seinen großen dunklen Augen an.

»So war es auch.« Ich zuckte mit den Schultern. »Ich dachte wirklich, es wäre Schicksal. Es klingt vermutlich auch ziemlich eitel, aber: Ich dachte, ich spiele eine wichtige Rolle dabei, dass du und Zoé euch wieder annähert.«

Filipe strich sich das Haar aus der Stirn, das auch im staubigen Zustand noch glänzte. Dann lächelte er mich vielsagend an. Ich konnte sehen, dass aus einem seiner perfekten Schneidezähne eine winzige Ecke herausgebrochen war, so dicht saß er neben mir. Absurderweise machten ihn diese kleinen vermeintlichen Fehler nur noch attraktiver.

»Aber das mit Zoé und mir, das …« Sein Arm lag jetzt an meinem. Er fühlte sich angenehm warm an. »Es gibt nichts mehr zu retten.« Er sah mich immer noch erwartungsvoll an.

Eine Weile hielt ich seinem Blick stand. Dann beugte ich mich zu meiner Handtasche, zog den gewellten Briefbogen hervor und legte ihn Filipe auf den Schoß. Anschließend legte ich das herzförmige Foto darauf. »Kaum zu glauben, aber ich hab den Umschlag wiedergefunden.«

Filipe blickte verdattert zwischen dem Briefbogen und mir hin und her.

»Er ist in einem Fischerboot gelandet. Du kannst sagen, was du willst, aber wenn das kein Schicksal ist, dann weiß ich es auch nicht.«

Er starrte noch immer auf das Papier.

Ich tippte mit dem Zeigefinger auf die blauen Schlieren. »Ich weiß, dass du nicht wissen wolltest, was Zoé dir geschrieben hat, aber ich kann das nicht akzeptieren. Ich bin den ganzen weiten Weg von Hamburg deswegen hergekommen. Das kann nicht umsonst gewesen sein. Man kann nichts mehr entziffern, aber ich weiß noch genau, was da stand. Ich schäme mich dafür, deinen Brief gelesen zu haben, mehrmals sogar, aber jetzt habe ich die perfekte Rechtfertigung dafür. Weil ich zitieren kann, was drinstand. Also …« Filipe blickte mich nicht an. Ich setzte mich etwas gerader hin. »Er beginnt in etwa so: *Lieber Filipe, es tut mir leid, dass ich nicht gekommen bin, um dich zu verabschieden. Ich weiß, ich hatte es versprochen.*« Ich zögerte.

Und noch während ich versuchte, mich an den genauen Wortlaut zu erinnern, hörte ich Filipe neben mir mit rauer Stimme sagen: *»Ich vermute, meine kurze Nachricht muss dir herzlos erschienen sein. Aber* *ich habe den Gedanken einfach nicht ertragen, dass du gehst. Jetzt, wo gerade alles so schön war.*

Als wir uns kennenlernten, hast du mir direkt gesagt, wann du wieder abreisen würdest. Was ich nicht geahnt habe, war, dass ich so starke Gefühle für dich entwickeln würde. Ich habe dich immer im Glauben gelassen, aus uns könne nichts Ernstes werden. Ich habe immer behauptet, eine Fernbeziehung käme für mich nicht infrage. Aber seit du weg bist, bin ich sicher, einen Fehler gemacht zu haben. Ich glaube jetzt, dass wir alles können, wenn wir nur wollen. Wenn die Gefühle zwischen uns stimmen, kann uns nichts davon abhalten, zusammen zu sein. Dann finden wir einen Weg. Glaubst du auch noch daran? Kannst du mir und uns diese Chance geben? Ich weiß noch, wie du mir erzählt hast, was deine Oma, deine geliebte vovó, immer sagt. Dass man es weiß, wenn man seinen Menschen trifft. Dass man es einfach irgendwie weiß. Nun, Filipe, seit du weg bist, weiß ich es. In Liebe, deine Zoé.«

Mit offenem Mund starrte ich ihn an. Er wandte sich abrupt ab und blickte nach draußen, wo der Regen nicht mehr ganz so heftig gegen die Scheibe peitschte.

»Du kennst den Brief«, sagte ich. »Du kennst ihn auswendig.«

Er ließ sich ein Stück an der Wand herunterrutschen. »Sie hat ihn mir Anfang des Jahres geschickt. Ich bin sofort zu ihr. Das war genau die Nachricht, auf die ich so lange gehofft hatte. Es war ihr also doch ernst mit mir.«

»Ihr wart wieder zusammen?«

»Ja, einige Monate noch. Sie kam auch hierher, hat mir beigestanden, als meine *vovó* krank wurde und schließlich starb. Aber sie musste immer wieder zurück nach Hamburg, wegen des Studiums.« Er strich erneut über den Knick in seiner Nase. »Irgendwie hat es nicht gereicht, im Frühjahr hat sie Schluss gemacht. Ich bin noch einmal nach Deutschland geflogen, hab um sie gekämpft. Ohne Erfolg.« Er sah wieder auf das gewellte Papier. »Den Brief habe ich ein paar Monate immer bei mir getragen. Ich habe ihn ihr vorgelesen, hab gesagt: ›Du hast doch geschrieben, dass wir alles können, wenn wir es wollen.‹ Aber sie wollte nichts mehr davon wissen. Als ich das letzte Mal zurück nach Hause geflogen bin, habe ich ihn am Flughafen weggeschmissen. So musst du ihn gefunden haben.« Mir fiel auf, dass seine Augen feucht waren.

»Es tut mir leid.« Ich legte eine Hand auf seinen Unterarm. »Ich verstehe, dass es schmerzhaft ist, darüber zu sprechen.«

»War nicht so schön das Ganze.« Filipe wich meinem Blick aus.

»Warum hat sie denn so plötzlich ihre Meinung geändert? Ich verstehe das immer noch nicht.«

Er nahm den Brief und reichte ihn mir. »Nimm du ihn, ich will ihn nicht mehr.« Dann umfasste er seine Knie und zog sie eng an sich. »Sie meinte, sie sei noch jung, die Gefühle hätten nicht gereicht, so etwas in der Art. Ich glaube eher, sie hat bei ihren Besuchen realisiert, was es bedeutet, mit dem Sohn eines portugiesischen Landwirts zusammen zu sein. Ich werde immer für meine Eltern da sein, wenn sie mich brauchen. Ich vermute, sie konnte sich eben doch nicht vorstellen, hier zu leben.«

Aus dem Platzregen draußen war ein sanfter Sommerregen geworden. Der schlimmste Teil des Unwetters war offenbar vorbei. Ich steckte den Brief zurück in meine Tasche und zog die Ärmel des Hoodies über meine Hände, weil ich fröstelte. Als wäre da draußen nicht nur ein Sturm vorbeigezogen, sondern eine neue Jahreszeit angebrochen.

Filipe lächelte mich leicht von der Seite an. »Saukalt, oder?«

Ich zog Daniels weichen, weiten Pullover lang. »Allerdings.«

Filipe rückte noch ein Stück näher an mich heran und legte eine Hand auf meine Wange. Jetzt war er mir ganz nah, seine ebenmäßige Haut, die großen dunklen Augen, die traurig aussahen. Er beugte sich zu mir, abwartend, als hoffe er auf ein Signal von mir, dass es okay war. Aber das war es nicht. Ich lehnte mich ganz sachte ein Stück zurück, und er verstand. Zog seine Hand zurück.

»Filipe, du kannst Zoés Brief auswendig. Ich glaube, du willst dir weismachen, dass du über sie hinweg bist, aber … ich glaube, das bist du nicht.«

»Das zwischen uns hat nichts mit Zoé zu tun.«

»Für mich schon. Ohne sie wäre ich nicht hier. Außerdem eigne ich mich nicht so zum Trostpflaster.«

Er sah leicht gekränkt aus. »Wer sagt, dass du das für mich wärst?«

Ich lächelte, dann sagte ich leise: »Selbst wenn nicht. Ich fürchte, du wärst es für mich. Und das finde ich uns allen gegenüber nicht fair.«

Er sah mich verwundert an. Vermutlich passierte ihm das nicht oft. Dass er einer Frau so nah kam und sie ihn zurückwies. Mit einem Mal sah er sehr jung aus. Und ein wenig hilflos. Ich hatte den Impuls, ihn zu umarmen, ließ es aber bleiben. Ich wollte keine falschen Signale mehr senden. Schließlich drehte er sich wieder zum Fenster.

Eine Zeit lang sahen wir den Tröpfchen zu, die an der Scheibe herunterliefen. Hinter dem Hotel hellte sich der Himmel bereits auf.

Ich war noch immer in Gedanken bei Zoé und dem Brief. »Also hat sie sich getäuscht«, sagte ich mehr zu mir selbst als zu Filipe.

Er sah mich wieder an. »Was meinst du?«

»Zoé. Sie klang so überzeugt in dem Brief. So überzeugt, dass du der Eine bist.«

Er hatte immer noch diesen verlorenen Ausdruck im Gesicht, als hätte ihn unser Gespräch viel Kraft gekostet. »Was man so schreibt, wenn man jung und verliebt ist. Bei wie vielen Männern warst du bisher überzeugt davon, dass sie der Eine sind?«

Über das Dach des Hotels zwängte sich ein Sonnenstrahl, als wäre nichts gewesen.

»Bei einem.«

25

Julia kam nicht nach Hause in der Nacht nach dem Unwetter. Als mein Handy am späten Abend wieder Netz hatte, erreichte mich eine Nachricht von ihr, dass sie bei Luís und in Sicherheit sei. Ich lag noch lange wach und fragte mich, warum Zoé wohl mit Filipe Schluss gemacht hatte. Ich konnte nicht glauben, dass ihre Gefühle einfach so erloschen waren, dass ihr Brief am Ende nichts als leere Worte enthielt. Hatte sie sich so sehr getäuscht? Hatte Filipe recht, und sie war einfach nicht bereit gewesen, hier mit ihm zu leben?

Ich fragte mich auch, ob ich unter anderen Umständen offen gewesen wäre für einen Urlaubsflirt mit einem jüngeren Mann. Natürlich schmeichelte mir Filipes Interesse. Natürlich war er zum Niederknien süß. Aber er war auch daran beteiligt, dass Daniel seinen Sohn nicht kennenlernen durfte. Er war mit Daniel befreundet gewesen. Und er hatte ihn verraten.

Wie es Daniel wohl gerade ging? Selbst im Hotelzimmer war es so frisch, dass ich noch immer seinen Pullover trug. Hatte er es rechtzeitig nach Hause geschafft, oder schlief er hinten in seinem Jeep und wartete darauf, sich in den vom Sturm aufgepeitschten

Ozean zu werfen? Irgendwie machte ich mir Sorgen um ihn. Wir hatten nie Nummern ausgetauscht, ich war nicht mal sicher, ob er ein Mobiltelefon besaß, ich hatte ihn nie mit einem gesehen. Vermutlich brauchte ich mich nicht zu sorgen, vermutlich freute er sich sogar über dieses Wetter. Ich sah ihn vor mir, in den meterhohen Wellen, durch die er ritt, als wäre es nichts, und irgendwann schlief ich darüber ein.

Am nächsten Morgen kam Julia auf die Veranda des Hotels, als ich gerade beim Frühstück saß. Sie trug dasselbe Kleid wie gestern und eine Lederjacke darüber, die eindeutig Luís gehörte.

»Hey, du, ist alles okay?«, fragte ich und drückte sie.

Sie ließ sich mit einem Seufzer auf den Stuhl neben mir fallen. »Ich war gerade fertig mit der Anwendung, als Luís mich anrief und sagte, ich solle bitte dortbleiben und auf ihn warten.«

»Und, hast du auf ihn gehört?« Ich biss in eine der zuckersüßen Orangenscheiben, die Inês rausgebracht hatte. Es war wieder freundlicher heute, aber noch immer einige Grad kälter als vor dem Sturm.

»Es waren echt kaum noch Menschen auf der Straße, ziemlich gruselig. Da war ich ehrlich gesagt ganz dankbar, als er auf seinem Mofa im Starkregen um die Ecke bog.«

»Er ist bei dem Wetter mit dem Mofa gefahren?«

»Ja, stell dir vor, auf der Hinfahrt ist der hintere Scheinwerfer zersprungen, weil es so gehagelt hat.«

Ich wischte mir etwas Orangensaft vom Kinn. »Echt süß, dass er das für dich gemacht hat.«

Sie senkte lächelnd den Blick. »Ich hab es nicht geschafft mit dem Abstand. Als er da so vor mir stand, pitschnass, mit diesem sehnsuchtsvollen Blick … Da waren alle guten Vorsätze dahin.« Ihre Stimme wurde weich. »Wir haben im Hauseingang geknutscht, bis der Regen nicht mehr ganz so stark war, und sind dann zu ihm.« Als sie den Kopf wieder hob, sah ich, dass ihre Augen feucht glänzten. »Deswegen hatte ich es eigentlich beendet.«

»Was meinst du?«

»Ich hatte Schluss gemacht, weil … Mit ihm zusammen zu sein zeigt mir, dass mir etwas gefehlt hat. Etwas, von dem ich vorher nicht wusste, dass es mir gefehlt hat.«

Ich griff nach ihrer Hand, die sich kalt anfühlte, und drückte sie.

»Diese Nähe, weißt du? Ich hatte echt vergessen, wie verdammt gut sich das anfühlt.« Julia ließ meine Hand los und massierte sich die Schläfen. Ich reichte ihr den Teller mit den Orangenscheiben, aber sie winkte ab. »Bei keinem meiner Urlaubsflirts hatte ich bisher dieses Gefühl. Es war immer nur Spaß. Aber mit Luís zusammen zu sein … *Eine Nacht* mit ihm lässt mich darüber nachdenken, ob ich meinen Job im Krankenhaus an den Nagel hänge und Kellnerin in einem Strandcafé werde. Ich wusste es.«

Ich grinste. »Süße, darf ich dich daran erinnern, dass

es dich zu Hause überfordert, wenn drei Freundinnen kommen und du Pizza bestellen sollst? Du sagst immer, du hasst es, Gastgeberin zu sein.«

»Ich sage es ja: Er bringt mich völlig durcheinander.« Sie legte ihr Gesicht in die Hände. »Nächstes Mal fahre ich wieder in einen Club, wo keiner keinen wirklich kennenlernen will.«

Ich zögerte. »Ehrlich gesagt habe ich gedacht, dass Luís auch ein ganz schöner … Also, er ist kein Kind von Traurigkeit, oder?«

Sie sah mich ernst an. »Früher hat er alles mitgenommen, sagt er. Aber für ihn ist das mit mir auch etwas anderes. Es ist verrückt.«

Insgeheim fragte ich mich, ob das seine Masche war. Sein typischer Spruch. *Mit dir ist für mich alles anders, Baby.* Aber warum war ich so misstrauisch? Konnte es nicht sein, dass es diesmal wirklich stimmte? Dass dieser portugiesische Surfer sich genauso in meine Cousine verliebt hatte wie sie sich in ihn? Dass Ritas merkwürdige Andeutungen am Ende nichts zu bedeuten hatten? Also schwieg ich und drückte wieder Julias Hand.

Sie zog ihre zurück und massierte die Falte auf ihrer Stirn. »Stell dir vor, er will mich seiner Mutter vorstellen. Wir fahren gleich zu ihr.«

Ich riss die Augen auf. »Oha.«

Sie presste die Lippen aufeinander. »Jup.«

Luís stattete seiner Mutter einen Sonntagsbesuch ab und nahm Julia mit? Ich hatte mich offenbar wirklich in ihm getäuscht.

Als Julia aufgebrochen war, ging ich zu Filipe rüber, um mein Fliesenwerk zu vollenden. Ich benötigte einen Hocker, um das obere Ende der Wand zu erreichen. In dem Karton am Boden lagen nur noch vier Kacheln, es war aber noch ein etwa zwei Hand breiter Streifen Wand übrig. Filipe hatte gesagt, irgendwo sei noch ein zweiter Karton. Ich sah in die wenigen Kisten im Raum, fand jedoch keine Fliesen. Also ging ich nach nebenan ins ehemalige Schlafzimmer von Cristina, wo sämtliche Möbel und weitere Kisten gestapelt waren. Es roch feucht und war ziemlich düster, weil ein Schrank vor dem kleinen Fenster stand und Filipe die alte Lampe bereits abmontiert hatte. Wenn er mit dem Außenbereich und dem Wohnzimmer fertig war, wollte er hier weitermachen.

Ich schaltete meine Handytaschenlampe ein und leuchtete in den Raum. Zu viele Kisten, dachte ich, ich sollte wirklich lieber Filipe fragen. Da entdeckte ich oben auf einem Stapel einen Karton, der dem im Wohnzimmer glich, und öffnete ihn. Tatsächlich, es waren Fliesen darin. Ich trug die Kiste ins Wohnzimmer hinüber. Bei Licht entdeckte ich außer den Fliesen noch andere Dinge: ein paar Kugelschreiber, ein altes Tastentelefon, eine ausgeblichene Packung Papiertaschentücher und ein Adressbuch.

Neugierig nahm ich das Adressbuch heraus. Es war in der ordentlichen Schrift einer älteren Dame geführt. Die Adressen waren nicht unter den Nachnamen einsortiert, wie ich es kannte, sondern unter den

Vornamen. Anita unter A, Dolores unter D, Manuel unter M. Ich blätterte noch ein bisschen und wollte das Buch schon weglegen, als mein Blick den Buchstaben Z streifte. Ich schlug die Seite ganz hinten noch einmal auf. Unter Z gab es nur einen Eintrag: Zoé. *Zoé Hanser* stand da, darunter eine Adresse in Hamburg: *Abendrothsweg 101*.

Ich lachte ungläubig auf. Das war ein paar Gehminuten von meiner Wohnung entfernt. Zoé wohnte ebenfalls in Eppendorf. Unglaublich, die Welt war klein! Vermutlich waren Zoé und ich uns bereits begegnet. Vielleicht gingen wir zum selben Friseur oder Zahnarzt, vielleicht holten wir sonntags beim selben Bäcker unsere Dinkelbrötchen oder saßen auf derselben Bank, wenn wir auf den Bus warteten. Als Filipe bei ihr in Hamburg gewesen war, hatte er also ganz in meiner Nähe gewohnt. Verrückt!

Ich legte das Buch zurück in den Karton und machte mich daran, die Wand fertig zu fliesen. Es wurde Zeit, dass ich dieses Kapitel abschloss.

Etwa anderthalb Stunden später war es vollbracht. Die blau-weiße Fliesenwand war fertig. Stolz betrachtete ich mein Werk. Ich musste über mich selbst schmunzeln.

»Und, was haben Sie so im Urlaub gemacht?«

»Ich habe eine Wand gefliest.«

Ich fuhr mit den Händen über die Kacheln, die sich kühl und glatt anfühlten. So etwas hätte ich gern eines

Tages in meiner Küche, dachte ich. In einer Wohnung, die sich nicht wie eine Übergangslösung anfühlte, sondern wie mein Zuhause. Erst jetzt, vor dieser Wand mit Fliesen aus dem 19. Jahrhundert, wurde mir klar, dass ich mir das wünschte. Wieder ein Zuhause zu haben. Ich würde mich bei meiner Rückkehr endlich darum kümmern.

Mit einem feierlichen Seufzen machte ich ein Handyfoto. Dann hörte ich, wie Filipe von draußen hereinkam.

»Zum Glück hat der Sturm keine Schäden am Dach angerichtet«, sagte er und trat neben mich. Es war heute wieder warm, und er trug sein geripptes Shirt. »Oh, wow, du bist fertig!«

Ich breitete stolz die Arme aus. »Bist du zufrieden?«

Er lächelte. »Mehr als das. Kaum zu glauben, dass du das noch nie zuvor gemacht hast. *Vovó* wäre begeistert.«

Ich zuckte mit den Schultern. »Falls es mit dem Bücherschreiben hakt, habe ich eine weitere Karriereoption.«

Wir schmunzelten beide.

»Schickst du mir mal ein Buch von dir?«, fragte Filipe mit zuckersüßem Dackelblick.

Ich sah ihn erstaunt an. »Ja klar, gern. Jetzt kenne ich ja die ganze Adresse.«

Eine Zeit lang standen wir so da und blickten auf die Kacheln. »Kommst du gleich mit zum Hoffest?«, fragte Filipe schließlich. Er klang wachsam, als fürchte er, erneut einen Korb von mir zu bekommen.

»Ich glaube, das ist keine gute Idee«, sagte ich und zog etwas aus meiner Tasche. Es war der Umschlag mit dem ausgewaschenen Brief. Ich hielt ihn Filipe hin. »Der gehört dir. Du sollst entscheiden, was damit passiert.«

Er betrachtete den Umschlag zögerlich, doch dann nahm er ihn an sich, faltete ihn in der Mitte und ließ ihn in seiner Gesäßtasche verschwinden. Anschließend schaute er mich wieder an, und sein Blick bekam etwas Weiches. »Ich hab es übrigens ernst gemeint: Ich mag dich wirklich.«

Noch ehe ich etwas erwidern konnte, sah ich Raquel über die Terrasse kommen. Sie wirkte seltsam gehetzt. Als sie eingetreten war, blieb sie stehen und blickte sich um, als sähe sie das alles zum ersten Mal. Und so war es wohl auch. Vermutlich war sie seit dem Streit mit ihrer Großmutter nicht mehr hier gewesen. Offenbar nicht mal, nachdem Cristina gestorben war.

Sie ging auf ihren Bruder zu. »Ich versuche die ganze Zeit, dich zu erreichen, verdammt!«

»Ich freue mich auch, dich zu sehen.« Filipe zog sein Handy aus der Tasche. »Das Netz war wegen des Unwetters gestört. Ich habe mein Telefon gestern ausgeschaltet und vergessen, es wieder anzumachen.«

Raquels Blick fiel auf mich.

»*Olá*, Raquel!«, sagte ich, aber sie antwortete nicht. Stattdessen sah sie mich feindselig an.

Etwas grob fasste sie ihren Bruder am Arm, zog ihn raus auf die Terrasse, wo ich sie hastig auf Portugiesisch reden hörte. Und mit einem Mal wusste ich, was sie ihm zu sagen hatte. Es war bereits fast dunkel gewesen, als Daniel und ich am Straßenrand vor ihrem Haus geparkt hatten. Aber sie hatte ganz offensichtlich nicht nur ihn erkannt, sondern auch mich. Kurz überlegte ich, mich davonzuschleichen. Das hier ging mich alles nichts an. Wie war ich nur so tief in die Sache hineingeraten? Doch abzuhauen wäre feige, beschloss ich und wartete, bis die zwei zurückkamen.

Sämtliche Wärme war aus Filipes Gesicht verschwunden. »Ich glaube, du hast recht. Es ist besser, wenn du heute nicht mitkommst.« Seine Stimme klang eiskalt.

Raquels große Augen wurden schmal, als wollte sie mir irgendetwas an den Kopf werfen, aber sie blieb stumm.

Ich ging einen Schritt auf sie zu und sagte leise: »Sprecht noch einmal miteinander! Ihr alle. Bitte! Tut es für Lino.«

Filipe drängte sich zwischen uns, als müsste er seine Schwester vor mir beschützen. »Geh jetzt lieber, Katrin!«

Ich warf Raquel einen letzten Blick zu, den sie nicht erwiderte. Dann verließ ich Cristinas Haus.

26

»Du warst bei einer portugiesischen Familie und hast noch Hunger?« Ich sah Julia staunend dabei zu, wie sie eine gebackene Kartoffel nach der anderen in Martas extrascharfe rote Soße tunkte und sich in den Mund schob.

Rita stellte eine Karaffe *vinho verde* zwischen uns und schenkte mir ein schmales Lächeln.

Julia kaute genüsslich. »Wir waren doch nicht bei seiner Mutter, sie war irgendwie nicht fit. Stattdessen haben wir säckeweise Kaffeebohnen aus dem Kofferraum eines Kumpels ins Café geschleppt.«

»Aha.« Ich stach mit meiner Gabel in eine Ofentomate.

»Morgen hat Luís leider keine Zeit. Ich kann nicht glauben, dass wir am Dienstag schon zurückfliegen.« Julia goss uns beiden Wein ein. »Aber wir holen den Besuch nach, wenn ich das nächste Mal komme.«

Ich hielt inne. »Oh, es gibt Pläne über den Urlaub hinaus?«

Sie wurde ein wenig rot. »Ich habe schon nach Flügen für Ende September geguckt. Da ist es hier noch sehr schön, sagt Luís.«

»Hm.«

»Kommst du wieder mit?«

Ich musste lachen. »Mal schauen, vielleicht gibt es dann irgendwo eine neue Baustelle, auf der ich mich nützlich machen kann. Oder ein Familiendrama zum Einmischen.«

Julia ließ die Gabel sinken. »Oh Mann, ich hab mich echt ziemlich wenig um dich gekümmert, oder?«

»Du musst dich nicht um mich kümmern.« Ich steckte mir die Tomate in den Mund.

»Nein, aber … ich hätte mehr mit dir unternehmen sollen. Es tut mir leid.«

»Ach, ich hatte eine gute Zeit.«

»Wirklich?« Sie sah mich hoffnungsvoll an.

»Ja. Ich bin viel geschwommen, hab aufs Meer geschaut, hatte inspirierende Gespräche und mehr als genug an Abenteuern. Und ich habe endlich wieder was geschrieben.«

Julia aß sichtlich beruhigt weiter. »Dann ist ja gut. Ich habe echt ein schlechtes Gewissen.«

»Nicht nötig.«

In diesem Moment flog die Tür der Taverne auf. Ich spürte einen kalten Luftzug von draußen. Blickte in Richtung Eingang. Und sah Daniel dort stehen.

Mein Herz machte einen kleinen Hüpfer. Er war wieder da. Es ging ihm gut. Dann drehte er den Kopf in unsere Richtung. Als er mich entdeckte, passierte etwas in seinem Gesicht. Ich legte mein Besteck weg.

Er kam mit energischen Schritten auf uns zu. »Ich

muss kurz mit dir reden, Katrin.« Sein Blick fiel auf unsere vollen Teller. »Wenn ihr gegessen habt.«

Ich wischte mir mit der Serviette den Mund ab und warf Julia einen vielsagenden Blick zu. »Lieber sofort.«

Nach diesem Gesichtsausdruck würde ich sowieso nichts mehr herunterbekommen.

Ich folgte Daniel nach draußen. Er lief ein Stück am Strand entlang, hinein in die Dunkelheit, weg von der Taverne und allen, die uns hören könnten.

Dann drehte er sich um. »Warum hast du dich da eingemischt?« Seine Stimme zitterte leicht. »Ich hatte dich gebeten, dich rauszuhalten.«

Ich hab mich nicht eingemischt, wollte ich sagen. Dann fiel mir mein Gespräch mit Raquel ein. »Es war nur ein Satz.« Ich konnte Daniel kaum sehen, so finster war es hier. »Ich war bei Filipe und hab die Fliesenwand fertig gemacht. Dann kam Raquel, und er hat mich quasi rausgeschmissen. Ich glaube, sie hat mich in deinem Wagen gesehen.«

Daniel fuhr sich mit beiden Händen durch die Haare. »Natürlich hat sie das. Das war mein fucking Fehler, ein blöder, schwacher Moment.« Er wandte den Blick zur Straße, über die gerade ein Auto fuhr. Die Scheinwerfer streiften sein Gesicht. »Wir hätten nie hinfahren dürfen.«

Ich ging einen Schritt auf ihn zu. »Glaub mir, ich wollte nur helfen. Ich konnte nicht nichts sagen. Ich …«

»Er stand gerade vor meiner Tür.« Daniel zeigte

mit dem ausgestreckten Arm in Richtung Halbinsel. »Filipe stand vor meiner Tür und hat mir gedroht.« Er kam noch etwas näher. »Du kommst den ganzen Weg aus Hamburg hierher, mit deinen schicken Kleidern und feinen Schuhen und guten Absichten. Aber du hast keine Ahnung, wie das Leben für mich hier ist. Wenn Filipe und seine Familie wollen, können sie meine Existenz zerstören.«

»Das würden sie nie tun.«

»Woher willst du das wissen? Wir sind hier nicht in Hamburg-Eppendorf.« Er wurde immer lauter.

Ich trat einen Schritt zurück. »Ich bin nicht deine Feindin, Daniel. Du bedeutest mir etwas. Keine Ahnung, warum, ich kenne dich kaum, aber ich fühle mich dir nah. Ich fühle deinen Scheißschmerz. Und deshalb konnte ich den Mund nicht halten. Ich musste Raquel bitten, noch einmal mit dir zu sprechen.«

Daniel sackte in sich zusammen. Er ließ sich in den Sand sinken und legte den Kopf zwischen die Knie. Ich setzte mich neben ihn. Eine Weile saßen wir still da.

Von der Taverne konnte ich Julias Stimme hören. Und die von Luís. Sie lachten. Es klang nicht danach, als würden sie mich suchen. Vermutlich waren sie bereits auf dem Weg zu ihm. Sie hatten nur noch zwei gemeinsame Nächte, bis wir abreisten. Ich drehte den Kopf und sah sie Arm in Arm hinter dem Strandcafé verschwinden.

»Du willst sicher zurück zu deinem Essen«, hörte ich Daniel neben mir sagen.

»Danach ist mir ehrlich gesagt nicht mehr.«

»Ich wollte dich da nicht so rausreißen. Entschuldige, es ist jetzt bestimmt kalt.«

Ich stand auf und klopfte mir den Sand vom Rock. »Hast du zufällig noch Kartoffeln und Eier zu Hause?«

Daniel sah erstaunt zu mir hoch. »Glaub schon, wieso?«

»Hast du was dagegen, wenn ich mit zu dir komme?«

Daniel trug alle Surfbretter wieder nach draußen in den Holzständer, während ich am Gasherd stand und Bratkartoffeln in der Pfanne schwenkte. Ich bereitete sie so zu, wie meine Mutter es mir beigebracht hatte. Schön knusprig und mit Ei, ein echtes Trostessen nach einem aufwühlenden Tag. Durch die Terrassentür sah ich, wie Daniel die Töpfe mit den Kräutern und den Zitronenbaum wieder auf die Dachterrasse brachte. Er hatte kurz erwähnt, dass er seit gestern Morgen unterwegs gewesen sei, erst auf einer Baustelle, dann beim Surfen. Der Sturm hatte hohe Wellen gebracht, die erst seit heute Nachmittag langsam wieder kleiner wurden.

Als Daniel schließlich frisch geduscht in einem großen Hoodie und Shorts aus dem Bad kam, fiel mir ein, dass ich noch seinen anderen Kapuzenpullover hatte. »Falls du das graue Hoodie vermisst, das habe ich mir ausgeliehen, weil mir gestern so kalt war. Ich bringe es dir wieder.«

»Kein Ding. Vielen Dank noch, dass du meine Bretter und die Blumen gerettet hast.« Er blickte mir über die Schulter. »Das Essen sieht gut aus.«

»Ich war auch mal dran, bisher hast immer du für mich gekocht.«

»Ich mach das gern.« Er lächelte mich vorsichtig an.

Ich lächelte zurück. »Ich auch.«

Er band seine nassen Haare mit einem Haargummi zusammen und holte Teller aus dem Regal. Dabei streifte mich mehrmals sein Arm. Ich hatte kurz den Impuls, mich zu ihm umzudrehen und ihn zu umarmen.

Stattdessen lud ich uns Bratkartoffeln auf. Mit unseren Tellern gingen wir hinauf auf die Dachterrasse, auf die Daniel zwei Stühle gestellt hatte, und aßen schweigend.

Irgendwann sagte er: »Es tut mir leid. Du kannst nichts für das ganze Drama. Ich weiß, dass du nur helfen wolltest.«

»Ist okay.«

»Nein, ich hätte dich nicht so anfahren sollen. Ich war schrecklich aufgebracht.«

»Schon vergessen.«

»Mir ist klar, dass ich nicht der Teilzeitpapa sein kann, der ich gern wäre. Dafür ist es zu spät. Aber ich würde Lino gern ab und an sehen. Ich könnte eine Art Kumpel sein, jemand, der ihm das Surfen beibringt. Wenn ich ihm irgendetwas mitgeben könnte, dann, dass es hilft, wenn man sich in die Wellen wirft. Egal, welchen Mist man gerade erlebt.«

Ich stocherte in meinen Kartoffeln, aber irgendwie bekam ich heute nicht viel runter. Ich stellte den Teller weg.

Daniel sah mich an. »Keinen Hunger mehr?«

»Nein, bin pappsatt.«

»Das schmeckt himmlisch!« Er leerte seinen Teller, schnappte sich meinen und aß mit so viel Genuss weiter, dass ich grinsen musste.

»Das freut mich. Ist ein Rezept von meiner Mama, mein Papa hat es geliebt. Nach ihrer Trennung habe ich es gelernt und ihm beigebracht. Er ist vor ein paar Jahren gestorben, aber er hat sich bis zum Ende jeden Freitag Bratkartoffeln gemacht.«

»Warum haben die beiden sich getrennt?«

»Schwer zu sagen. Ich glaube, dass es in der Ehe meiner Eltern vor allem um die glänzende Fassade ging und nicht darum, wie die Menschen dahinter sich fühlten. Irgendwann ist meine Mutter ausgebrochen und hat eine Affäre mit jemandem aus dem gemeinsamen Bekanntenkreis angefangen.«

Daniel stocherte in den Kartoffelresten auf meinem Teller herum. »Und dann?«

»Dann haben sie sich quasi über Nacht getrennt. Mein Vater hat eine Tasche gepackt, den Rest hat meine Mutter ihm per Spedition geschickt. Er hat unser Haus nie mehr betreten. Für meinen Vater stand fest, wer schuld an der Trennung war, er hat bis zu seinem Lebensende nicht mehr wirklich mit meiner Mutter geredet. Sie hat einige Jahre gebraucht, um sich von der Sache zu erholen, dann hat sie neu geheiratet und ist weit weggezogen, wo niemand mehr über sie tuschelt.«

Daniel hörte kurz auf zu essen und sah mich besorgt an. »Und wie war das für dich?«

»Schlimm. Ich war immer ein Papakind und habe meinen Vater sehr vermisst«, erwiderte ich mit einem tiefen Seufzer. »Ich habe mir fest vorgenommen, es einmal besser zu machen als die beiden.«

Daniel überlegte einen Moment. »Ich glaube, das hast du. Du machst nicht einfach weiter, als wäre nichts passiert, damit hast du ihnen einiges voraus.« Er blickte auf seine Gabel. »Glaubst du, dein Mann … Ich meine, glaubst du, er kann dir verzeihen?«

»Das hat er schon, denke ich. Aber wir werden nie mehr zusammenkommen, das ist vorbei. Ich beginne gerade, endgültig meinen Frieden damit zu machen.«

»Gut.« Daniel kratzte die letzten Reste vom Teller und stellte ihn weg.

Einen Moment schaute er nachdenklich in die Ferne, dann drehte er seinen Stuhl zu mir. Er saß jetzt ganz dicht vor mir. Mehrmals setzte er an, etwas zu sagen. Schließlich griff er nach meiner Hand.

Das Herz klopfte mir bis zum Hals. Er saß nur da und sah mich an. Dabei strich er hauchzart mit seinem Daumen über die Innenseite meines Handgelenks. Das Gefühl, das dort entstand, wanderte meinen Arm hinauf.

In diesem Moment hörte ich jemand meinen Namen rufen. »Katrin!«

Daniel ließ meine Hand los. Wir schreckten zeitgleich auf und sahen hinunter auf die Straße. Dort stand Rita und blickte mit einem Essenskarton in der Hand zu uns hoch. »Your food.«

Wir gingen zu ihr, und ich nahm mein abgepacktes Abendessen entgegen. Daniel übersetzte, dass Julia es bezahlt hatte und Rita es nicht wegschmeißen wollte.

Als sie wieder gegangen war, konnte ich ihn überreden, es in seinen Kühlschrank zu stellen. Schließlich hatte ich im Hotel keine Möglichkeit, etwas aufzuwärmen.

Danach standen wir etwas ratlos im Garten.

Bis ich sagte: »Ich gehe dann mal.«

Daniel machte einen Schritt auf mich zu. »Danke! Danke für alles.« Er nahm mich in den Arm.

Augenblicklich wurde mir warm. Ich drückte meine Nase in den weichen Stoff seines Hoodies. Er roch so gut, nach Meer und irgendetwas Holzigem. Mein Herz hämmerte in meiner Brust. Ich wollte mich fallen lassen in diese Umarmung, und gleichzeitig hatte ich Angst vor dem, was dann passieren würde. Minutenlang hielten wir einander fest.

Bis ich es nicht mehr aushielt. In sein Sweatshirt hinein sagte ich: »Schlaf gut, Daniel.«

Er lockerte seinen Griff und sah mich an. Noch immer standen wir dicht voreinander, noch immer war sein Gesicht direkt vor meinem. »Du auch, Katrin.«

Ich spürte, wie ich rot wurde. Und dann ließ ich ihn los, drehte mich um und sah nicht mehr zurück.

Mit laut klopfendem Herzen lief ich durch die Gassen von Marial. Alles an mir fühlte sich wie angeknipst an. Als könnte ich durch die Ereignisse der letzten Tage endlich sehen, wovor ich lange die Augen verschlossen hatte. Ja, ich war wütend. Nein, ich konnte so nicht weitermachen. Und ja: Ich mochte Daniel. Er und ich, wir waren an denselben Strand gespült worden – ob aus Zufall oder nicht, war letztendlich egal. Wir waren vermutlich verwandte Seelen. Aber Freundschaft, das wusste ich ganz sicher, Freundschaft fühlte sich anders an.

Kurz vor dem Hotel blieb ich stehen. Schaute auf die Bucht hinunter und ins dunkle Wasser. Hinüber zu Filipes Haus. Und gerade als ich mich umdrehen und hoch ins Zimmer gehen wollte, sah ich ihn: Der Kormoran war auf einem Felsen gelandet, nur wenige Meter von mir entfernt. Ganz still saß der Vogel da und schaute mich an. Seine Augen glänzten pechschwarz. Eine seltsame Ruhe lag darin. Eine gefühlte Ewigkeit sahen wir uns an. Bis irgendwo über mir im Hotel ein Fenster geöffnet wurde.

Der Vogel breitete seine Flügel aus und segelte elegant über die Klippen in Richtung Landzunge davon.

27

Unser letzter Tag in Marial begann mit Regen. Ich stand am Fenster und sah hinunter auf die Bucht im trüben Morgenlicht. Nebelschwaden hingen über der Steilküste am Festland. Es war noch so früh, dass nicht mal Surfer im Wasser waren. Doch, einen Menschen entdeckte ich. Ich konnte ihn schwarz eingepackt auf einem Board sehen, wie er auf und ab schaukelte. Er war viel zu weit weg, als dass ich mir hätte sicher sein können, und doch hatte ich keinen Zweifel. Das war Daniel.

Ich putzte mir die Zähne, trank ein Glas Wasser, blickte auf mein verschlafenes Gesicht im Spiegel. Normalerweise hielt ich es kaum aus, mich ungeschminkt zu betrachten, vor allem nicht kurz nach dem Aufstehen. Heute fand ich, dass ich gar nicht so übel aussah, so ganz ohne Make-up. Meine dunklen Wimpern mit den hellen Spitzen, die leicht gebräunte Haut, die feinen Fältchen um Mund und Nase – alles an mir wirkte schutzlos. Und überraschend hübsch.

Ich musste an den Kormoran denken und die Seelenruhe in seinem Blick. Wofür, hatte Daniel gesagt, stand die Begegnung mit einem Kormoran? Sie sollte uns daran erinnern, dass harte Zeiten ein Geschenk sein können, das uns zu den tiefsten Wünschen unserer Seele führt. Und daran, dass man manchmal tief tauchen muss, um sie zu finden.

Ich schaute zu meinem Neoprenanzug, der neben Julias an einem Bügel außen an dem alten Bauernschrank hing. Julia war schon einige Tage nicht mehr im Wasser gewesen, doch an den Armen und Beinen ihres Anzugs klebte noch Sand. Mein Anzug dagegen sah aus wie neu. Was er im Grunde auch war. Einmal im Wasser war wie keinmal. Kurz entschlossen nahm ich ihn vom Bügel und zog ihn an.

Einige Minuten später lief ich auf nackten Füßen die Wendeltreppe hinunter. Niemand außer mir war um diese Zeit auf. Nicht mal Inês hörte ich in der Küche rumoren. Draußen trat ich auf die feuchten Pflastersteine. Feiner Niesel sprühte mir ins Gesicht. Im Gegensatz zu dem Unwetter vor zwei Tagen war der Regen heute warm, und es wehte kein Lüftchen.

Ich ging die Rua das Pedras hinunter. Das ganze Dorf schlief noch. Nur ein paar Möwen saßen auf den Mauern und sahen mir interessiert dabei zu, wie ich im Neoprenanzug zum Strand lief. Der Sand unter meinen Füßen war feucht und kühl. Ich steuerte auf die Surfbretter zu, die ein paar Meter vor der Brandung aufgereiht nebeneinander im Sand warteten. Daniels Bretter, die er hier für die erste Surfstunde bereitgelegt hatte. Er selbst saß schaukelnd draußen in den Wellen, wie ich vermutet hatte. Sie waren heute deutlich kleiner als gestern und so geordnet, als hätte sie jemand mit dem Lineal gezogen.

Ich klemmte mir eines der Übungsbretter unter den Arm, trug es ins hüfthohe Wasser und legte mich bäuchlings darauf. Versuchte, nicht darüber nachzudenken, was ich tat. Es würde schon schiefgehen. Ich paddelte los, wobei ich mehrfach vom Board rutschte. Beim dritten Versuch klappte es. Ich steuerte auf Daniel zu. Er saß weit draußen, ganz still, und blickte aufs Meer hinaus. Als würde er auf etwas warten. Er bemerkte mich erst, als ich direkt neben ihm angelangt war.

Verblüfft drehte er sich zu mir um. »Hab ich eine Erscheinung, oder bist das wirklich du?«

Ich setzte mich rittlings auf mein Brett. »Nein, aber ich hatte eine Erscheinung. Eine Begegnung mit einem Kormoran.«

Daniel machte große Augen. »Wirklich, wo?«

»Gestern Abend am Hotel, er hat mich gefühlte Minuten angesehen.« Ich strich über das Wachs auf dem Brett. »Ich musste an diese Fischerlegende denken, von der du mir erzählt hast. Dass wir manchmal tief tauchen müssen, um die tiefsten Wünsche unserer Seele zu erkennen. Und ich musste daran denken, dass ich morgen nach Hause fliege und dem Surfen vielleicht doch noch eine zweite Chance geben sollte. Also … hier bin ich.«

Er lächelte mich an. »Danke, Kormoran!« Seine Augen leuchteten. »Bleib einfach bei mir sitzen und schau aufs Meer.«

Ich folgte seinem Blick. Da draußen war nichts als Wasser, über dem Nebelschwaden waberten.

So saßen wir eine ganze Weile und schaukelten sachte in den Wellen. Mein Atem war ruhig geworden. Der Nieselregen sprühte auf uns nieder. Kühles Wasser umspülte meine Hände und Füße.

Nach einer halben Ewigkeit drehte Daniel das Gesicht zu mir. »Im Grunde geht es darum, zuzulassen, dass nichts passiert. Zu warten. Einfach nur zu sein.«

»Wie Meditation.«

»Ja, so ähnlich. Du und ich, wir denken immer, wir müssten etwas schaffen, etwas leisten, um wertvoll zu sein. Auf deinem Surfbrett musst du nichts. Du kannst einfach nur hier sitzen, wenn du willst. Du kannst versuchen, eine Welle zu nehmen. Du kannst unter deinem Surfbrett hindurchtauchen. Du kannst den Horizont anschauen, bis er wieder dunkel wird. Nichts davon musst du.«

»Ich würde aber gerne«, antwortete ich.

Daniel strahlte mich an. »Ich hatte gehofft, dass du das sagst. Bereit für eine Welle?«

Ich lachte. »Hast du einen Helm dabei?«

Er lag schon auf seinem Brett und paddelte ein Stück vor. »Warte hier, ich bringe meins kurz weg.«

Er machte ein paar kräftige Armzüge, sprang auf sein Board und surfte auf einer Welle Richtung Ufer. Als wäre es das Einfachste der Welt.

Ich ließ mich seitlich von meinem Board rutschen und tauchte darunter hindurch. Das Wasser war so klar, dass ich bis auf den sandigen Grund schauen konnte. Ein Stück weiter, wo die Wellen sich brachen, bildeten sie kleine Strudel unter der Wasseroberfläche. Ich tauchte wieder auf und kletterte erneut aufs Brett.

Daniel winkte von weiter vorne. Ich paddelte in seine Richtung, bis wir beide stehen konnten.

»Heute ist es perfekt zum Üben«, sagte er leise. Sein Gesicht war nass. Winzige Wassertropfen liefen über seine blonden Bartstoppeln. »Vertraust du mir?«

»Ich weiß nicht wieso, aber ja.« Es fiel mir schwer, seinem Blick standzuhalten.

»Denk dran: Fallen ist nicht scheitern, sondern lernen.« Er fasste mich wieder an der Hüfte und am Arm, wie schon bei unserer ersten Surfstunde. Diesmal schickten seine Berührungen kleine Stromstöße durch meinen Körper. »Gut im Surfen zu sein bedeutet nicht, es zu können. Sondern nur, es zu genießen.«

Als Daniel mich liegend in meine erste Welle schob, spürte ich den Nieselregen auf meiner Haut. Schaute zum Ufer, das näher und näher kam. Fühlte die Zuckerwatte in meinem Bauch.

Wir wiederholten das Ganze, bis ich tatsächlich irgendwann auf dem Surfbrett stand. Ich ließ mich ins Wasser fallen und sah Daniel durch die Wellen auf mich zuhechten. Er stürzte sich auf mich und riss mich mit sich ins Wasser.

»Yes!«, rief er, als wir wieder auftauchten, und reckte eine Faust in den Himmel. »Du bist aufgestanden.«

Ich fühlte mich so kribbelig, als hätte ich zu viel Kaffee getrunken.

Ich schaffte es noch einige weitere Male aufzustehen. Gab mir besonders viel Mühe, weil Daniel mich am Ende jedes Mal mit sich ins Meer riss und alles in mir Achterbahn fuhr.

Vielleicht ist das meine Aufgabe für diese Reise gewesen, dachte ich, während ich mir das Salzwasser aus den Augen wischte. Nicht, irgendein Problem zu lösen, nicht, irgendeine Familiengeschichte zu entwirren oder eine Beziehung zu retten. Sondern einfach nur endlich wieder etwas zu fühlen.

Julia hockte über ihrem aufgeklappten Koffer in unserem Zimmer. Sie riss erstaunt die Augen auf, als ich im triefenden Anzug in der Dusche verschwand.

»Womit hat er dich erpresst?«

Ich lachte, während ich mich aus dem Gummiteil schälte.

Als ich in ein Handtuch gewickelt aus dem Bad kam, sah sie mich nachdenklich an. »Ich hätte nie gedacht, dass ich dieses Zimmer mal nicht mehr verlassen wollen würde.«

Ich ließ meinen Blick durch den kleinen Raum schweifen. »Dabei hast du gar nicht sooo oft hier geschlafen.«

»Stimmt auch wieder.« Julia räumte ihre Kleider vom Schrank aufs Bett und faltete sie zusammen. »Ich will nicht nach Hause.«

Ich ging zum Schrank und suchte mir etwas zum Anziehen. »Ich vermisse Murmel. Aber sonst würde ich auch gern bleiben.«

»Wirklich?«

»Ja, ich habe gerade erst herausgefunden, dass es nichts Schöneres gibt, als sich einfach nur im Meer treiben zu lassen.« Ich zog mir ein T-Shirt über und wickelte das Handtuch um meinen Kopf. »Beim nächsten Mal tue ich nichts anderes.«

Julia verstaute ihre alten Birkenstocks in einem Schuhsack. »Wetten, dass du wieder irgendwelche Hunde rettest?«

Ich musste grinsen. »Möglich wäre es.«

»Was ich dir noch sagen wollte ...« Sie strahlte plötzlich übers ganze Gesicht. »Heute Abend gibt Luís eine kleine Abschiedsparty für uns.«

Ich suchte im Schrank nach meiner Hose. »Oh, super, ich freue mich. Ich muss aber vorher noch etwas erledigen. Meinst du, Luís leiht uns sein Mofa? Fährt das wieder?«

»Das fährt, nur der Scheinwerfer ist noch kaputt.« Auf Julias Stirn erschien die steile Falte. »Wo willst du denn mit mir hin?«

Meine Cousine klammerte sich an mich, als wir bei strahlendem Sonnenschein am Ortsschild von Marial vorbeifuhren. Ich war noch nie zuvor Mofa gefahren, aber Luís hatte mich kurz eingewiesen. Ich gab viel zu wenig Gas und nahm alle Kurven im Schritttempo.

Zum Glück war es hell, sodass wir auf das hintere Licht verzichten konnten. Julias manischer Griff um meinen Bauch machte mich nicht gerade entspannter. Aber es war nicht weit, wir würden das schon schaffen.

Nach etwa einer Viertelstunde Fahrt kamen wir an der Adresse an, die Daniel mir genannt hatte. Es handelte sich um einen alten Hof mit großem, eingezäuntem Garten, etwas außerhalb zwischen zwei Dörfern. Sobald ich den Motor ausgestellt hatte, hörte ich, dass wir richtig waren. Vielstimmiges Bellen begrüßte uns.

Julia stieg vom Mofa und nahm den Helm ab. Die Haare klebten an ihrem Hinterkopf. »Na toll, ich muss vor der Party noch mal duschen.«

Ich prustete los. Auch ich hatte unter meinem Helm ordentlich geschwitzt. Kaum zu glauben, wie heiß es wieder geworden war. Der Regen vom Morgen hatte sich verzogen.

Wir klingelten an einem Tor, und sofort wurde das Hundebellen lauter. Von allen Seiten kamen Vierbeiner angelaufen. Kleine und große, mit langem, wuscheligem Fell oder mit kurzem, drahtigem, mit Steh- oder mit Schlappohren, in allen Farben und Formen.

Eine junge Frau in Cargohose und Wanderschuhen trat aus dem Haus. Sie kam freundlich lächelnd auf uns zu. »Hallo, ich bin Leoni. Wer von euch ist Katrin?«

»Ich. Wir haben telefoniert. Danke, dass wir kommen durften.« Ich beugte mich über das Tor und schüttelte ihre Hand. »Das ist Julia«, stellte ich meine Cousine vor.

»Willkommen, kommt rein!« Leoni schob die Hunde mit den Beinen beiseite und ließ uns eintreten. Wir folgten ihr durch den Garten. Einige der Tiere streiften neugierig um uns herum, während andere scheu aus der Ferne zu uns herübersahen. »Wir bereiten gerade wieder die Abreise von ein paar Hunden vor. Der Tierarzt war vorhin da, hat sie entwurmt, geimpft, einen zur Kastration mitgenommen.«

»Es ist sicher nicht leicht, sich immer wieder zu verabschieden«, sagte Julia, die neben einem ponygroßen Hund mit heraushängender Zunge stehen blieb, um ihn zu streicheln.

Leoni nickte, wobei ihr langer Pony ihr in die Augen fiel. »Ja, aber es ist ein schönes Gefühl zu wissen, dass sie ein passendes Zuhause bekommen werden. Wir suchen die Leute kritischer aus als manche Züchter in Deutschland.«

Wir waren an einem weiteren Zaun angelangt, der den Rest des Grundstücks von diesem Teil abgrenzte. Dahinter waren noch mehr Hunde in kleineren, abgetrennten Bereichen untergebracht. In einem davon entdeckte ich Fofo. Sie hatte mich offenbar bereits gerochen, denn sie stand laut jaulend und wild wedelnd am Zaun. Leoni ließ mich zu ihr hinein, und Fofo führte einen derartigen Freudentanz auf, dass mir kurz die Tränen kamen.

Erst nachdem wir uns ausgiebig begrüßt hatten, schenkte ich den Welpen meine Aufmerksamkeit. Die acht Racker wuselten um meine Füße herum.

Ein Rüde kaute an der Schnalle meiner Sandalen. Die kleinen Mischlinge waren in wenigen Tagen deutlich gewachsen und richtig mobil geworden. Die zarte Hündin mit der weißen Brust und den weißen Pfoten sprang interessiert an mir hoch. Fofo stupste sie dezent beiseite und schmiegte sich an mich.

»Wow, ihr seid ja richtig vertraut miteinander«, bemerkte Leoni und kraulte einen der Welpen.

Ich kniete mich zu den Hunden. »Ja, das passt einfach zwischen uns. Schön, dass ihre Jungen sich so gut entwickeln.«

»Ja, Fofo macht das toll, sie sind topfit. Es wird kein Problem sein, die zu vermitteln, so süß, wie sie sind.«

»Bei Welpen ist es bestimmt leichter«, sagte Julia, die uns vom Zaun aus zusah.

Wir blickten alle auf Fofo, die mir die Hände abschleckte.

»Was passiert mit ihr?«, fragte ich.

Leoni pustete sich den Pony aus den Augen. »Bei älteren Tieren ist es natürlich schwieriger. Aber wir geben unser Bestes.«

Ich hatte mich zu Fofo gesetzt, die sich auf meinem Schoß zusammenrollte und schmatzte. Mir wurde schwer ums Herz. Eine Weile saßen wir einfach nur da, und ich kraulte ihren Nacken. Ihre Fledermausohren zuckten hin und wieder. Dann beugte ich mich zu ihr runter, nahm ihr Gesicht in beide Hände und flüsterte: »Ich lass mir was einfallen. Versprochen.«

28

Unsere Koffer waren gepackt. Die Reiseklamotten hingen außen am Schrank. Der Bus fuhr in aller Früh, sodass wir nicht mal mehr bei Inês würden frühstücken können. Wir hatten bereits ausgecheckt und uns von unserer Gastgeberin verabschiedet, weil sie vermutlich noch schlafen würde, wenn wir abreisten.

Die Abendluft war schwül, als wir zur Party aufbrachen. Ich trug Daniels Hoodie über dem Arm, um es ihm zurückzugeben. Julia hatte sich eins ihrer Spaghettiträgerkleider übergeworfen und schwebte förmlich neben mir die Straße entlang. Ich konnte mir gar nicht vorstellen, dass meine Cousine in Hamburg wieder in praktischen Dreiviertelhosen zur Arbeit radeln würde, ohne fluffige Frisur, ohne diesen Glow im Gesicht. Ein bisschen wirkte sie auf mich wie ein Vogel, der sich endlich in seinem natürlichen Lebensraum bewegte. Aussprechen mochte ich nichts davon. Ich wusste, wie schwer ihr dieser Abschied fiel.

Vom Strandcafé schallte uns laute Musik entgegen. Als wir um die Ecke bogen, sahen wir Luís, der die Tische zusammengeschoben hatte und Kerzen darauf anzündete. Er trug ein Hawaiihemd und zur Feier des

Tages sogar eine lange Hose, hatte sich rasiert und die grau melierten Haare zurückgegelt. Als er uns sah, hielt er inne und machte eine leichte Verbeugung. Julia strahlte ihn an.

Rita und Marta gesellten sich zu uns. Sie hatten große Kasserollen mit Essen bei sich, die sie auf den Tisch stellten. Die anderen aus Julias Surfkurs kamen ebenfalls dazu. Eine von Luís' Mitarbeiterinnen brachte ein Tablett mit Getränken heraus, die sie an alle verteilte.

Mit meinem Glas in der Hand ging ich ein paar Schritte in Richtung Wasser. Hinter mir wurde gelacht. Ich drehte mich um. Daniel war angekommen und wurde von den anderen begrüßt. Auch er hatte einen Topf dabei.

Unsere Blicke trafen sich. Augenblicklich schlug mein Herz etwas schneller. Er lächelte mich vorsichtig an und stellte den Topf ab. Luís klopfte an sein Glas. In einer Mischung aus Portugiesisch, Englisch und Deutsch bat er uns, Platz zu nehmen und zuzugreifen.

»Ist der Stuhl neben dir noch frei?« Daniel sah ebenfalls frisch geduscht aus. Sogar die Sunblockerreste hatte er aus seinem Gesicht gewaschen, die nassen Haare fielen über seine Schultern.

Ich lächelte etwas verlegen. »Klar.«

Er beugte sich zu mir und umarmte mich. Wie gut er wieder roch.

Ich hielt ihm seinen Kapuzenpulli hin. »Den hatte ich noch von dir.« Irgendwie machte mich dieser Satz verlegen. Als wäre es etwas Intimes, sich in jemandes Pulli zu kuscheln. Wahrscheinlich war es das auch.

Er hängte ihn über seine Stuhllehne.

Die anderen begannen zu essen, aber irgendwie bekam ich kaum etwas herunter. Nicht mal Daniels Fischeintopf, den er zur Feier des Tages gekocht hatte. Er hingegen aß wie immer voller Genuss und warf mir zwischendurch tiefe Blicke zu. Es gab so viel, was ich ihm sagen wollte. Wie mich unser Gespräch aufgewühlt hatte. Wie erfüllend ich es gefunden hatte, mit ihm zu surfen. Wie gut es mir tat, mit ihm zusammen zu sein. Aber ich brachte nichts heraus. Die Luft war so flirrend schwül, dass ich mir immer wieder den Schweiß von der Oberlippe wischen musste, während ich ihn schweigend ansah.

Irgendwann drehte Luís die Musik lauter, schob die Tische beiseite, und alle fingen an zu tanzen. Ich stand am Rand und sah ihnen lächelnd zu.

»Na.« Daniel war neben mich getreten, ein Glas in der Hand. »Was ist los mit dir heute? Keine Lust zu tanzen?«

Ich wich seinem Blick aus. »Keine Ahnung. Ich glaube, ich bin schon ein bisschen wehmütig wegen unserer Abreise.«

»Ach, komm.« Er stellte das Glas ab und legte seine Hand zwischen meine Schulterblätter. Durch den dünnen Stoff meines Kleides spürte ich, dass sie noch kalt war von den Eiswürfeln im Glas. Behutsam schob er mich zu den anderen.

Und dann tanzten wir. Irgendwie gelang es mir nicht, dabei so locker zu sein wie letzte Woche im Surfshop. Als ich mir noch eingebildet hatte, wir wären Freunde. Diesmal fühlte ich mich, als hätte ich endlos lange Arme und Beine und keine Ahnung, wohin ich damit sollte.

Zum Glück schlug Daniel nach dem dritten Song vor: »Komm, wir machen eine Pause. Lass uns ans Meer gehen.«

Wir schlenderten über den Strand, ein Stück von den anderen weg. Am Wasser angekommen, blickten wir beide auf die Wellen in der Dunkelheit. Von der Party schallte der Song *Like Ice in the Sunshine* zu uns herüber.

Daniel nahm eine Muschel und warf sie weit von sich ins Wasser. »Hat dir das Surfen heute Spaß gemacht?«

»Ja, hat es. Danke für diese besondere Erfahrung.«

»Ich bin froh, dass du dich drauf eingelassen hast, auch wenn ich längst kapiert habe, dass du nicht gerettet werden musst.«

»Muss ich nicht?«

»Nein, für dich ist Schreiben das, was für mich Surfen ist.«

Ich dachte einen Moment über seine Worte nach. Ich hatte angefangen, exzessiv Tagebuch zu schreiben, als mein Vater auszog. Wenn ich Liebeskummer hatte, verfasste ich vor Theatralik triefende Gedichte. Später dachte ich mir Kurzgeschichten mit Fantasy-Elementen aus, um mich von meinem Abi-Lernstress zu erholen. Und als ich kurz vor dem Ersten Staatsexamen plötzlich glasklar sah, dass ich im Grunde meines Herzens nie eine Juristin sein würde, egal, wie sehr meine Eltern es sich für mich wünschten, hatte ich mit meinem ersten Buch begonnen.

Ich sah Daniel überrascht an. »So habe ich es noch nie gesehen.«

Er lief barfuß ein paar Schritte ins Wasser und drehte sich zu mir um. »Ich glaube nicht, dass deine Bücher nur deinen Leserinnen helfen. Sie helfen auch dir.«

Ich nickte zaghaft. »Auch damit hast du wohl recht.«

Er sah auf seine Füße im Wasser. »Wenn dies ein Abend in einem deiner Bücher wäre, wie würde er enden?«

Ich lachte leise. »Er würde vermutlich niemals enden.«

»Und wenn doch?«

Ich wandte den Blick nach oben. »Es würde irgendetwas passieren, was meine Protagonistin nie mehr vergisst. Ein Sternschnuppenregen oder so.«

Daniels Augen glänzten mit dem Wasser um die Wette. »Alles nur eine Frage des …«

»… Mindsets«, vervollständigte ich schmunzelnd seinen Satz.

Er sah mich noch immer ernst an. »Wenn du daran glaubst, kann es genau so kommen.«

Ich wollte lachen, aber er sah mich immer noch mit diesem tiefen Blick an. Die Härchen in meinem Nacken stellten sich auf. »Okay.«

Er kam aus dem Wasser und blieb vor mir stehen. Einen Moment stand er nur da und sah mir in die Augen. Dann griff er nach meiner Hand und zog mich sanft mit sich über den Strand. Vorbei am Café, wo er seinen Pulli von der Stuhllehne nahm. Wo Julia und Luís gerade eine eigenwillige Version von Lambada tanzten und uns nicht bemerkten. Die Straße rauf, bis vor sein Gartentor, wo er meine Hand losließ, um aufzuschließen. Schweigend gingen wir über die Wiese, stiegen die Treppe hinauf auf die Dachterrasse. Zwischen den Töpfen mit Kräutern und dem kleinen Zitronenbaum entdeckte ich Daniels Schlaflager mit Kissen und Decken darauf. Wie beim ersten Mal, als ich hier gewesen war. Wie immer in lauen Nächten.

Etwas unschlüssig standen wir da, keiner sagte ein Wort. Schließlich gab ich mir einen Ruck, ging zur Matratze, setzte mich darauf und ließ mich auf den Rücken fallen. Er legte sich neben mich. Sein Arm berührte meinen nicht, aber ich konnte ihn spüren, so dicht war er an meinem. Ich unterdrückte ein leises Gähnen.

»Bist du etwa müde?«, fragte Daniel neben mir.

Über uns funkelten so viele Sterne, dass mir ganz schwindelig wurde. »Nein«, antwortete ich. »Ich muss immer gähnen, wenn … wenn ich besonders nervös bin.«

Daniels Handrücken streifte meinen. Mein Magen fühlte sich an, als würde Lava darin sprudeln.

»Es geht mir übrigens genauso wie dir.« Seine Stimme

klang belegt. »Das wollte ich dir die ganze Zeit schon sagen. Ich fühle mich dir auch nah, obwohl wir uns kaum kennen.« Er schluckte hörbar. »Du bedeutest mir auch etwas.«

Ich lag ganz still da. Für ein paar Atemzüge hielt ich die Luft an. Dann, wie in Zeitlupe, drehte ich mein Gesicht zu Daniels. Er sah mich an. Ich beugte mich vor und legte meine Nase an seine. Schloss die Augen. Und küsste ihn.

Alles daran fühlte sich großartig an.

Alles in mir brodelte wie Lava.

Plötzlich lehnte Daniel sich ein Stück zurück und schaute mich ernst an. »Erinnerst du dich daran, dass ich dir mal gesagt habe, dass ich nicht für Dinge gemacht bin, die nichts bedeuten?«

Ich streichelte über seine Haare. Sie waren immer noch leicht feucht und erstaunlich weich. »Erinnerst du dich daran, dass ich das Gleiche gesagt habe?« Ich vergrub meine Hände tief in seinen Haaren und schob mich näher an ihn. »Dann sind wir uns einig, dass es etwas bedeutet.«

Er zögerte einen kurzen Moment, dann schloss er beide Arme um mich und zog mich an sich. Wir küssten uns so innig, dass ich kaum Luft bekam. Er schmeckte fantastisch, nach Meer und Salz und Sommer. Ich schob meine Finger unter sein T-Shirt. Seine Haut fühlte sich warm und fest an.

»Mir sowieso«, flüsterte er, so leise, dass ich es vor lauter Wellenrauschen fast nicht gehört hätte.

Im Morgengrauen wachte ich auf. Die Luft war kühl und diesig. Zwischen den Wolken schimmerte der Mond. Neben mir lag Daniel und schlief friedlich. Die Decke war zur Seite gerutscht, sodass ich seine sportliche Brust sehen konnte. Die Haare fielen ihm halb vor die geschlossenen Augen. Er sah aus, als ob er lächelte.

Vorsichtig setzte ich mich auf. Fand mein Kleid neben der Matratze am Boden und zog es mir über den Kopf.

Daniel stöhnte leise, griff im Halbschlaf nach meiner Hand und zog mich wieder zu sich herunter. »Geh nicht.«

Ich ließ mich mitziehen. Er umarmte mich, küsste meine Stirn, meinen Nacken.

Ich drehte mich zu ihm, sog tief seinen unglaublichen Duft ein.

»Ich muss los.«

Er vergrub seine Nase in meinen Haaren. »Ich will nicht, dass du gehst.«

»Der Bus fährt gleich, den müssen wir kriegen.« Ich klang kühler, als ich es wollte.

Ich wollte sagen: *Ich komme wieder.*

Ich wollte sagen: *Das ist nicht das Ende.*

Aber ich schaffte es nicht. Ich wollte nicht eine von diesen Frauen sein. Ihm keine falschen Hoffnungen machen, die nicht länger reichten als bis zum Kofferband in Hamburg.

Ich umarmte und küsste ihn, dann flüsterte ich in seinen Kuss hinein: »Danke für dieses wundervolle letzte Kapitel!«

Er öffnete jetzt richtig die Augen. »Es muss nicht das Ende der Geschichte sein.«

Ich lächelte ihn vorsichtig an. »Könnte es ein besseres geben?«

Es war nicht das, was er hören wollte. Er ließ mich los.

Ich streichelte noch einmal durch seine verwuschelten Haare. »Pass auf dich auf!«

Während ich die Treppe hinunter- und über die Wiese ging, drehte ich mich noch mehrmals nach ihm um. Auf der Straße sah ich ein letztes Mal nach oben, ob er mir winkte, aber da war niemand.

Benommen fuhr ich mir über mein müdes Gesicht und näherte mich dem Hotel, auf das die ersten Sonnenstrahlen fielen.

Julia war bereits im Zimmer. Wir duschten, zogen uns an, schleppten die Koffer über die Wendeltreppe in die Lobby. Inês war doch schon aufgestanden, nahm im Rüschennachthemd die schweren Schlüssel entgegen und drückte jeder von uns wortreich eine Tüte mit Gebäck in die Hand.

Im Licht der aufgehenden Sonne liefen wir vorbei an Filipes Haus. Vorbei an der Gasse, die zu Daniel führte. Vorbei an Luís' Strandcafé.

»Wo ist er?«, fragte ich, als wir die Koffer über die Straße zwischen den Stränden zogen.

»Er hat noch geschlafen.« Julias Stimme klang matt. »Ich wollte ihn nicht wecken, es war so schon schlimm genug.«

Wir stiegen in den Bus, in dem außer uns nur ein paar Einheimische saßen, vermutlich auf dem Weg zur Arbeit, und mit müden Augen aus den Fenstern starrten. Wir blickten auf die erwachende Halbinsel, die sich immer weiter von uns entfernte. Die Hotels, die an uns vorbeirauschten, die Dünen, den Strand, das Meer, das hier und da zwischen zwei Dünenkuppen hindurchblitzte.

Im Zeitraffer liefen in meinem Kopf die letzten zwei Wochen ab. Julias Begegnung mit Luís im Surfshop, unsere erste Surfstunde mit Daniel, meine Suche nach Filipe, das Kennenlernen seiner Familie, Fofos Welpen, die Wahrheit hinter dem Brief, Linos Herkunft, Cristinas Fliesenwand, mein Surfen mit Daniel und unsere unvergessliche Nacht unter dem Sternenhimmel. Mit jedem Meter, den uns der Bus von Marial wegtrug, wurde die Lava in meinem Bauch zu einem festeren Klumpen. Ich hatte mich nicht von Rita und Marta verabschiedet, nicht von Luís und natürlich nicht von Filipe.

Wieder und wieder ging ich in Gedanken die immer gleichen Szenen durch, bis wir hoch über den Wolken waren, bis wir von Portugal nichts mehr sahen außer einem Stück Küste, das mehr und mehr vor unseren Augen verschwamm. Ich wurde das Gefühl nicht los, dass ich dort unten etwas vergessen hatte.

29

Zehn Tage später

In Hamburg war Sommer, als Tim und ich aus dem Gerichtsgebäude traten. Ich trug ein langes Leinenkleid, meine von Portugal gebräunten Füße steckten in Sandalen, mein Gesicht war so gut wie ungeschminkt. Tim hatte sich ein Hemd und eine lange Hose angezogen, sogar Lederschuhe. Ich musste schmunzeln, weil er ganz offensichtlich mehr Sorgfalt in die Auswahl seiner Kleidung gelegt hatte als ich. Vielleicht zum ersten Mal, seit wir uns kannten.

Er trommelte leicht auf seine blassen Wangen. »Was für ein Tag.«

Ich lächelte ihn verhalten an. »Jetzt haben wir es immerhin hinter uns. Ich brauche einen starken Kaffee, du auch?«

»Unbedingt.«

Ganz in der Nähe lag ein Park. Dort wartete ich auf einer Bank an einem Teich, während Tim zu einem Café um die Ecke ging. Ich zückte mein Handy und sah, dass meine Mutter mir geschrieben hatte.

Alles Gute für heute! Ich denke an dich. Ich weiß, dass

dieser Gang nicht leicht ist. Aber gräm dich nicht, mein Schatz. Wir sind auch nur Menschen.

Ein Schauer lief mir den Rücken herunter. Meine Mutter sprach selten über ihre Gefühle und noch seltener über ihre eigene Scheidung. Selbst in den Jahren der größten Scham war sie mit stählerner Frisur und eiserner Miene durch unseren Vorort marschiert, und ich hatte nur erahnen können, wie sie sich wirklich fühlte. Wo hatte sie ihre Wut, ihren Frust, ihre Trauer damals hingesteckt? Ich war so froh, dass ich gelernt hatte, etwas davon rauszulassen. Und dass ich mein Schreiben hatte.

Jetzt, da ich selbst frisch geschieden war, dachte ich: Ich hatte es besser machen wollen als meine Mutter. Ich hatte an meiner Beziehung arbeiten wollen, statt auszubrechen und jemanden zu betrügen. Offensichtlich war mir das nicht gelungen. Aber ab jetzt wollte ich es besser machen. Ich konnte über meine Gefühle sprechen, ich würde sie nicht wegsperren und einfach weitermachen, ich konnte aus meinem Scheitern lernen. Und vor allem: Tim und ich konnten uns zumindest Mühe geben, besser miteinander umzugehen als meine Eltern.

Danke, Mami!, antwortete ich. *Ich finde, wir sind sogar ziemlich tolle Menschen. Hab dich lieb!*

Dann legte ich das Handy weg und hob den Blick zum Sommerhimmel. »Dich natürlich auch, Papa.«

Tim kam mit zwei Kaffeebechern und einer Tüte zurück und setzte sich zu mir.

»Ofenfrische Franzbrötchen. Ich dachte, wir könnten etwas Süßes vertragen.«

»Gute Idee.«

Ein paar Enten kamen schnatternd aus dem Wasser, offenbar hofften sie, wir würden sie füttern. Als sie bemerkten, dass wir nichts von unseren Franzbrötchen abgeben wollten, watschelten sie weiter.

Eine Zeit lang saßen wir so da, krümelten auf den Boden vor uns und hingen unseren Gedanken nach. Das hatten wir immer gut gekonnt. Zusammen schweigen. Es hatte einiges gegeben, was wir zusammen richtig gut gekonnt hatten. Schöne Sonntage miteinander verbringen zum Beispiel, wenn Tim keinen Dienst hatte. Er hatte dann die erste Runde mit Murmel gedreht und auf dem Weg Brötchen geholt, während ich den Tisch schön deckte, damit wir ausgiebig frühstücken und uns danach zusammen aufs Sofa kuscheln konnten. Murmel und Tim hatten oft noch eine Runde gedöst, ich hatte Zeitung gelesen und Tim, wenn er aufwachte, die Artikel gereicht, von denen ich annahm, sie würden ihn interessieren. Später am Tag waren wir Hand in Hand spazieren gegangen. Wie sicher und wohl und geborgen ich mich gefühlt hatte, wenn ich Tims Hand hielt oder neben ihm einschlief. Er war in elf Ehejahren nie laut oder bevormundend geworden.

Hätte er sich ein wenig mehr um meine Bedürfnisse kümmern können? Bestimmt. Hätte ich weniger die Rolle einer Versorgerin und mehr die einer Partnerin einnehmen sollen? O ja. Hätten wir beide glücklich miteinander alt werden können, wenn wir uns nur ein bisschen mehr bemüht hätten, die Flamme zwischen uns am Brennen zu halten? Vielleicht.

Was waren wir, wenn es kein *wir* mehr gab?

Ich drehte mich zu Tim, der noch immer kauend und gedankenverloren auf den Teich starrte. »Ich bin wütend auf dich.«

Er sah verwundert auf. »Echt, wieso?«

»Ich habe das Gefühl, dass Ina das von dir bekommt, was ich nicht haben konnte. Den anpackenden, lebensfrohen Partner, der sich bemüht und sich Zeit nimmt.« Es war merkwürdig, wie ruhig ich klang, als ich das sagte. Als hätte ich die rohe Wut darüber in Portugal gelassen. »Ich wünschte, du wärst bei mir auch so gewesen.«

Er rieb sich über den kurz geschorenen Kopf. Ich hatte Tim nie mit längeren Haaren gesehen. Als wir uns kennenlernten, verlor er sie bereits und hatte begonnen, sie radikal abzurasieren. Wenn er nicht gerade arbeitete oder sich scheiden ließ, trug er meist Käppi.

Er legte seine Stirn in Falten. »Kann schon sein, dass ich für sie der bessere Partner bin. Vielleicht weil ich mir vorgenommen habe, nie wieder die gleichen Fehler zu machen wie bei dir.«

Ich zupfte ein Stück klebriges Gebäck ab. »Ich wünschte, du hättest etwas mehr um uns gekämpft, Tim. Es ging alles so schnell. Plötzlich warst du verliebt, und das Problem hatte sich erledigt.«

Er ließ sich meine Worte ein paar Minuten durch den Kopf gehen, bis er antwortete: »In meinen Augen habe ich gekämpft. Ich bin mit dir zu zig Paartherapiesitzungen gegangen. Ich habe ehrlich versucht, dir zu verzeihen, dass du mich monatelang betrogen hast.«

Aua. Das saß.

»Ich weiß. Und es tut mir immer noch leid. Trotzdem. Du hast auch deinen Anteil an dieser Geschichte.«

Tim knüllte die Papiertüte zusammen. »Ich weiß. Und für den möchte ich mich entschuldigen. Ich hätte dir ein besserer Mann sein sollen, das hattest du verdient.« Er sah mich mit glasigen Augen an. »Aber … Aber lass mich noch sagen, dass … bevor alles schiefging … bevor du … bevor ich und Ina … Also, bis zu einem gewissen Punkt ist unsere gemeinsame Zeit etwas, was für mich immer kostbar sein wird. Ich war meistens gern mit dir verheiratet.«

Ich griff mit meiner klebrigen Franzbrötchenhand nach seiner. »Das hast du schön gesagt. Ich meistens auch mit dir.«

»Verbrennen wir jetzt dein Hochzeitskleid?« Julia lehnte mit einem Glas *vinho verde* an meinem Kühlschrank. Sie hatte angekündigt, nur ein Schlückchen zum Anstoßen trinken zu wollen, sonst würde sie morgen nicht aus dem Bett kommen.

Ich schüttelte den Kopf. »Das hab ich gar nicht mehr, hab es vor ein paar Jahren gespendet.«

Wir sahen uns zum ersten Mal seit unserer Rückkehr. Sie hatte die ganze letzte Woche Spätdienst gehabt, ich hatte wie manisch geschrieben. Mehr als fünfzig Seiten in wenigen Tagen, mein Kopf fühlte sich an, als wäre er einen Marathon gelaufen.

Jetzt rührte ich in dem Fischeintopf, der auf dem Herd vor sich hin köchelte. Ich hatte im Internet ewig nach portugiesischen Rezepten gesucht, die mich an Daniels Eintopf erinnerten, aber irgendwie hatte ich den Geschmack nicht richtig getroffen.

Ich streute Petersilie in den Topf. »Wie geht es dir?«

Julia antwortete nicht sofort. Sie drehte das Glas in ihren Händen und sah hinein, als läge die Antwort darin. Nach ein paar Sekunden sagte sie: »Gut, alles wieder beim Alten.«

Ich hielt im Rühren inne und schaute sie skeptisch an. »Wirklich?«

Sie verzog keine Miene. »Ja, viel Arbeit, zu wenig Schlaf, dein Ex-Mann, der hier und da nervt, alles wie immer.«

Ich füllte zwei Schalen mit dem dampfenden Eintopf und stellte sie auf meinen kleinen Tisch. »Mir geht es ganz anders als vorher. Ich habe das Gefühl, ein Teil von mir ist immer noch in Marial. Ich spüre immer noch den Sand unter meinen Füßen, das Salzwasser auf der Haut. Ich liege nachts im Bett und höre das Meeresrauschen. Und tagsüber schreibe ich wie von Sinnen, weil mich diese Erinnerungen so inspirieren.«

Ich wollte mich setzen, als ich bemerkte, dass Julia immer noch wie angewurzelt in meiner Küche stand.

»Kommst du?«, fragte ich.

Sie hob den Blick. »Er hat sich nicht gemeldet.«

Etwas in mir stürzte in sich zusammen wie ein wackliger Turm Bauklötze. »Luís?«

Sie wirkte wie versteinert. »Ich hab ihm geschrieben, dass ich gut gelandet bin, daraufhin kam noch ein Kuss-Smiley und ein Daumen nach oben. Danach nichts mehr. Kein einziges Wort.«

Ich musste an mein ungutes Bauchgefühl denken, an Ritas Warnungen, und mir wurde kalt. Ich hätte meine Befürchtungen mit Julia teilen müssen, es war meine Pflicht als ihre engste Freundin, ihr die Wahrheit zu sagen, selbst wenn sie wehtat.

»Oh Süße!« Ich ging zu ihr und legte den Arm um ihre Schultern. Dabei suchte ich nach Erklärungen.

Er hat wahrscheinlich gerade viel zu tun.

Vielleicht ist es zu schmerzhaft für ihn, Kontakt zu dir zu haben, weil er dich so vermisst.

Vielleicht hat er sein Handy verloren.

Aber für so etwas waren wir mittlerweile zu alt.

»Wie oft hast du ihm geschrieben?«, fragte ich stattdessen.

»Zu oft.« Julia presste die Lippen aufeinander. »Keine Sorge, ich habe mittlerweile damit aufgehört.«

»Aber er …« Ich suchte noch immer nach etwas, was sie trösten könnte. »Er wirkte so …«

»Ich weiß. Verliebt.« Sie senkte den Kopf. »Weißt du, was schlimmer ist als der Liebeskummer?« Sie stellte das Glas weg und sah mich mit steiler Falte auf der Stirn an. »Die Scham. Die Scham darüber, dass ich mit einundvierzig ernsthaft geglaubt habe, dass mir so etwas noch passiert. Dass sich ein Surfertyp im Urlaub Hals über Kopf in mich verliebt, dass mir eine so große Lovestory widerfährt. Ich habe das wirklich geglaubt. Das tut am meisten weh.«

Ich nahm sie in den Arm. »Aber das kann sie immer noch, Süße. Das kann sie immer noch.«

Julia weinte nicht. Sie war stocksteif in meiner Umarmung.

Etwas später, als wir den Eintopf löffelten, beide mit nicht allzu großem Appetit, fragte Julia: »Hat Daniel sich bei dir gemeldet?«

Ich schob eine Muschel auf meinen Löffel. »Nein, so war das nicht zwischen uns. Wir haben nicht mal Nummern ausgetauscht. Keine Ahnung, ob er überhaupt ein Telefon hat.«

Sie musterte mich. »Komisch, für mich sah es nach mehr aus. Aber was weiß ich schon, mein Radar ist offenbar kaputt.«

Ich musste daran denken, was er in unserer letzten Nacht zu mir gesagt hatte. Ich hatte es Julia nicht erzählt. Weil ich das Gefühl hatte, dass es niemand verstehen konnte, der nicht dabei gewesen war.

»Das war es auch. Es war mehr. Nur eben nicht über den Moment hinaus.«

»Für ihn auch nicht?«

»Ihm war das genauso klar wie mir. Er lebt dort, ich

hier, unsere Leben könnten nicht unterschiedlicher sein. Wie sollte das gehen?«

Julia rührte nachdenklich in ihrer Schale. »Was hat Zoé noch gleich geschrieben? *Wenn die Gefühle zwischen uns stimmen, kann uns nichts davon abhalten, zusammen zu sein. Dann finden wir einen Weg.*« Sie sah blass aus, als sie da an meinem Tisch saß. Nichts mehr an ihr leuchtete. »Mein naives Urlaubs-Ich hat das wirklich geglaubt«, wiederholte sie leise.

Ich griff über den Tisch nach ihrer Hand. »Nächstes Mal fliege ich mit dir nach Fuerteventura.«

Zu meiner Erleichterung brachte sie das zum Lachen.

30

Sie kann den Meeresgrund durch das klare Wasser sehen, in dem sie schwimmt. Der Sand glitzert unter ihren Füßen. Es ist so schön hier, und trotzdem fühle ich mich nutzlos, denkt sie. Sie ist weit aufs Meer hinausgeschwommen und betrachtet von dort aus den Strand. Es ist in Ordnung, einfach hier zu treiben und sonst nichts zu tun, redet sie sich gut zu. Und dann wird ihr plötzlich etwas bewusst: dass sie, wenn sie keine Aufgabe zu erfüllen hat, roh ist, maskenlos, echt – nackt. Ich muss lernen, mit mir selbst zusammen zu sein, ohne Pflichten und Termine, denkt sie und schwimmt mit ruhigen Bewegungen weiter. Denn das hier, das bin wirklich ich.

Ich hatte noch immer kein passendes Ende für meine Geschichte, aber ich hatte schon viele schöne Szenen geschrieben. Ich las sie wieder und wieder und hängte das Dokument schließlich an eine E-Mail. Es war Zeit, meiner Agentin Franzi etwas von meinem Manuskript zu zeigen und ihre Meinung einzuholen. Sie hatte in den vergangenen Wochen mehrmals nachgefragt, denn wenn mein neues Buch im nächsten Jahr erscheinen sollte, mussten wir uns bald mit dem Verlag zusammensetzen.

Jedes Mal wenn ich einen Text erstmals rausgab, fühlte ich mich, als würde ich jemandem etwas unglaublich Persönliches anvertrauen. Denn genau so war es. Wenn Franzi meinen Text las und mir antwortete, gab sie damit nicht nur ein Urteil über meine Ideen und Formulierungen ab. Es fühlte sich an, als urteile sie über mich. Ich hatte mich mit anderen Schreibenden unterhalten, denen es ähnlich ging.

Ich wollte schon aufstehen und den Rechner zuklappen, als ein leises *Ping* ertönte. Franzi hatte bereits geantwortet. Angespannt öffnete ich ihre Mail.

Liebe Katrin, ich habe nur kurz reingelesen und kann schon jetzt sagen: Das klingt ganz, ganz fabelhaft! Melde mich später, wenn ich den Rest gelesen habe. Ich freue mich so!

Erleichtert lehnte ich mich zurück.

Ein Teller mit Keksen stand zwischen uns, ein Glas mit Käsestangen, drei Wasserflaschen – still, medium, mit. Franzi saß neben mir, uns gegenüber goss mein Lektor Lutz gerade seiner Chefin Barbara Kaffee in eine filigrane Tasse. Dann setzte er sich und zog den Stuhl näher an den Tisch. »So, dann leg mal los, liebe Katrin. Franzi hat so von deinem neuen Projekt geschwärmt. Worum geht es diesmal?«

»Die Geschichte spielt am Meer«, antwortete ich

und nippte an meinem Kaffee, der irgendwie metallisch schmeckte.

Franzi strich ihre vorderen Haarsträhnen glatt. »An der Atlantikküste, ein echter Sehnsuchtsort. Richtig, Katrin?«

»Ja, genau.«

»Das klingt toll.« Barbara rückte ihre Brille zurecht und schrieb etwas in das dicke Notizbuch, das vor ihr lag. »Welche Botschaft möchtest du deinen Leser*innen diesmal übermitteln?«

Franzi nickte mir aufmunternd zu. »Erzähl ruhig du!«

Ich setzte mich etwas aufrechter hin. »Im Grunde geht es darum, zu erkennen, dass es nichts Wichtigeres im Leben gibt, als sich im Meer treiben zu lassen und den Wolken am Himmel zuzuschauen. Und dass man aufhören sollte, zu versuchen, alles richtig zu machen. Denn damit nimmt man sich die Möglichkeit, jemals vollkommen glücklich zu sein. Weil niemals alles perfekt sein kann.«

»Wunderbar!« Barbara klatschte in ihre schmalen Hände. »Das klingt ganz, ganz wunderbar.«

»Das finde ich auch.« Lutz richtete feierlich seinen karierten Hemdkragen. »Wenn ich fragen darf: Wie weit bist du? Ist die Oktober-Deadline zu halten? Ich meine, wo du …« Er kratzte sich an der Nase. »Mit allen persönlichen Themen.«

Gelassen lächelte ich ihn an. »Ja, das schaffe ich, kein Problem.«

»Gut.« Lutz war sichtlich erleichtert, den Punkt vom Tisch zu haben.

»Zu den persönlichen Themen …« Ich schob meine Tasse ein Stück von mir weg. »Da würde ich gern noch etwas mit euch besprechen.«

Alle drei wandten mir die Gesichter zu, auch Franzi.

»Ihr wisst ja, dass ich seit letzter Woche offiziell geschieden bin.«

Alle nickten.

»Ich heiße jetzt nicht mehr Katrin Lehmann, sondern habe meinen Geburtsnamen wieder angenommen, Sternberg.«

Ich konnte hören, wie Franzi neben mir tief Luft holte. »Tim hat aber doch sicher nichts dagegen, wenn du den Autorinnennamen behältst, oder?«, unterbrach sie mich. »Es ist ja quasi auch dein Künstlerinnenname, und ihr seid doch im Guten auseinandergegangen.«

Ich konnte jedem Satz entnehmen, dass es ihr gar nicht recht war, dass ich die Sache angesprochen hatte. Vor allem, ohne es vorher mit ihr abzuklären – und obwohl ich ihre Meinung zu dem Thema kannte.

»Tim und ich sind fein miteinander, alles gut. Und er hätte überhaupt nichts dagegen.«

Dreimal Aufatmen um mich herum.

»Aber ich«, fügte ich hinzu. »Ich habe etwas dagegen. Ich möchte ab jetzt unter Sternberg veröffentlichen.«

Franzi legte mir eine Hand auf den Unterarm. »Darüber sollten wir noch mal in Ruhe sprechen.«

Lutz war blass geworden. »Nun ja. Du hast dir als Katrin Lehmann einen Namen gemacht.«

Barbara machte eine abwägende Handbewegung. »Wir haben dich damit aufgebaut, du bist eine Marke. Es besteht die Gefahr, dass deine Fans die Bücher unter einem anderen Namen eventuell nicht finden.«

»Das Risiko würde ich eingehen«, sagte ich mit fester Stimme. »Ich verstehe eure Perspektive. Aber ich hoffe, dass ich noch Jahrzehnte Bücher schreiben werde. Und ich möchte das nicht noch in dreißig Jahren unter dem Namen eines Mannes tun, der schon lange nicht mehr meiner ist. Dies ist meine persönliche Befreiung, ich brauche das, für mich.«

Franzi rutschte auf ihrem Stuhl ganz nach vorne. »Jetzt schreib erst mal das Buch fertig, dann schauen wir weiter …«

»Nein.« Ich verkniff mir jedes beschwichtigende Lächeln. »Ich veröffentliche dieses Buch nur unter dem Namen Sternberg. Ihr könnt selbst entscheiden, ob ihr das wollt oder nicht.«

Ein paar Sekunden herrschte Stille im Raum. Ich konnte spüren, wie unvorbereitet ich die anderen erwischt hatte. So kannten sie mich nicht.

Schließlich wandte sich Barbara an Franzi. »Wir müssen darüber nachdenken. Ich kann vor diesem Schritt nur warnen.«

Kurze Zeit später verließ ich den Raum, um die Toilette aufzusuchen. Ich stand vor dem Spiegel und blickte in mein noch immer leicht gebräuntes Gesicht. Ich hatte mir heute keine Beach Waves mit dem Lockenstab gezaubert, meine braunen Haare fielen natürlich glatt auf meine Schultern, mit ein paar helleren Strähnen von der Sonne. Außerdem hatte ich mich kaum geschminkt und die Brille aufgesetzt. Undenkbar, dass ich früher so zu einem offiziellen Termin erschienen wäre. Als ich selbst, ganz ohne glatt polierte Uniform.

Auf dem Weg zurück in den Besprechungsraum kam ich an Tischen voller Bücher vorbei. Auch in den durch Glaswände abgeteilten Büros stapelten sie sich auf den Schreibtischen, genau wie in den Regalen dahinter. Es war Mittagszeit, und die meisten der Büros waren leer. Nur in einem stand ein Mann und studierte aufmerksam die Bücher im Regal. Er zog eins raus, las den Klappentext und stellte es wieder zurück. Es dauerte ein paar Sekunden, bis ich ihn an seinem ausrasierten Nacken und der selbstbewussten Haltung erkannte.

Da stand Felix, nur wenige Meter von mir entfernt.

Ich wollte weitergehen, zurück zu meinem Meeting, aber er hatte mich bereits bemerkt.

»Kati!« Er kam aus der geöffneten Tür auf mich zu. »Du auch heute hier?«

»Was für ein Zufall! Hi, Felix.«

Er musterte mich mit vielsagendem Schmunzeln. »Du siehst fantastisch aus. Du warst im Urlaub, oder?«

»Stimmt.«

Er rückte seine Brille zurecht. »Warum ignorierst du meine Anrufe?«

Ich schaute mich um, aber der lange Flur war menschenleer.

»Meine Lektorin besorgt uns gerade Lunch.« Felix war meinem Blick gefolgt. »Wir sprechen über das nächste Projekt.«

»Geht es wieder um glückliche Beziehungen?« Leiser Spott lag in meiner Stimme.

Er lachte unsicher. »Nein.« Er blickte auf die Spitzen seiner blütenweißen Sneakers. »Diesmal geht es darum, wie man in einer Beziehung glücklich bleibt, wenn ein Kind kommt.«

Ich wartete, was diese Information mit mir machen würde. Wartete auf die Faust im Magen. Aber nichts geschah.

»Glückwunsch«, sagte ich. »Ich muss dann mal.«

»Kati?« Felix griff nach meinem Handgelenk. »Ich würde gern in Ruhe mit dir darüber reden, deswegen habe ich die ganze Zeit versucht, dich zu erreichen. Bist du heute Abend zu Hause?«

Ich zog meine Hand zurück. »Ich habe dir nichts mehr zu sagen, Felix. Außer: Ruf mich nie mehr an! Komm nie wieder zu meiner Wohnung! Melde dich nie wieder!«

Er sah mich erschrocken an. »Kati, wenn du so redest, denke ich, dass ich dir irgendetwas angetan habe. Das zwischen uns war doch schön, oder?«

Ich stieß ein Geräusch aus, irgendwo zwischen

Lachen und Weinen. »Es hat mich unglücklich gemacht, Felix. Es hat meine Ehe zerstört. Es hat mich hinterfragen lassen, was für ein Mensch ich eigentlich bin.« Ich drosselte meine eigene Stimme – wer wusste schon, wer uns hier alles hören konnte. »Aber es ist mir wieder eingefallen: Ich bin ein Mensch, der niemanden betrügt. Der Beziehungen sucht, die sich gut anfühlen, nicht solche, die wehtun. Ich bin jemand, der mehr verdient hat. Es ist vorbei, für immer.«

Sein selbstsicheres Lächeln war zu einer Grimasse verrutscht. »Warum musst du jetzt alles so ins Negative ziehen?«

»Tschüss, Felix.« Schon im Gehen, fügte ich hinzu: »Du bist mir egal. Aber ich wünsche deiner Frau, dass du als Vater eine bessere Figur abgibst als als Ehemann.«

Und damit ließ ich ihn stehen.

31

Murmel suchte zu meinen Füßen nach Essensresten. Ich war so froh, meinen Hund wiederzuhaben. Nicht nur, weil ich ihn vermisst hatte, sondern auch, weil er mich davon abhielt, an meinem Sofa festzuwachsen. Ich schrieb und schrieb und schrieb, und nichts konnte mich davon abbringen. Außer Murmel, der zum Glück ab und an vor mir stand und mich anstupste, gefolgt von einem Winseln.

Niemals den Hund entscheiden lassen, wann es an der Zeit für einen Spaziergang ist.

Längst zu spät, ich schlüpfte jedes Mal bereitwillig in meine Schuhe und ging mit ihm raus. So auch jetzt wieder. Seite an Seite liefen wir durch die Straßen von Eppendorf, bis in einen Park, wo Murmel frei stromern konnte.

Auf dem Rückweg von unserem Spaziergang schaute ich in die Schaufenster der Boutiquen, an denen wir vorbeikamen. Ich mochte hier mit Murmel unterwegs sein, aber gedanklich blieb ich meistens in meinem Text. Feilte an gerade geschriebenen Sätzen oder dachte über neue Ideen nach. Bis mein Blick ein langes Zebraprintkleid im Schaufenster vor mir streifte und ich an Julia denken musste. Seit unserem Abendessen neulich hatte ich wenig von ihr gehört. Keine gehetzten Sprachnachrichten auf dem Weg zu ihrer Schicht. Nicht mal zu unserer Meditationsstunde gestern war sie gekommen. Ich fragte mich, welchen Anteil ihr Stress bei der Arbeit daran hatte – und welchen die Tatsache, dass sie gerade lieber allein mit ihrem Kummer war. Ich hätte ihr so gern geholfen, wäre so gern gemeinsam mit ihr auf Luís wütend gewesen. Wie konnte man Gefühle derart vortäuschen? Jemandem so kaltblütig etwas vormachen? Ihm so nahekommen und ihn dann einfach fallen lassen? Ich hätte ihr meine Bedenken wirklich schon während unserer Zeit in Portugal mitteilen müssen. Aber ob es am Ende etwas geändert hätte? Sie war wie im Rausch gewesen.

Ich ging weiter und kam an dem Geschäft vorbei, in dem ich vor unserem Urlaub meinen Bikini gekauft hatte. Augenblicklich musste ich an Daniel denken. Daran, wie wir zusammen geschwommen waren, an jenem Abend nach der Party im Surfshop. Ohne Bikini. Nur in Unterwäsche. An die Zuckerwatte in meinem Bauch. An alles, was danach geschehen war.

Du musst dich einfach nur tragen lassen.

Ich hatte mit Julia ein wenig über ihn gesprochen, sonst mit niemandem. Früher hätte ich Abenteuer wie dieses seziert. Ich hätte jedes kleinste Detail auseinandergenommen, um es wieder und wieder im Kopf durchzuspielen. So manches Verhältnis hatte ich dadurch mit mehr Bedeutung aufgeladen, als es nüchtern betrachtet verdient hatte.

Diesmal war es anders. Das mit Daniel war so etwas wie mein Schatz. Ich behütete ihn, als würde er an Wert verlieren, wenn ich ihn mit jemandem teilte. Wenn ich ehrlich zu mir war, dachte ich nicht nur an ihn, wenn ich Bikinis in Schaufenstern sah. Ich ertappte mich dabei, wie meine Gedanken zu ihm wanderten, wenn Murmel mich morgens mit seiner feuchten Nase weckte. Und wie er das Letzte war, was durch meinen Kopf geisterte, bevor ich einschlief. Ich träumte von ihm. Von unseren Gesprächen, vom Surfen, von den Wellen, vom Meer, seinen tiefen Blicken, seiner Zärtlichkeit. Und auf seltsame Weise machte mich das glücklich.

Murmel zog mich ein Stück weiter. An der nächsten Kreuzung schnupperte er ausgiebig an einem Busch. Mein Blick streifte zufällig das Schild der Straße, die rechts abging. *Abendrothsweg* stand da.

Mit einem Mal war ich hellwach. Vor meinem inneren Auge tauchten die säuberlich beschriebenen Seiten von Oma Cristinas Adressbuch auf. Der Eintrag unter Z. Ich sah die Buchstaben genau vor mir:

Zoé Hanser

Abendrothsweg 101

Hier um die Ecke wohnte also Zoé. Jene Zoé, deren Brief mein Leben verändert hatte. Ohne diesen Brief wäre ich niemals mit Julia in einen Urlaub aufgebrochen, der mich derart aus meiner Komfortzone lockte. Ich hätte meine Wut nicht aufs Meer hinausgeschrien, würde vermutlich immer noch in diesem merkwürdig blutleeren Zustand verharren, hätte es nicht geschafft, das wiederzufinden, was mich daraus befreien konnte – mein Fühlen. Und mein Schreiben. Ich kannte Zoé nicht, aber ich war ihr unendlich dankbar.

Ich folgte meiner Neugierde und bog ab. Vielleicht könnte ich ihr Haus von außen anschauen. Der Abendrothsweg war eine malerische Hamburger Straße, in der sich gepflegte Jahrhundertwendehäuser aneinanderreihten und imposante Kastanien in den Vorgärten wuchsen. Ich lief an einem Café vorbei, in dem vornehme Damen zu Mittag aßen. An einer Kinderkrippe, an deren Garderobenhaken winzige Markenjacken hingen. An ein paar anderen Gassigehenden, die mir mit ihren Rassehunden entgegenkamen.

Bei der Nummer 101 handelte es sich um ein weißes Gebäude mit besonders hübschen Fensterverzierungen und einem Eingangsbereich mit Säulen. Hinter einem filigranen Metallzaun wuchsen mannshohe Sonnenblumen. Auch die Balkone waren alle aufwendig bepflanzt und gepflegt. Es war eins dieser Häuser, in die man am liebsten sofort eingezogen wäre. Ich blickte die Fassade hinauf und fragte mich, in welcher der Wohnungen Zoé wohl wohnte. Lebte sie vielleicht mit einer oder mehreren Freundinnen zusammen, in einer Wohngemeinschaft? Welche der Blumenkübel und Balkonkästen wässerte sie regelmäßig? Dachte sie noch an Filipe? Und fragte sie sich manchmal, ob sie die falsche Entscheidung getroffen hatte?

»Na, kleiner Mann, wer bist du denn?«

Ich hatte die junge Frau nicht kommen hören. Sie stand ganz plötzlich hinter mir und beugte sich zu Murmel hinunter, der vor Freude mit seinem Popo wackelte. Sie trug einen großen Einkaufsbeutel über der Schulter. Ihre Haare waren hellblond und zu einem Pixie Cut geschnitten, ihre Ohren steckten voller Piercings.

»Du bist ja süß!« Sie kraulte Murmel an der Brust, woraufhin dieser grunzende Geräusche von sich gab, die sie zum Lachen brachten.

Ich betrachtete sie, das schmale Gesicht, die blasse Hand voller silberner Ringe, die sommersprossige Nase. Es gab keinen Zweifel. Das war Zoé.

Sie hob den Blick. »Kann ich irgendwie helfen?«

Fieberhaft grübelte ich, was ich sagen sollte, aber da kamen die Worte schon aus meinem Mund. »Nein, nein.«

Zoé richtete sich auf und zog den hohen Bund ihrer Mom-Jeans noch ein wenig höher. »Na dann, tschüss, kleiner Mann!«

Ich sah sie durchs Gartentor treten und auf das schöne Haus zugehen. Als sie in ihrer Tasche nach dem Schlüssel kramte, rief ich, ohne weiter nachzudenken: »Zoé?«

Sie drehte sich überrascht um.

Ich lehnte mich ein Stückchen über den Zaun. »Ich

wohne hier in der Nähe. Du kennst mich nicht, aber ich weiß ein bisschen was über dich. Ich hätte ein paar Fragen. Ich weiß, das klingt merkwürdig, aber darf ich es erklären?«

An ihrer Stelle hätte ich jetzt schnell den Schlüssel ins Schloss gesteckt. Hätte mich unverbindlich lächelnd von der seltsamen Fremden abgewandt und wäre im Haus verschwunden.

Aber Zoé, diese coole Person, zuckte nur mit den schmalen Schultern und sagte: »Zeit und Lust, auf einen Kaffee mit raufzukommen?«

Vielleicht besaß sie ein beneidenswertes Urvertrauen. Oder mir half die Tatsache, dass ich erstens selbst sehr harmlos aussah und zweitens eine süße Bulldogge dabeihatte. Ich hatte das schon häufiger erlebt. Menschen trauten anderen offenbar weniger Schlechtes zu, wenn sie mit einem Hund oder einem Baby unterwegs waren.

Ich folgte Zoé in ein helles, gepflegtes Treppenhaus. Die Fliesen im Eingangsbereich erinnerten mich vage an die Wand in Cristinas Haus. Im dritten Stock schloss Zoé eine Tür auf und ließ den hechelnden Murmel und mich in einen breiten Flur, in den aus mehreren offen stehenden Zimmertüren Licht fiel. Sie führte uns über knarzende Holzdielen in eine Küche voller Grünpflanzen. Dort wies sie auf einen Baststuhl am Tisch und stellte Murmel eine Schale Wasser hin, aus der er geräuschvoll trank, bevor er laut seufzend auf dem Fliesenboden unter dem Tisch zusammensackte.

Ich setzte mich, während Zoé Espressopulver in eine Presskanne löffelte. Neben ihr stapelte sich das dreckige Geschirr auf der Anrichte.

Zoé goss uns Kaffee auf, stellte die Tassen auf den Tisch, holte eine Tüte Hafermilch aus dem Kühlschrank und setzte sich im Schneidersitz auf den Stuhl mir gegenüber. Sie sah mich erwartungsvoll an. »Schieß los!«

Ich holte tief Luft. Und dann erzählte ich ihr von dem Tag, an dem ich ihren Brief gefunden hatte. Von meinen Zweifeln, was ich damit anfangen sollte. Von dem Abend bei Tim und Ina, an dem ich Felix angerufen und mich dazu hatte verleiten lassen, den Brief zu lesen. Ich erzählte ihr, dass ich nach Bildern von Marial gegoogelt hatte. Dass ich nicht mehr schreiben konnte, dass Felix mir nach der Buchpremiere aufgelauert hatte und dass ich schließlich entschied, Filipe den Brief persönlich zu bringen. Weil er mich so berührt hatte. Weil ich versuchen wollte, wenigstens ihre Beziehung zu retten. Ich berichtete von meiner Begegnung mit Filipe. Wie er zunächst nichts von dem Brief wissen wollte. Wie er mich dann nach und nach an sich und seine Familie heranließ und ich erfuhr, dass er den Brief längst kannte und selbst weggeworfen hatte. Wie ich zufällig ihre Adresse in Cristinas Adressbuch fand.

Die ganze Zeit über saß Zoé ganz still da und sah mich mit undurchdringlichem Blick an. Ich konnte nichts in ihrem Gesicht lesen, und trotzdem half mir dieser Blick, einfach immer weiterzusprechen.

»Ich glaube, er leidet noch sehr unter eurer Trennung. Er hat bis heute nicht verstanden, warum du Schluss gemacht hast«, sagte ich schließlich und goss etwas Hafermilch in meine Tasse. »Vielleicht hatte ich deswegen den Impuls nachzuschauen, wo du wohnst, als ich vorhin den Straßennamen entdeckt habe. Ich habe immer noch die leise Hoffnung, dass das zwischen euch alles nur ein Missverständnis war.«

Ich trank einen Schluck von meinem Kaffee, während Zoé mich noch immer schweigend ansah.

Im selben Moment hörte ich einen Schlüssel im Schloss. Eine Männerstimme rief durch den Flur: »Hallo, bist du da?«

»In der Küche!«, rief Zoé zurück.

Schritte knarzten auf dem alten Dielenboden. Ein Typ mit Skaterschuhen und einer Wollmütze auf dem Kopf kam herein. Er steuerte auf Zoé zu und gab ihr einen Kuss auf den Mund. »Hi, Babe.«

»Hi, du, alles okay?«

»Ja, sorry, hat länger gedauert.« Sein Blick fiel auf mich. »Oh, du hast Besuch?«

»Katrin, Marc – Marc, Katrin«, stellte Zoé uns vor. »Sie hat spontan vorbeigeschaut, eine Bekannte von Filipe.«

Marc nickte vielsagend. »Ah. Da will ich nicht stören, muss eh noch mal an den Rechner.« Er holte sich eine Flasche Matetee aus dem Kühlschrank und verließ den Raum.

Zoé schnupperte an ihrem Kaffee. »Das hat Filipe dir

also erzählt, ja? Dass er noch immer nicht weiß, warum ich Schluss gemacht habe?« Ihre Oberlippe kräuselte sich amüsiert. »Das ist schon ein bisschen lustig.«

Ich sah sie fragend an.

Sie stellte die Tasse ab. »Sag mal, hat er es bei dir versucht? Ihr habt ja ziemlich viel Zeit miteinander verbracht.«

Ich öffnete den Mund. »Also …«

»Dachte ich mir.« Zoé grinste spöttisch.

»Nein, so war das nicht«, versuchte ich, die Situation zu retten. »Ich vermute, dass er sich hier und da tröstet, seit du weg bist.«

»Du, der hat sich auch schon getröstet, als ich noch da war.« Sie lachte leise. »Weißt du, was so perfide an diesem Kerl ist?«

»Dass er aussieht wie ein Hollywoodstar, der noch nicht entdeckt wurde?«, riet ich.

Sie hob den Zeigefinger. »Falsch. Er kann einer Frau das Gefühl geben, das Zentrum des Universums zu sein.«

So jemanden kenne ich, dachte ich.

»Aber er kreist eben immer um mehrere Sonnen.« Sie spielte an einem Fußkettchen um ihren zarten Knöchel. »Wenn er ohne mich in Portugal war, hatte er mehrmals was mit irgendwelchen Urlauberinnen. Hab ich dummerweise über Instagram mitbekommen, weil eine von ihnen eine entfernte Bekannte aus Hamburg war.« Sie ließ das Kettchen los. »Der engelsgleiche Filipe ist leider ein notorischer Fremdgänger.«

Ich schüttelte ungläubig den Kopf. »Ich kann mir das einfach nicht vorstellen, Zoé. Ich glaube, er hängt wirklich noch an dir.«

»Ja, die Rolle spielt er perfekt. Die einsame Seele auf der Suche nach der wahren Liebe – welche Frau könnte das kaltlassen?« Sie funkelte mich mit ihren hübschen hellen Augen an. »Aber am Ende war das nicht mal der wirkliche Grund für die Trennung. Ich war so verliebt, dass ich ihm immer wieder verziehen und mir eingeredet habe, dass er eigentlich nur mich will. Es gab einen anderen Grund, warum ich schlussendlich die Flucht ergriffen habe.« Sie lehnte sich über den Tisch und sagte in verschwörerischem Tonfall: »Seine Familie hat zu viele Leichen im Keller. Ich hätte da niemals einheiraten wollen. Abgesehen davon, dass ich mich dafür eh noch zu jung fühle.«

Die feinen Härchen in meinem Nacken stellten sich auf. Wusste Zoé etwa von Lino? Sie musterte mich kritisch, als ob auch sie abchecken wollte, wie viel ich wusste.

»Sprichst du von Raquel?«, traute ich mich zu fragen.

Sie kniff die Augen zusammen. »Klar, auch von der spreche ich.«

Spontan sagte ich: »Ich habe mich mit Daniel angefreundet.«

Sie schnalzte mit der Zunge. »In Marial sind Geheimnisse schlecht aufgehoben.«

Eine Weile sahen wir uns an, wie bei einem Duell,

bei dem jeder darauf wartet, dass der andere zuerst den Revolver zieht. Dann fragte ich: »Du hast dich mit Cristina gut verstanden, oder?«

»Filipes Oma war eine der coolsten Frauen, denen ich je begegnet bin. Sicher auch eine der schwierigsten.«

»Ich war bei einer Feier zu ihrem Geburtstag. Raquel ist nicht gekommen.«

Zoé verschränkte ihre Arme. »Das wundert mich nicht.«

»Sie haben sich wegen Daniel überworfen, oder?«

Zoé sah mich mehrere Sekunden lang an. Dann antwortete sie: »Ja. In Cristinas Augen war Daniel die große Liebe ihrer Enkelin. Sie wollte, dass Raquel Carlos und sein Geld ziehen lässt, damit sie glücklich wird. Aber Raquel hat nicht auf sie gehört und genau das Gegenteil getan. Damit hat sie Cristina gegen sich aufgebracht.«

»Verstehe, das hatte ich mir schon so ähnlich zusammengereimt. Schon krass, dass sie sich bis zu Cristinas Tod nicht mehr vertragen haben. Schließlich ist Carlos Anas Vater.«

»Ja, Cristina konnte unerbittlich sein. Sie hat Raquel für ihren Ungehorsam bestraft.«

Mir fiel das Bild von Zoé und Filipe im Haus seiner Eltern ein. »Filipe war auch ungehorsam. Er meinte, Cristina habe ihm eine ähnliche Anweisung gegeben wie Raquel: dass er dich heiraten sollte.«

Zoé zog eine Augenbraue hoch. »Ja, das kann ich mir vorstellen. Cristina und ich hatten einen Draht zueinander. Und wie gesagt, ich war total verknallt in Filipe. Es gab einen Zeitpunkt, da hätte ich ihn vermutlich sogar geheiratet.«

»Du hängst immer noch in der Ahnengalerie von Bruno und Anita.«

Zoé lachte. »Vermutlich haben sie alle Angst, dass Cristinas Geist sie jagt, wenn sie mein Bild abnehmen. Die ganze Familie hatte Schiss vor ihr, und ich glaube, das hat sie immer noch.« Süffisant fügte sie hinzu: »Zu Recht übrigens. Sie haben Cristina wahrlich genug verärgert.«

Sie rutschte auf ihrem Stuhl hin und her, als überlege sie, wie viel sie mir verraten sollte. Schließlich entknotete sie ihre Arme und Beine und rutschte zur Stuhlkante vor. »Scheiß drauf, ich bin da niemandem mehr etwas schuldig. Ich kann dir genauso gut einfach die ganze Geschichte erzählen.« Sie atmete tief ein. »Cristina hat mir anvertraut, dass sie Daniel ihr Haus vermachen wollte. Das hatte sie in ihrem Testament festgelegt. Als Sicherheit für ihn, damit er in Marial bleiben kann, in Linos Nähe. Es ging aber auch um Rache. Sie wollte Raquel und dem Rest der Familie damit eine Lehre erteilen.«

Meine Fingerspitzen fühlten sich plötzlich taub an. »Das ist krass!«

»Tja, sag ich ja.« Zoé zog ihre Knie wieder auf den Stuhl.

Tausend Fragen kreisten in meinem Kopf. »Weiß Daniel davon? Er hat es nie erwähnt.«

»Keine Ahnung. Aber selbst wenn er es wüsste, würde das nichts ändern. Sie haben das Testament nach Cristinas Tod verbrannt und behauptet, es habe nie eins gegeben. Noch am gleichen Tag habe ich meine Tasche gepackt.«

Ich starrte sie mit offenem Mund an. »Haben sie nicht!«

Zoé lehnte sich erneut verschwörerisch zu mir vor. »Weil sie in der Villa Kunterbunt leben und Ziegenbabys durch ihren Garten springen? Glaub mir, Anita und Raquel sind mit allen Wassern gewaschen.«

Mit einem Mal wurde mir flau. »Gibt es eine Chance … Daniel muss doch bekommen, was ihm zusteht.«

»Ich habe genug Nächte deswegen wach gelegen.« Zoé drehte an ihren Silberringen. »Und ich bin immer wieder zu dem Ergebnis gekommen, dass ich nichts tun kann. Ich vertraue darauf, dass das Karma eines Tages zuschlägt und für Gerechtigkeit sorgt. Oder dass Cristinas Geist sie heimsucht. Wenn das nicht passiert, glaube ich ab sofort an gar nichts mehr.«

»Aber …« Ich sah sie ungläubig an. »Aber wir müssen doch etwas tun. Wir müssen …«

»Nichts müssen wir.« Zoé hob abwehrend die Hände. »Ich habe mich von Filipe getrennt, ich bin raus. Ich habe entschieden, dieses Drama nicht zu meinem zu machen.«

Ich saß da und kämpfte noch immer gegen das flaue Gefühl in meinem Magen an.

Filipe hatte Zoé betrogen.

Seine Familie hatte Daniel um sein Erbe gebracht.

Daniel hatte vermutlich keine Ahnung davon.

Zoé hatte Filipe deswegen verlassen.

Der süße Brief, den ich am Flughafen gefunden hatte, war deutlich romantischer als die wahre Geschichte dahinter.

Mehr zu mir selbst als zu Zoé sagte ich: »Hast du etwas dagegen, wenn ich es zu meinem Drama mache?«

Sie zuckte mit den Schultern. »Warum nicht? Dann hat es wenigstens einen Sinn, dass du meinen Brief gefunden hast. Vielleicht steckt Cristina dahinter.« Sie musste lachen, als sie meinen erschrockenen Blick sah. »Im Ernst, ich traue ihr so ziemlich alles zu.«

Etwa zehn Minuten später stand ich in der Wohnungstür. Zoé kraulte Murmel, der zum Dank versuchte, ihr durchs Gesicht zu schlecken.

»Ich danke dir für alles, den Kaffee, deine Offenheit.«

»Kein Ding.« Sie umarmte mich herzlich.

Als sie mich losließ, sagte ich: »Ich muss dich noch eine Sache fragen. Du hast in deinem Brief geschrieben, dass man es weiß, wenn man seinen Menschen trifft. Bei Filipe lagst du leider falsch, aber … ist es Marc?«

Zoé lächelte jetzt erstmals richtig, und ich erkannte ihr hübsches Strahlen vom Foto wieder. »Ehrlich gesagt?« Sie wuschelte sich durch die kurzen Haare und flüsterte: »Ich habe keine Ahnung.«

32

Abends drehte ich meine letzte Runde des Tages mit Murmel. Wir überquerten ein Alsterfleet, und ich musste daran denken, wie ich vor dem Urlaub mein Handy ins Wasser hatte werfen wollen. Wegen Felix. Seit ich ihn neulich im Verlag gesehen hatte, hatte ich nicht mehr groß über ihn nachgedacht. Ich hätte nie für möglich gehalten, dass er mir einmal so egal sein könnte. Dass er ein Kind bekam und es immer noch bei mir versuchte, war allerdings bitter. Aber, wie Zoé sagen würde, ich musste das nicht zu meinem Drama machen. Es war nicht mein Drama. Nicht mehr.

Ich blieb auf der Brücke stehen, betrachtete die Spiegelungen der Straßenlaternen im Wasser und fischte mein Telefon aus der Tasche. Noch immer keine Nachricht von Julia. Als ich versuchte, sie anzurufen, erreichte ich nur die Mailbox. Obwohl ihre Spätschicht schon seit etwa einer halben Stunde vorbei war. So langsam machte ich mir Sorgen. Ich wählte Tims Nummer.

»Hey, du!«, begrüßte er mich nach ein paarmal Klingeln. »Ich bin noch in der Klinik, hab aber gleich frei.«

»Entschuldige, ich will nur ganz kurz wissen, ob Julia in der Nähe ist. Ich muss …«

»Sie war heute nicht hier«, unterbrach er mich. Ich hörte seine Schritte auf dem Krankenhausflur hallen.

»Ach, echt?«

»Hat sie dir nichts gesagt?«

»Nein.«

»Schon gestern nicht, sie hat sich irgendwie den Magen verdorben oder so. Scheint jedenfalls was Fieses zu sein. Ihre Hausärztin hat sie für den Rest der Woche krankgeschrieben, was echt ungünstig ist, weil ich ja am Wochenende fliege.« Stimmt, er hatte die Schwedenreise für sich und Ina gebucht. »Ich komme vorher noch mal vorbei und sag dir und Murmel Tschüss.«

»Murmel und mir, meinst du.«

Wir lachten beide.

»Alles klar, wir hören uns.«

»Tschüss, schönen Feierabend!«

Wir legten auf, und ich eilte los.

Julia wohnte etwa zehn Gehminuten von mir entfernt. Ich besorgte unterwegs Cola und Salzstangen in einem Kiosk, der noch geöffnet hatte. Murmel hatte mittlerweile keine große Lust mehr zu laufen und schlurfte missmutig hinter mir her. Als er jedoch realisierte, wo wir hingingen, wurde er wieder munter. Sogar die Treppen sprang er freudig hinauf. Oben blieb er wedelnd vor der Tür stehen.

Es dauerte etwas, bis Julia öffnete. Sie wirkte blass

und ungekämmt und sah mich ziemlich genervt an. »Was machst du denn hier?«

Noch ehe ich antworten konnte, stürmte Murmel auf sie zu, und die beiden begrüßten sich ausgiebig. Dafür war Julia offenbar nicht zu krank.

Ich drängte mich an ihnen vorbei in den Flur. Im Wohnzimmer machte ich erst mal ein Fenster auf, denn hier war offenbar länger nicht gelüftet worden. Außerdem sah ihre eigentlich so gemütliche Wohnung wüst aus. Auf dem Couchtisch lagen halb volle Chipstüten, Taschentücher waren auf dem Sofa mit dem zerwühlten Bettzeug verteilt, der Fernseher lief. Ich suchte in dem Chaos die Fernbedienung und schaltete ihn aus. Murmel stürmte herein und schleckte freudig Chipskrümel vom Boden auf. Julia kam hinter ihm her und wich meinem Blick aus.

»Solltest du Chips essen, wenn du dir den Magen verdorben hast?«

Sie grummelte nur in sich hinein, verkroch sich auf dem Sofa und vergrub das Gesicht in ihrem Kissen.

»Ich habe mir Sorgen gemacht. Tim sagt, du bist krank. Was hast du denn genau?«

»Alles.« Sie hatte sich die Decke bis über den Kopf gezogen, sodass ich sie kaum verstehen konnte.

»Entschuldige, du hast schon geschlafen, oder?«

»Ich schlafe nicht mehr.«

Ich stutzte. »Was meinst du damit?«

Ein paar Sekunden war sie ruhig. Dann bebte plötzlich das Bettzeug. Ein Wimmern drang darunter hervor. Erschrocken setzte ich mich auf die Sofakante. Murmel, der es nicht ertrug, wenn jemand traurig war, sprang hinauf und buddelte nach Julia. Ich hielt ihn sachte zurück.

»Was ist los, Süße?« Ich streichelte über die Decke. »Ist es wegen Luís? Hat er sich noch immer nicht gemeldet?«

Jetzt schob sie die Bettdecke zurück, das Gesicht vom Weinen verzerrt. Ich hatte sie noch nie so verzweifelt gesehen. »Ich verstehe das einfach nicht.«

»Ich auch nicht.« Ich nahm sie in die Arme und wiegte sie hin und her.

Als sie sich beruhigt hatte, reichte ich ihr ein Taschentuch, und sie schnäuzte geräuschvoll hinein. »Ich muss noch mal mit ihm sprechen. Ich kann sonst nicht damit abschließen.«

»Aber er geht nicht ans Telefon?« Ich griff nach einer der offenen Tüten und stopfte mir eine Handvoll Chips in den Mund.

»Das probiere ich schon lange nicht mehr.« Sie nahm sich ebenfalls welche. Murmel sah uns mit kreisrunden Augen an. »Aber ich weiß ja, wo er wohnt.«

Es dauerte ein paar Sekunden, bis ich kapierte, wovon sie sprach. Ich ließ die Tüte sinken. »Alles klar, wo ist dein Koffer, wir fahren!«

Julia hielt erstaunt im Kauen inne. »Wie, jetzt?«

Aber ich war schon auf den Beinen und auf dem Weg ins Schlafzimmer. »Wenn nicht jetzt, wann dann?«, rief ich von dort und schob die große Schrankwand auf.

Nachdem ich Julia beim Packen geholfen hatte, ging ich mit Murmel nach Hause und warf wahllos ein paar Sommerklamotten und Badesachen in meinen Koffer. Zwischendurch versuchte ich, Inês im Hotel in Marial zu erreichen, landete aber auf dem Anrufbeantworter. Sie schlief bestimmt schon. Ich hinterließ ihr eine Nachricht auf Englisch, in der Hoffnung, dass sie mich verstehen würde und ein freies Zimmer für uns hatte. Dann kramte ich Nüsse, Müsliriegel und Süßigkeiten aus verschiedenen Küchenschubladen zusammen. Schmierte Sandwiches mit allem, was ich im Kühlschrank finden konnte. Und schickte Julia zwischendurch mehrere Sprachnachrichten: »Bitte noch Sonnencreme einpacken«, »Hast du deine Sonnenbrille?«, »Kaffee koche ich uns morgen früh und bringe ihn in der Thermoskanne mit.«

Bis sie mir antwortete: »Geh jetzt mal ins Bett, Süße, sonst kommen wir morgen nicht raus.«

Gegen Mitternacht stand ich im Nachthemd in meiner dunklen Wohnung. Neben der Tür warteten eine große Tüte mit Proviant, meine Handtasche, die Hundetransportkiste und mein Koffer. Murmel schnarchte schon in meinem Bett.

Tim und Ina würden in wenigen Tagen nach Schweden fliegen, und ich hatte versprochen, mich solange um unsere Bulldogge zu kümmern. Ich hatte Tim nicht angerufen, sondern auch ihm nur eine kurze Sprachnachricht geschickt. Vor allem, weil Julia offiziell krankgeschrieben war. Aber auch, weil ich fürchtete, er würde uns für verrückt erklären und versuchen, mir die Sache auszureden.

War es denn verrückt, was Julia und ich vorhatten? Vermutlich. Überstürzt? Ganz sicher. Aber würden wir das durchziehen? O ja! Mitgehangen, mitgefangen. Ich schlüpfte neben Murmel unter die Bettdecke. Wie würde Daniel wohl auf mich reagieren? Wie würde es sein zwischen uns, nach meinem überstürzten Aufbruch vor drei Wochen? Die Gedanken an ihn und die bevorstehende Reise ließen mich lange wach liegen.

33

Noch im Dunkeln brachen wir auf. Julia und ich, in ihrem kleinen Auto, das sie fuhr, seit ich denken konnte. Sie saß neben mir hinter dem Steuer, den Sitz so weit nach vorn geschoben, dass sie mit der Nase fast das Lenkrad berührte. Im Kofferraum lag unser Gepäck, auf der Rückbank hinter mir schnarchte Murmel zusammengerollt in seiner Box. Zwischen meinen Knien stand die riesige Tüte mit Vorräten. Schließlich würden wir lange unterwegs sein.

Hamburgs Straßen waren menschenleer um diese Zeit. Als wir die Elbbrücke überquerten, ging gerade die Sonne auf. Sie ließ die Elbe glitzern, darüber erhob sich die Skyline der Stadt mit der Elbphilharmonie. Ich blickte zu Julia, die ihre müden Augen zusammenkniff, und ein feierliches Gefühl machte sich in mir breit. Egal, was passierte, egal, was das Schicksal uns vor die Füße warf – wir beide würden jederzeit füreinander durch halb Europa fahren. Sie hob kurz den Blick von der Straße und lächelte etwas gequält.

»Hab ich dir je gesagt, dass du die Schwester bist, die ich nie hatte?«, fragte ich.

Jetzt musste sie grinsen. »Immer mal wieder. Seit über dreißig Jahren immer mal wieder.«

Wir fuhren durch Niedersachsen, das Ruhrgebiet und das halbe Rheinland. Dabei war Julia erstaunlich schweigsam. Erst nach mehrmaligem, vorsichtigem Nachbohren meinerseits gab sie zu, dass es ihr wegen Luís so schlecht ging, dass sie sich kaum auf die Arbeit konzentrieren konnte. Wir entwickelten gemeinsam verschiedene Szenarien, wie sie ihn zur Rede stellen könnte. Vor allem meine Idee, sein Surfbrett mit Beschimpfungen vollzuschreiben wie die Wand einer Schultoilette, sorgte bei Julia für Heiterkeit.

Als meine Racheideen immer abstruser wurden, wechselte ich das Thema und erzählte Julia von Zoé. Sie konnte genau wie ich kaum fassen, was ich da erfahren hatte.

»Noch ein Grund, warum es gut ist, dass wir unterwegs sind«, verkündete sie mit Kampfesmiene und zog die Schokobons aus der Provianttüte.

Unsere Reise führte uns durch ganz Belgien und halb Frankreich, bis wir kurz vor Bordeaux endgültig zu müde waren, um weiterzufahren. Wir hatten uns am Steuer abgewechselt und immer wieder Pausen gemacht, auch für Murmel, der tapfer durchgehalten hatte. Ohne ihn hätten wir nach Flügen gesucht, aber ich war nun mal gerade für ihn zuständig. Und irgendwie fühlte es sich richtig an, dass diese Reise zwei Tage dauerte. Julia und ich hatten einiges zu besprechen.

Wir fanden eine kleine Pension in einem Ort in der Nähe der Autobahn. Suchten nach einem Imbiss, wo wir uns beide ein Stück Flammkuchen kauften, das wir im Gehen aßen. Eigentlich hatte keine von uns Hunger, weil wir auf der Fahrt Unmengen an belegten Brötchen, Lakritze und anderem Süßkram in uns hineingestopft hatten. Aber dies war unsere kleine Belohnung nach einem anstrengenden Tag. Danach drehten wir noch eine große Runde über die Felder im Abendlicht. Murmel sprang vergnügt durch die hohen Gräser.

Julia rollte ihre Schultern zurück. »Was wirst du wegen Daniel machen?«, fragte sie zum wiederholten Mal an diesem Tag.

Meine Meinung dazu änderte sich alle paar Stunden. Gerade erschien mir folgender Plan sinnvoll: »Zunächst mal mit ihm sprechen. Ich vermute, wenn das Testament verbrannt ist, können wir nichts mehr tun. Aber er sollte wenigstens davon erfahren.«

Wir bogen in den nächsten Feldweg ein, wo Murmel um ein Mäuseloch herumbuddelte.

Julia blieb stehen und sah ihm nachdenklich dabei zu. »Ich weiß nicht, ob ich zurückkann.«

Ich hob den Blick von Murmel zu ihr. »Das fällt dir nach fünfzehn Stunden Fahrt ein?«

Julia schüttelte den Kopf. »Ich meine nicht Marial. Ich meine mein Leben vor dem Urlaub. Ich habe es ja vorher schon geahnt, deshalb diese Seminare und so. Aber jetzt weiß ich es ganz sicher: Es muss sich etwas ändern.«

Völlig erschöpft fielen wir nach unserem Spaziergang in die Pensionsbetten und brachen früh am nächsten Morgen auf, um die zweite lange Etappe zurückzulegen. Während unser Roadtrip gestern noch lustig gewesen war, fühlten die Stunden im Auto sich heute zäh an. Ich drehte spanische Radiosender laut, und wir sangen mit, um uns bei Laune zu halten. Wir hörten Podcasts und Hörbücher, aber irgendwann hatten wir einfach auf nichts mehr Lust. Zum Glück zwang Murmels Anwesenheit uns auch diesmal zu regelmäßigen Pausen und Spaziergängen. Wenn ich mit fahren dran war, schlief Julia meistens ein, und ich hatte zu viel Zeit zum Grübeln.

War es eine gute Idee, unangekündigt vor Luís' Tür zu stehen? Julia und er hatten wenige, intensive Tage miteinander verbracht. Dass er sie danach ghostete, war das Letzte. Aber wie würde er darauf reagieren, wenn wir ihn unvorbereitet konfrontierten? Hoffentlich tat er ihr am Ende nicht noch mehr weh.

Auch an Filipe musste ich denken. Ich hatte mich nicht von ihm verabschiedet. Unsere letzte Begegnung in Cristinas Haus war mir noch lebhaft in Erinnerung. Vor allem der feindliche Ausdruck auf Raquels Gesicht. Jetzt erst verstand ich wirklich, was für sie auf dem Spiel stand. Natürlich war ich eine Bedrohung für sie. Ich wusste zu viel.

Wie sollte ich Daniel sagen, was ich herausgefunden hatte? Würde er es überhaupt hören wollen? Ich fürchtete, er könnte zu gekränkt sein, denn an die letzte

Begegnung mit ihm erinnerte ich mich noch lebhafter. Wie er auf der Matratze auf seiner Dachterrasse gelegen hatte, die Haare zerwuschelt, der Blick müde. Wie er mich plötzlich losließ, als ich ihm dankte für dieses schöne letzte Kapitel. Sah ganz so aus, als hätte er recht gehabt. Unsere gemeinsame Geschichte war offenbar doch noch nicht zu Ende.

Dann war es mit einem Mal fast geschafft. Als ich schon dachte, wir würden unser Ziel niemals erreichen, kam mir die Umgebung plötzlich vertraut vor. Ich warf einen Blick zum Beifahrersitz. Julias Kopf war auf die Brust gerutscht. Murmel, der in seiner Box zu unruhig geworden war, lag halb im Fußraum, halb auf ihrem Schoß. Draußen zog die hügelige Landschaft an uns vorbei. Es war etwa fünf Wochen her, dass wir diese Strecke zum ersten Mal gefahren waren, im Bus vom Flughafen Lissabon. Ich hatte es geahnt, als wir Portugal vor drei Wochen verlassen hatten: Meine Aufgabe hier war noch nicht beendet. Meine Aufregung wuchs, als am Fenster die Ferienhaussiedlungen vorbeirauschten. Ich würde Daniel wiedersehen. Mit jedem Schlagloch wurde mir flauer im Magen. Wie würde es zwischen uns sein? Wie würde er auf das reagieren, was ich ihm zu berichten hatte?

Am Ortsschild von Marial ratterten wir durch ein besonders tiefes Schlagloch, und Julia und Murmel hoben gleichzeitig die Köpfe.

»Mir ist schlecht«, sagte meine Cousine neben mir.

Ich umfasste das Steuer etwas fester. »Mir auch.«

Es gab keinen anderen Weg auf die Halbinsel als die Straße durch den Strand, direkt an Luís' Café vorbei. Julia schaute mit versteinerter Miene hinaus. Murmel war mittlerweile vollends auf ihren Schoß geklettert und streckte interessiert die Nase durch das geöffnete Seitenfenster. Ich entdeckte Surferinnen im Wasser.

»Das Café ist geschlossen«, bemerkte Julia, als wir fast am Ende der Straße angelangt waren.

Tatsächlich. Vor Luís' Strandcafé standen keine Stühle. Die Schirme waren zusammengeklappt, drinnen brannte kein Licht.

»Vielleicht hat ihn jemand gewarnt«, sagte Julia trocken.

»Oder sie sind alle surfen.« Ich wies mit dem Kopf auf die vielen schwarzen Silhouetten, die vor der Küste auf und ab schaukelten.

Wir luden unser Gepäck vor dem Hotel aus, stellten es auf die Veranda und brachten das Auto auf den Parkplatz, auf dem sonst auch Daniels Jeep stand. Heute konnte ich ihn nirgends entdecken.

Anschließend liefen wir durch die Gassen zum Hotel, ließen Murmel an den Straßenecken schnüffeln, sogen tief die Meeresluft ein.

Inês begrüßte uns an der Rezeption mit einer Umarmung, als wären wir alte Freundinnen. Dann redete sie noch eindringlicher auf uns ein als beim letzten Mal. Es klang, als wollte sie uns unbedingt irgendetwas mitteilen, wovon wir natürlich kein Wort verstanden.

Aber wir waren das ja schon gewohnt und ließen ihren Redeschwall mit freundlichen Mienen auf uns niederprasseln. Schließlich reichte sie uns die Schlüssel für dasselbe Zimmer wie beim letzten Mal. Offensichtlich hatte sie meine Nachricht auf dem Anrufbeantworter abgehört und verstanden.

Als wir unser Gepäck hinaufgeschleppt und die Koffer ausgepackt hatten, gingen wir mit Murmel am Strand spazieren. Nicht an Luís' Café vorbei, sondern auf der anderen Seite der Halbinsel. Auch hier gab es heute Wellen, auch hier saßen die Surferinnen im Wasser. Murmel rannte über den Sand, versuchte, mit der Schnauze Schaumkronen einzufangen, und wälzte sich in angespülten Algen. Zwischendurch schoss er auf uns zu, umrundete uns und flitzte erneut los.

Erstmals seit unserem Aufbruch umspielte ein kleines Lächeln Julias Lippen. »Er verhält sich wie ich beim ersten Mal hier. Wir sind eben seelenverwandt.«

»Ja, das seid ihr wohl.« Ich sammelte im Vorbeigehen eine schön gedrehte Muschel ein und betrachtete sie. »Gehst du gleich noch zu ihm?«

Sie blieb stehen und blickte nachdenklich übers Meer. »Ich weiß nicht, ob ich mich heute schon traue.«

»Hm.«

Ich hörte Julia neben mir mehrmals ansetzen. »Ich muss dir etwas sagen.«

Ich drehte mich zu ihr. Sie hatte fünfundzwanzig Stunden Autofahrt Zeit gehabt, wir hatten endlos geredet. Was konnte es da noch geben?

»Ich dachte erst, ich irre mich. Ich dachte, es ist der Kummer. In meinem Alter … Ich meine, ich bin einundvierzig … Wie hoch sind da die Chancen?« Sie rieb sich über beide Wangen.

»Was ist denn los?«

»Ich bin dann doch irgendwann zu einer Kollegin, damit sie mir was verschreibt.« Julia drehte sich zu mir, mit einem so merkwürdigen Ausdruck im Gesicht, dass mir schlagartig kalt wurde. Sie schloss kurz die Augen, nur um mich gleich darauf noch intensiver anzusehen. »Es gibt keinen Zweifel, sagt sie. So absurd es ist.« Sie hob den Blick zum Himmel, als hoffte sie darauf, dass dort irgendjemand zuhörte. »Ich habe es jetzt zwei Tage lang versucht, aber ich bekomme den Satz einfach nicht über die Lippen.« Sie schaute mich wieder an, und kurz dachte ich, sie müsste würgen. Dann sagte sie es: »Ich bin schwanger.«

34

»Wie geht es dir damit?«, fragte ich, nachdem ich meine Stimme wiedergefunden hatte.

Julia nahm ein Stück Treibholz hoch, das Murmel ihr gebracht hatte, und betrachtete es gedankenverloren. »Ich bin irgendwie in einem Schockzustand. Ich meine, was soll ich machen? Das gehörte null zu meinem Lebensplan, ich dachte, das Thema wäre für mich durch. Und der Typ, der der Vater ist, ghostet mich. Wir haben eigentlich verhütet – natürlich –, das kann doch alles nicht sein!«

Ich legte einen Arm um sie. »Wir schaffen das. Ich bin für dich da. Was auch immer du entscheidest zu tun.«

Ich umarmte sie, und so standen wir eine Weile eng umschlungen da und sahen aufs Meer. Murmel stupste ungeduldig gegen unsere nackten Beine.

Schließlich löste Julia sich von mir und warf meinem Hund das Stöckchen. »Wollen wir etwas essen gehen?«

»Zu Rita?« Beim Gedanken an Martas Kochkünste lief mir das Wasser im Mund zusammen.

Aber Julia schüttelte den Kopf. »Woanders wäre mir lieber.«

Wir suchten das kleine vegetarische Bistro im Dorfkern auf, vor dem auch diesmal wieder Surfbretter tropften, und bestellten eine Bowl und ein Avocadobrot. In meinem Kopf ratterte es. Julia war schwanger. Meine Cousine Julia, die niemals Familie wollte, bekam ein Baby. Von Luís. Luís wusste nichts davon. Und wir waren hier, damit sich das änderte.

»Wie, glaubst du, wird er darauf reagieren?«

Julia trank einen Schluck von ihrem Bananenshake. »Ich habe keine Ahnung. Mittlerweile denke ich ja, ich kenne ihn gar nicht.«

Murmel hatte sich unter dem Tisch zusammengerollt. Er war so erschöpft vom Toben am Strand, dass er sich nicht mal für unser Essen interessierte.

»Entschuldige, dass ich frage, aber … Warum willst du es ihm unbedingt sagen? Natürlich ist es fair, natürlich solltest du, aber … Er hat sich so kacke verhalten, und es wird die Sache erheblich komplizierter machen.«

»Noch komplizierter?« Julia schob sich ein Stück Avocadobrot in den Mund und kaute lange. »Ich muss das tun, ich möchte niemals in so eine Geschichte verwickelt sein wie Daniel.«

Bei der Erwähnung seines Namens hörte ich kurz auf zu essen.

Julia wischte sich den Mund mit der Serviette ab und musterte mich. »Willst du nicht mal nach ihm sehen?«

Ich legte das Besteck weg. Mir war schlagartig der

Appetit vergangen. »Ja, aber erst sehen wir nach jemand anderem, okay?«

Julia nahm sich meine Bowl und aß den Rest. Dann bezahlten wir und machten uns auf den Weg.

Die Sonne senkte sich über die Dächer der Halbinsel. Murmel trabte neben uns durch den Sand, die Nase am Boden. Ich verspürte den Impuls, Julia irgendetwas zu sagen, was ihr Mut machte, aber ich merkte, dass ich wohl eher selbst eine Aufmunterung gebraucht hätte. Meine Cousine sah aus wie eine Frau, die wusste, was sie tat.

In Luís' Café brannten noch immer keine Lichter. Wir blickten durch die Fenster. Drinnen war alles aufgeräumt, die Stühle standen mit den Sitzflächen nach unten auf den Tischen. Niemand war zu sehen. Julia klopfte gegen eine der Scheiben, die von einer feinen Salzschicht überzogen waren, aber nichts geschah.

Schließlich gingen wir zum Hintereingang des Cafés, wo eine Treppe zu Luís' Wohnung hinaufführte. Auch hier brannte nirgends Licht. Sogar Luís' Flipflops, die sonst immer im Hausflur lagen, waren verschwunden. Julia klopfte mehrmals an die Wohnungstür, aber alles blieb ruhig.

»Echt komisch«, sagte sie, als wir schließlich aufgaben und uns auf den Rückweg in Richtung Hotel machten. »Er hat mal gesagt, er würde sein Café eigentlich nur an Weihnachten schließen.«

Auf den Felsen über der Steilküste saßen wie

immer Leute und blickten auf die untergehende Sonne. Julia suchte sich einen großen glatten Stein aus und ließ sich nieder. Murmel legte sich auf ihre Füße. Ich wollte mich zu ihr setzen, aber sie sagte: »Geh du lieber nach Daniel schauen. Wir warten hier auf dich.«

»Bist du sicher?«

»Ja klar. Bestimmt hat der auch eine Idee, wo sein zwielichtiger Kumpel steckt.«

Also ging ich weiter durch die Gassen von Marial. Vorbei an den Neoprenanzügen über den Mauern, dem blühenden Klee zwischen den Pflastersteinen, den Steinöfen und Dachterrassen und den Möwen, die von den Dächern auf mich herabschauten. Bis zu Daniels rotem Tor in der Mauer.

Ich klopfte. Wartete eine Zeit lang. Klopfte erneut. Wollte mich schon abwenden, als jemand das Tor öffnete. Zu meiner Überraschung stand dort Rita. Sie sah mich verwundert an. Dann umarmte sie mich.

»*Olá*, Katrin!«

»*Olá*, Rita!« Ich versuchte, an ihr vorbei in den Garten zu schauen. »Where is Daniel?«

Ihr Gesichtsausdruck wurde abrupt ernst. »Luís«, sagte sie leise und schlug sich eine Hand aufs Herz. »Not okay.«

Schlagartig wurde mir klar, dass ich sie immer falsch verstanden hatte. Dass das, was sie mir eigentlich hatte sagen wollen, viel schlimmer war.

»Wait!« Rita verschwand im Haus und kam mit

ihrer Tasche zurück. Dann schloss sie von außen ab und winkte mir, ihr zu folgen.

Schweigend gingen wir gemeinsam bis zur Taverne. Es war nicht mehr viel los um diese Zeit, nur ein letzter Tisch war besetzt, an dem Karten gespielt wurden. Es roch nach Knoblauch und Rosmarin.

Marta kam aus der offenen Küche, wischte sich die Hände an der Schürze ab und begrüßte mich mit einer Umarmung. »Hey, schon wieder da?«

»Ja, lange Geschichte.«

Rita sagte etwas auf Portugiesisch und verschwand dann in der Küche, wo ich sie eine Spülmaschine einräumen sah.

»Komm mal mit raus«, sagte Marta zu mir und fischte in ihrer Hosentasche nach einem Päckchen Zigaretten.

Wir gingen auf die Terrasse, wo sie sich eine anzündete und den Rauch in die Abendluft blies. »Rita sagt, du hast nach Daniel gefragt und wüsstest offenbar nicht Bescheid.«

»Worüber denn? Was ist passiert?«

»Es gab einen Unfall. Luís ist spätabends von einem Auto erwischt worden, weil sein hinterer Mofascheinwerfer kaputt war.«

Ich schlug mir die Hand vor den Mund.

»Er liegt im Krankenhaus, es sieht ehrlich gesagt nicht gut aus. Hat sich alles Mögliche gebrochen.«

»Oh mein Gott!«

»Der Unfall ist die eine Sache.« Marta zog an ihrer

Zigarette. »Aber Luís hat einen Herzfehler, das hat man vor Jahren zufällig festgestellt. Sollte eigentlich operiert werden, aber er hat sich geweigert. Hat getönt, sein Herz sei stark genug. Eigentlich sollte er schon lange nicht mehr surfen und auch sonst keinen Sport treiben. Und natürlich keinen Alkohol trinken. Rita hat schon hundertmal auf ihn eingeredet, aber er hat auf niemanden gehört. Es ist ein Wunder, dass nicht längst etwas passiert ist.« Marta aschte in eine kleine Keramikschale auf dem Tisch neben uns. »Jedenfalls ist er jetzt schwer verletzt und braucht diese OP. Aber er ist noch zu schwach, deshalb können sie nicht operieren.«

»Deswegen hat Rita immer gesagt, er sei nicht okay.«

»Ja, sie hat vermutlich gehofft, Julia könnte ihn endlich zur Vernunft bringen.« Marta hielt mir ihre Zigarette hin.

Ich schüttelte mechanisch den Kopf. »Wann ist der Unfall passiert?«

Marta dachte eine Weile über meine Frage nach. »Schon vor einigen Wochen.«

»Vor ungefähr drei Wochen?«

»Das kommt hin.«

»Wo ist Daniel?«

Sie drückte die Zigarette aus. »Er ist abgehauen. Hat gesagt, dass er es gerade nicht aushält, hier zu sein und nichts für Luís tun zu können. Rita hat vorhin seine Pflanzen gegossen.«

Mit bleischweren Schritten lief ich zurück durch die Gassen in Richtung der untergehenden Sonne. Wie um alles in der Welt sollte ich Julia beibringen, was geschehen war? Dass Luís den Kontakt nicht abgebrochen hatte, sondern seit unserer Abreise um sein Leben kämpfte. Dass er ihr wirklich nicht hatte schreiben können. Dass er mit dem Mofa verunglückt war, dessen Scheinwerfer kaputt war, seit er sie aus dem Unwetter gerettet hatte. Dass er einen Herzfehler hatte, dass er es vielleicht nicht schaffen würde. Dass er möglicherweise niemals erfahren würde, dass sie sein Kind erwartete.

Julia saß mit dem Rücken zu mir auf dem Stein, auf dem ich sie zurückgelassen hatte. Murmel war auf ihren Füßen eingeschlafen. Meine Cousine saß da, ganz friedlich, und blickte auf den Horizont, auf dem nur noch ein Streifen Licht schwamm. Sie hatte keine Ahnung, dass sich ihr Leben gleich in zwei Hälften teilen würde. In ein Davor, als sie noch dachte, es ginge nur darum, einem Mann mal ordentlich den Kopf zu waschen. Und in ein Danach.

Ich setzte mich neben sie auf den Stein. »Hey.«

»Hey, wie war es? War er da?«

Offenbar sah Julia mir an, dass etwas passiert war. Denn noch bevor ich ein Wort hervorbringen konnte, legte sie einen Arm um mich. »Süße, bitte wein nicht! Glaub mir, alles wird gut.«

Ich griff schluchzend nach ihrer Hand. »Ich muss dir etwas sagen.«

35

Wir lagen die halbe Nacht wach. Ich hörte, wie Julia sich neben mir hin und her wälzte. Hörte Murmel, der aus seinem Körbchen stieg und durchs Zimmer tigerte. Zwischendurch stand auch Julia auf und trat ans Fenster. Schob die Vorhänge beiseite und sah hinaus auf die Wellen. Einmal hörte ich sie neben mir schluchzen und griff zu ihr hinüber, um ihre Hand zu halten.

Irgendwann schliefen wir doch noch ein. Nur um mit den ersten Sonnenstrahlen wieder aufzuwachen und uns daran zu erinnern, dass dieser Morgen da draußen vor den Fenstern nicht so schön war, wie er aussah.

Wir bekamen kaum etwas von dem Gebäck und dem frischen Obst herunter, das Inês uns hinstellte. Sie wusste ganz offensichtlich Bescheid, ihre Blicke und Gesten verrieten es, auch wenn wir kein Wort von dem verstanden, was sie sagte.

Rita bot an, auf Murmel aufzupassen. Sie lenkte ihn mit etwas Wurst aus der Küche ab, als wir uns auf den Weg machten. Marta fuhr mit ihrem eigenen Auto vor uns her ins Krankenhaus, weil sie ohnehin in der

Nähe noch etwas einkaufen musste. Sie half uns auch, vor Ort die richtige Station zu finden, und übersetzte einer Krankenschwester Julias Wunsch, Luís zu besuchen.

Die Schwester antwortete knapp und eilte weiter, während Marta übersetzte: »Es tut ihr leid, aber es dürfen nur direkte Angehörige zu ihm.«

Julia sackte immer weiter in sich zusammen.

Eine Zeit lang saßen wir vor dem Krankenzimmer, wie gelähmt, weil wir nicht wussten, was wir nun tun sollten. Bis eine ältere Dame herauskam. Sie war sehr klein und ging gebückt an einem Stock. Sie blieb vor uns stehen, erkannte Marta und herzte sie. Die beiden unterhielten sich. Marta erklärte ihr offenbar, wer wir waren, denn nun fiel der Blick der älteren Dame auf uns.

Etwas in ihrem Gesicht veränderte sich. Sie sah Julia an, und plötzlich verzog sich ihr Mund zu einem breiten Lächeln. Auf ihren Stock gestützt, humpelte sie zu meiner Cousine und legte die freie Hand auf Julias Wange. Dabei sagte sie mit heiserer Stimme etwas zu ihr.

»Das ist Luís' Mutter Aurelia«, stellte Marta sie vor. »Sie sagt, sie freut sich wahnsinnig, dich endlich kennenzulernen, Julia. Luís hat so viel von dir erzählt.«

Aurelia strahlte Julia an und fügte noch etwas hinzu.

Auch Marta lächelte nun. »Sie sagt, sie ist froh, dass du endlich da bist.«

Julia warf sich Aurelia in die Arme und fing an zu

schluchzen. Marta und ich standen etwas verlegen daneben und versuchten vergebens, nicht mitzuweinen.

Julia blieb im Krankenhaus. Aurelia sorgte dafür, dass man sie doch zu Luís ließ. Es kam noch ein Onkel hinzu, der Deutsch konnte und erklärte, dass Julia gerade richtig gekommen sei. Sie hofften, Luís wäre in einigen Tagen stark genug für seine Herz-OP.

Marta nahm mich mit nach Marial, damit Julia später mit ihrem Auto zum Hotel zurückkehren konnte.

»Weißt du, wo Daniel ist?«, fragte ich sie, als wir durch die Felder fuhren, über denen noch der Nebel lag.

»Ich habe da so eine Ahnung«, antwortete sie und stopfte eine lilafarbene Strähne zurück in ihren Haarknoten.

»Ist es weit von hier?«

»Ich kann dich hinbringen.«

Wir telefonierten mit Rita, die Marta versicherte, dass Murmel sich wohlfühlte und noch bei ihr bleiben könne. Dann holperten wir über mehrere Schotterwege und durch einen kleinen Ort, bis wir an ein paar Sanddünen gelangten. Dort bremste Marta ab.

»Weiter kann man nur mit Vierradantrieb«, erklärte sie.

Ich öffnete die Tür. »Alles klar, ich gehe zu Fuß.«

Marta diktierte mir ihre Handynummer. »Ruf mich an, wenn du abgeholt werden willst.«

Sie fuhr davon, und ich folgte der unbefestigten Straße durch die Dünen. Es war beschwerlich, durch den weichen Sand zu laufen. Links und rechts von mir erhoben sich sanfte Hügelkuppen. Nach etwa zehn Minuten sah ich endlich das Meer. Die Straße schlängelte sich noch einige Male, dann mündete sie in einen menschenleeren Strand. Nur eines verriet, dass ich hier doch nicht ganz allein war: Da unten, neben einer hohen Düne, stand Daniels alter Jeep.

Als ich näher kam, sah ich auch Daniel selbst. Er saß im Sand vor dem Wagen und trank aus einem Thermosbecher. Über dem Seitenspiegel baumelte sein nasser Neoprenanzug. Er war offenbar gerade aus dem Wasser gekommen und hatte mich noch nicht bemerkt. Kurz bevor ich bei ihm war, blieb ich stehen. Betrachtete seinen breiten Rücken, sein nasses Haar, das in Wellen darüberfiel. Wochenlang war er in meinen Gedanken ständig bei mir gewesen. Und nun saß er wirklich hier, nur wenige Meter von mir entfernt.

Nach einer Weile ging ich zu ihm und setzte mich neben ihn in den Sand. »Hey.«

Daniel sah mich überrascht an. Seine Augen funkelten noch blauer als in meiner Erinnerung. Am liebsten hätte ich ihn umarmt, aber ich traute mich nicht, denn er wirkte nicht gerade erfreut, mich zu sehen.

»Was machst du hier?«, fragte er statt einer Begrüßung.

»Ich habe etwas herausgefunden, was ich dir sagen

muss. Und dann haben wir das mit Luís erfahren. Julia ist bei ihm im Krankenhaus. Wie geht es dir?«

Daniel sah aufs Meer. Sein Blick verlor sich. Es dauerte eine halbe Ewigkeit, bis er mir endlich antwortete. »Ich halte es nicht aus, ihn da so liegen zu sehen. Ich fühle mich ihm hier viel näher.«

»Kann ich verstehen.« Ich griff nach seiner Hand, die noch kalt vom Surfen war.

Er blickte auf unsere Hände, meine auf seiner, und sagte: »Es tut mir leid, aber ich wäre gerade lieber allein.«

Ich hatte mich getäuscht. Er war mir gar nicht plötzlich ganz nah. Er war viel weiter weg als in den letzten drei Wochen in meinen Gedanken. Trotzdem wollte ich nicht so einfach aufgeben. »Bitte lass mich dir eine Sache sagen. Es ist wichtig.«

»Wenn es mit Lino und Raquel und Filipe zu tun hat, will ich es nicht hören.« Seine Stimme klang ungewohnt kühl.

»Ich weiß, du hast mich gebeten, mich rauszuhalten, aber …«

»Bitte, Katrin!« Er drehte sich etwas von mir weg. »Es ist alles schon schwer genug.«

Meine Hand lag noch immer auf seiner. Ich streichelte ihm über den Handrücken, bis er sie mir entzog.

Ein paar Minuten blieb ich noch neben ihm sitzen, hoffte, er würde seine Meinung ändern, aber er schwieg.

Schließlich stand ich auf. »Du weißt ja, wo du mich findest.«

Betrübt lief ich zurück durch die Dünen.

Oben an der Straße fragte ich mich, ob ich nun Marta anrufen sollte. Es war mir unangenehm, dass sie schon wieder für mich Taxi spielte. Wie weit war ich von Marial entfernt? Sicher zu weit, um von hier aus laufen zu können. Ich sah mich in beide Richtungen um. Busse fuhren in diesem Landstrich sowieso kaum, und ich stand irgendwo im Nirgendwo am Rand eines Naturschutzgebietes. Das Handynetz war schwach, aber ich fand heraus, dass ich nicht weit von einer kleinen Ortschaft entfernt war. Bis dahin waren es nur etwa zehn Minuten, und ich beschloss, dort weiterzuschauen.

Links und rechts der Straße gingen Feldwege ab, hier und da konnte ich Bauernhöfe sehen. Es war so still, dass ich nichts als das Rauschen des Meeres in der Ferne hörte. Kurz bevor ich in den Ort gelangte, hatte ich plötzlich das Gefühl, hier schon einmal gewesen zu sein. Die Pinien am Straßenrand kamen mir bekannt vor, genau wie der Schatten, den der Hügel auf das Feld neben mir warf.

Und dann sah ich das Schild. *Quinta da Cristina* stand da in Farbe auf Holz. Vor mir lag der Feldweg, der zum Hof von Filipes Eltern führte. Und plötzlich wusste ich, was ich tun würde. Ich hatte diesen Brief nicht gefunden, um alles seinem Schicksal zu überlassen. Ich bewunderte Zoé für die Gelassenheit, dieses Drama nicht zu ihrem zu machen. Aber es war mein Drama, ich konnte mich nicht raushalten. Denn es ging um jemanden, der mir etwas bedeutete.

Ich blickte den Weg hinauf, sah die Silhouette des Hofes vor den Wolken und lief los.

36

Im Garten der *Quinta da Cristina* ernteten gerade zwei Familien Kirschen. Die Kinder trugen Sonnenhüte mit Nackenschutz, die Erwachsenen wuchteten Körbe voller Früchte vor sich her. Die Zicklein lagen im Schatten einer Pinie und dösten.

Auch ich war erschöpft von den Ereignissen des Tages und der aufkommenden Hitze. Ich wischte mir den Schweiß von der Stirn und sah mich nach Filipes Eltern Bruno und Anita um. Da ich keinen von beiden entdeckte, ging ich zur Tür des Hofladens. Ich trat ein. Eine Glocke ertönte. Auch hier war niemand. Es roch nach Heu, Honig und Feigen. In der Kühltruhe stapelte sich wieder der berühmte Ziegenkäse. Offenbar waren die Zicklein nun groß genug, und Anita konnte wieder welchen herstellen. Gerade als ich nach einem Käse griff, stürmte die Dame des Hauses in das Ladenlokal.

Sie sah mich mit großen Augen an. »Und ich habe mich schon gefragt, wer da in der Mittagszeit stört.«

Mir fiel auf, dass sie zerzauster aussah als sonst. Die hellblonde Kurzhaarfrisur war am Hinterkopf etwas platt gedrückt, die Augenbrauen nicht nachgezogen wie sonst. Ich hatte Anita offensichtlich aus ihrem Mittagsschlaf geholt.

»Entschuldige, mir war nicht klar, dass ihr gerade eine Pause macht.«

Sie kam ein Stück näher. »Hallo, Katrin. Ich dachte, der Urlaub wäre längst vorbei?«

Ich legte den Käse zurück. »Das ist er. Ich bin nicht hier, um Urlaub zu machen. Ich habe noch etwas zu erledigen.«

»So, und was führt dich hierher?« Sie klang jetzt ein bisschen freundlicher.

»Ich würde gern etwas mit dir besprechen.«

Sie schloss die Tür des Ladens, woraufhin wieder die Glocke ertönte. Dann sah sie mich erwartungsvoll an.

»Ich habe in Hamburg Zoé getroffen.«

Ihr Gesichtsausdruck wechselte von einem Moment auf den nächsten von interessiert zu angriffslustig. »Was hat sie diesmal erzählt?«

»Sie hat mir verraten, warum sie Filipe wirklich verlassen hat.«

Anita schürzte die Lippen. »Das geht doch niemanden etwas an.«

»Na ja, dich geht es schon etwas an, finde ich.«

Sie verschränkte die Arme vor der Brust. »Dass mein Sohn kein Kind von Traurigkeit ist? Stell dir vor, ich bin seit über dreißig Jahren mit seinem Vater verheiratet. Dafür ist man stark genug oder eben nicht.«

Ich stellte mich fest auf beide Füße. »Ich spreche nicht von Filipes Untreue Zoé gegenüber, sondern von Cristinas Testament.«

Kurz verrutschte Anita die Mimik, aber sie fing sich schnell wieder. »Was will Zoé denn darüber wissen?«

»Cristina hat ihr erzählt, was drinsteht.«

»Meine achtundachtzigjährige – mit Verlaub wirklich wunderliche – Schwiegermutter soll einer jungen Frau mit viel Fantasie – die wir im Übrigen behandelt haben wie unser eigenes Kind – erzählt haben, was in ihrem Testament steht. Und das glaubst du ihr?«

»Was steht denn drin?«

»Es gab kein Testament. Und überhaupt: als ob dich das etwas anginge.«

»Mich nicht, aber jemanden, der mir viel bedeutet. Dem soll sie nämlich das Haus vermacht haben.«

Anita setzte ein Pokerface auf. »Und wer soll das sein?«

»Der echte Vater deines Enkels.«

Sie zeigte mit dem Finger auf die Tür. »Raus. So etwas muss ich mir nicht anhören, schon gar nicht in meiner wohlverdienten Mittagspause.«

»Warum nicht? Weil es stimmt? Habt ihr das Testament wirklich verbrannt? Oder wie habt ihr es aus der Welt geschafft?«

Anita kam nun so nah, dass ich Kaffee in ihrem Atem roch. »Mach, dass du rauskommst!«

In diesem Moment stolperte Bruno in das Ladenlokal. Er hatte sich offensichtlich schnell ein Hemd übergeworfen und noch keine Zeit gehabt, die Knöpfe zu schließen. »*Calma, calma!*« Mit erhobenen Händen drängte er sich zwischen mich und seine Frau und schob sie nach hinten, wobei er beschwichtigend auf Portugiesisch auf sie einredete. Schließlich zog sie sich zurück, nicht ohne mir zuvor einen letzten eiskalten Blick über die Schulter zuzuwerfen.

Bruno lächelte mich mit seinen freundlichen Falten an und winkte mir dann, ihm nach draußen zu folgen. Vor der Bank unter den Pinien blieb er stehen.

»Wait a moment«, sagte er und ging ins Haus.

Wenige Minuten später kam er mit einem Glas Wasser und einem Stück Brot zurück, das großzügig mit Ziegenkäse bestrichen war. Er setzte sich neben mich und lächelte mich aufmunternd an. Jetzt vergiften sie dich, dachte ich kurz, trank dann aber hastig und biss in das Brot, das noch köstlicher schmeckte, als es aussah. Ich hatte gar nicht gemerkt, wie durstig und hungrig ich war. Bruno summte neben mir seelenruhig vor sich hin.

So saßen wir noch immer da, mein freundlicher Leibwächter und ich, als etwa zwanzig Minuten später Filipes Mofa auf den Hof rollte. Bruno stand auf, nickte mir zu, grüßte seinen Sohn und verschwand im Haus.

Filipe nahm den Helm ab und kam mit zögerlichen Schritten auf mich zu. »Ernsthaft, Katrin? Du kommst her und bedrohst meine Mutter?«

Ich lachte auf. »Hat sie das behauptet? Ich habe sie lediglich mit etwas konfrontiert, was sie nicht hören wollte.«

Er drehte sich zum Haus um. »Nicht hier. Komm, ich bringe dich erst mal zurück nach Marial.«

Hinter ihm auf dem Mofa zu sitzen war ein komisches Gefühl. Wer war der junge Mann, der mich hierhergeführt hatte, wirklich? Ein romantischer Träumer mit Monchhichi-Augen, der seiner großen Liebe hinterhertrauerte? Oder ein notorischer Fremdgänger, der seinen ehemaligen Kumpel um sein Erbe gebracht hatte? Vermutlich lag die Wahrheit irgendwo dazwischen.

Filipe fuhr bis zum Hotel. Er ließ den Motor laufen, als ich abstieg.

»Können wir noch einmal reden?«, rief ich ihm über das Rattern hinweg zu.

Widerwillig stellte er den Motor ab und nahm den Helm vom Kopf. »Ich wüsste nicht, worüber.«

»Komm, geh ein Stück mit mir.«

Wir schlenderten in Richtung Kapelle und blickten aufs Wasser. Von hier aus sah Oma Cristinas Haus winzig aus.

»Wie weit bist du mit der Renovierung?«

Filipe strich sich das glänzende Haar aus dem schönen Gesicht. »Fast fertig. Ich finde nur niemanden, der mir mit dem Dach und der Fassade hilft. Das kriege ich alleine nicht hin, und Papas Rücken ist immer noch nicht besser.«

»Oh, tut mir leid.«

Ein paar Kormorane flogen in die Felsspalten an der Steilküste.

»Hör mal, Filipe. Ich weiß, es klingt komisch, aber die ganze Sache hat mir keine Ruhe gelassen.«

»Mama sagt, du hast mit Zoé gesprochen.« Er drehte sich zu mir. »Hätte nicht gedacht, dass du mir derart in den Rücken fällst.«

»Es war eher ein Zufall, aber ich war erstaunt, wie sie über die ganze Geschichte denkt.«

»Es gibt immer mindestens zwei Versionen einer Geschichte.«

»Du hast sie also nicht betrogen?«

Er wich meinem Blick aus. »Sie war so weit weg, und sie hat schließlich lange darauf beharrt, aus uns könnte nichts Ernstes werden. Aber klar, ich war ein Idiot. Sie war die Einzige, die mir je wirklich etwas bedeutet hat.«

Zwei Kormorane umkreisten einander, nicht weit von uns entfernt, und stießen dabei gackernde Geräusche aus. Ich wandte mich wieder Filipe zu. »Aber darum geht es mir im Grunde auch nicht. Zoé ist über die Sache hinweg.«

Er hob den Blick. »Ist sie das?«

»Stimmt der andere Teil der Geschichte? Der, in dem sie sich von dir getrennt hat, weil ihr Daniel um sein Erbe gebracht habt?«

Filipe funkelte mich wütend an. »Wovon sprichst du?«

»Hast du Cristinas Testament je gesehen?«

»Laut Mama gab es keins, und das hinterfrage ich nicht. Ich stelle mich nicht gegen meine Eltern, für keine Frau der Welt.«

Ein Auto kam ratternd die Straße heraufgefahren und hielt vor dem Hotel. Ein junges Pärchen stieg aus und begann, das Gepäck auszuräumen.

»Wenn es stimmt, Filipe. Wenn es stimmt, dann …«

»Das werden wir wohl nie erfahren. Hör bitte auf, dich da so reinzuhängen.« Er sah jetzt wieder etwas freundlicher aus. »Ich muss los.« Er schlug den Weg zurück zum Hotel ein. »Carlos hat gefragt, ob ich ihn zu einem Fußballspiel von Lino begleite. Wenn du nicht die Seiten gewechselt hättest, würde ich dich fragen, ob du mitkommst.« Seine Lippen verzogen sich zu einem Lächeln.

»Tja, das hab ich wohl.« Auch ich lächelte nun.

Als wir bei seinem Mofa angelangt waren, setzte er den Helm auf und stieg auf, stellte aber nicht direkt den Motor an. Stattdessen sah er mich mit einem merkwürdigen Blick an. Erstmals, seit ich Filipe kannte, hatte ich das Gefühl, dass ihm etwas unangenehm war. »Sag mal …«, fragte er schließlich. »Geht es ihr gut? Zoé?«

»Ja, ich denke, es geht ihr gut.«

Er wirkte mit einem Mal sehr jung. Jung und etwas hilflos. »Okay.« Er strich über den Knick in seiner Nase. »Das ist gut.« Ein letzter unsicherer Blick, dann gab er Gas und fuhr davon.

Ich holte Murmel von Rita und Marta ab, wo er sich offensichtlich wohlgefühlt hatte. Die zwei hatten in ihrer Mittagspause sogar einen langen Strandspaziergang mit ihm gemacht, sodass mein Hund sich völlig erschöpft unter dem Bett zusammenrollte, nachdem ich ihn gefüttert hatte. Julia hatte mir geschrieben, dass sie mit Luís' Onkel zu Aurelia gefahren sei und sich noch etwas um die alte Dame kümmere.

Ich saß auf der Bettkante, unter mir die schnarchende Bulldogge, und dachte über Filipes Worte nach. Egal, was Zoé mir erzählt hatte, ich glaubte ihm, dass ihm wirklich etwas an ihr lag. Zu dumm, dass er seine große Liebe mit bedeutungslosen Affären zerstört hatte. Dass er den Worten seiner Mutter mehr Bedeutung schenkte als Zoés, war wiederum verständlich. Es musste schwer für ihn gewesen sein, zwischen den beiden zu entscheiden. Plötzlich fragte ich mich etwas anderes: Wenn Filipe mit Carlos zu einem Fußballspiel von Lino ging, wo war dann Raquel? Er hatte sie nicht erwähnt. Vielleicht war das meine Chance. Ich ließ Murmel schlafen, stand auf und schnappte meine Tasche.

Marta war zum Glück bereit, mir ihr Auto zu leihen. Diesmal nahm ich die Küstenstraße gen Norden. Es war früher Abend, und goldenes Licht fiel auf den Atlantik. Immer weiter fuhr ich bergauf, bis ich an dem Teil der Steilküste angelangt war, über dem die Villen thronten. Schon von Weitem erkannte ich Raquels Haus. Ich parkte an der Stelle, an der ich mit Daniel gewartet hatte. Dann lief ich die Straße hinauf. Das große Schiebetor versperrte den Weg aufs Grundstück, aber durch die Spalten im Holz konnte ich sehen, dass der SUV nicht dort parkte. Carlos und Lino waren also schon weg. Vielleicht hatte ich ja Glück und traf Raquel an.

Neben dem Tor fand ich eine Klingel mit Kamera. Ich drückte darauf. Eine ganze Weile geschah nichts. Vermutlich war Raquel nicht da. Und wenn doch, würde sie mich vielleicht nicht reinlassen. Ich wollte schon aufgeben, als das Holztor plötzlich mit leisem Rattern zur Seite rollte. Ich trat ein und sah mich um. Einige Stufen führten auf eine große Veranda vor dem Haus. Oben stand Raquel, die Arme vor der Brust verschränkt. Ihre glänzenden langen Haare hatte sie zu einem Dutt oben auf dem Kopf zusammengebunden. Sie trug eine Jogginghose und ein übergroßes Shirt, worin sie überraschend normal aussah.

Mit etwas mulmigem Gefühl stieg ich die Stufen hinauf.

»Du bist wieder da?«, fragte sie abweisend.

Ihre Eltern hatten ihr offenbar nicht gesagt, dass ich heute auf dem Hof gewesen war. Vermutlich wollten sie sie nicht beunruhigen.

»*Olá*, Raquel! Schön, dich zu sehen.«

»*Olá*.« Sie verschränkte die Arme noch immer, als wollte sie sich vor mir schützen. »Ich wollte gerade Sport machen. Wie kann ich dir helfen?«

Ich blickte auf die Veranda, auf der ein Infinitypool im Abendlicht glitzerte. Davor hatte Raquel ihre Matte ausgerollt. Yoga am Pool mit Blick aufs Meer – nicht schlecht.

Die gläserne Wohnzimmertür war offen. Dahinter standen mehrere große Kartons auf einem Flauschteppich neben einem modernen Sideboard. Darüber an der Wand hing ein großes Foto, auf Leinwand gezogen. Es zeigte Raquel und Carlos mit den zwei Kindern am Strand. Was für eine hübsche Familie sie doch waren. Ich betrachtete Lino und fragte mich verblüfft, wie mir das hatte entgehen können. Er sah aus wie eine Miniausgabe von Daniel – die breiten Schultern, das Lächeln, das dichte blonde Haar, diese Energie, die von ihm ausging. Selbst auf die Entfernung konnte ich seine blauen Augen auf dem Foto leuchten sehen.

»Du hast alles, was man sich wünschen kann«, sagte ich an Raquel gewandt. »Wieso gönnst du Daniel nichts?«

Sie sah mich lange und nachdenklich an. »Manchmal sind die Dinge nicht so, wie sie auf den ersten Blick erscheinen.«

»Was meinst du damit?«

»Niemand hat alles. Ich zahle auch einen Preis.« Irgendwie wirkt sie verloren hier, dachte ich. Zu zart für diese dicken Mauern.

»Aber du hast ein Haus, eine Familie«, sagte ich. »Du hättest ihn nicht auch noch um sein Erbe bringen müssen.«

Sie schnalzte leise mit der Zunge. »Daniel wollte Omas Haus nicht.«

»Er weiß davon?«

»Er hat sich damals, als Cristina starb, mit meinem Vater getroffen. Mein Vater hat ihn gebeten, das Erbe auszuschlagen, mir zuliebe.«

»Und das hat er freiwillig getan?«

»Ja, weil er wusste, dass es meine einzige Sicherheit ist. All das hier …«, sie entknotete die Arme und wies auf das Anwesen, den Garten, den Pool, »all das hier gehört meinem Mann. Meine Eltern haben nichts als den Hof. Man weiß nie, was kommt. Wenn ich irgendwann allein mit zwei Kindern dastehe, habe ich noch Cristinas Haus. Daniel hat eingewilligt, es auf Lino zu überschreiben.«

Ich sah sie ungläubig an. »Das hat Zoé wohl nicht gewusst.«

Raquel gab einen ächzenden Ton von sich. »Das geht niemanden etwas an. Schon gar nicht Zoé, die Geheimnisse ebenso wenig für sich behalten kann wie meine Großmutter. Offiziell sind meine Eltern die Erben. Auf dem Papier gehört das Haus Lino.«

»Wie unglaublich großzügig von Daniel.«

Sie blickte über den Pool hinaus in Richtung Küste. »Ja.«

»Du hast ihn mal geliebt, oder?«

Sie schob ihre Unterlippe vor wie ein Kind, das gleich anfängt zu heulen.

»Ich verstehe, dass du Angst hast, Carlos zu verlieren. Aber könnte Daniel nicht trotzdem eine Rolle in Linos Leben spielen?«

Raquel drehte sich wieder zu mir, Wut in den Augen. »Wie stellst du dir das vor? Dass er der liebe Onkel ist, der manchmal zu Besuch kommt? Carlos ist nicht dumm.«

»Wie wäre es, wenn du Lino zu einem Surfkurs anmeldest? Alles, was Daniel will, ist ab und an mit seinem Sohn im Wasser zu sein.«

»Es geht nicht!« Raquels Stimme wurde lauter. »Glaub mir, ich lebe mit dieser Schuld, jeden einzelnen Tag. Ich brauche dich nicht, um mir zu sagen, was ich Daniel antue.«

»Aber vielleicht gibt es doch einen Weg.«

Ihre großen Augen waren zu schmalen Schlitzen geworden. »Den mag es in deinen Geschichten geben, aber das hier ist das wahre Leben. Halt dich da bitte raus! Du richtest sonst großen Schaden an. *Tchau*, Katrin!«

Ich warf einen letzten Blick auf den Pool, in dem ein einsames Playmobilboot schwamm. »Er will nur mit ihm surfen gehen. Denk drüber nach, Raquel. Daniel hat für dich auf Cristinas Haus verzichtet, sein Studium aufgegeben, sein Leben in Deutschland. Das ist das Mindeste, was du tun könntest.«

Und dann machte ich kehrt, lief Stufe für Stufe die Treppe hinunter und verließ das Anwesen. Hinter mir schloss sich das Holztor mit einem leisen Knarzen.

37

Das Licht der Kerzen flackerte in dem düsteren Raum. Julia stand neben mir und betrachtete die beiden Flammen, die wir gerade angezündet hatten.

»Schon komisch«, flüsterte sie. Ihre Worte hallten von den kahlen Wänden wider. »Ich habe echt lange nicht gebetet. Luís' Mutter und sein Onkel beten die ganze Zeit.«

Hinter uns kamen Leute in die Kirche. Jemand spielte auf der kleinen Orgel.

Wir setzten uns in eine der hinteren Reihen. Dann begann der Gottesdienst. Wir verstanden nichts. Wie sollten wir auch, der Geistliche am Altar hielt ihn auf Portugiesisch. Und trotzdem hatte es etwas seltsam Tröstliches, hier zu sein.

Luís sollte in zwei Tagen operiert werden. Sie konnten nicht länger warten, hatte man Julia im Krankenhaus übersetzt, obwohl er eigentlich noch zu schwach war. Er lag im künstlichen Koma, sie hatte noch nicht mit ihm sprechen können. Die Ärzte waren ehrlich zu ihr gewesen. Sie hatten Julia mitgeteilt, dass der Eingriff riskant war und er ihn möglicherweise nicht überleben würde. Womöglich würde Luís nie erfahren, dass er Vater wurde, überlegte ich, während die Gemeinde Gebete vor sich hin murmelte. Dieser Gedanke machte mich so traurig, dass ich kurz davor war, in Tränen auszubrechen.

Als sich die Gottesdienstbesucher erhoben, um gemeinsam zu beten, sah ich plötzlich einige Reihen vor mir den Rücken eines großen Mannes, der mir bekannt vorkam. Da stand Daniel. Ich erinnerte mich daran, wie ich ihn einmal aus der Kirche hatte kommen sehen. Unauffällig stellte ich mich auf die Zehenspitzen. Er trug ein Hemd und eine lange Hose, die Haare ordentlich zurückgenommen.

Als ich merkte, dass Julia mich aufmerksam musterte, senkte ich den Blick hastig wieder auf meine gefalteten Hände.

Die Gemeindemitglieder schoben sich langsam vor uns aus der Kirche. Als wir es endlich ans Tageslicht geschafft hatten, dachte ich zunächst, ich hätte ihn verpasst. Bis Julia mich mit dem Ellenbogen anstieß.

Sie wies mit dem Kopf auf eine Gruppe, die etwas abseits stand. »Ich gehe schon mal ins Hotel.«

Zwischen den älteren Damen, mit denen er sich unterhielt, wirkte Daniel wie ein Riese. Sein Hemd spannte um seine Surferschultern.

Als ich neben ihn trat, versiegte der Redeschwall der Umstehenden, und alle blickten mich an.

Ich lächelte freundlich in die Runde und sagte dann: »Kann ich kurz mit dir sprechen, Daniel?«

Er verabschiedete sich von den anderen, küsste zwei Damen auf die Wangen, wofür er sich weit hinabbeugen musste, und folgte mir. Wir liefen bis zu den Klippen, an deren Fuße die Wellen tosten.

Ich blickte hinunter in den Schaum. »Ich hätte nie gedacht, dass du so gläubig bist.«

»Bin ich auch nicht. Meine Religion ist das da.« Er zeigte auf die Brandung unter uns. »Aber ich mag die Stimmung in der Kirche. Die kurze Illusion, es könnte jemanden geben, der unser Schicksal leitet.«

Ich betrachtete ihn von der Seite. »Wie geht es dir?«

Er zögerte. »Wie soll es mir schon gehen? Mein bester Freund kämpft um sein Leben.«

»Er wird es schaffen, er muss einfach.«

Daniel sah so ernst aus, dass ich ihn gern umarmt hätte. Aber ich traute mich nicht. »Die Operation wäre ohne den Unfall schon ein Risiko gewesen. Deswegen hat er sich davor gedrückt. Er hat immer gesagt, er reitet seine letzte Welle, wenn Gott es will. Luís ist nämlich sehr gläubig, wie die meisten hier.«

Wir sahen beide runter auf den Ozean, der heute so unruhig war, dass er mich damit ansteckte.

»Raquel hat mir gesagt, was du für sie getan hast. Dass du das Erbe ausgeschlagen hast, Lino zuliebe.«

Er starrte nur stumm in die Tiefe.

»Ich weiß, es ist viel verlangt, aber vielleicht kannst du den ersten Schritt machen.«

Er wandte sich mir zu. »Den ersten Schritt machen? Glaubst du nicht, ich hätte alles versucht?«

»Es ist etwas Zeit vergangen seitdem. Wenn du signalisierst, dass du niemandem schaden willst, dass du …«

»Niemandem schaden?« Er klang jetzt fassungslos. »Was hätte ich mehr tun können, als ihnen das Haus zu überlassen? Als sie in Ruhe zu lassen, ihre Lüge mitzutragen?«

»Filipe braucht Hilfe mit dem Dach und der Fassade …«

Daniel unterbrach mich mit einem lauten Lachen. »Und ich soll ihm helfen? Dem Freund, der mich verraten hat?«

»Er hat seine Schwester beschützt, er versucht, die Familienehre zu retten. Natürlich war das falsch, aber ich glaube, er konnte sich einfach nicht gegen seine Eltern stellen. Das hat ihn seine eigene große Liebe gekostet. Und dieses Haus gehört Lino. Es gehört deinem Sohn. Wer weiß, vielleicht könnt ihr so wenigstens wieder miteinander sprechen? Das wäre doch ein Anfang.« Ich war selbst laut geworden. Einige der Kirchgängerinnen und Kirchgänger, die sich noch immer vor der Kapelle unterhielten, drehten sich zu uns um.

Daniels Gesicht war rot geworden vor Zorn. »Er würde meine Hilfe nicht mal annehmen. Lass meine Probleme meine eigenen sein, Katrin!«

Deutlich leiser sagte ich: »Ich bin auf deiner Seite. Nur auf deiner. Und das bleibe ich auch, egal, ob du enttäuscht von mir bist oder wütend.«

»Es ist zu spät.« Daniel schüttelte den Kopf. »Es ist für all das zu spät.«

Und dann ließ er mich stehen, lief an den plaudernden Grüppchen vor der Kirche vorbei, winkte den alten Damen zu und verschwand in den Gassen von Marial.

Einen Tag vor der Operation weckte Julia mich im Morgengrauen. Luís' Onkel Manuel hatte uns auf eine Bootstour eingeladen. »Er meint, es ist wichtig«, sagte sie mit entschuldigendem Blick. »Aber ohne dich mag ich nicht.«

Murmel kroch unter mein Bett, um klarzumachen, dass *er* um diese Uhrzeit auf gar keinen Fall aufstehen würde. Verschlafen zog ich mich an und folgte Julia die Treppe hinunter. Vor dem Hotel stand bereits Manuel, ein kleiner Mann mit rundem, freundlichem Gesicht, der uns wortlos begrüßte.

Er führte uns in die kleine Bucht hinunter, zog seine Schuhe aus und stellte sie auf einen der Felsen. Wir machten es ihm nach, dann half ich ihm, eins der hölzernen Boote über den Sand ins Wasser zu ziehen. Wir kletterten hinein, und er ließ den Motor an und fuhr mit uns aufs Meer hinaus.

»Ist das eine Entführung?«, fragte ich Julia matt.

Sie grinste schräg. »Ich glaube, eher ein Ablenkungsmanöver.«

»Ich hoffe, der Typ macht das hauptberuflich.«

Manuel drehte den Kopf zu mir. »Seit unzähligen Generationen.«

Ich lief rot an. Ich hatte vergessen, dass er Deutsch sprach.

Manuel lenkte das Schiff an der Landzunge und dem Viennetta-Felsen vorbei, dessen Gesteinsschichten vom Wasser aus noch imposanter wirkten. Etwa fünfzig Meter weiter machte er den Motor aus und zeigte in Richtung Küste. Von hier aus sah man die Häuser auf der Halbinsel. Die Cafés am Strand, die Steilküste. Und weit darüber tauchten plötzlich Berge aus dem Nebel auf. Um ihre Gipfel schimmerte Licht. Die Sonne ging auf.

Manuel nickte wissend. »Altes Fischerritual. Manchmal muss man aufs Meer fahren, um zu gucken, ob die Sonne noch aufgeht.«

Ich sah zu Julia. Die ersten Sonnenstrahlen fielen auf ihr müdes Lächeln.

»Am schlimmsten ist es für mich als Medizinerin, nichts tun zu können«, sagte sie leise. »Ich habe am Telefon ewig mit Tim über die richtige Behandlungsmethode diskutiert, aber wir sind immer wieder zu der Erkenntnis gelangt, dass wir den portugiesischen Kolleg*innen vor Ort wohl oder übel vertrauen müssen.«

Manuel lachte heiser. »Luís ist ein Fischersohn. An unseren Familien haben jahrelang Wind und Wetter gezerrt. Uns haut so schnell nichts um. Und wenn doch, fahren wir aufs Meer hinaus und waschen unsere Wunden mit Salzwasser aus. Glaubt mir, bald sitzt der alte Gauner wieder auf dem Surfbrett und klaut allen die besten Wellen.«

Das Boot unter uns schaukelte leicht. Die Sonne strahlte inzwischen gleißend hell auf die glatte Wasseroberfläche um uns herum.

»Ich weiß«, sagte Julia mit ruhiger Stimme.

Am nächsten Morgen war die See fast windstill. Julia und ich saßen auf dem letzten Felsen der Landzunge. Dort, wo wir unsere Wut in den Wind geschrien hatten. Das Handy lag auf ihrem Schoß, für den Fall, dass Manuel sich mit Neuigkeiten aus dem Krankenhaus meldete. Julia wirkte seltsam gelassen auf mich. Ich hatte fast das Gefühl, ich war nervöser als sie. Sie blickte einfach aufs Wasser, eine friedliche Zuversicht auf dem Gesicht.

Wir hatten uns eine Thermoskanne mit Kaffee von Inês mitgenommen und zwei Croissants in Servietten gewickelt. Den Kaffee tranken wir, aber nach essen war uns beiden nicht zumute. Murmel saß zwischen uns und hielt schnuppernd die Nase in die Luft.

Irgendwann sagte Julia: »Erinnerst du dich, dass ich gesagt habe, ich wäre im Schockzustand wegen der Schwangerschaft?«

»Ja.«

»Es gibt aber auch andere Momente.« Sie sah so hübsch aus im Licht der Morgensonne. »Momente, in denen ich einfach nur glücklich bin. Mir war nicht bewusst, dass ich diesen Wunsch in mir trage. Ich dachte, das Thema Familie betrifft mich nicht, ich hatte komplett damit abgeschlossen und meinen Frieden damit gemacht. Aber …« Sie hob den Blick zum stahlblauen Himmel. »Aber jetzt weiß ich, dass ich diesen Wunsch doch habe. Ich will dieses Baby. Ich will seine Mama sein, egal, was das Schicksal mit Luís und mir vorhat. Tief in mir weiß ich, dass alles gut wird, dass dieser kleine Mensch und ich den Weg ab jetzt gemeinsam gehen.« Tränen quollen aus ihren Augen. »Und egal, ob Luís es schafft oder nicht – dafür werde ich ihm immer dankbar sein.«

Ich schloss sie in die Arme.

»Ich hab es ihm gesagt«, flüsterte sie dicht an meinem Ohr. »Gestern, als ich das letzte Mal vor der OP bei ihm war. Ich habe ihm gesagt: ›Du wirst Papa, *querido*. Du musst kämpfen. Für mich, aber vor allem für dein Kind.‹ Irgendwie glaube ich, er hat mich gehört.«

»Bestimmt hat er das«, flüsterte ich in ihre fluffigen Haarwirbel. »Ganz bestimmt.«

Gegen Mittag hatten wir noch immer nichts aus dem Krankenhaus gehört. Julia war zu Aurelia gefahren. Ich hatte ihr angeboten, sie zu begleiten, aber sie fürchtete, das wäre zu viel für die alte Dame. Also beschloss ich, an den Strand zu gehen und im wellenlosen Meer zu schwimmen. Sobald ich ins Wasser tauchte, verlangsamte sich mein Puls. Ich schwamm weit hinaus, bis ich den Boden unter meinen Füßen nur noch erahnen konnte, obwohl das Wasser so klar war. Ich schwamm und schwamm und schwamm. Dann drehte ich mich auf den Rücken und sah den Wolken dabei zu, wie sie über den Himmel trieben.

Das möchte ich von nun an tun, dachte ich. Ich möchte Bücher schreiben. Ich möchte nie mehr auf das verzichten, was mich glücklich macht. Ich möchte Lesungen und Termine und die dazugehörige Aufregung, aber ich möchte darüber nie wieder vergessen, zwischendurch einfach im Meer zu treiben und den Wolken zuzusehen.

Nach einer gefühlten Ewigkeit schwamm ich zwischen die Felsen am Rand und kletterte aus dem Wasser. Ich war nur im Bikini gekommen, und genau so machte ich mich nun auf den Rückweg. Auf nackten, nassen Füßen, während das Meerwasser an mir herunterlief. Am Hotel angekommen, drehte ich mich um und blickte in die kleine Bucht hinab, die heute besonders türkis leuchtete, weil das Meer so still war. Von Cristinas Haus hörte ich Baugeräusche. Jemand hämmerte dort. Ich hob den Blick und hielt kurz die Luft an. Oben auf dem Dach, in einem Arbeitsanzug, stand Daniel.

Ich zog mir ein Sommerkleid über, nahm meinen Laptop und ging hinunter auf die Veranda. Dort setzte ich mich in den Schatten, klappte den Laptop auf und öffnete mein Manuskript. Dabei hob ich immer wieder den Kopf und blickte hinüber zu Filipe und Daniel, die gemeinsam das Dach reparierten. Und plötzlich wusste ich, wie mein Buch enden sollte:

Die Wellen kennen unseren Weg, denkt sie. Oft müssen wir strampeln und gegen den Strom schwimmen. Aber nicht immer ist Kämpfen die richtige Lösung. Manchmal ist es besser, sich einfach treiben zu lassen, zuzulassen, dass die Strömung uns in eine andere Richtung zieht, dass der Wind sich dreht und uns mitreißt. Die Kunst, glücklich zu sein, besteht vor allem darin, zu erkennen, wann.

38

Gegen Abend rief Julia aus dem Krankenhaus an. Ihre Stimme klang noch immer seltsam ruhig. Es hatte Komplikationen gegeben. Es hatte länger gedauert, als sie gedacht hatten. Aber die Operation war erfolgreich beendet. Nun zählten die nächsten achtundvierzig Stunden. Die musste Luís schaffen.

Julia wollte die Wartezeit im Kreis seiner Familie verbringen und bei Aurelia übernachten. Ich fand es erstaunlich, wie herzlich seine Mutter und sein Onkel sie innerhalb weniger Tage bei sich aufgenommen hatten. Und das, obwohl sie noch nicht einmal wussten, dass sie ein neues Familienmitglied im Bauch trug.

Ich ging zum Abendessen zu Marta und Rita. Offiziell war die Taberna geschlossen, aber ein paar Freundinnen und Mitarbeiterinnen saßen um einen großen Tisch herum. In der Mitte standen mehrere dampfende Töpfe. Alle tranken Wein und redeten wild durcheinander. Ich verstand nicht viel, aber ich hörte mehrmals Luís' Namen. Wie schön, dass sie ihn auf diese Weise feiern, dachte ich. Es war viel besser, hier unter Leuten zu sein als irgendwo allein, mit meiner Sorge um Julia und der Frage, wie alles weitergehen würde.

Zwischendurch schaute ich immer wieder zur Tür. Ich hoffte, sie würde sich öffnen, etwas kühle Luft mit hereinbringen. Und Daniel. Er hätte bei uns sein sollen. Mit uns Brot in Martas Sardinenpaste tunken und Olivenkerne auf die Teller spucken und die Sorgen auf alle Schultern verteilen. Aber er tauchte nicht auf.

Wie es wohl gelaufen war zwischen ihm und Filipe? Ich hätte es nicht für möglich gehalten, dass er meinen Ratschlag annahm. Aber er hatte dort oben auf dem Dach gestanden. Er hatte Filipe geholfen. Ich hoffte so sehr, dass ich recht behielt. Dass die Gräben, die diese Familie sich einst selbst gegraben hatte, noch zu überwinden waren.

Irgendwann drehte Marta die Musik lauter. Rita schenkte uns allen Wein nach, bis ich wie mit Weichzeichner auf die Menschen um mich herum blickte, die ich kaum kannte. Ich konnte mich nicht wirklich an ihren Gesprächen beteiligen. Und trotzdem fühlte ich mich geborgen. Wir spielten Karten, und alle lachten sich kaputt, weil wir eigentlich schon zu beschwipst dafür waren. Rita stieg irgendwann zwischen uns auf den Tisch und tanzte, bis Marta sie herunterzog und sie lachend gemeinsam auf den Boden plumpsten. Es war merkwürdig. Heute war beileibe kein Tag zum Feiern. Und dennoch hatte ich schon lange nicht mehr so viel Spaß gehabt. Die Anspannung verwandelte sich mehr und mehr in eine kopflose Euphorie.

Als ich schließlich leicht schwankend durch die

Straßen von Marial zum Hotel zurückkehrte, war ich mir sicher, dass es nur eine Frage von Wochen war, bis auch Luís wieder mit uns feiern würde.

Im Halbschlaf streifte Murmels feuchte Nase meinen Arm. Er war wohl in der Nacht wieder von seiner Decke auf mein Bett gesprungen. Ich drehte mich vorsichtig um und öffnete die Augen einen Spaltbreit.

Dabei entdeckte ich Julia, die auf meiner Bettkante saß. Morgensonne fiel durch eine Lücke im Vorhang auf ihr Gesicht. Sie hatte vermutlich nicht viel geschlafen, aber man sah ihr weder die schlaflosen Nächte noch den Kummer an.

»Ist es schon so spät?«, flüsterte ich.

Murmel grunzte neben mir, er wollte offenbar auch noch nicht aufstehen.

Julia schüttelte den Kopf. »Entschuldige, wenn ich dich gestört habe. Ich wollte eigentlich nur duschen und ein paar Klamotten holen, und dann bin ich hier sitzen geblieben und hab dir beim Schlafen zugeschaut.«

Ich drehte mich auf den Rücken.

Julia nahm den Blick nicht von mir. »Wenn du schläfst, siehst du immer noch aus wie als kleines Mädchen. Fehlen nur die geflochtenen Zöpfe.«

Ich lächelte sie an.

Sie lächelte zurück. »Hab ich dir je gesagt, dass du die Schwester bist, die ich nie hatte?«

»Immer mal wieder. Seit über dreißig Jahren immer

mal wieder.« Ich griff nach ihrer Hand, die auf meiner Bettdecke lag und Murmels Bauch kraulte.

Julia lächelte noch immer. »Er ist aufgewacht«, sagte sie leise. Alles an ihr leuchtete. »Luís ist aufgewacht, und ich konnte zu ihm.«

Ich setzte mich so plötzlich im Bett auf, dass Murmel erschrocken aufsprang. »Oh mein Gott! Wie geht es ihm?«

»Er ist schwach, aber er kann sprechen, er hat …« Ich nahm sie in den Arm, und in meine Umarmung hinein sagte sie: »Er hat die Augen geöffnet, mich angesehen und gefragt: ›Bist du ein Engel?‹«

Wir mussten beide lachen.

»Das Ärzteteam meint, er macht das super. Aber er darf sich nicht aufregen, deswegen habe ich noch nichts gesagt. Ich will jetzt einfach für ihn da sein.«

In der kommenden Woche erholte Luís sich zusehends. Julia kam ab und an in Marial vorbei, holte frische Kleider, frühstückte mit mir oder ging mit mir und Murmel ein Stück am Strand spazieren. Dabei erzählte sie, dass Luís erstmals etwas getrunken und gegessen hatte. Dass sie sich richtig unterhalten konnten. Dass er jedes Mal strahlte, wenn sie sein Zimmer betrat.

Morgens, wenn ich die Vorhänge unseres Hotelzimmers aufschob, während Murmel noch auf seiner Decke schnarchte, schaute ich immer als Erstes hinüber zu Cristinas Haus. Jedes Mal sah ich dort

Daniel und Filipe arbeiten. Sie trugen Werkzeug oder Metallstangen umher, standen auf dem Dach, schraubten an etwas herum oder diskutierten lautstark. Ihr Anblick brachte mich jeden Morgen aufs Neue zum Staunen.

Bis sie am Ende der Woche das Gerüst abbauten und Metallteil für Metallteil auf die Ladefläche des Lieferwagens wuchteten. Nach dem Frühstück ging ich zurück in unser Zimmer und schaute wieder einmal aus dem Fenster. Der Lieferwagen stand nicht mehr da. Die Fassade von Cristinas Haus glänzte weiß. Die Holzläden an den Fenstern waren hellblau gestrichen. Es sah wunderschön aus.

Ich saß auf der Veranda und schrieb, als Julia mittags aus dem Krankenhaus kam. Ich sah sie die Rua das Pedras hochrennen. Schon von Weitem bemerkte ich den leicht manischen Ausdruck auf ihrem Gesicht. An meinem Tisch angekommen, sagte sie schnaufend: »Ich hab es ihm gesagt.«

Ich schnappte nach Luft. »Wie hat er reagiert?«

»Er hat sich so sehr gefreut, dass direkt irgendwelche Geräte anfingen zu piepen und eine Schwester herbeigestürmt kam.«

»Oh, Süße.«

»Er wollte schon seine Familie anrufen und ein Fest planen. Zum Glück konnte ich ihn noch rechtzeitig bremsen.«

Ich sprang auf und schlang die Arme um sie. »Ich freue mich so für euch.«

39

Etwas später ging ich an den Strand. Murmel rannte ins Wasser, drehte bei jeder Welle ab und hetzte wieder zurück an Land. Schließlich ließ er sich neben mich aufs Handtuch fallen. Er roch nach Meerestier und war über und über mit Sand paniert. Schmunzelnd beobachtete ich die glasklaren Wellen, die auf den Strand rollten. Und fragte mich, ob es noch etwas für mich zu tun gäbe. Julia und Luís waren vereint. Tim hatte ihr den Rest des Monats freigegeben und Verstärkung von einer anderen Station angefordert. Daniel und Filipe sprachen wieder miteinander. Den Rest mussten sie selbst erledigen.

In meinen Augen hatte ich die Aufgabe erfüllt, die das Schicksal mir offenbar anhand des Briefes gestellt hatte. Vermutlich war es an der Zeit, in mein altes Leben zurückzukehren. Die Lesungen vorzubereiten, für die ich im Spätsommer angefragt war. Mein neues Buch weiterzuschreiben, an dem ich so viel Freude hatte. Mich weiter mit dem Verlag darum zu streiten, unter welchem Namen es veröffentlicht werden sollte.

Der Gedanke, Marial schon wieder zu verlassen, machte mich traurig. Auch wenn ich wusste, dass ich in Zukunft häufiger hier sein würde. Welche Regelung auch immer Julia und Luís treffen würden – es gab nun etwas, was sie für immer miteinander verband. Und ich wollte sehr gern die Tante sein, die ihr Patenkind beim Baden in die Luft warf und wieder auffing. Die Sandburgen baute oder Martas Fischfilets in mundgerechte Stücke schnitt, die Sonnencreme nachschmierte und mit Hüten hinter dem Kind herlief, die es sich sofort wieder vom Kopf riss. Dieser Ort würde mir bleiben – und das tröstete mich.

Auch weil es bedeutete, dass ich Daniel wiedersehen würde. Er mochte gerade nicht mit mir reden, er mochte enttäuscht von mir sein oder was auch immer – eines Tages würde das Meer uns schon wieder gemeinsam an den Strand spülen.

Gerade als ich diesen Gedanken zu Ende brachte, bemerkte ich eine Gruppe von Kindern, die in Neoprenanzügen um eine Decke herumsprangen. In der Mitte stand ein Kuchen mit einer Kerze darauf. Sie hatte die Form einer Sechs. Eins der Kinder drehte sich in meine Richtung. Strahlend blaue Augen leuchteten mich an. Augen, die mir sehr vertraut vorkamen. Es war Lino.

Ich erinnerte mich daran, dass Daniel mir erzählt hatte, der Junge würde bald sechs werden. War das seine Geburtstagsfeier? Eine Frau mit einem großen Hut schnitt Kuchenstücke für die Kinder ab. Ich konnte sie nur von hinten sehen, erkannte Raquel aber auch so an ihren grazilen Bewegungen.

Die Jungs stopften sich den Kuchen in den Mund und rannten noch kauend zum Wasser. Dort lag ein kleines Surfbrett bereit. Was für ein Kindergeburtstag, dachte ich.

Und da sah ich ihn. Daniel. Er kam aus dem hüfthohen Wasser gelaufen und klatschte sich mit jedem der Jungs ab. Als seine große Hand die kleine von Lino berührte, hielt ich kurz die Luft an. Er erklärte den Jungs etwas. Anschließend nahm er sie mit ins flache Wasser und schob sie nacheinander in die heute sachten, kleinen Wellen, während die anderen im Flachen planschten.

Ich stand auf und trat ein paar Schritte näher an die Brandung heran. Dann blieb ich ganz still stehen und hoffte, sie würden mich nicht bemerken.

Mit Lino, dem Geburtstagskind, ging Daniel ein bisschen weiter raus als mit den anderen Jungs. Er klemmte sich sein Brett unter den Arm, und Lino hüpfte begeistert neben ihm her. Als das Meer ihm etwa bis zur Hüfte reichte, griff er nach Daniels Hand. Sechs Jahre lang hatte Daniel seinen Sohn nur von Weitem gesehen. Und jetzt hielt er Linos nasse kleine Hand in seiner.

Daniel erklärte dem Jungen etwas, der sich daraufhin bäuchlings aufs Brett legte. Daniel hielt ihn fest, wartete auf eine Welle und schob ihn hinein. Ich war bestimmt zwanzig Meter von den beiden entfernt, aber ich konnte Linos vergnügtes Kreischen bis hierher hören. Das begeisterte Lächeln auf seinem Gesicht sehen. Am Ufer rutschte er vom Brett, schnappte es sich und rannte damit erneut auf Daniel zu. Der wartete mit ausgestreckter Hand auf ihn, und die beiden klatschten sich ab. Ich hatte Daniel noch nie zuvor so strahlen sehen.

Während ich die zwei beobachtete, fluteten Glücksgefühle meinen Körper. Es war kein Traum. Da vorne im Wasser stand Daniel, zusammen mit seinem Sohn, wie er es sich immer gewünscht hatte. Sechs Jahre, und sein Traum war endlich wahr geworden.

Ich war so in den Anblick versunken, dass ich erst spät bemerkte, dass noch jemand den beiden zuschaute. Jemand, der nur wenige Meter von mir entfernt stand. Plötzlich wandte Raquel mir das Gesicht zu. Es war tränennass. Ich lächelte sie vorsichtig an.

»*Obrigada*«, formte ich mit den Lippen.

Sie nickte leicht und drehte sich wieder zu den Wellen.

Abends, als die meisten Surferinnen und Surfer ihre Bretter bereits zurück in die Camps oder Hostels trugen, beschloss ich, noch einmal schwimmen zu gehen. Murmel lag frisch entsandet auf dem Bett, alle viere von sich gestreckt, und weigerte sich, das Zimmer zu verlassen. Also stieg ich allein zu der kleinen Bucht vor dem Hotel hinunter. Die Wellen waren noch immer nicht groß, sodass ich problemlos von hier aus zum Strand schwimmen konnte. Ich ging zwischen den Fischerbooten hindurch, die mit aufgerollten Netzen darauf warteten, morgen in aller Früh wieder hinauszufahren.

Schritt für Schritt trat ich ins klare, angenehm kühle Wasser. Bis ich nicht mehr stehen konnte. Ich schwamm hinaus und an den Felsen vorbei. Drehte mich auf den Rücken und sah zurück zum Hotel, zurück zu Cristinas Haus. Ich wünschte, sie hätte noch erfahren, dass die Dinge sich zum Guten wendeten. Aber vielleicht hatte sie das, vielleicht orchestrierte sie alles von einem anderen Ort aus, wer wusste das schon so genau.

Ich schwamm gemächlich weiter. Die Wellen trugen mich in die richtige Richtung und ließen mich sanft auf und ab schweben.

Da hörte ich hinter mir etwas schwappen. Ich drehte mich um und sah Daniel auf seinem Surfbrett. Er hob den Kopf. Dann machte er einige energische Paddelzüge auf mich zu.

Er schaute mich eine Weile von seinem Surfboard aus an, mit diesem Blick, mit dem er sonst nur das Meer ansah. Leer und voll zugleich.

Noch bevor ich etwas sagen konnte, rutschte er von seinem Brett. Es war das neue. Das, das er in der Farbe des Sonnenuntergangs lackiert hatte. Wie ich es vorgeschlagen hatte. Wir hielten uns beide daran fest.

»Danke«, flüsterte er schließlich.

Mit ruhigen Beinbewegungen schwammen wir auf der Stelle. Ich muss es ihm sagen, dachte ich. Ich musste ihm sagen, dass ich an jenem Morgen nur deswegen so abweisend gewesen war, weil ich eine Scheißangst hatte. Weil er für mich viel mehr war als eine schöne Urlaubserinnerung. Weil er für mich so war, wie Menschen eigentlich nicht sein können: perfekt.

»Ich muss dir was sagen.« Meine Stimme klang belegt.

Er sah mich seelenruhig an. Ich wich seinem Blick aus, weil ich die Spannung zwischen uns nicht mehr aushielt. Blickte nach oben, hoch zu den Felsen. Hoch zu Cristinas Haus.

Und sah Raquel. Sie stand mit Lino und Ana auf der Terrasse und blickte zu uns herunter. Ich hob die Hand und wollte winken. Dabei vergaß ich für einen Moment, mit den Beinen zu schlagen, und tauchte unter. Ich zog mich am Surfbrett wieder hoch. Als ich die Augen öffnete, waren die drei nicht mehr zu sehen.

Daniel war meinem Blick gefolgt. »Sie und Carlos hatten Streit. Haben sie immer mal wieder, aber diesmal war es wohl ernst.«

Ich schluckte Salzwasser und musste husten. »An Linos Geburtstag?«

»Filipe sagt, Raquel hat seit Wochen heimlich Sachen gepackt, sie braucht wohl Abstand und zieht erst mal in Cristinas Haus. Sie hat heute Morgen völlig unvermittelt vor meiner Tür gestanden und gefragt, ob ich wüsste, was für ein Tag ist. Als ob ich das jemals vergessen könnte.« Seine Augen leuchteten. »Und dann hat sie gesagt, Lino würde sich wünschen, an seinem Geburtstag mit seinen besten Freunden surfen zu lernen. Ob ich sie begleiten könnte. Kannst du das fassen?«

Etwas in mir zerplatzte. Ganz leise, nur für mich zu hören. »Ich habe euch gesehen, vorhin am Strand. Ich freue mich so für dich.«

Daniel rückte noch ein kleines Stück näher an mich heran. »Ohne dich wäre es nie so weit gekommen. Ich weiß nicht, wie ich dir danken soll. Du hattest mit allem recht. Bitte entschuldige, dass ich es nicht sofort verstanden habe. Noch nie in meinem ganzen Leben hat jemand so für mich gekämpft wie du.«

Ich lächelte traurig. Und in dem Moment, in dem er sich zu mir beugte, in dem ich seinen Atem schon riechen konnte, tauchte ich erneut unter.

Als ich wieder hochkam, sagte ich: »Ich freue mich so für dich. Wirklich, Daniel. Aber ich muss jetzt los.«

Dann schwamm ich weiter. Nicht umdrehen, dachte ich. Wenn du dich jetzt umdrehst, wird er dich küssen. Du wirst nicht die Kraft haben zu widerstehen. Aber du musst.

Ich hörte Daniel wie durch Watte nach mir rufen, doch ich reagierte nicht. »Katrin? Katrin, was wolltest du mir sagen?«

Raquel ist ausgezogen, dachte ich mit jedem Schwimmzug, der mich dem Ufer näher brachte. Raquel braucht Abstand von Carlos. Damit ist sie vielleicht wieder frei für Daniel. Sie ist die Liebe seines Lebens. Vielleicht wird Lino doch noch mit seinem echten Papa zusammenleben. Vielleicht werden sie doch noch eine Familie.

Ich schwamm, bis ich den sandigen Boden unter meinen Füßen spürte. Ich stieg aus dem Wasser, lief über den Strand, die Kopfsteinpflasterstraße hinauf, weiter, immer weiter, bis ich im Hotelzimmer stand. Triefend, wie ich war, stellte ich mich ans Fenster. Draußen dämmerte es. In Cristinas Haus brannte Licht. In der Terrassentür stand Raquel und sah zu mir herüber.

40

In der Nacht lag ich wach. Meine Aufgabe hier ist erfüllt, dachte ich. Ich muss nach Hause. Nicht dass ich am Ende alles in Gefahr brachte, was ich erreicht hatte. So wie Daniel mich angesehen hatte, war ich ihm alles andere als egal. Ich musste hier weg.

Wegen Murmel brauchte ich für die Rückkehr nach Deutschland Julias Auto. Es graute mir davor, den ganzen Weg allein zurückzulegen, aber ich hatte keine Wahl. Julia würde noch bleiben, bis es Luís besser ging. Und vielleicht auch länger. Ich dagegen hatte ein Leben in Hamburg. Zugegeben – viel war nicht mehr davon übrig. Aber es lohnte sich, darum zu kämpfen. Ich hatte hier nichts mehr verloren.

Nach einer ziemlich schlaflosen Nacht packte ich meine Tasche. Ging ein letztes Mal am Strand spazieren, wo ich Murmel durch den Sand flitzen ließ. Verabschiedete mich von Marta und Rita. Tränenreich von Julia. Sie würde zurückfliegen, wenn die Zeit gekommen war. Wenn ich das nächste Mal hierherkäme, würde ich Murmel bei Tim lassen und auch wieder fliegen. Aber jetzt musste ich meinen Hund und mich erst mal zurück nach Hamburg fahren. Durch halb Europa.

Schließlich klopfte ich mit zittrigen Knien bei Daniel, um mich auch von ihm zu verabschieden. Er war nicht da, was mich beinahe erleichterte. Ihm noch einmal gegenüberzutreten hätte den Abschied nur noch schwieriger gemacht. Vielleicht würde ich ihm von Hamburg aus einen Brief schreiben. Einen, in dem ich ihm erklärte, warum ich so gehandelt hatte. Und dass ich mir wirklich für ihn wünschte, dass Raquel und er ihre zweite Chance nutzten.

Als ich mich umdrehte und das rote Gartentor hinter mir ließ, musste ich daran denken, wie ich das letzte Mal von hier fortgegangen war. Nach unserer gemeinsamen Nacht. Daran, wie besonders diese Stunden für mich gewesen waren. Und dass ich diesen Schatz für immer in mir tragen würde. Ich sah Daniel wieder vor mir, auf der Dachterrasse unter dem Sternenhimmel. Sein Gesicht ganz nah an meinem. Seine blauen Augen, die in der Dunkelheit glänzten. Und dann hatte er es gesagt. Einfach so.

Ich weiß, es klingt verrückt, aber … Er hatte mich geküsst, dann wieder angesehen, auf diese ganz besondere Weise. *Würdest du mir glauben, wenn ich dir jetzt sage, dass ich schon immer nach dir gesucht habe?*

Als ich die Straße zwischen den Stränden entlangfuhr und Marial endgültig hinter mir ließ, wiederholte ich leise, was ich auch in jener Nacht geantwortet hatte: »Ja, das würde ich.«

Bevor ich den Heimweg antrat, hatte ich noch etwas zu erledigen. Ich bog von der Küstenstraße ab und fuhr auf einen staubigen Hof. Klingelte am Tor. Hörte mehrstimmiges Hundebellen. Und begrüßte Leoni. Sie trug heute Shorts und ein Männerunterhemd, an den Füßen wieder die Wanderschuhe.

»Kommst du, um Fofos Welpen zu sehen?«

»Genau. Meinst du, ich kann meinen Hund hier mit reinbringen?«

»Klar, die sind alle total friedlich, hier gibt's ja ständig Neuankömmlinge.«

Murmel versteckte sich unsicher hinter meinen Beinen, während einige der Hunde ihn freudig beschnupperten.

Leoni brachte uns zum hinteren Gehege. Schon von Weitem sah ich, wie groß Fofos Welpen geworden waren.

»Was meinst du, wie lange sie ihre Mutter noch brauchen?«

»Drei, vier Wochen noch, dann theoretisch nicht mehr. Aber bis sie reisen können, müssen sie älter sein.«

Ich nahm Murmel hoch und setzte ihn zwischen die Kleinen ins Gehege. Sie wuselten um ihn herum und beschnüffelten ihn von allen Seiten. Murmel sah mich alarmiert an. Dann kam Fofo angelaufen. Sie wackelte vor Freude mit ihrem ganzen kleinen Körper und versuchte laut fiepend, mir übers Kinn zu schlecken.

»Da ist aber jemand glücklich!« Leoni lachte.

»Hallo, meine Kleine.« Ich setzte mich auf den Boden, sodass Fofo auf meinen Schoß klettern konnte, streichelte sie ausgiebig und wandte mich wieder an Leoni. »Wann kann ich sie zu mir holen? Ich kann es kaum erwarten.«

Leoni kniete sich zu Murmel, der in eine Art Schockstarre verfallen war, und kraulte ihn beruhigend. »Ich muss nachher mal nachrechnen, aber mit allen Impfungen und so weiter wird es wohl September. Holst du sie selbst, oder sollen wir eine Flugpatin oder einen Flugpaten suchen?«

»Ich denke, ich hole sie selbst ab.«

»Super. Du meinst die Kleine mit den weißen Pfoten, oder?« Sie zeigte auf das süße Hundemädchen, das gerade an mir hochkrabbelte. Sie war wirklich goldig. »Dann gebe ich die gar nicht erst in die Vermittlung.«

»Nein.« Ich kraulte der Kleinen den flauschigen Bauch. Fofo schob sie, wie schon beim letzten Mal, bestimmt mit der Schnauze beiseite. »Ich meine die hier, die Mutter. Fofo.«

»Oh.« Leoni biss sich auf die Unterlippe. »Die ist leider schon reserviert.«

Ich stutzte. »Aber. Aber ich dachte … Oh nein, sie ist … Sie ist doch mein Hund!«

Leoni sah jetzt ehrlich konsterniert aus. »Du hast nichts gesagt beim letzten Mal, sonst hätte ich dich gleich gewarnt.«

»Da war sie auch schon reserviert?«

»Ja, mein Kumpel, der sie hergebracht hat, hat einen

Tag später noch mal angerufen und gesagt, dass er sie abholt, wenn die Welpen groß genug sind.«

Es dauerte ein paar Sekunden, bis ich verstand.

»Daniel?«

»Stimmt, ihr kennt euch. Du hast ihm mit den Kleinen geholfen, oder? Deswegen reagiert sie so auf dich, verstehe.«

»Ja, genau. Daniel will Fofo haben?«

Leoni grübelte einen Moment. »Nicht für sich, glaube ich. Er sagte … warte … Er sagte, seine Freundin würde es ihm nie verzeihen, wenn er sie nicht wieder mit nach Hause brächte. Fofo hätte sie ausgesucht. Als ihren Menschen. Genau wie er. Vom ersten Moment an. Süß, oder?«

Ich starrte Leoni an, die einen Arm um Murmel gelegt hatte. Fofo versuchte noch immer, mir übers Kinn zu schlecken.

»Alles okay?« Ich konnte in Leonis Gesicht sehen, wie sich die Puzzleteile in ihrem Kopf langsam zusammenfügten. »Bist du …? Hat er … von dir gesprochen?«

Ich sah von Murmel zu ihr und zurück zu der fledermausohrigen Hündin in meinem Schoß, die mich ergeben anhimmelte. »Ich glaube, ja.«

Ich musste nachsehen, ob er dort war. Wenn nicht, würde ich fahren. Wenn doch, würde ich ein letztes Mal mit ihm sprechen. Zumindest darüber, wie wir das mit Fofo machen würden.

Ich parkte das bepackte Auto am Straßenrand. Lief mit Murmel durch die Dünen. Der Weg kam mir länger vor als beim ersten Mal. Noch eine Kurve, noch ein Hügel, noch ein Tal. Bis ich endlich das Meer sah. Mein Herz hüpfte. Da unten auf dem breiten Sandstreifen stand Daniels Jeep. Es war also entschieden. Ich würde vor meiner Abreise mit ihm sprechen.

Ich lief weiter und ließ den Blick über den Strand schweifen. Wie schon beim letzten Mal war er menschenleer. Auch Daniel konnte ich diesmal nicht entdecken. Vielleicht machte er eine Pause in seinem Wagen. Als ich näher kam, fiel mir auf, dass draußen in den Wellen ein Surfer saß. Ich ging mit Murmel in Richtung Brandung. Daniels Schatten zeichnete sich vor der gleißenden Sonne ab. Er hatte mich noch nicht bemerkt. Er surfte auch keine Welle. Er saß nur da und schaute zum Horizont.

Auf deinem Surfbrett musst du nichts. Du kannst einfach nur hier sitzen, wenn du willst.

Ich drehte mich zu seinem Auto um. Er hatte kein zweites Brett mitgebracht, mit dem ich zu ihm hätte hinauspaddeln können. Ich musste an unseren Abend auf der Party denken. An unser Bodysurfen. Zum Surfen brauchte man kein Board.

Kurzerhand zog ich mir das Kleid über den Kopf und gab Murmel den Befehl zu bleiben, wo er war. Er spitzte unsicher die Ohren, gehorchte jedoch. Aufmerksam saß er im Sand und sah mir dabei zu, wie ich in Unterwäsche in die Fluten hechtete. Meter für Meter, bis das Wasser mir bis zur Brust reichte. Dann schwamm ich los. Ein paarmal brauste mir eine Welle entgegen, und ich tauchte hindurch. Bis Daniel nur noch wenige Meter entfernt war. Er starrte noch immer wie hypnotisiert in die Ferne.

»Hallo!«, rief ich, als ich ihn fast erreicht hatte. »Daniel!«

Verwundert drehte er sich zu mir um. Dann paddelte er mir entgegen. »Hey, was machst du denn hier? Hast du wieder einen Kormoran gesehen?«

»Witzbold.« Ich schwamm die letzten Züge und griff mit einer Hand nach seinem Board. »Ich habe dich gesucht.«

Er ließ sich seitlich ins Meer gleiten, tauchte einmal unter dem Brett hindurch und direkt vor mir wieder auf. Die nassen Haare klebten an seinem Kopf. »Ich hab auch nach dir gesucht vorhin, aber Inês sagte, du wärst abgereist.«

»Das bin ich eigentlich auch.« Über unseren Köpfen kreischten ein paar Möwen.

Daniel musterte mich. »Und was machst du dann hier?«

»Ach …« Ich wich seinem Blick aus. »Ich war bei Leoni, um ihr Bescheid zu geben, dass ich Fofo so bald wie möglich abhole, und dann …«

»… hast du erfahren, dass ich das schon erledigt habe.«

»Woher wusstest du, dass ich sie holen würde?«

»Manche Dinge weiß man einfach.«

Ich schluckte.

Er musterte mich immer noch eindringlich. »Darf ich raten, warum du so plötzlich fahren willst?«

Ich nickte leicht.

»Du denkst, dass ich jetzt wieder mit Raquel zusammenkomme.«

»Das wäre … Das würde mich ehrlich freuen.«

Daniels Augen glitzerten mit dem Wasser um die Wette. »Ich werde nie mehr mit Raquel zusammenkommen. Nichts oder niemand kann daran etwas ändern. Ich werde immer für sie und Lino da sein, aber mehr nicht. Das zwischen uns ist für immer vorbei, egal, was sie tut.«

Meine Finger schlossen sich so fest um die Brettkante, dass die Knöchel weiß hervortraten.

Daniel kam noch ein kleines bisschen näher. »Was wolltest du mir gestern sagen?«

Mir wurde warm. Mitten im Atlantik. Und dann lehnte ich mich einfach vor. Ließ das Board los und umklammerte ihn mit beiden Armen und Beinen, als wäre er eine Boje und ich in Seenot. Er hielt ganz still, offenbar überrumpelt. Die Wellen ließen uns gemeinsam auf und ab schweben, als wären wir eins.

Daniel lehnte sich ein Stück zurück und sah mich an, eine ganze Weile. Dann streckte er die freie Hand aus, strich sanft über meine nassen Haare, legte seine Finger an meinen Hinterkopf und zog mich noch näher an sich.

Und dann küsste er mich.

Er schmeckte nach Salzwasser. Nach Meer und Sommer und Freiheit. In mir sprudelte die Lava mit den Wellen um die Wette. Daniel küsste mich so stürmisch, dass ich nach Luft schnappen musste. Zwischendurch strahlte er mich an, und ich strahlte zurück. Bis uns eine große Welle über die Köpfe rauschte. Am Grund malte die Sonne Lichtmuster auf den Sand.

Prustend kamen wir wieder hoch. Daniel gab mir einen weiteren nach Salzwasser schmeckenden Kuss. »Komm, wir erlösen deinen Murmel.«

Ich blickte in Richtung Strand, wo mein Hund Männchen machte und besorgt in unsere Richtung schaute.

»Warte!« Ich schwamm angestrengt auf der Stelle. »Ich wollte dir doch etwas sagen.«

Sonnenstrahlen spiegelten sich in den Tropfen auf seinem Gesicht.

»Ich weiß, es klingt verrückt, aber …« Erneut schlang ich Arme und Beine um ihn, woraufhin wir beide kurz untergingen. Als wir wieder an die Oberfläche kamen, sagte ich: »Aber würdest du mir glauben, wenn ich dir jetzt sage, dass ich schon immer nach dir gesucht habe?«

36 Wochen später

Am Tag, an dem Julias kleines Mädchen geboren wurde, erreichten Wellen die Küste, die Surffans aus dem ganzen Land anlockten. Daniel verkündete morgens beim Blick von seiner Dachterrasse, in Marial würde man sicher noch jahrelang von diesen Wellen sprechen, so perfekt waren sie, so sauber, so imposant.

Um die Mittagszeit saß ich auf einem Felsen am Strand und schaute den Surferinnen und Surfern zu. Raquel lehnte in ihrem Filmstar-Badeanzug neben mir.

»Rita hat mir einmal von einer Surfer-Weisheit erzählt«, sagte sie. »Angeblich gibt der Charakter des Meeres am Tag der Geburt Auskunft über das Wesen des Kindes.«

Ich drehte mich zum Wasser, wo Rita gerade in einer Welle ritt, die doppelt so groß war wie sie selbst. »Wenn die Kleine heute zur Welt kommt, wird sie also stark, wild und furchtlos.«

Raquel warf sich Cracker in den Mund. »Eine Naturgewalt, würde ich sagen.« Sie hielt mir die Tüte hin, doch ich schüttelte den Kopf.

Die kleine Ana rannte nicht weit von uns durch den Sand, dicht gefolgt von meinen beiden tobenden Hunden. Dabei wies Fofo Murmel mehrmals mit einem kurzen Knurren zurecht, weil er ihr zu grob war. Sie wog etwa ein Drittel von ihm, hatte jedoch innerhalb weniger Wochen die Führung zu Hause übernommen. Meine Bulldogge trug es mit Fassung.

»Filipe kommt am Wochenende aus Lissabon«, sagte Raquel. »Er hat geschrieben, dass er sich in dem Architekturbüro dort bislang richtig wohlfühlt.«

»Freut mich. Was macht seine Isabella?«

Sie sah mich ratlos an. »Wer weiß das schon so genau? Neulich sprach er von einer Clara, glaube ich.«

Wir schüttelten beide seufzend den Kopf.

In diesem Moment piepte mein Handy. Hektisch zog ich es aus der Tasche. Und da war sie: die Nachricht, auf die wir alle seit Tagen warteten.

Heute um 11:45 Uhr wurde unsere kleine Onda geboren. Sie ist 3,6 kg schwer, 51 cm groß und ein kleines Wunder. Wir freuen uns sehr! Julia und Luís

Raquel schaute mir über die Schulter und quiekte. Die Erleichterung durchflutete meinen ganzen Körper. Sie war da. Julias Tochter war da.

Auch ein Foto hatte Julia mitgeschickt. Meine geliebte Cousine mit roten Wangen und abstehenden Haarwirbeln war darauf zu sehen. Am linken Rand drängte sich Luís ins Bild. Er hatte ein volleres Gesicht bekommen von den Medikamenten, die er seit der OP nehmen musste. Außerdem durfte er noch immer nicht surfen, sehr zu seinem Leidwesen, aber auf diesem Foto strahlte er überglücklich. Auf Julias Brust lag ein Baby. Es sah zart und rosig aus und hatte dichtes schwarzes Haar. Auf seiner winzigen Stirn entdeckte ich eine kleine steile Falte.

»Sie ist zauberhaft!«, verkündete Raquel, die sich mit mir über das Display beugte. »Und ich sage dir, sie wird eine Naturgewalt, wie ihr Name. Onda heißt Welle.«

Ich steckte das Handy weg und wischte mir eine Freudenträne aus dem Augenwinkel.

Raquel warf sich weitere Cracker in den Mund. »Wann wirst du ins Krankenhaus fahren?«

»Ich frage sie gleich, wann es passt. Von mir aus sofort.«

Ich ließ meinen Blick über die Wellenreitenden schweifen. Hoffentlich kam Daniel bald raus, damit ich ihm die freudige Nachricht überbringen konnte. Schließlich entdeckte ich ihn und Lino nebeneinander auf ihren Brettern. Riesige Wellen rollten unter ihnen hindurch.

»Machst du dir nie Sorgen?«, fragte ich Raquel.

»Ich sterbe vor Sorge.« Sie kaute angestrengt. »Jedes Mal. Was glaubst du, warum ich die ganze Zeit etwas in mich hineinstopfe? Pures Stressessen.«

In diesem Moment paddelte Lino eine massive Welle an. Raquel und ich hielten synchron die Luft an. Der Junge strauchelte, aber dann stand er auf und surfte sie, als hätte er nie etwas anderes getan. Unfassbar, was der Kleine in den vergangenen Monaten gelernt hatte. Manchmal klopfte er noch vor der Schule bei Daniel, um mit seinem Papa ein paar Wellen zu nehmen. Abends musste Raquel die zwei regelmäßig aus dem Wasser winken, wenn es Zeit zum Schlafen war. Seit ein paar Wochen wusste Lino, wie man das nannte, was er schon lange spürte: bedingungslose Liebe zwischen Vater und Sohn.

Er hatte zunächst ein bisschen geschockt auf die Neuigkeit reagiert, *papá* war für ihn schließlich Carlos. Doch neulich war es ihm einmal bei Daniel herausgerutscht, als wir alle drei zusammen mit den Hunden auf der Dachterrasse übernachteten.

Raquel hatte wieder angefangen zu arbeiten, und so war Lino viel bei Daniel. Auch Ana kam manchmal mit, wenn sie nicht gerade bei Carlos war, der seine neue Rolle mit unerwarteter Geduld annahm. Raquel staunte jedes Mal, wenn die Kinder von ihm wiederkamen und berichteten, was er für sie gekocht oder was er mit ihnen gespielt hatte. Für mich sah es so aus, als würde er so um seine Frau kämpfen, obwohl auch er nun die Wahrheit kannte. Raquel vermutete, dass er es immer geahnt hatte, denn er hatte weit weniger geschockt reagiert als erwartet. Sie war sich noch unsicher, ob sie ihrer Ehe noch eine Chance geben wollte, sagte, dafür müsse schon noch etwas mehr von ihm kommen. Ich hatte Anita neulich schimpfen hören, sie solle dankbar für seine Nachsicht sein, aber Raquel war stolz und stur – das hatte sie vermutlich von ihrer Großmutter geerbt.

Lino sprang im flachen Wasser von seinem leuchtend gelben Board, das er mit Daniels Hilfe selbst geshapt hatte. Daniel folgte ihm. Sie klatschten sich ab und kamen, die Surfbretter unter dem Arm, auf uns zu. Die beiden hatten einen verblüffend ähnlichen Gang und ähnlich breite Schultern. Lino hatte seine Haare etwas länger wachsen lassen, und er trug sein Board mit der gleichen unangestrengten Lässigkeit wie sein Vater. Als sie wenige Meter vor uns waren, machte ich ein Foto. Während die zwei ihre Bretter auf den Strand legten und begannen, sich im Sand zu balgen, schickte ich es schnell an Zoé.

Es gibt keine Zufälle, schrieb ich dazu. *Es gibt nur Zeichen.*

Etwa zwei Wochen später fand meine Buchpremiere in Hamburg statt. Als ich im Hinterraum der Buchhandlung stand und auf meinen Auftritt wartete, checkte ich noch mal mein Handy und entdeckte eine Nachricht von Julia. Neue Bilder von Onda, eins süßer als das andere. Mittlerweile waren Mutter und Kind aus dem Krankenhaus entlassen. Die drei wohnten jetzt in Luís' Wohnung über dem Café, wo den Bildern nach zu urteilen ein buntes Chaos aus Babysachen, Umzugskartons und Kleidersäcken herrschte.

Julia war nie wieder richtig nach Deutschland zurückgekehrt. Da ihre Schwangerschaft wegen ihres Alters als Risikoschwangerschaft galt, hatte sie sich direkt freistellen lassen. Sie war noch einmal auf der Station gewesen und hatte sich von allen dort verabschiedet. Dann hatte sie ihr Leben in Hamburg in Kisten gepackt. Und ihre Wohnung an mich vermietet.

Ich hatte es mir dort richtig schön gemacht. Es hingen sogar Bilder an den Wänden. Die meisten davon zeigten Marial.

Wenn die kleine Onda in den Kindergarten ging, wollte Julia in Portugal unbedingt wieder als Ärztin tätig sein. Das mit dem Café hatte sie sich nach wenigen Schichten aus dem Kopf geschlagen, das war Luís' Ding. Er fühlte sich schon wieder fit genug, um zumindest ein paar Stunden am Tag zu arbeiten. Für die restliche Zeit übernahm sein Team.

Ich schickte Julia zehn Herzchen-Emojis und griff dann nach meinem Buch. Stolz fuhr ich mit dem Finger über das Cover, das gezeichnete Wellen zeigte. Darüber prangte in Versalien mein Name. *KATRIN STERNBERG*. Ich hatte mich durchgesetzt.

Heute war ich kaum aufgeregt. Ich trank einen Schluck von dem stillen Wasser auf dem Tisch vor mir und putzte noch einmal meine Brille. Das schlichte Kleid, das ich trug, fühlte sich herrlich luftig an. An den Riemchen meiner Sandalen klebte noch Sand von Marial.

Emily kam in den Raum, die junge Bloggerin, die die heutige Veranstaltung moderieren würde. Mein üblicher Moderator Jürgen war kürzlich in Rente gegangen. Sie zupfte an ihrem kantig geschnittenen Vintage-Jackett. »Volle Bude, das wird super.«

Ich lächelte sie an, was sie nur knapp erwiderte. Emily gehörte zu der Generation junger Frauen, die nicht mehr darauf gedrillt war, es allen recht zu machen, genau wie Zoé. Unter normalen Umständen wäre mir mulmig wegen der kritischen Fragen, die ich sie bei anderen Veranstaltungen hatte stellen hören. Aber heute konnte mich nichts aus der Ruhe bringen.

Emily hielt mir ihre Hand zum Einschlagen hin. »Auf geht's!«

Sie stieg vor mir aufs Podest und begann, mich mit kurzen, prägnanten Sätzen vorzustellen. Ich konnte von meinem Platz aus erkennen, dass das Publikum an ihren Lippen hing.

Auf ihr Stichwort hin trat ich ins Scheinwerferlicht. Sah meine Agentin Franzi und meinen Lektor Lutz, beide mit einem Blumenstrauß auf dem Schoß. Tim und Ina, deren müde Gesichter verrieten, dass sie gerade mitten in der Renovierung unserer alten Wohnung steckten. Zoé, die so sehr lachte, dass ihre Augen nur noch schmale Schlitze waren. Ich freute mich, dass sie meiner Einladung gefolgt war. Schließlich hätte es diese Geschichte ohne sie nie gegeben.

Neben Zoé entdeckte ich zu meiner großen Überraschung meine Mutter. Sie hatte mir nicht gesagt, dass sie kommen würde. Ich dachte, sie und Ulf wären noch auf La Palma. Sie war braun gebrannt und trug ein schickes Kostüm. Enthusiastisch winkte sie mir zu.

Als der Applaus abebbte, sah Emily mich feierlich an. »Bevor du uns etwas vorliest aus deinem neuen Werk, liebe Katrin …«, sagte sie, und ich merkte, dass sie bereits das Protokoll verlassen hatte, bevor wir überhaupt richtig angefangen hatten, »… darf ich noch etwas verkünden. Dein neues Buch ist nämlich nicht nur das erste, das du unter deinem Geburtsnamen veröffentlicht hast, es ist auch …« Sie schmunzelte, und mir wurde flau. »Eine halbe Stunde vor Beginn dieser Veranstaltung habe ich die Nachricht erhalten, dass es auch dein erster Bestseller ist. Herzlichen Glückwunsch!«

Erneut brandete Applaus auf. Emily umarmte mich, Lutz und Franzi kamen auf die Bühne und überreichten mir ihre Blumen, das Publikum klatschte so frenetisch, dass mir die Ohren klingelten. Völlig überwältigt blickte ich um mich, sah meine Mutter Tränen aus ihren Augenwinkeln wischen, strahlte scheinwerferhell und hatte das Gefühl, mich dabei nicht mal besonders anstrengen zu müssen. Es kam irgendwo ganz tief aus mir. Und dann, als Emily die erste Lesestelle anmoderierte, entdeckte ich ihn.

Er saß in der allerletzten Reihe. Er hatte Murmel auf dem Schoß und Fofo zwischen den Knien und schaute mich über die anderen hinweg an. Kurz verblasste alles andere. Die Blumensträuße, der Applaus, meine gerührte Mutter, die Nachricht von der Bestseller-Platzierung, der Triumph, den sie für mich bedeutete. Unglaublich, dachte ich, während die Leute um mich herum erneut klatschten. Ich war davon ausgegangen, meine Liebesgeschichte wäre längst geschrieben. Ich hatte vermutet, das war es, jetzt kommen nur noch Kapitel, in denen es um etwas anderes geht als um große Gefühle. Wie man sich täuschen konnte.

Bevor ich mich über die Seiten beugte, warf Daniel mir quer durch den Raum diesen ganz besonderen Blick zu. Sein Gesicht sagte alles auf einmal.

Ich bin so stolz auf dich.

Vom ersten Moment an.

Ja.

Mein Sommer in Portugal

Dieses Notizbuch gehört:

Katrin ~~Lehmann~~ Sternberg

Ich glaube, wir brauchen gar keinen Schlaf.
Unser Geist muss endlich mal etwas erleben.
Wir brauchen Abenteuer.

SELBST GEMACHTE LIMONADA AUS DER TABERNA DA RITA

Das brauchst du für 8 Gläser:

- 4 Bio-Zitronen
- 250 g Zucker
- 500 ml Leitungswasser
- Eiswürfel
- 1 l Mineralwasser
- Frische Minze nach Belieben

So wird die Limonada gemacht:

1. Zitronen heiß abwaschen und abtrocknen. Von 3 Zitronen die Schale abreiben, halbieren und Saft auspressen. Schale, Zucker und Wasser in einem Topf aufkochen, bis sich der Zucker aufgelöst hat.
2. 5 Minuten sprudelnd kochen. Sirup vom Herd nehmen und abkühlen lassen. Durch ein Sieb gießen und mit Zitronensaft mischen.
3. Eiswürfel in ein großes Gefäß mit ca. 2 Liter Fassungsvermögen geben oder auf Gläser verteilen. Zitronensirup dazugeben und mit kaltem Mineralwasser auffüllen.
4. Übrige Zitrone in dünne Scheiben schneiden und zur Limonade geben. Nach Belieben mit frischer Minze verfeinern.

Auf deinem Surfbrett musst du nichts.
Du kannst versuchen, eine Welle zu nehmen.
Du kannst einfach den Horizont anschauen,
bis er wieder dunkel wird. Fallen ist hier
kein Scheitern, sondern Lernen.

DANIELS FISCHEINTOPF (MASSADA DE MARISCO)

Das brauchst du für 4 Portionen:

- 300 g Garnelen
- 200 g Venusmuscheln
- 200 g Miesmuscheln
- 500 ml Fischfond
- 1 ganze geschälte Knoblauchzehe
- 1 mittelgroße gehackte Zwiebel
- Je 1 gelbe und rote gewürfelte Paprikaschote
- 3 gehackte Knoblauchzehen
- 3 TL Olivenöl
- 250 g gewürfelte Tomaten
- 250 ml Weißwein
- 250 g kurze Nudeln
- Salz
- Pfeffer
- Lorbeerblatt
- Petersilie
- Chilipulver

So wird der Eintopf zubereitet:

1. Miesmuscheln und Venusmuscheln für mindestens eine Stunde in eine Schüssel mit Salzwasser legen.
2. In der Zwischenzeit Köpfe und Schwanz der Garnelen entfernen, pellen und entdarmen. Schale gut abwaschen.
3. Fischfond in einem großen Topf erhitzen.
4. Muscheln abspülen und putzen.

5. Einen TL Öl in einer großen Pfanne erhitzen und Knoblauchzehe hineingeben. Muscheln hinzufügen und mit Deckel 5 Minuten garen.
6. Flüssigkeit aus der Pfanne in den Topf mit dem Fond geben. Ungeöffnete Muscheln entfernen, die anderen zur Seite stellen.
7. In der gleichen Pfanne die restlichen zwei TL Olivenöl erhitzen. Gehackte Zwiebel, Knoblauch und Paprika hinzugeben und einige Minuten garen lassen.
8. Tomaten und Lorbeerblatt hinzufügen, salzen. Wenn die Schale sich von den Tomatenwürfeln löst, mit Wein ablöschen und mit Chilipulver, Salz und Pfeffer würzen.
9. Fond zum Gemüse geben. 10 Minuten köcheln lassen.
10. In der Zwischenzeit Pasta nach Packungsanleitung kochen.
11. Garnelen in die Soße geben und 3 Minuten mitgaren. Etwa die Hälfte der Muscheln aus den Schalen nehmen. Alle Muscheln hinzufügen. Am Ende die Nudeln dazugeben, salzen und pfeffern, frische Petersilie untermischen.

ANITAS VEGETARISCHE PATANISCAS (MINI-OMELETTS)

Das brauchst du:

- 4 Eier
- 2 EL gehackte Petersilie
- 2 Karotten
- 1 Zucchini
- 1 halbe Stange Lauch
- 8 EL Mehl
- 2 TL Meersalz
- Olivenöl

So bereitest du die Pataniscas zu:

1. Petersilie, Karotten, Lauch und Zucchini waschen und klein hacken.
2. Das Gemüse mit den anderen Zutaten in eine Schüssel geben und gut vermengen.
3. Olivenöl in einer Pfanne erhitzen und mit genügend Abstand zueinander jeweils einen EL der Masse hineingeben. Nach etwa einer Minute vorsichtig wenden. Danach mehrmals wenden, bis beide Seiten goldbraun sind.
4. Auf Küchenpapier abtropfen lassen. Die Masse noch einmal umrühren, dann die zweite Portion Omeletts in die Pfanne geben.

Im Grunde geht es im Leben darum, zu erkennen, dass es nichts Wichtigeres gibt, als sich im Meer treiben zu lassen und den Wolken am Himmel zuzuschauen.

DANIELS SÜSSER REISPUDDING (ARROZ DOCE)

Das brauchst du für 4 Portionen:

- 200 g Milchreis
- Salz
- 500 ml Milch
- 100 g Zucker
- 2 Vanilleschoten
- Zimt
- 1 Zitrone
- 2 Eigelb

So bereitest du den Reispudding zu:

1. 400 ml Wasser mit einer Prise Salz aufkochen. Milchreis hinzugeben und köcheln lassen, bis das Wasser aufgesogen wurde.
2. Zitronenschale abreiben. Vanilleschoten auskratzen und Inhalt, Schoten, Milch, Zucker, 1 TL Zimt und Zitronenschale aufkochen.
3. Vanilleschoten herausnehmen, dann Milchmischung zum gekochten Reis geben. Unter Rühren kochen, bis nur noch wenig Flüssigkeit übrig ist.
4. Topf vom Herd nehmen, Eigelbe unterrühren. In Schalen füllen und mit etwas Zimt bestreut servieren.

KLEINER PORTUGIESISCH-SPRACHFÜHRER

Até logo – Bis später

Bem-vinda/Bem-vindo – Willkommen
(für Frauen mit a, für Männer mit o)

Bom dia – Guten Tag (bis ca. 14 Uhr)

Boa tarde – Guten Tag (ab ca. 14 Uhr)

Galão – Milchkaffee

Ilha – Insel

Obrigada/Obrigado – Danke (als Frau mit a, als Mann mit o)

Olá – Hallo

Onda – Welle

Pastelaria – Konditorei

Quinta – Landgut, Bauernhof

Querida/Querido – Liebling (für Frauen mit a, für Männer mit o)

Taberna – Weinstube

Tchau – Tschüss

Vovó – Oma

Danke

Es gibt unzählige Menschen, die jedes Jahr dazu beitragen, dass meine Bücher erscheinen können – von der Herstellung über das Marketing und den Vertrieb bis hin zum Lektorat. Alles fängt mit mir und einer leeren Seite an. Oft habe ich im Kopf schon monatelang an einer Idee gebastelt, bevor ich endlich anfange, etwas davon aufzuschreiben. Früh teile ich meine Gedanken mit meiner wundervollen Agentin Eva Semitzidou, die mir jedes Mal immens dabei hilft, das Beste aus ihnen herauszuholen. Ein paar Monate verkrieche ich mich mit meiner Geschichte. Bis ich sie meinem lieben Mann Laurent anvertraue, weil ich weiß, dass er mich mit seiner Begeisterung anstecken wird. Zu unterschiedlichen Zeitpunkten im Schreibprozess bespreche ich den Text dann mit meinen genialen Freund*innen Nancy Riesenhuber, Tessa Randau, Christine Ritzenhoff, Almuth Andreae, Daniele Palu und Ralf Grobe, die jede(r) auf ihre und seine eigene Weise unersetzlich für mich geworden sind. Wenn ich nach monatelangem Schreiben und Redigieren das Dokument schließlich an meine großartige Lektorin Lena Schäfer sende, freue ich mich bereits auf das, was von ihr zurückkommt, weil Lenas Vorschläge alles das entscheidende bisschen besser machen. Nach dem Lektorat liest die brillante Korrektorin Kristina Lake-Zapp das Manuskript und findet jedes Mal noch erstaunlich viele wichtige Dinge, die wir übersehen haben. Anschließend geht alles in die Herstellung, wo es liebevoll gesetzt und gelayoutet wird, während die Agentur Zero Media dem Roman das perfekte Cover und passende Klappen verpasst. Das Team vom Guten Punkt hat diesmal wunderhübsch Katrins Notizbuch im Anhang gestaltet. Während das fertige Manuskript an die Mitarbeiter*innen der Druckerei übergeben wird, bereiten verschiedene Abteilungen im Goldmann Verlag rund um Grusche Juncker, Andrea Best, Maria Runge und viele andere das Erscheinen des Romans vor. Im Hintergrund etwa arbeitet der Vertrieb daran (ich meine dich und deine famosen Kolleg*innen, liebe Stefanie Dietrich), dass das Buch vom Handel bestellt werden kann. Das Marketing rund um Katja Hein, Michael Rheindorf und Daniela Sarter brütet gemeinsam mit Claudia Hanssen, Katrin Cinque und Barbara Henning von der Presseabteilung über Strategien, um das Buch möglichst sichtbar zu machen. Es werden Lesungstermine von Manuela Matella organisiert, Buchpremieren mit Frank Menden vorbereitet, Live-Streams mit Karla Paul geplant, Autorinnenfotos von Ulrike Schacht geschossen, Pakete von Irmi Keis und ihrer Agentur ehrlich & anders für die vielen fantastischen Bookstagrammer*innen gepackt. Bis der

Roman irgendwann so, wie er jetzt aussieht, ausgeliefert wird und engagierte Buchhändler*innen ihn fantastischerweise auf ihre Tische legen. Und ihr, liebe Leser*innen, ihn kaufen und lesen könnt. Das, was ihr hier gerade in euren Händen haltet, hat also eine ähnlich weite Reise hinter sich wie Zoés Brief. Nicht nur ich habe eine Menge Herzblut und Arbeit hineingesteckt, sondern auch viele andere, denen ich hiermit von Herzen danken möchte. Ich sehe, was ihr für mich und meine Bücher tut, und finde euch alle fabelhaft. Genau wie euch, die ihr meine Geschichten lest und mich wissen lasst, was sie euch bedeuten. Ohne euch wären alle Schritte zuvor sinnlos. Mein größter Dank gilt deswegen wie immer euch.